하 명 희 대 본 집

1

청춘기록

기억하고
함께해줘

#record of youth
#꿈과 현실 사이

하명희 대본집

1

청춘기록

RHK
알에이치코리아

〈청춘기록〉 대본집을 출간하며

인간은 보이는 것만으로 그 인간을 알 수 없습니다.

내면에 풀 수 없는 문제를 안고 살아가는 사람들이 있습니다.

누구에게도 털어놓을 수 없고 안고 가야 하는 문제들.

드라마는 결국 인간입니다.

풀 수 없는 내면을 가진 인간들을 만나

위로하는 것과 동시에 시대와 호흡해야 한다고 생각합니다.

계층 간의 차이가 심화되고 분열이 강화되는 요즈음

〈청춘기록〉은 계층 간 위화감, 분열과 반목의 해결을

'존중'에 놓고 시작했습니다.

이 드라마가 존중의 시작이 되었으면 했습니다.

일을 하면 할수록 삶을 살아가면 갈수록

겸손해질 수밖에 없습니다.

〈청춘기록〉에 관심을 가지고 지켜봐주시고

사랑해주신 모든 분께 감사드립니다.

하명희

꿈꾸는 데도 비용이 필요하다

"20대는 더 이상 외부로부터 받는 순간적이고 표면적인 힐링의 효과를 믿지 않는다. 인정 세대가 추구했던 타인에게서 받는 자존감 역시 근본적인 해결책은 아니었다. 이제 내면에 집중한다. 고달픈 현실에 상처받지 않기 위해 자존감의 원천을 나에게서 찾는 것이다. 스스로 무엇을 원하고, 하나의 이슈에 대한 나의 이방과 생각은 어떠한지에 대해 드러내고자 한다. 힐링과 인정을 넘어, 20대는 비로소 '나'만의 홀로서기를 시작한다."

- 〈2017 20대 트렌드 리포트〉, 73쪽

누구에게나 청춘은 있다. 어느 시대나 청춘은 있다. 시대마다 청춘의 특징도 있다. 개발시대 청춘의 목표는 '위대한 인물이 되는 것'이었다. 그 시대엔 계층 이동 사다리가 튼튼하게 존재를 드러내고 있었다. 전쟁의 폐허에서 거의 다 제로베이스에서 시작했으니까. 지금 청춘들에겐 낯설다. 갖고 태어나는 수저의 종류에 따라 인생이 달라진다고 생각한다. 계층 이동도 불가능하다고 여긴다. 2017년 통계청 자료에 의하면, 우리 사회 사람들의 73.8%가 개인의 노력보다 집안 등 사회경제적 배경이 성공에 더 중요하다고 생각한다. 그 사회의 한가운데 혜준이 있다.

혜준은 모델에서 배우를 꿈꾸고 있다. 모델로선 어느 정도 인정받았지만 모델 수입으론 자신이 원하는 것을 가질 수 없다. 혜준은 배우가 되고 스타가 돼서 가족들에게 좋은 집을 선사하고 싶다. 자신의 방을 갖고 싶다. 소소한 행복들을 함께 누리고 싶다. 그러나 26살 혜준에겐 시간이 없다. 곧 군대에 가야 한다. 같은 꿈을 가신 친구 해효는 연기학원을 다니고 퍼스널트레이닝을 받는다. 혜준이 아르바이트를 하는 시간에 배우가 되기 위한 관리를 했고, 배우가 됐다.

사람들은 혜준에게 꿈은 사치라고 말한다. 먹고사는 게 해결돼야 꿈도 꿀 수 있는 거라면서 혜준이 현실을 제대로 인지 못한다고 비난한다. 꿈을 이루기 위해, 실행하기 위해선 돈이 필요하다. 꿈도 마음대로 꿀 수 없는 현실이다. 그 현실에서 혜준은 말한다. 그래도 꿈을 꾸고, 꿈을 이루겠다고!

한남동 vs 한남동

통계청의 2018년 3분기 '가계 동향조사(소득 부문) 결과'에 의하면 소득 상위 20%에 속하는 가구는 작년보다 수입이 9% 가까이 늘어 한 달 평균 973만 원을 버는 것으로 조사됐다. 반면 소득 하위 20%에 속하는 가구는 소득이 7% 감소해 한달 평균 131만 원을 버는 것으로 나타났다. 빈부 격차의 정도를 보여주는 지표인 5분위 배율은 11년 만에 가장 높은 수준을 기록했다. 격

차가 심해지면 심해질수록 여러 가지 사회 문제들이 야기된다. 사는 동네도 완전히 달라진다. 서울은 동네 이름만 들어도 그 동네가 부자 동네인지 가난한 동네인지 안다. 그런데 한남동은 부촌과 빈촌이 같이 붙어 있는 계층의 차이가 극명하게 나뉜 동네다. 우리 사회 갈등이 축약된 축소판이다. 극과 극이 공존하는. 한 동네지만 소위 말하는 수준 차이는 있다. 한 동네지만 생각 없이 친해지기 어렵다. 빈부의 차이를 삶 속에서 매일 봐야 되는 현실이다. 혜준, 해효, 진우는 한남초등학교 동창이면서 절친이다. 혜준과 진우는 빈촌에 살고 해효는 부촌에 산다. 혜준의 엄마는 해효의 집 가사도우미로 일하고 있다. 서로 이웃이다. 이 드라마는 이렇게 다른 환경인 한남동에 사는 사람들의 모습을 통해 힐링과 동시에 슬픔도 함께 느껴보고자 한다.

자식은 부모의 스승이다

인간이 태어나서 제일 처음으로 맺는 인간관계의 대상은 부모다. 처음 맺는 인간관계는 그 후 맺는 많은 인간관계와 사회적 관계에 영향을 준다. 부모는 자신의 부모와 맺었던 관계에서 자유로울 수 없고 이는 자신의 자식에게 영향을 준다.
부모가 된다는 건 자신의 부모와의 관계에서 받은 상처를 치유하며 더 나은 사람으로 성장할 수 있는 기회가 주어졌다는 걸 의미한다. 아니면 자신의 상처를 고대로 자식에게 대물림해서 자식의 인생에도 자신과 같은 상처를 남겨주는 걸 의미하기도 한다. 혜준은 가족에게 받은 상처로 인해 더욱더 가족의 결속을 중요하게 여기지만, 정하는 비혼주의자다. 가정을 이루지 않겠다는 정하와 가정을 이뤄 자신의 자식에겐 상처주지 않겠다는 혜준은 사랑이라는 걸 시작한다. 두 사람의 사랑은 어떻게 끝이 날까. 결혼할까, 헤어질까. 그것도 아니라면 두 사람은 어떤 사랑을 우리에게 보여줄까.

수저 중에 최고는 내가 만든 수저

흙수저인 혜준과 금수저인 해효는 모델이면서 무명 배우다. 혜준과 해효는 절친이다. 배우로서의 시작은 해효가 빨랐다. 해효는 경제적 곤란을 겪지 않는 정서적 안정감도 누렸다. 혜준은 어떤 밥벌이가 경제적 곤란을 겪지 않으며 살 수 있느냐는 질문을 항상 해야 하는 정서적 불안감에 떨었다. 이 드라마는 혜준과 해효, 두 사람이 배우가 되고 스타가 되어가는 과정을 통해 부모가 물려주는 수저의 영향을 벗어난 성취감과 희망을 주려고 한다.

사혜준

| 26세. 모델에서 배우로 전업 중 |

"슬플 땐 아모르파티(Amor Fati)!
기쁠 때도 아모르파티(Amor Fati)! 난 내 운명을 사랑해!"

현실적이고 실용적이다. 따뜻하면서도 선을 그어야 할 땐 확실하게 긋는다. 머리 좋고 공감 능력이 뛰어나다. 좋고 싫은 게 확실하지만 하고 싶은 일을 위해 싫은 일도 하는 유연성을 지녔다. 어릴 때부터 형과 비교당하면서 설움도 많이 당했다. 공부로는 형을 이길 수 없다는 걸 알고 자신이 잘할 수 있고, 하고 싶은 일을 찾았다. 안 되는 일을 될 때까지 해야 하는 건 어리석다고 생각했다. 해서 안 되는 건 빨리 접자! 근데 이런 혜준에게 예외는 있었다. 배우가 되는 일은 접을 수가 없다. 될 듯 될 듯하면서 안 되는 일들. 포기할 수가 없다. 이 일은.

사람에게 사랑받는 걸 본능적으로 타고난 듯 사람들이 많이 사랑해 준다. 이유 없이. 그러나 가족은 다르다. 혜준은 가족 중에 할아버지 민기가 유일하게 자신을 이해하고 사랑해 준다고 생각한다. 그래서 할아버지 민기에 대한 사랑이 남다르다. 엄마는 중립, 아빠 영남과는 사이가 좋지 않다. 영남은 자신의 아버지 민기를 똑 닮은 혜준에게 생태적으로 거부감이 있다. 그러나 아들 혜준을 사랑하지 않는 건 아니다. 혜준은 아빠 영남에게 인정받고 싶어서 공부도 열심히 해봤지만 형 경준에게 성적으론 이길 수가 없었다. 계속 이기고 싶어서 형을 경쟁 상대로 두었다가 생각을 정리했다.

가족은 '경쟁 상대'가 아니다. '세상 누구도 경쟁 상대로 삼지 않겠다. 비교는 자신의 자존감만 떨어뜨릴 뿐이다.' 그러면서 한 움큼 성장했다. 한 움큼의 성장이 모델로 일하면서 많이 도움이 됐다. 가족 내의 편애와 차별로 관계에 대한 생각이 잘 정돈되어 있다.

어릴 때부터 빈부의 차이가 뭔지에 대해 삶 속에서 체득했다. 자신이 살고 있는 한남동에서. 혜준의 집 건너편을 보면 부의 상징인 유엔빌리지가 있고 단국대가 있었다. 단국대 부지는 몇 년 전 한남 더 힐이라는 최고의 아파트로 재탄생했다. 혜준은 좁다란 골목에 따닥따닥 늘어선 집에서 길을 건너 초등학교를 다녔다.

극빈과 극부가 함께 공존하는 동네였다. 가난이 뭔지 너무나 잘 안다. 초등학교에 들어가기 전까진 가난이 뭔지 몰랐다. 다들 그렇게 사는 줄 알았다. 초등학교에 들어가서 친구를 만들면서 알았다. 길 건너 유엔빌리지에 사는 절친 해효는 사학재단 이사장이 조부면서 아빠는 그 대학 교수였다. 그렇지만 가난에 쪼그라들 '사혜준'이 아니다. 그런 혜준도 크게 낙담한 적이 있다. 중3 가을 저녁, 엄마 애숙이 산책을 제안했다. 마트에서 혜준이 좋아하는 아이스바를 사서 둘이 같이 먹으면서 해효가 사는 동네 놀이터에 앉았다. 자신의 집에서 길 건너인데 거기서 내려다보는 동네 풍광은 너무 달랐다.

애숙은 3개월째 도우미로 나가는 집이 있는데 그 집에서 해효를 만났다고 했다. 서로 놀랐다고 했다. 엄마는 혜준에게 일하러 가는 집 아들 옷을 가져다준 적이 있다. 유명 브랜드라 기쁘게 입고 다닌 적이 있다. 해효가 예전에 입

은 적 있었는데 부러웠었다. 유명 브랜드를 입고 학교에 가서 슬쩍 으스대기
도 했다. 엄마의 얘기에 가슴이 철렁했다. 왠지 모르지만 엄마가 안쓰럽게 느
껴졌다.

당연히 엄마가 해효네 일을 그만두겠다고 할 줄 알았다. 근데 엄마는 계속 다
니겠다고 했다. 해효네가 일하기가 나쁘지 않고 무엇보다 월급 받을 수 있어
서 좋다고. 일해서 돈을 버는 건 부끄러운 일이 아니다. 니 친구네 집이라 엄
마가 이 일을 관둔다고 하면 내가 하는 일에 모독이라며. "니가 열등감에 잡
혀 사는 사람이 안 됐음 좋겠어. 가난은 부끄러운 게 아냐. 부끄럽다고 생각
하면 부끄럽게 되는 거야! 해효 엄마 밑에 내가 있는 게 아니라 난 정당하게
일해서 돈 버는 거야!"라고 웃으면서 말했다.

혜준은 그날 처음으로 돈이 많았음 좋겠다는 생각을 했다.

"부자가 돼서 엄마를 편안하게 살게 해주고 싶어.
이거 열등감이야?"

엄마는 '우리 아들 효자'라고 했다. 열등감은 엄마가 이 일을 하는 것 때문에
해효한테 쪼그라드는 마음이 생기는 거라고 말했다. 그러면서 혜준을 안아
줬다. 혜준은 그날 밤 엄마 애숙과 집으로 돌아오는 길을 지금도 기억한다.
별, 바람, 엄마, 따뜻함, 조금 성장한 듯한 마음.

아빠 영남은 혜준이 공무원이 되길 바랐다. 자신과는 다른 안정적인 삶을 살
아가길 원했다. 그러나 혜준은 아빠의 뜻을 꺾고 배우가 되겠다고 한예종에
입학했다. 1학년 다니고 그만뒀다. 형 경준의 학비와 자신의 학비를 이중으
로 부담해야 되는 부모를 생각해서다. 또 학력보단 실전으로 승부를 봐야겠
다고 결심했다.

아직 연기가 부족하니까 우선 모델 일을 하면서 돈을 벌고, 시간을 벌자고 생
각했다. 모델 일을 하면서는 잘생긴 얼굴이 핸디캡이 되었다. 디자이너들은
혜준보단 해효를 선호했다. 그래도 타고난 끼와 스타일, 노력으로 모델로 이

름을 알렸다.

혜준은 자신의 집이 한남동이라고 할 때마다 여자들의 달라지는 눈빛, 사람들의 달라지는 눈빛을 안다. 그들은 혜준이 부자라고 생각한다. 고생 안 한 부잣집 도련님인 줄 알지만 아니다. 그런 눈빛을 볼 때에도 이젠 상처받지 않는다. 천성이 밝고 긍정적이다. 혜준을 삐딱하게 보는 사람들은 철이 없고 대책이 없다고 비난한다. 혜준은 남의 평가에 좌지우지되지 않는다. 자신의 정체성을 찾았고 단단해져 가는 중이니까. 그래도 현실의 고됨 앞에서 울기도 잘 운다. 2015년 대한민국 남자 모델 유망주 3인에 이름을 올리기도 하고, 해외 진출도 했다. 모델로 성과를 드러내면서 배우를 향한 길이 점점 멀어지는 것 같아 불안감이 엄습해 오고 있었다. 군대를 아직 다녀오지 않아서 시간에 쫓기고 스물여섯이란 나이가 많게 느껴졌다. 군대를 다녀오면 곧 서른이다. 왜 진작 군대를 다녀오지 않았는가 후회도 했지만 존재감 있는 배우 되는 게 이렇게 어려운 줄 몰랐다.

많은 오디션에서 떨어지고 몇몇 영화와 드라마에 출연했지만 배우로서 존재감은 드러내지 못하고 있었다. 세계적으로 유명한 감독 신작 영화에서 남자 배역을 뽑는다고 해서 이번에 이 기회를 잡지 못하면 정말 배우가 못 될 거 같은 절망감이 엄습해 왔다. 몇 년 동안 함께 일한 모델 에이전시 대표한테 일 년 전 사기당하고, 지금 친누나처럼 지내는 매니저와 함께 일하기 시작한 지 몇 개월 안 됐다.

통장 잔고는 123만 원 있었다. 아무리 모으고 절약해도 돈을 모으질 못했다. 할아버지 민기에게 매달 용돈을 드렸다. 아빠 영남과 할아버지 민기의 관계가 최악이고, 영남에게 구박받는 민기를 챙길 사람이 자신밖에 없기 때문에 돈을 모으질 못했다.
이 신작 영화 배역을 따낸다면 왠지 일이 슬슬 풀릴 거 같았다. 배역 연습을 열심히 했다. 오디션에 임했다. 그 오디션에서 해효를 만났다. 해효는 GI엔터와 매니지먼트 계약 중이다. 혜준과 해효는 이런 상황에 익숙하다. 서로 이런 일로 우정을 상하게 하는 일 없도록 얘기를 나눴었다.

혜준은 오디션을 보고 확신이 왔다. 이번엔 되겠구나. 발표를 하루 앞두고 집에 가니 군대 영장이 나와 있다. 이 영화 배역을 따지 못한다면 혜준은 군대에 가야 한다. 그래! 운명아! 니가 나한테 이렇게 나온다면! 군대 가마!

안정하

| 26세. 메이크업 아티스트 |

"일은 ok! 사랑도 ok! 결혼은 no!
돈 중에 최고는 내가 버는 돈!"

마음이 따뜻하고 선량하다. 뭐든지 긍정적으로 보려고 한다. 부모의 이혼으로 인해 여러 번의 전학을 겪으면서 새로운 환경에 적응하는 방법을 익힌다. 어릴 땐, 공부를 잘하는 것이 환경에 휘둘리지 않는 단단한 사람임을 증명하는 길이라고 생각했다. 정하는 증명해 냈고 내면의 상처는 혼자 처리했다. 고통을 쉽게 타인과 나누지 않는다. 인생은 결국 혼자 걸어가는 길이니까.

사람들은 정하가 직선적이라고 말하지만 실은 많이 참는다. 소위 말하는 인싸다. 사람들은 정하가 어려운 환경에서도 웃음을 잃지 않는 모범생이라고 여기지만 혼자 있을 땐 많이 운다. 외로움도 많이 탄다. 외로움을 많이 타는 걸 알기에 더 씩씩한 척한다. 이 외로운 생활에 정서적인 도피처로 아이돌 덕질을 했다. 아이돌 덕질의 우선 조건은 일단 잘생겨야 된다, 였다. 아무 생각 없이 그냥 바라보기만 해도 입가에 미소가 지어지는. 그러다 대학 때 모델을 덕질하기 시작했다. 바로 '사혜준'이다. 이름도 맘에 든다. 〈사씨남정기〉 말고 현실에서 사씨를 본적이 없다. 사혜준 사혜준 사혜줘 사혜준다. 발전해서 '사해준다.' 왠지 잘못해도 용서해 줄 거 같은. 외모를 보고 시작한 덕질인데 그의 삶까지 알아버렸다. '한남동 살아요, 부잣집 아들 아니에요. 목수 아들이에요.' 잡지 기사에서 시작했다. 같은 93년생 닭띠라는 것도 맘에 들었다. 생기가 있는 그 에너지가 좋았다. 최애다.

집은 청주다. 대학 시절부터 서울에 올라와서 생활했다. SKY 대학에 진학해서 부모에게 자랑거리가 되어주었다. 대학 내내 고액 과외 알바를 해서 학자금을 갚았고 생활까지 가능했다. 청주에 있는 엄마, 성란한테 돈을 줄 때도 있었다. 말은 꿔달라고 했지만 갚지 않았다. 그래서 엄마와는 거래를 하지 않기로 결심한다. 그래도 마음이 약해져 줄 때도 있다. 감정이입을 잘하는 편이다.
아빠 승조의 경제적 무능력이 엄마 성란과의 이혼에 큰 이유였다. 성란은 승조와 이혼하고 시장에서 옷 수선을 하면서 생계를 꾸렸다. 이혼하면 속시원할 줄 알았지만 생활을 꾸려나가는 건 고통이었다. 딸이지만 똑똑하고 야무진 정하에게 많이 의지했다. 정하는 자신에게 의지하는 엄마 때문에 더 씩씩하려고 했다. 엄마는 재혼하고 동생을 만들어줬다. 정하는 새로운 가정에 적응하려고 노력했다. 친아빠와 만나는 것을 절제하면서. 정하는 엄마 성란이 자신의 아빠 승조한텐 까칠했던 일을 새아빠한텐 참고 넘어가는 것을 보면서 씁쓸함을 느꼈다. 왜 아빠 승조한텐 참을 수 없는 일이 새아빠한테는 참을 수 있는지. 재혼하지 않고 혼자 사는 아빠 승조가 마음에 걸렸다.
대학을 서울로 와선 엄마 눈치 안 보고 아빠 승조를 만날 수 있어서 좋았다. 열심히 살았다. 뼈 빠지게. 정하는 메이크업 아티스트가 되는 게 꿈이다. 하지만 당장 꿈을 이루려다가는 쪽박을 차야 한다는 현실감이 살아 있었다. 돈이 얼마나 사람을 비참하게 하는지 잘 안다. 집 없이 이사 다니는 것이 얼마나 번거롭고 정서적으로 안정되기 어려운지 알아서, 집을 갖고 싶었다. 자신이 하고 싶은 것을 하려면 일단 일상을 견딜 수 있는 돈이 기반되어야 한다는 것을 알았다. 들어가기 어렵다는 대기업에 취업했고, 또 한 번 부모의 자랑이 되어주었다.

대학 내내 기숙사에서 지내면서 모은 돈으로 망월동 빌라 반전세를 얻었고, 회사에 다니면서 모은 돈에 1억 3천을 대출 받아 1억 8천짜리 21평(방 2개) 빌라를 샀다. 30년 상환으로. 한 달에 이자와 대출금으로 45만 원이 나가게 되지만 내 집이 생겼다는 기쁨에 세상을 다 가진 거 같았다. 세상을 다 가진 후, 대기업 입사 3년 만에 회사를 관둔다. 통장에 잔고 거금 1,300만 원이 찍힌 후다. 팀장의 만류에도 더 이상 회사에 다니면 박제 인간이 될 거 같아서다.

회사를 관둔 후, 청담동 헤어샵 메이크업팀에 막내로 들어간다. 청담동은 보통 스탭을 5~8년 정도 한다. 스탭부터 밟아서 올라오지 않으면 인정을 안 해주기 때문에. 스무살 핏덩이들이 동기다. 처음 들어오면 아무것도 안 시키고 오직 인사만 한 달을 시키고, 그 담엔 청소, 가만히 서 있는 것만 한 달을 하고. 그러고 나서 브러시를 빨고, 그 담엔 디자이너 옆에서 제품을 하나씩 건네주는 일을 한다. 근데 정하는 핵인싸로 눈치 빠르게 행동하고 외국인 고객들과 언어소통을 하는 등 원장의 눈에 들어 '중상'으로 빨리 승진한다.

샵의 관리체계는 원장, 부원장, 수석 디자이너, 중상, 어시스트들로 이루어져 있다. 메이크업 팀의 중상은 기초화장과 밑바탕 세팅, 일반인 방문 손님과 웨딩 출장을 나가며 메이크업 디자이너의 서브를 맡게 된다. 정하가 몇 달 만에 중상이 되자 디자이너들의 질투가 장난이 아닐 정도로 심해지고, 정하를 서브로 두기 싫어한다. 원장과 메이크업 팀장의 총애로 진주 디자이너의 서브를 맡게 된다.

정하에게 한 번이라도 케어를 받은 손님들은 꼭 정하를 찾는다. 진주 디자이너는 정하에게 남의 떡에 침 바르는 년이라며 한바탕 난리를 치고, 정하는 회사 다닐 때 이런 일들을 많이 봤기 때문에 잘 넘기기는 하지만 고단하다. 그렇다고 이런 일들이 정하의 꿈을 더디게 만드는 힘은 없다.

정하는 쉬는 날엔 '뷰티 버스킹'을 한다. 노래가 아닌 뷰티 버스킹이다. 젊은 친구들이 많이 다니는 홍대에서 시작했다. 지나가는 사람들에게 화장을 수정해 주고 그 사람에게 어울리는 화장법과 화장품을 알려주는 모습을 실시간으로 방송도 한다. '안정하'란 유튜브 채널을 만들었다. '안정하고 살아요' '안정 좋아해요'란 슬로건으로 채널 대문을 꾸몄다. 카메라가 비싸서 사질 못하고 핸드폰 카메라로 영상을 찍고 올린다. 샵에선 모른다. 알리진 않는다. 어차피 쉬는 날에 하는 놀이라고 생각해서. 그런데 이게 나중에 문제가 될 줄은 몰랐다.

24시간을 25시간처럼 쪼개서 일하고 있던 중, 디자이너 찰리정 FW 패션쇼 모델들의 메이크업 출장을 나가는 행운을 얻게 된다. 더 기쁜 것은 그 무대에 자신의 최애 '사혜준'이 선다는 거다. 두근두근한 마음을 가라앉힌다. 일이 먼저니까. 찰리정 패션쇼 날, 무대 뒤편은 아수라장이다. 모델들과 스탭들, 메이크업 아티스트들, 그중에 혜준과 정하가 있다. 해효와 진우도 있다. 정하는 혜준을 봤지만 모른 척하고 일에만 몰두하는데, 정하의 뜻과는 다르게 소란의 중심에 서게 된다.

원해효

| 26세. 모델 겸 배우 |

"난 항상 공정한 경쟁을 해.
금수저라 특혜 받은 적 없다구!"

금수저다. 조부는 사학재단 이사장이고, 아버지는 대학의 교수면서 이사다. 엄마는 미술을 전공한 전업주부다. 해효는 초등학교에 들어가기 전엔 자신의 집이 평범한 줄 알았다. 해외여행, 스키, 호캉스. 사립 초등학교를 보내야 한다는 엄마의 의견이 아버지에게 받아들여지지 않으면서 공립 초등학교로 가게 된다. 거기서 운명적으로 혜준, 진우와 친구가 되면서 부와 가난에 대해 생각하게 된다. 자신이 누리는 부가 혜준에게 약간 미안할 때가 있다. 그러나 자신의 생각과는 다르게 가난이란 조건을 긍정적으로 받아들이고 열심히 사는 혜준에 대한 애정이 깊다. 순하고 상냥하고, 외향적이다. 장난기가 많다. 좋아하고 싫어하는 일이 분명하고 싫어하는 일은 하지 않는다. 좋아하는 일을 하기 위해 싫어하는 일을 해야 된다는 혜준의 생각이 답답할 때가 있다. 사나이는 '도전'이다. 승부욕이 강하고 지고는 못 산다. 좋아하는 일은 죽도록 열심히 한다. 금수저라 혜택 받는다는 남들의 시선에 동의하지 않는다.

"왜냐 난 죽도록 노력하니까."

해효는 혜준과 정정당당하게 승부를 겨뤄 지금의 자리에 올라오게 됐다고 생각한다. 환경의 차이가 아니라 노력의 차이라고. 공정하지 않은 것에 민감하다. 해효는 아직 모른다. 자신의 노력으로 온전히 지금의 자리를 누릴 수 없다는 걸. 혜준의 어머니인 애숙을 집에서 가사도우미로 만났을 때 당혹스러웠다. 잠시 띵 하곤, '어머니'라고 했다. 해효는 혜준에게 자신의 집에 애숙이 가사도우미로 온다는 걸 모르는 척했다. 혜준이 알면 기분 상할까 봐. 해효는 혜준이 애숙이 자신의 집에 가사도우미로 온다는 걸 모른다고 생각한다.

혜준과 해효는 이 일에 대해 서로 아는 척을 한 적이 없다. 암묵적인 동의다. 해효는 집에서 애숙을 만나면 살갑게 대했다. 해효는 엄마 이영보다 애숙이 더 편했다. 엄마 이영은 해효가 연예인이 된다고 했을 때 적극 밀어줬다. 해효는 공부와 자신은 잘 안 맞는다고 생각했다. 경기도 소재의 대학을 나왔고, 모델 일을 하면서 인지도를 올리고 배우가 되려고 한다. 아버지 태경은 그런 아들이 못마땅하다. 공부도 웬만하게 했음 자신의 대학에 입학시킬 수 있었다. 하지만 엄마 이영은 시대에 뒤떨어진 생각이라며 연예인으로 성공하는 게 교수되는 거보다 백번 낫다며. 적극적으로 해효를 뒷바라지한다. 해효는 질시하는 아버지 태경보다 엄마 이경의 관심이 더 싫다.

해효는 모델 에이전시 대표한테 사기 낭해 에이전시를 바꿨다. GI엔터와 매니지먼트 계약하게 됐다. 그 과정에 이영이 관여했다. 해효는 엄마 이영이 알아봐 준 곳으로 결정했다. 큰 소속사에서 케어 받고 싶었다. 배우로서. 그렇다고 특혜 받았다고 생각 안 한다. 왜냐면 정식으로 뽑는 시기에 응모했고, 혜준에게도 제안해서, 함께 오디션을 봤다. GI엔터의 선택은 해효였다. 해효는 기뻤고, 혜준은 산뜻하게 축하해 줬다. 사실 이미 해효로 정해져 있었다. 이영과 친분도 있었고, 집안도 좋고 모델로서 핫한 해효가 더 낫다고 여겼다. 핫하다는 건 인스타그램 팔로우 수로 판단했다. 해효의 팔로우 수는 모델 중에 젤 높았다. 해효는 무대에 한 번 서면 팔로우 수가 쑥쑥 느는 것이 신기하기도 하고 기뻤다.

해효는 대형 매니지먼트의 케어로 많은 기회를 얻었다. 같은 소속사 스타에 딸려 끼워 팔리기도 했다. 모델 출신 배우로서 여러 작품을 통해 얼굴을 알렸지만, 존재감은 별로 없었다. 될 듯 될 듯하면서 크게 되진 못했다. 한 방이 부족했다. 그러다 한 방이 될 오디션을 보게 된다. 세계적으로 유명한 감독 신작 영화에서 중요도 세 번째 되는 남자 배역이다. 이 배역을 따야 된다. 오디션장에서 혜준을 만났다. 늘 그렇듯 서로 응원해 주고 같이 밥 먹고 놀왔다. 진우가 인턴으로 일하는 스튜디오에 가서. 해효는 이렇게 셋이 있을 때 제일 편했다.

해효는 지금 현재 혜준과 진우보단 앞서 있다. 그리고 계속 그럴 거라고 생각한다. 자신이 잘되면 두 친구를 꼭 이끌어주려고 마음먹고 있다. 근데 인생은 참 묘하게 흘러간다. 혜준이 조연으로 출연한 드라마가 잘되면서 혜준이 갑자기 주목받기 시작한다. 일시적인 거라고 생각했다. 하지만 강렬하고 선명했다. 스타가 된 혜준이 낯설다. 이 낯설음을 어떻게 해야 하나.

김진우

| 26세. 인턴 사진작가 |

"니들 내가 다 뜨게 해줄게! 나만 믿어!"

긍정적이고 활달하다. 생각하면서 동시에 행동이 나온다. 의리 있고 뜨겁다. 힘든 일을 하기 싫어서 아빠가 하는 목수 일을 배우지 않았다. 사진작가를 지망하고 있다. 폼 잡고 사진 찍으면 되는 줄 알았는데 장비도 날라야 되고 목수 못지않게 노동의 강도가 강하다. 그래도 이 일이 좋다. 인턴이라 맨날 야단맞는 게 일이다. 장남인데 집안에서 아빠와 제일 친하고 죽이 맞는다. 버는 족족 쓰는 스타일이다. 유머가 있고 사치스럽기도 하다. 사고 싶은 물건은 꼭 사야 하는. 니들 내가 다 뜨게 해줄게! 나만 믿어!... 뻥이야!!! 우리 각자도 생하자! 키가 조금만 더 컸으면 모델을 했을 텐데 선천적인 조건이 따라주질 않았다. 군대도 다녀왔다. 대한민국 남자로서 숙제는 마쳤다. 해효의 동생 해나와 친하다. 지금 썸 타고 있다. 아무도 이 두 사람이 사귀리라곤 상상하지 않았다. 상상하지 않은 일이 현실에선 일어난다. 아무렇지도 않게.

한애숙

| 혜준 모. 50세. 가사도우미 |

"난 가사도우미가 좋아. 언제 내가 으리으리한 집에 살아보겠어!
이렇게라도 살아보니까 좋아."

외동딸이다. 어릴 때부터 혼자 해야 돼서 자립심도 강하다. 정의감이 있고 엉뚱한 면이 있다. 아버지가 일찍 돌아가시고 엄마 손에 컸다. 엄마도 애숙이 결혼한 지 7년 만에 돌아가셨다. 가족에 대한 애착이 강하다. 남편 영남의 책임감과 소박함, 순수함이 마음에 들어 결혼을 결심했다. 영남이 애숙과 결혼할 때만 해도 영남의 일이 잘될 때였다. 영남의 인생이 환하게 빛날 때 애숙을 만났고, 애숙은 이 남자는 절대 날 떠나지 않을 거란 확신에 결혼했다. 시아버지 민기가 사고 쳐서 형편이 어려워지자 일을 하기 시작했다. 의외로 남의 집 일이 적성에 맞는다. 소위 수준 높은 사람들하고 얘기하고 그 집 살림을 살고, 거기서 배운 걸 집에 와서 써먹기도 한다. 천직이라고 여기고 일하고 있다.

사영남

| 혜준 부. 53세. 목수 |

"얼굴 믿고 까불다 니 할아버지처럼 쪽박 차."

책임감이 강하다. 아버지 민기가 생활력이 없고 사기를 많이 당해 어릴 때부터 집안의 생계를 책임졌다. 머리가 좋은데 집안 형편이 어려워 고등학교를 중퇴했다.

이후 생활 전선에 뛰어들었다. 기술을 익히면 굶어죽을 일이 없다는 엄마의 말에 동네 목수 아저씨를 따라다니면서 일을 배웠다. 일하면서도 공부에 대한 미련을 못 버려, 검정고시로 고등학교 졸업장을 땄다. 대학도 가려고 했지만 생활을 책임져야 해서 때를 기다리기로 했다.

감각도 있고 눈썰미도 좋아서 찾는 사람들이 많아졌다. 설계도까지 볼 수 있게 숙련되면서 팀원을 이끄는 반장이 됐다. 그 팀에 진우 아빠인 장만이 있었다. 한때 가정집 인테리어를 하게 되면서 돈도 많이 벌고 애들을 남부럽지 않게 키울 수 있다는 희망이 생겼다.

희망은 그렇게 잠깐 머물다 가버렸다. 아버지 민기가 사기를 당해 그 돈을 갚느라 벌어놓은 돈을 다 꼬라박았다. 나쁜 일은 한꺼번에 오듯이, 일하다 작업장에서 어깨를 다치고 수술까지 하게 된다. 목수 일을 제대로 못하게 되면서 후배 장만이 반장이 되고 자신은 그 밑에서 일하고 있다. 설계도면은 볼 줄 아니까.

아버지 민기가 제대로 살았으면 자신의 인생도 달라졌을 거란 원망을 가지고 있다. 영남은 가정을 돌보지 않고 가수 되겠다 배우 되겠다며 단역으로 전전하다 늙어서는 자신에게 의탁하게 된 민기를 미워한다. 그러면 안 된다고 마음먹었다가도 불쑥 치밀어 오른다. 돌아가신 엄마에 대한 그리움이 있다. 영남은 아버지 민기의 외모를 쏙 빼어 닮아 잘생기고 키가 큰 혜준을 보면 민기처럼 그렇게 살까 봐 강력한 훈육을 한다. 혜준의 형인 경준은 자신을 닮아 안쓰럽기도 하다. 장남으로 태어나 짊어질 짐을 생각하면. 영남의 빗나간 애정 표현으로 인해 혜준에게 상처를 주고, 경준에게도 부채감과 책임감을 안겨준다. 영남에게 자식은 너무 어렵다. 그래서 더 아빠의 책임감에 짓눌려 있다.

사민기

| 혜준 조부. 71세 |

"내가 잘못했다. 과거 얘기 그만해."

아직도 해맑다. 천성이 밝고 순진하다. 인물이 좋아서, 자랄 때 사람들이 다 한자리 할 거라 했다. 근데 한자리는커녕 자식 집에서 얹혀사는 존재로 전락했다. 가족보다는 친구를 더 소중하게 여겼고, 밖에서 노는 게 더 좋았다. 살림은 아내에게 맡기고.

자식들은 낳아만 놓고 아내가 다 키웠다. 보증을 잘 서주고, 어렵다고 사정하면 자신에게 돈이 없어도 남에게 돈을 꿔서라도 주었다. 그 덤터기를 자신이 아닌 장남인 영남이 썼다. 이젠 관계가 역전되어 영남에게 훈계를 듣는다. 할 말이 많지만 참는다. 눈칫밥이 늘었다. 며느리인 애숙에게 잘 보이려고 한다. 영남이가 자신을 버리더라도 애숙이는 버리지 않을 걸 안다. 손자 혜준이 태어날 때부터 너무 좋았다. 인물이 훤한 게 딱이다. 혜준이는 스타가 될 거다. 난 안다. 내 감이 안다. 아니 알지 못해도 그렇게 되리라 암시한다. 혹시 아나 진짜 스타가 될지. 민기는 그러면서 자신도 아직 안 끝났다고 되뇌인다. 관 뚜껑 아직 안 달았다구!

사경준

| 혜준 형. 27세. 취준생 |

성취 지향적인 인물이다. 공부머리가 있다. 학교 다닐 때 일등을 놓치지 않았다. 사회가 불공평하고 정의롭지 못하다고 생각한다. 계층 사다리를 탈 수 있는 기회가 별로 없다고 생각한다. 사회구조에 대한 불만이 많다. 부의 세습을 어떻게든 완화시켜야 된다고 여긴다. 융통성이 없다. 사람들은 다 경준이 공

무원을 하면 딱이라고 말한다. 인생의 방향을 모든 사람들이 잘 맞는다고 한 공무원에서 은행으로 틀었다. 자신은 크게 틀었다고 생각하지만 사실 거기 서 거기다.

장남으로서 책임감을 갖고 있다. 아빠 영남의 편애로 동생 혜준에 대해 부채 감을 갖고 있다. 한 살 터울인데 동생 혜준에게 엄하다. 혜준이 부럽기도 하 다. 혜준은 자기 살고 싶은 대로 사는 거 같아서. 하지만 절대 내색하진 않는 다. 부러움을 질시로 표현한다. 니가 되겠냐! 꿈 깨고 빨리 기술이나 배워라. 아빠 영남과 같은 생각이다. 고1 때, 동생 혜준을 때렸다. 그 이후로 사이가 나쁘다. 자신이 비웃던 혜준이 스타가 되자 어떤 스탠스를 취해야 될지 모르 겠다. 그러다가 혜준에게 악플을 단 악플러에게 악플을 달았다가 은행에서 해고될 위기에 처한다.

원 해 효   가 족

김이영
| 해효 모. 52세. 미술 전공. 인목대학교 겸임교수 |

"연예인이 대세야! 트렌디를 읽어요 좀!"

어릴 적부터 부모가 정해준 대로 살았다. 미술 경시대회에서 상도 많이 탔고, 유학 가서 그림을 전공하려고 했으나 그 정도로 재능이 있지는 않았다. 연예 인이 되고 싶었지만, 부모의 반대로 좌절한다. 부모가 반대하지 않았으면 톱 스타가 되어서 사람들의 주목을 받고 살고 있을 텐데 하고 매번 사람들에게 한탄한다. 자신의 꿈을 해효가 이뤄주길 바란다. 패리스 힐튼도 호텔 사장 딸인데 그 유명세로 잘 먹고 잘살지 않나. 해효는 충분히 가능하다. 해효가 스타가 되면 재단 홍보도 하고, 수백 억씩 벌 수 있다. 해효를 스타로 만들기 위해 뒷바라지에 열중한다. 해효의 인스타 팔로우 수를 조작한다. 티나지 않게, 교묘하게. 훗날 해효에게 걸림돌이 된다. 혜준 엄마인 애숙에게 가정 살림을 전적으로 의지하고 있지만, 동등한 입장은 아니라는 걸, 일 년에 몇 번은 짚고 넘어가야 속이 풀린다. 히스테릭하지만 뒤끝은 없다.

원태경
| 해효 부. 54세. 교수. 학장. 인목재단 이사 |

자기중심적이고 권위의식이 강하다. 자존심도 세다. 다양성을 인정 못한다. 자식들이 공부를 잘해서 교수가 되고, 학교 재단을 물려받았으면 하는 희망을 갖고 있다. 다람쥐 쳇바퀴처럼 사는 인생이 가끔 옥죄어온다. 아버지를 뵈면 아직도 어렵다. 자신의 자식들에겐 그러지 않으려고 노력하지만 잘 되질 않는다. 학교에서 교수들이 사학재단 비리에 대해 논의하기 시작하자, 순탄한 학교생활에도 파란이 인다.

원해나
| 해효 동생. 95년생. 졸업하고 로스쿨 갈 예정 |

곧이곧대로다. 하라는 대로 했다. 교수가 되려는 꿈을 갖고 있다. 공부가 취미다. 내성적이고 소심하다. 자신을 웃게 해주는 남자를 좋아한다. 얼굴만 보고 따라오는 남자도 많고, 고 스펙 남자랑 사귀기도 했지만 언젠가부터 진우가 마음에 들어오기 시작한다.

조성란

| 정하 모. 54세 |

감수성이 발달했다. 신데렐라를 꿈꿨으나 자신에게 배당된 남자는 빈털터리였다. 생활력도 부족한. 자신과 비슷하게 현실감이 떨어졌다. 결혼 후 신데렐라에서 깨어나 현실에 발붙이고 살려는데 뜻대로 되질 않았다. 다른 사람들과의 비교로 결혼 생활 내내 불행했다. 그 화풀이를 남편 승조에게 했다. 결국 두 사람은 서로에게 상처를 주고 헤어졌다. 성란은 자신도 돈을 벌고 혼자 살 수 있다는 걸 보여주고 싶었다. 이혼하고 대구에서 살다가 청주로 이사 왔다. 손재주를 활용해 시장 안에서 옷 수선 집을 열었다. 돈이 뜻대로 벌리지 않고 이혼했다니까 막 대하는 사람들도 있고, 다시 결혼하고 싶었다. 이번엔 돈 많은 남자로. 하지만 현실은 돈 많은 남잔 아니고, 먹고살 수 있는 정도의 재력을 가진 남자를 만났다. 그 사이에서 아들을 낳았다. 지금 초등학교 5학년이다. 옷 수선 집을 관두고 남편 장사를 돕고 있다. 힘들게 사는 게 싫다. 딸 정하에게 부모처럼 의지한다.

안승조

| 정하 부. 54세 |

감수성이 발달했고 예민하다. 교양 있고 인간미를 강조한다. 현실에 발을 붙이고 사는 거 같지 않다. 대학 때 미술을 전공했으나 잘 풀리지 못했다. 화실을 하다가 망했고. 상냥하고 사람의 비위를 맞추는 성격이 아니다. 예술가 타입이다. 누군가를 가르치는 것이 아니라 그림을 그리고 싶다.

김장만

| 진우 부. 51세. 목수. 반장 |

한 번 사는 인생, 폼 나게 살아보자는 모토를 갖고 있다. 아들 진우와 죽이 척척 맞는다. 수입이 좋은데도 아직 한남동 산동네를 못 벗어나고 있다. 자식에게 목수 일을 시키고 싶어 하지 않는다. 힘든 일이라. 자식 뒷바라지는 팍팍해준다. 집은 자가다. 재개발 예정이라 기다리고 있다. 인정이 있고 의리도 있다.

이경미

| 진우 모. 49세. 전업주부 |

집안일에 취미 생활하기에 바쁘다. 춤추는 걸 좋아해서 춤을 배우러 다니다 춤을 가르치고 있다. 애숙과 언니 동생으로 지낸다. 의리 있고, 요리도 잘한다. 오지랖이 넓다.

김진리

| 진우 동생. 21세. 대학생 |

힘이 세고, 뭐든지 만드는 걸 좋아한다. 아빠처럼 목수가 되고 싶다. 집에서 뒹굴뒹굴 하는 걸 좋아한다.

이민재

| 혜준 매니저. 39세 |

감성적이면서 논리적이다. 깐깐하다. 불의를 보면 잘 참는다. 자신에게 이익이 되지 않는 일엔 나서지 않는다. 단 하나 예외가 혜준이었다. 혜준의 선함에 마음이 움직였다. 그러다 엮였다. 혜준에게 매니저 제의를 받는다. 원래 가정 형편이 급격히 어려워져 대학을 다니다 중퇴하고 취직을 하게 됐다. 대학 때부터 모델 에이전시에서 통역을 해주는 아르바이트를 하다가 이 세계에 발을 디딘다. 그러다 태수를 알게 되고, 태수 밑에서 모델 에이전시 홍보와 마케팅 일을 하게 된다.

이태수

| 모델 에이전시 대표 |

입심이 좋고, 임기응변이 좋다. 모델 개런티를 계속 떼어먹는 등 사리사욕을 채운다. 그러나 워낙 논리가 단단해서 들으면 묘하게 설득된다.

정지아

| 혜준 전 여친. 26세. 로스쿨 재학 |

남의 이목을 중요시한다. 예쁘고 승부욕이 강하다. 아빠가 로펌을 운영하고

언니도 그 로펌에 근무하고 있다. 화려하게 살고 싶은 욕망을 갖고 있다. 혜준을 좋아하지만 혜준의 조건 때문에 헤어졌다. 대형 로펌에 다니는 남자와 사귀는 중이다. 그러다 혜준이 스타가 되고 주목받게 되면서 자신의 선택을 후회한다. 다시 잘해보고 싶어 한다.

최수빈
| 정하의 샵 동기. 22세 |

짧게 봐도 무식하고 길게 봐도 무식하다. 생각이 곧 말로 나온다. 한번 믿는 사람은 끝까지 믿는다. 부모님과 함께 살지만 독립하고 싶어 한다.

양무진
| 포토그래퍼. 진우 회사 대표 |

인물 사진, 제품 사진, 사실 돈 되는 건 다 한다. 임기응변에 능하다. 사진이 계속 돈이 안 되면, 남자 아이돌이 돈이 된다는데 아이돌을 키워볼까 한다.

혜준과 해효, 둘 중에 한 명을 선택해야 한다.

영화 제작사 사무실 모니터에선 혜준이 오디션 봤던 영상이 나오고 있다. 〈더 테러라이브〉의 하정우(윤영화) 역할을 연기하는 중이다. 자신의 전 부인이 취재 현장에 나갔다가 수몰되는 상황을 지켜보고 있는 장면이다. 혜준, 열심히 하고 있다.

혜준   현재 대기 중인 수상구조에게 부탁드립니다. 방금 보신 추락지점에서 즉시 수색 작업 시작해 주십시오. 분명 생존자가 있을 겁니다. 전원 구조할 수도 있습니다. 제발, 빨리 가서 찾아 주시기 바랍니다. 제발 부탁드립니다! (잠시 말을 못 잇다가) 박노규 씨! 뭐라고 말씀 좀 하시죠!

         다른 화면엔 해효의 연기 영상이 나온다. 똑같이 하정우 역이다.

해효   박노규 씨? 뭐라고 말씀 좀 하시죠? (차분하다가 점점 격노하며) 사과니 뭐니 이딴 소리 하더니 이러고 전화 끊으면 끝이야? 뭐라고 말 좀 하라니까!

혜준   뭐라고 말 좀 하라니까! 어차피 죽일 생각이었지?

화면 멈춘다. 감독과 피디 화면 보면서, 혜준과 해효를 번갈아 보면서 품평을 한다. 그 시각 혜준은 카페 알바 중이다. 혜준은 영화 오디션 결과를 목놓아 기다리고 있다. 결과에 따라 자신의 인생이 완전 달라질 수 있다. 군대를 앞두고 있어서 이번 오디션에 되지 않는다면 군대에 갈지도 모른다. 아직 영장은 나오지 않았지만 막연한 불안감이 있다. 해효는 드라마 촬영 가기 전에 혜준이 일하는 카페에서 브런치를 먹는다. 해효는 지금 4부작 웹드라마에서 서브 주연을 하고 있다. 매니지먼트를 GI엔터로 옮긴 후 여러 가지 일들을 잘 잡아주고 있다. 일을 잡아준다고 해도 해효는 자신이 오디션을 통해 일을 잡는 게 떳떳하고 그걸 좋아한다. 이번 영화 오디션도 같은 맥락이다. 박찬욱 감독 정도의 레벨을 갖고 있는 이 감독의 영화에 출연하게 되면 뭔가 자신의 인생에 터닝 포인트가 될 거 같다. 자신이 빨리 자리를 잡아서 친구 혜준을 끌어주려고 생각 중이다. 해효는 혜준에 대한 애정이 깊다. 혜준이 잘되는 걸 꼭 보고 싶다.

진우는 사진작가님 심부름으로 카페에 들렀다. 혜준, 해효, 진우는 죽마고우다. 같은 동네에 하는 일도 같은 분야라 행동반경이 비슷해 자주 본다. 해효는 이번 오디션은 자신이 꼭 돼야 된다며 우리 서로 양보 같은 건 하지 말자고 다짐한다.

해효는 매니저가 와서 청담동 샵으로 데려간다. 촬영가기 전에. 진우는 같은 배우 지망생인데 혜준과 해효가 너무 차이가 난다며, 이런 자본주의가 너무 좋다고 낄낄댄다.

청담동 샵엔 정하가 고객의 메이크업을 하고 있다. 진주 디자이너가 와서 자신이 한다고 하자 고객이 마무리만 하면 되니까 정하가 마저 하라고 한다. 정하는 고객이 가자 진주 디자이너에게 불려간다. 니가 대학 나왔으면 다냐. 대기업 다니다 관뒀으면 다냐. 눈에 뵈는 게 없냐. 원장이 예뻐하니까. 남의 밥그릇 뺏는 년치구 제대로 된 년 없다. 다시 내 손님한테 살랑대면 그땐 사람들 많은 데서 망신 주겠다고 난리를 친다. 해효가 샵에 왔단 소리에 진주 디자이너는 해효를 응대하러 나간다.

정하는 매번 이런 식으로 자신을 쥐 잡듯 하는 진주 디자이너를 견뎌내야 한다. 정하는 이럴 땐 휴대폰을 꺼내 바탕화면을 본다. 바탕화면엔 혜준과 해효가 함께 찍힌 런웨이 사진이 깔려 있다. 혜준과 해효 둘 다 잘 나왔다.

"혜준아! 힘들다! 그래도 버틸 거야! 너도 잘 버티고 있지! 넌 분명 좋은 배우가 될 거야. 왜냐! 내가 널 끝까지 응원할 거니까! 93 닭들!! 파이팅!"

정하는 힘들거나 외로울 때 덕질로 버틴다. 혜준이 덕질은 대학 때부터 시작했다. 이제 같은 분야에 있으니 언젠가 혜준을 만날 희망을 꿈꿔본다. 그때가 되면 혜준을 빛나게 해줄 실력을 갖추어야 한다. 그래서 오늘도 열심히 일한다.

혜준은 카페 알바하고 패션쇼 리허설하고 집에 들어간다. 집에서 혜준을 기다리는 건 군대 영장이었다. 아빠 영남은 혜준이 한심하다. 진작 군대 다녀와서 목수 일을 배우라는 자신의 뜻을 번번이 어기고 배우가 되겠다고 저러는 게 못마땅하다. 처음부터 지금처럼 한심해한 건 아니다. 모델 한다면서 잡지에 기사도 실리고, TV에 영상이 잠깐 나왔을 땐, 뭐가 되는 줄 알았다. 그러길 벌써 몇 년이다. 영화에 출연했다고 가보니까 한 씬에 대사도 한마디 없이 지나간 게 다다. 남자는 군대를 갔다 와야 뭘 할 수 있는데 아직 군대도 안 다녀오고 저러다 폐인될 거 같아 1년 전부터 혜준에 대한 압박이 심하다. 영남은 다 때려치우고 군대 다녀오라고 하고, 혜준은 이번에 중요한 배역을 맡게 되면 배우로서 가능성이 열리니 군대를 가더라도 이번 오디션 결과를 보고 가겠다고 하지만 영남은 요지부동이다. 군대 가기 싫어, 힘든 일 하기 싫어 꾀부린다면서 몰아친다.

"왜 날 파렴치한 놈으루 만들어? 군대 가는 거 좋아! 난 우리나라 좋아! 나라를 위해 군대 가는 거 피하지 않아!"

혜준과 영남의 갈등 때문에 집안이 싸해지고, 영화 오디션에서 떨어지면 군대에 가기로 합의한다. 엄마 애숙은 해효의 집에 도우미로 나가면서 해효 엄마 이영이 해효를 스타로 만들려고 많은 노력을 하는 걸 본다. 애숙은 혜준의 꿈을 지지하면서도 현실적인 면을 뒷받침해주지 못해서 안타깝다. 애숙은 혜준이 군대 가는 건 공무원 시험 보는 셈 치면 1년도 미룰 수 있다면서 그렇게 하자고 영남을 설득한다. 영남은 저러다 할아버지 꼴 난다며, 애숙에게 일침을 놓는다.

혜준은 자신의 진심이 매번 가족에게 부딪치는 것이 마음이 아프다. 군대를 다녀오면 서른이다. 서른에 모델을 다시 시작한다는 것도, 배우를 시작한다는 것도 어떤 것도 막막하다. 그럼 영남 말대로 먹고사는 일을 해야 된다. 기술을 배워야 한다. 목수를 할 생각도 아예 배제해 놓고 있지는 않다. 혜준은 피트니스센터에 갈 돈이 없어 동네 놀이터에서 운동을 한다. 한남동은 산책하고 운동하기에 좋다. 언젠가 한남동 빈촌이 아닌 한남동 부촌에 집을 사겠다는 의지를 불태워본다.

'너 나 좋아하냐'란 질문에 정하는 거짓말을 했다.

디자이너 찰리정 패션쇼 무대 뒤, 혜준과 해효는 메이크업을 받고 있다. 혜준은 정하에게 받고 있다. 정하는 아무렇지도 않게 일을 하고 있다. 해효 메이크업을 해주던 진주 디자이너가 급한 전화 때문에 양해를 구하고 자리를 떴다. 해효는 엄마의 문자를 받는다. 잠깐 나오라는. 해효는 정하에게 마무리를 좀 해달라고 한다. 거의 다 해서. 정하는 진주 디자이너의 고객이기 때문에 안 된다고 하지만, 혜준의 부추김과 해효의 강권에 잠깐 눈썹을 손질해 주는데 진주 디자이너가 온다. 진주 디자이너는 정하가 해효의 마무리 해주면서 즐겁게 대화하는 것을 보고 눈이 뒤집힌다. 전에 사람들 앞에서 망신 주겠다는 걸 실행에 옮긴다. 정하는 사람들 앞에서 개망신을 당하고, 혜준은 정하에게 미안하다. 자신이 부추겨서 이렇게 돼서. 정하는 사람들 앞에서 개망신 당한 거 보다 혜준 앞에서 이런 수모를 겪은 게 너무 창피하다. 사람 없는 곳을 찾아 울고 있다. 신세 한탄하면서 핸드폰을 꺼내 혜준의 사진을 본다.

"너 나 좋아하냐? 팬이야?"

혜준은 정하에게 사과하고 싶어 찾아왔다가 정하의 핸드폰에 담긴 자신과 해효 사진을 보고 묻는다. 정하는 급작스런 혜준의 출현에 자신의 마음을 들켜버린 거 같아 얼결에 거짓말을 한다. 착각도 심하다며. 사진 속에 인물이 두 사람인데 왜 자기가 널 좋아한다고 생각하냐며. 해효를 좋아한다구 고백 아닌 고백을 한다. 혜준은 그러냐며 해효 좋은 놈이라며 좋아하는 여자들 많다며 경쟁률 세다고 일러준다.

혜준은 정하의 고백으로 정하와는 연인으로 발전될 일은 없다고 생각한다. 정하는 혜준이 안심(?)하면서 여사친으로 지내게 된다. 자신의 본심을 숨긴 채. 혜준은 정하를 좋아하게 되면서 해효 때문에 거리를 두려고 하고, 정하는 해효와 친구로 지내게 되면서 자신이 혜준을 좋아하고 있음을 고백한다. 정하는 졸지에 남자관계 복잡한 여자가 돼버린다. 이 복잡한 실타래를 풀고 혜준과 정하는 서로의 사랑을 확인하게 된다. 사랑을 확인한다고 해서 해피엔딩은 아니다. 두 사람의 사랑은 그때부터 시작된다. 가족과 사회가 두 사람을 휘두르려고 하면서부터.

스타가 되는 건 재능이다.

혜준은 오디션에서 떨어지고, 해효가 붙는다. 영화사에선 이 배역에 젊은이들 사이에서 좀 핫한 사람을 캐스팅하길 원했다. 인스타 팔로우 수가 해효가 압도적으로 많아 해효를 선택했다. 해효는 인스타 팔로우 수가 모델 중에 탑이다. 55만 명. 해효 자신도 놀랄 정도로 많다. 혜준은 4만 5천 명의 팔로우를 갖고 있다. 그중에 정하도 있다.

해효는 나중에 엄마 이영이 조작한 팔로우 수로 인해 자신의 명예에 큰 곤란을 겪게 된다. 해효 자신의 아킬레스건을 엄마 이영이 건드렸다.

혜준은 무대에 서고, 여러 단역을 해도 인스타 팔로우가 늘지 않아 좀 속상했다. 인스타에 자신의 일상을 일기 형식으로 기록하고 있다. 혜준은 군대를 가야 한다. 약속대로. 형 경준은 드디어 취업에 성공했다. 은행에 붙어서 다음 달부터 나가기로 했다. 혜준 집안은 떠들썩한 축제 분위기가 되고 혜준은 씁쓸하다. 하지만 할아버지 민기가 혜준을 달래준다. 혜준은 군대 갈 준비를 하는데 영화사에서 연락이 온다. 혜준이 오디션 본 역할이 아니라 다섯 씬 정도 나오는 역할인데 혜준에게 어울릴 거 같다면서 해보자고 한다. 혜준은 뛸 듯이 기뻤다. 역할도 좋았다. 혜준은 결국 군대를 미루고 이 역할을 맡게 된다.

혜준은 이 영화 출연을 기점으로 미니 시리즈 조연이 되고, 그 드라마가 대박을 치면서 단숨에 주연을 꿰찬다. 혜준도 혜준이지만 주변 사람들도 혜준의 위치에 멘붕이 됐다. 해효는 뒷바라지를 하는데 왜 안 되냐고 반문하는 엄마 이영과의 갈등이 더 심해지고, 정하는 자신의 애인이 스타가 됐는데 기쁘지 않다. 왠지 멀어질 거 같은 불길한 예감에 사로잡힌다. 혜준은 예전과 달라진 거 없이 똑같다는데 주변 사람들은 그렇지 않다. 주변 사람들로 인해 혜준의 인생도 흔들리기 시작한다.

용어 정리

씬	Scene. 장면이라는 의미로, 동일 시간 동일 장소에서 이뤄지는 행동, 대사가 하나의 씬으로 구성된다.
E	Effect. 효과음. 주로 화면 밖에서의 소리를 장면에 넣을 때 사용한다.
F	Filter. 전화 수화기를 통해 들려오는 소리
F.I	Fade In. 페이드인. 어두웠던 화면이 서서히 밝아지는 기법.
F.O	Fade Out. 페이드아웃. 화면이 서서히 어두워지는 기법.
O.L	Overlap. 오버랩. 현재 화면이 흐릿하게 사라지면서 다음 화면이 서서히 등장해 겹치게 하는 기법. 소리나 장면이 맞물린다.
N	Narration. 해당 화면 속의 소리와 별도로 밖에서 들려오는 등장인물의 설명체 대사.
점프	Jump. 장면을 연속하지 않고 같은 장소에서 다른 시간으로 이동하는 것.
인서트	Insert. 화면 삽입. 무언가에 집중시키거나 자세히 설명하기 위한 장면을 삽입하는 것으로 특정 부분을 확대하는 클로즈업을 통해 이뤄지는 경우가 많다.
Flash Back	플래시백. 과거에 나왔던 씬을 불러오는 것. 주로 회상하는 장면이나 인과를 설명하기 위해 넣는다.
화이트인	White In. 흰색 화면에서부터 장면이 등장하는 장면 전환 방법.
화이트아웃	White Out. 장면이 사라지면서 흰색 화면으로 전환하는 장면 전환 방법.
몽타주	각기 다른 시간과 장소의 컷들을 이어붙인 장면.

일러두기

- 이 책은 하명희 작가의 대본 집필 형식을 최대한 살려 편집했습니다.

- 대사는 어감을 살리는 데 비중을 두어, 한글 맞춤법 규정과 맞지 않는 부분이라도
  유지하였습니다.

- 대사의 강약을 표현하기 위한 의도로 대사 중간에 /를 삽입하였습니다.

- 대사 중간에 말이 끊기는 것을 표현하기 위해 마침표를 생략한 부분이 있습니다.

- 대사 중간의 말줄임표는 대사 사이 호흡의 길이를 표현하기 위한 것으로,
  온점 두 개, 세 개, 네 개 등으로 다양하게 표기되어 있습니다.

- 이 책에는 최종 대본을 담았습니다. 따라서 방송되지 않은 부분이 포함되어 있거나
  방송과 다를 수 있습니다.

1부

씬1. 영화 제작사 사무실 안 (낮)

모니터에서 혜준이 오디션 봤던 영상이 나오고 있다. 〈더 테러라이브〉의 하정우(윤영화) 역할을 연기하는 중이다. 자신의 전 부인이 취재현장에 나갔다가 수몰되는 상황을 지켜보고 있는 장면이다. 혜준, 하정우 연기를 열심히 하고 있다. 자신만의 색깔로.

혜 준   현재 대기 중인 수상구조에게 부탁드립니다. 방금 보신 추락지점에서 즉시 수색 작업 시작해 주십시오. 분명 생존자가 있을 겁니다. 전원 구조할 수도 있습니다. 제발, 빨리 가서 찾아주시기 바랍니다. 제발 부탁드립니다! (잠시 말을 못 잇다가) 박노규 씨! 뭐라고 말씀 좀 하시죠! (차분하다가 점점 격노하며) 사과니 뭐니 이딴 소리 하더니 이러고 전화 끊으면 끝이야? 뭐라고 말 좀 하라니까! 어차피 죽일 생각이었지? (카메라 빠지면서. 화면 멈춤)

세 훈   (E) 괜찮네!

세 훈   하정우 하곤 다른 맛이야!

제작피디   아까두 말했지만 난 해효가 더 나아요.

세 훈   얘 이름은 뭔데?

제작피디   인간적으루 우리/ 이름두 모르는 앤 뽑지 말자구요!

세 훈   이름 뭐냐구?

씬2. 방송국 VIP 대기실 앞

혜준, 근사한 양복차림이다. 슈트빨 죽여준다. 귀엔 레시버 꽂고. 마치 영화의 한 장면을 연기하고 있는 듯한. VIP를 지켜야 된단 사명감과 책임감으로 무장한. 무표정하면서 냉정한. 카메라 뒤로 빠지면. 대기실 문엔 '박도하 배우님 대기실. 도하 사진' 붙여져 있다. 복도엔 한두 명의 지나다니는 사람들. 누군가 혜준을 향해 온다. 정확히 대기실 안으로 들어가려고.

보 라   안에 있죠?
혜 준   (막으며) 아무두 들이지 말라고 했습니다.
보 라   (다시 들어가려는 시도하면서) 나 아무 아니에요. 메이크업 아티스트 이보라예요.

혜준, 다시 팔로 제지한다. 그러면서 보라의 신체를 접촉하게 되고.

보 라   지금 닿았네요!
혜 준   (식겁. 떼는)
보 라   이미 늦었어요. 이거 성추행이에요! (하면서 혜준에게 다가가는)
혜 준   (뒤로 물러난다. 문에 몸을 붙인다.)
보 라   비켜요!
혜 준   팩틀 알려줄까요?

씬3. 방송국 VIP 대기실 안 (인서트)

박도하, 재킷 입고 있다. 스텝 시중들고 있다. 도하 손엔 반지 끼고 있다. 혜준, 앞에 서 있다.

도 하   아무도 들이지 마. 특히 이보라! 거머리 같아. 징그러워 죽겠어!

혜 준	......
도 하	(혜준 보며) 근데 어디서 많이 봤다.

씬4. 방송국 VIP 대기실 밖 (현재)

혜준과 보라 대치하고 있다.

보 라	알았으니까 비키세요.
혜 준	(의외) 그런데두 들어가겠다구요?
보 라	내 연앤 내가 끝내요.
혜 준	......
보 라	안 돼요?
혜 준	(단호하게) 안 돼요. 오더 받은 대로 해야 돼요 전. (부드럽게. 이게 진짜 내가 하고 싶은 말이야.) 하지만 예외도 있죠. 제가 힘으루 이길 수 없으면.
보 라	(무슨 말인지 알아듣고, 혜준을 확 치우고 개선장군처럼 안으로 들어간다.)

씬5. 방송국 VIP 대기실 안

도하, 거울 보면서 자신의 셀카 찍다가 거울에 보라가 나타난 걸 보고 놀라고. 보라, 빠르게 도하 앞에 오더니 도하의 뺨을 날린다. 그 뒤에 혜준 따라 들어온다. 이 상황에 놀라는 도하. 혜준.

보 라	... (감정 오른다. 눈물은 절대로 흘리지 않는다고 맘먹은) 그래두 5년을 만났잖아. 헤어지는 걸 받아들이는 거 어려워서 좀 찌질하게 굴었다구/ 이렇게까지 사람을 쓰레기 취급해야 돼?
도 하	(쪽팔리고, 주위 사람들 눈치 보이고. 그 와중에 들여보낸 혜준이 밉

고. 한숨) 그래서 어떻게 해달라구?

보 라   이제 헤어져. 니가 아니라 내가 끝내는 거야. 니가 아니라 내가 문
       제가 있어서 끝내는 거야. 널 보믄 패구 싶어서. 니가 아무리 맞을
       짓을 해두 때리면 안 되잖아. 난 좋은 사람이니까.

도 하   자기미화 작렬이네!

보 라   (또 때린다.)

도 하   (황당한)

보 라   (나간다.)

도 하   야! 야! (하면서 따라 나가려다 혜준에게) 야 너 뭐하는 새끼야? 내
       가 쟤 들이지 말라구 했어 안 했어?

혜 준   막느라 최선을 다했습니다.

도 하   최선!!! (혜준의 뺨을 갈긴다. 끼고 있던 반지가 혜준의 얼굴을 긁
       는다. 살짝 피가)

혜 준   (아프고, 만져보고 보니까 살짝 피가 난다. 내일 무대 서야 된다. 재
       수 없다 본다.) 아얏퍼! 아 피이!! (황당)

도 하   낯이 많이 익어서 아까 검색 좀 해봤어. 모델이더라. 무대도 꽤 섰
       던데. 어쩌다 이렇게 됐냐?

혜 준   어쩌다 이렇게 됐냐구? 내가 어때서?

도 하   (당황. 의아. 내가 어때서? 당연히 후지잖아.)

혜 준   반말해서 놀랐냐? 나두 검색해 봤더니 나랑 동갑이더라. 갑끼리 말
       까자. 먼저 시작했잖아.

도 하   너 이 새끼 미친놈이구나! (하면서 주먹이 혜준에게 날아온다.)

혜 준   (주먹을 잡는다. 서로 대치하면서)

혜 준   (N) 내 꿈은 지금 내 앞에 서 있는 놈이다. 이런 놈두 되는데. 나에
       게 주어진 시간은 얼마 남지 않았다.

도 하   (혜준의 정강이를 차고, 때리는)

혜 준   (얼굴은 막는)

인서트. 혜준 인스타그램 홈 화면. 홈 화면엔 혜준의 프로필 사진
있고, '청춘기록' 쓰여있다. 게시물 158 팔로워 4.5만 팔로잉 2명.

화면엔 무대에 선 혜준의 사진들. 일상 사진. 혜준 얼굴에 밴드 붙인 사진 올라온다. 해시태그. #극한직업 #알바 #언젠가 #또알바.

타이틀 오른다.

씬6. 진우 스튜디오 안

해효, 잡지 화보 사진 찍고 있다. 큐티와 댄디 컨셉. 핸드폰 들고 있는 설정. 그림 콘티엔 2019년을 빛낼 신인 배우 '원해효' 충무로가 원하는 남자 '원해효'. 해효, 자신감 있는 포즈를 취하고 있다. 마지막 촬영. 진우, 반사판 들고 있다. 진우, 힘겨워 반사판 약간 기울게 들고. 무진(포토그래퍼) 사진 찍고 있다.

무 진   (진우에게) 야 똑바루 들어 그거 하나 제대루 못하냐!

진 우   (빨리 좀 끝내지. 똑바로 들고)

해 효   (웃는)

무 진   (해효에게) 무표정하게 가보자.

해 효   (포즈)

무 진   (계속 셔터 누르고. 끝낸다. 카메라 모니터 본다.) 됐어어!!!

진 우   (반사판 내린다.)

해 효   운동 좀 해라! (다가가며)

진 우   작작 좀 해라 니들! 밤마다 조깅하자구 부르지 좀 마!

해 효   우리가 괜히 그러냐! 콜레스테롤 수치 높잖아! 제발 자기 관리 좀 해!

진 우   내 몸 내가 알아서 할 테니까 니 몸이나 알아서 하셔. (해효 가슴 더듬으며) 아니 우리 같이 알아서 할까!

해 효   (머리 밀치며) 정신 차려!

진 우   (웃는) 그래두 내가 니들보다 나은 거 하나 있다!

해 효   (O.L) 하나만 있겠냐! 둘두 있구 셋두 있지!

진 우	넌 어쩜 말을 이렇게 이쁘게 하냐! 군대두 안 갔다 온 녀석이!
해 효	오늘두 진우는 일일 일군대 했습니다. (인스타 알림음 E)
진 우	혜준이다! 인스타 올렸어 개.
해 효	아니다에 오백 원 건다! (자신의 인스타에서 혜준의 인스타로 간다. 그 위에 소리 E)
진 우	너 인스타 팔로워 수 엄청 늘었더라. 유승호보다 니가 더 많아. 최진혁보다두 많구! 너두 이제 스타야 스타!
해 효	아직 아니거든요! 뭘 했다구 자꾸 느는지 모르겠어. (핸드폰으로 혜준 인스타 보면. 밴드 붙인 혜준 사진)
진 우	지나친 겸손은 재수 없다!
해 효	겸손 아니구 팩트! 오백 원 줘야 되냐?
진 우	당근 줘야지. (하면서 혜준 사진 보고) 근데 애 얼굴 왜 이러냐! 알바 가서 줘 터졌나?
해 효	(걱정스런. 하지만 말은 침착하게) 터질 일이 뭐가 있어!
진 우	(농담조로) 너 같은 금수저가 우리 같은 흙수저의 비앨 알겠냐!
해 효	(가볍게 받는) 언어 위험수위가 너무 높다!
진 우	원래 팩트가 위험수위가 높은 거야. 니네 이제 발표 날 때 안 됐냐 영화? 그거 안 되면 혜준이 어떡하나?
해 효	뭘 어떡해? 내가 있잖아. 혜준인 내가 책임져.
진 우	나두 책임져주면 안 돼? 혀어엉!!
해 효	각자 도생하자며! (얼굴 밀며) 김진우 씨! 저리 가세요.
진 우	(발버둥치는)

핸드폰 E 발신자 '김이영씨'

진 우	어머니에 오백 원 건다!
해 효	내가 전화 올 때가 엄마밖에 없냐?
무 진	(진우에게) 너 뭐하냐? 여기 놀러왔어? 해효랑 너랑 처지가 같냐?
진 우	(가면서) 아 잠깐 컨셉 얘기한 거예요. (해효에게) 합쳐서 천 원 줘야 돼!

해 효	아니라니까! (전화 받는) 어 엄마!

씬7. 청담동 헤어샵 안/ 진우 스튜디오 안/ 청담동 헤어샵 안

이영, 메이크업 받기 직전이다. 전화 통화하고 있다. 정하, 손님들이 흘리고 간 쓰레기 치우고 있다. 치운 후엔 티슈를 미리 빼서 바로 쓸 수 있게 한쪽에 차곡차곡 쌓아놓는다. 정하, 허리에 쌕을 차고 있다. 쌕에 휴대용 손살균제 걸려있다.

이 영	스튜디오 촬영 한다면서 왜 안 와?
해 효	어딜 가?
이 영	헤어샵 옮기기루 했잖아 내가 다니는 데루.
해 효	싫다 했잖아.
이 영	니 머리 맘에 안 든다구. 구리다구.
해 효	(부드럽게) 됐다구! 애들 쓰는 말 좀 쓰지 말라구! 집에 들어가서 얘기하자구! 끊어요! (끊는)
이 영	(귀여운. 미소) 하 참! (그러더니 핸드폰 앞에 놓는다. 거울 보고. 거울에 정하 일하는 모습 보이고) 진주 디자이너 왜 안 와요?
정 하	잠깐 원장님 하구 말씀 중이세요. 뭐 마실 거 갖다드릴까요?
이 영	잠깐 아닌 거 같은데... 자기가 해줘. 기다리기 싫어.
정 하	전 아직 그 단계 아니에요. 금방 오실 거예요.
이 영	내가 하라면 해. 전에두 했었잖아.
정 하	그땐 진주 선생님이 하시기 전에 바탕만
이 영	(O.L) 말 많다 참! 그냥 갈까?
정 하	(어쩔 수 없이 해야겠다.) 그럼.. (하더니 휴대용 손살균제로 손을 닦는다.)
이 영	뭐해?
정 하	살균이요! (하면서 이영을 거울을 향해 보게 한다.)
이 영	나 이런 거 좋아. 딴 거 하다가 손두 안 닦구 남의 얼굴에 손대잖아.

　　　　　　　　내가 자기 전에 내 얼굴 만져줄 때 감 왔어. 좀 다르구나.

정　하　　감사합니다. (거울 속에 이영 보며) 어떤 모임이세요? 정중한 자리
　　　　　　　　신가요?

이　영　　가벼운 자리!

정　하　　신경 안 쓴 거 같은데 아주 예쁘게 해드릴게요. (하면서 퍼프로 이
　　　　　　　　영의 피부 톤을 정리한다.) 눈이 참 예쁘세요!

이　영　　(기분 좋은) 더 해줘 예쁘단 말! 기분 좋아.

정　하　　(활짝 미소) 5분 후에요. 금방하면 진정성 떨어지잖아요.

이　영　　(웃는) 어머 자기! 진짜 센스 있다!

진　주　　(빠른 걸음으로 오는. 정하와 이영이 화기애애한 거 신경 쓰이는) 얘
　　　　　　　　기가 좀 길어졌어요. 톤 정리하고 제가 해드릴게요.

이　영　　오늘은 이 친구한테 할게. (정하의 이름표 보고) 안. 정. 하!

진　주　　(황당한) 네?

정　하　　(진주의 모습에) 톤 정리만 하구 전 어시할게요.

이　영　　싫다구 했잖아. (진주에게) 자기 좀 빠졌어 요즘. (어떻게 니가 감히
　　　　　　　　날 기다리게 하니) 기다리게 하는 거 질색이야.

진　주　　죄송합니다 교수님.

정　하　　(가시방석)

씬8. 청담동 헤어샵 입구 앞

　　　　　　　　이영, 예쁘게 변신한 메이크업이 마음에 들었다. '잘 있어.' 가는. 정
　　　　　　　　하, 진주와 함께 인사한다. '안녕히 가세요.' '주말 즐겁게 지내세요.'
　　　　　　　　수빈, 안에서 두 사람 보고 있다.

진　주　　(이영 뒷모습 보며, 정하에게. 고상하게. 소리치지 않고. 싸늘하게)
　　　　　　　　좋으니?

정　하　　네?

진　주　　(빈정 상하고. 흥분하지 않고. 사람들은 잘 모르게) 대기업 다니다

	관뒀으면 다야?
정 하	선생님!
진 주	내가 안정하 씨 눈에 선생님이야? 원장님이 예뻐하니까 눈에 뵈는 게 없니?
정 하	(또 이런다.) .....
진 주	내가 이 바닥 10년쨴데 남의 밥그릇 뺏는 년치구 제대루 된 년 못 봤어. 다시 내 고객한테 살랑대면
정 하	(O.L) 말씀 중에 죄송한데요 선생. 제가 안 된다구 했는데 고객님 께서 해달라구 해서 할 수 없이
진 주	(O.L 얼굴 다가와서) 할 수 없이? 다들 그래 할 수 없이 했다구! 언 다 대구 개소리야? 이런 일 다시 한번 생기면 대기업 다닐 땐 내가 꿀 빨았구나 느끼게 해줄게. (가는)
정 하	......

씬9. 청담동 헤어샵 탕비실

정하, 들어선다. 수빈, 따라 들어온다. 귀엔 레시버 꼈다.

수 빈	언니 또 혼났지! 다 열등감이야. 언니한테 열등감 있어서 그래.
정 하	나한테 열등감 있을 게 뭐 있어?
수 빈	잘하니까.
정 하	고맙다 수빈아! 나 진짜 잘한다는 말 백만 년 만에 처음 듣는 거 같 아.
수 빈	그래? 그럼 내가 사혜준보다 좋아?
정 하	(O.L) 건 아니구!
수 빈	단호박이네! 덕질을 아주 성실하게 하시네! 진주 쌤 낼 옴므 패션 쇼 가잖아. 따라 간다 그래. 사혜준두 올껄!
정 하	억지 인연 만들구 싶지 않아. 때가 되면 만나겠지. 그날을 위해 열 심히 산다.

수 빈	(O.L) 걔가 사라질 수두 있어! 모델루 반짝 했지 배우론 별루잖아.
정 하	(마음 상해 수빈 보는) 야아!
수 빈	그렇잖아! 근데 걔 금수저라며? 한남동 산다던데. 연예인 안 해두 먹구 살겠다.
정 하	야 너 진짜 못됐다. 아까 고맙다구 한 거 취소! 혜준이 한남동 사는 건 맞는데 금수저 아니구/ 되게 열심히 살아 착하구.
수 빈	젤 한심한 게 연예인 인성 영업하는 거야. 언니가 인성을 어떻게 아냐? (레시버에서 안에서 오라는)
정 하	가서 일이나 보세요.
수 빈	괜히 성질이야. 누가 보믄 사혜준 애인인 줄 알겠다! (가는)
정 하	칫! 사혜준 이름 나온 김에 우리 혜준이 얼굴 한번 봐야지! (하면서 핸드폰 꺼낸다. 핸드폰 배경화면엔 혜준과 해효가 무대에서 워킹하는 사진. 혜준 뒤에 해효) 혜준아! 난 오늘두 너에 대한 덕심으루 하루 버틴다. (다른 혜준 사진 보면서) 너도 잘 버티구 있지!

씬10. 마을버스 안

혜준, 좌석에 앉아 있다. 얼굴엔 밴드 붙인 채로. 핸드폰 보고 있다.
해효의 인스타 보고 있다. 홈 화면엔 게시물 217 팔로워 55.3만 팔
로잉 2 꿈은 나를 지켜준다. 해효의 사진들. 혜준, 진우와 함께 찍은
사진도 있고. 여행 사진. 자동차 사진. 음식 사진.

혜 준	(N) 내 친구한테 꿈은 자신을 지켜주는 거지만 나한테 꿈은 돈이 많이 드는 숙제다.

혜준, 은행앱으로 들어간다. 자신의 통장 거래 내역 확인한다. 통장
에 거래 내역 보면 536만 원에서 들어온 돈은 거의 없고 계속 나가
는 내역만 있다. 20만 원, 30만 원, 70만 원. '사민기'에게 보낸 내역
도. 잔액 85,500원.

혜준, 한숨만 나온다. 그러다 안내음 희성교회 앞이란 소리에 못 내릴까봐 정리하고 내린다.

태 수   (E) 제정신이냐 니가?

씬11. 모델 에이전시 사무실 안

혜준, 있고, 얼굴에 밴드 붙인 채로. 태수 앞에 서 있다. 태수, 책상에 앉아 있고. 그 옆엔 민재, 자신의 책상 정리하고 있다.

혜 준   제정신 아닌 건 제가 아니라 대표님이죠. 저번 런웨이랑 저번 저번 알바비 왜 통장에 안 들어옵니까?
태 수   (자기 얘기만) 박도하가 너 고소한다는 거 내가 말렸어!
혜 준   난 쫄릴 거 없어요. (얼굴 상처 가리키며) 전치 2주는 나와요. 쌍방 안 되려구 끝까지 맞았어요. 불리하면 딴말 하는 거 이제 안 통해요.
태 수   (이거 안 되는구나. 그럼 다른 걸로. 낮은 자세) 혜준아! 너두 알다시피 회사가 너무 어렵다. 내가 오죽하믄 니 알바빌 못 넣겠냐!
혜 준   (O.L) 감성팔이 좀 그만해요! 한두 번두 아니구 매번 이러심 어떡합니까? 왜 내가 내 돈 받는데 애걸해야 돼요? 딴 애들 대표님 양아치라구 나갈 때 아니라구 돈이 없어서 그런 거지 돈 있음 안 그럴거라구 대표님 믿구/ 남았어요.
태 수   그러게 왜 날 믿냐?
혜 준   (벙찐. 이런 건 처음)
태 수   너는 이래서 안 되는 거야? 순진해서. 그래서 내가 널 위해서 니 돈을 관리해 주잖아.
혜 준   (너무 황당하다. 기가 막혀서 말이 안 나온다.)
태 수   놀랐어? 너하구 나 사이에 왜 그래? 돈 갖구
민 재   (O.L) 진짜 해두 해두 너무 한다. 대표님 혜준이 돈 주세요.

태 수	(비아냥) 그만둔다구 하셨잖아요. 짐 정리 끝났음 나가세요.
민 재	짜치게 애들 돈이나 떼먹구. 이래서 언제까지 잘될 거 같아요?
태 수	아주 나간다구 막말하는구나. 다시 볼 일 없다 이거지! 이민재 씨 세상 그렇게 만만한 거 아냐. 안 볼 거 같지! 우리 또 봐. 같은 바닥 이잖아. 곱게 나가라.
민 재	이 바닥 뜰 거구요. 대표님 볼 일 다신 없구요. 나가면서 착한 일 좀 하려구요. 이 회사 다니면서 내내 착한 일이 고팠거든요.
태 수	까구 있네!
민 재	대표님 까는 거 좋아하시는구나. 어떤 거부터 깔까요? 언론에 제 보 먼저 할까요? 사모님한테 먼저 갈까요? 아님 노동청에 먼저 갈 까요?
태 수	협박하는 거야?
민 재	이걸 협박이라구 느끼시면 구린 게 엄청 많은 건데. 내가 이래서 대 표님 리스펙 한다니까. 주제 파악 너무 잘하셔서 계속 성공하실 거 예요. 그러니까 혜준이 돈은 줘요 코 묻은 돈으루 격 떨어지지 마시 구! 오케이?
태 수	노케이!
혜 준	(민재에게 감탄하는)
민 재	(핸드폰 뒤지며) 젤 반응이 빠른 쪽이 어딘가! 사모님이 젤 빠르겠 죠! 저녁에 만나야 되니까! (핸드폰에서 저장한 사진 보여준다. 태 수와 여자들과 찍은 사진. 해외 사진. 야한 사진.)
태 수	이거 뭐야?
민 재	대표님 여자들이랑 헤어질 때마다 내가 해결사 해줬잖아요. 기억 안 나세요?
태 수	(황당) 그래서 그걸로 뭘 어쩌게?
민 재	(스마트폰 작동한다. 사진들 누군가에게 다 보낸다. 핸드폰 흔든 다.) 돈 안 들어오면 플랜 B 갑니다!

씬12. 모델 에이전시 주차장

민재, 짐 들고 나오면서 차 문 연다. 연식 오래된 차. 혜준, 뒤따라 나오면서 재빨리 뛰어와 차 뒷문을 연다. 민재, 어쭈 얘 봐라 짐을 뒷좌석에 놓는다. 혜준, 뒷문 닫고 재빨리 운전석 문 연다.

민 재	뭐하냐?
혜 준	문 열잖아.
민 재	그러니까.. 니가 왜 문을 여냐구?
혜 준	내 매니저 합시다 누나.
민 재	(이럴 줄은 몰랐다.) 뭐?
혜 준	누나 같은 사람이 필요해.
민 재	통장에 돈 들어오구 얘기해. 섣부르게 돈 받아준다구 혹 해갖구/ 니가 그러니까 사길 당하는 거야.
혜 준	사기 치는 놈이 문제지 당하는 사람이 문제야? 그런 시각이 사기꾼들한테 면죄불 주는 거야. 그게 2차 가해란 거야.
민 재	말은 잘하지! (차에 타고) 이 바닥 뜬다구 말했잖아.
혜 준	누가 뜨지 말래? 내 바닥은 그 바닥하구 다르다구!
민 재	(문을 닫는다.)
혜 준	누나!
민 재	(시동 걸고, 창문 연다.)
혜 준	(기대하면)
민 재	멋있다 너! 잠깐 설렜다! (하곤 차를 움직인다.)
혜 준	(혼자 남는. 어떻게 해야 하나.)

혜준, 머리를 긁적댄다. 어떻게 해야 하나. 한숨을 내쉰다. 서성인다. 생각하는 중이다. (flash back 1부 씬11 태수, 그렇게 왜 날 믿냐?)

1부 씬11 믿냐는 태수의 얼굴과 전화 통화하고 있는 태수의 얼굴
오버랩되며. 윽박지르다 쩔쩔맨다.

태 수   몇 번을 말해야 믿을래? 퇴사하는 직원이 앙심 품구 지어낸 거라니
              까. ....그 사진 다 합성이야... (버럭) 남편을 믿어야지 누굴 믿을래
              에!!!

혜 준   (들어와 서 있다.)

태 수   (혜준 보고, 전화에다가) 끊어 지금 손님 왔어. 돈 벌어야 우리 식구
              먹구살지. (혜준에게) 왜 도루 왔냐? 속이 시원하냐 이제?

혜 준   아까 했던 얘기/ 끝내요.

태 수   뭔 얘기?

혜 준   서로 원하지 않을 땐 헤어진단 계약서 조항 기억하죠?

태 수   넌 니가 대단한 줄 아냐? 니가 나랑 일 안 한다구 하면 내가 겁낼
              거 같아?

혜 준   계약해지서 써요.

태 수   맘대루 해라. 은혜를 원수루 갚는 자식아! 내가 널 위해서 사방팔방
              뛰구

혜 준   (O.L) 날 위한단 소리/ 한 번만 더 하면 주먹 나갑니다.

태 수   알았어 알았어. 이제 갈라지자. 근데 돈은 못 준다.

혜 준   먹구 떨어지세요! 당신 같은 인간하구 갈라지는 댓가치곤 싸다구
              생각할게.

태 수   (성질 오르는) 너 모델 데뷔한 지 7년이야. 니가 될 수 있는 최고까
              지 올라갔었어. 그거 누가 해줬어? 나야 나! 니가 무슨 배우가 되겠
              냐? 넌 안 돼.

혜 준   (주먹 쥐는)

태 수   (주먹 쥔 거 보고) 왜 치구 싶냐? 다 너 잘되라구

혜 준   (태수의 멱살을 잡고 벽으로 민다.)

태 수   (위협을 느끼는)

혜 준	(때리고 난 후 생기는 일들. 나도 피본다.) 때리지 않아. 때릴 가치가 없어.
태 수	해효랑 너랑 같다구 생각해? 니가 해효처럼 될 수 있다구 생각해? 니가 조바심 나는 거 그거잖아.
혜 준	(감정 확 오르지만 간신히 누르고. 태수한테 떨어지고, 태수 구겨진 옷을 펴준다.)
태 수	너 뭐하는 짓이냐?
혜 준	(감정 누르는) 너랑 같은 인간이 아니란 걸 보여주구 있잖아.
태 수	(보는)
혜 준	해효 내 친구야. 개처럼 되려구 한 적 없어.
태 수	어디서 약을 파냐?

씬14. 필라테스센터 안

해효, 기구 필라테스 하고 있다. 코어를 단련하는 자세. 니오프, 티저, 시저스 킥 자세를 취한다. 강함과 우아함을 동시에 보여주는 몸이다. 해효, 자세를 푼다. 호흡한다.

씬15. 모델 에이전시 사무실 안

혜준, 해지계약서에 사인하고 있다. 태수는 이미 사인했고. 태수, 앞에 있다. 혜준, 계약서를 태수에게 준다.

태 수	(받고) 아 홀가분하다. 너 같은 애 데리구 있으면서
혜 준	(O.L) 콩밥 먹일려다 봐주니까 말이 많네. (일어난다.)
태 수	법으루 가두 너 못 받아. 너 줄 바엔 법원에 벌금내구 말 거야.
혜 준	내가 왜 돈을 안 받는지 알아? 안 줄 거 아니까! 그 돈 받으려면 당신보다 더 더러운 짓 해야 되는 거 아니까. 그럴 시간이 나한텐 없

어. (나가는)

태 수   (뒤에 대고) 넌 절대루 안 돼. 평생 해효 따까리나 하면서 살 거다!

씬16. 모델 에이전시 사무실 건물 밖 (낮)

혜준, 나오는. 참담한 하루다. 어떻게 살아야 하나. 카톡음 E. 혜준, 핸드폰 카톡을 본다. '화이ㅌ ㅣ ㅇ' '할부지'라고 닉네임 되어있고. 프로필 사진은 멋진 전신사진.

민 기   (E) 화이팅!

혜준, 뭔가 스르르 녹는다. 역시 이 순간에 할아버지가 있다. 보고 싶다.

혜 준   (문자 보낸다. 감정 누르며. '뭐해?'. E) 뭐해?

씬17. 콜라텍 안 일각/ 모델 에이전시 앞 골목

민기, 혜준에게 문자 보내고 있다. 잘 보이지 않는 눈 활용하며. '노라(놀아)' 콜라텍 안엔 노인들 춤추고.

민 기   (E) 놀아.
민 기   빨리 답 온 거 보니까 전화해두 되네! (전화하는)
혜 준   (발신자 '할부지' 보고. 눈물이 핑돈다. 참고 받고) 어 할부지!
민 기   뭐하냐 너?
혜 준   (감정 알아채지 못하게. 가볍게) 나두 놀지 뭐.
민 기   잘한다.
혜 준   돈 줄까?

민 기	(반색) 주면 좋지. 우리 손자 돈 많이 벌었나?
혜 준	아니.
민 기	그럼 주면 안 되지.
혜 준	지금 못 번다구 계속 못 버나?
민 기	그건 아니지. 넌 분명 된다. 할아부지가 장담해. 세상에 너만큼 잘난 놈은 내가 보질 못했다.
혜 준	(피식) 그런 말 하니까 아빠한테 맨날 혼나지.
민 기	니 아빠 무서워. 일찍 들어와. 너 없음 난 쭉정이야.
혜 준	(할아버진 나 없음 안 되지.) 사민기 씨! 왜케 쫄보가 되셨나! 할아 부지가 아빠보다 더 위야.
민 기	똥 된 지 오래됐어. 혜준아 우리가 현실은 알아야지! 그래두 넌 최 고야!
혜 준	(피식. 현실은. 그래도) 역시 할아부진 사람을 잘 봐!
민 기	지금 안 풀려두 금이 똥은 아니다. 넌 금이야!
혜 준	(말 안 했는데도 꿰뚫어보듯 말하는지) 담달에 용돈 올려줘야겠네.

무대에서 할머니와 할아버지들이 민기를 향해, 오라는 손짓.

| 민 기 | 감사합니다! 우리 손주 목소리 들었으니까 신나게 놀아봐야겠다! |

민기, 전화 끊고 무대를 향해 간다. 무리들과 간드러지게 춤추는.

씬18. 모델 에이전시 앞 골목

혜준, 전화 끊고 마음 다잡는. '아자아자'. 시계 보고 뛴다. 알바 가 야 된다.

씬19. 샌드위치 가게

혜준, 유니폼으로 갈아입고 주문대로 들어온다. 알바1, 주문대에 서 있다. 손님들 알바1 주문대에 서 있다가 혜준 오니까 서로 양보한다.

혜 준 (샌드위치 만드는 쪽으로 가는) 시간 바꼈어? 오랜만에 만나니까 반갑다.

알바 나두. 니가 주문 받아.

혜 준 왜?

알바 앞에 봐봐.

손 님 (혜준에게) 오빠 뭐 할 거예요?

혜 준 주문받을 거예요. (주문대에 서는)

손 님 그럼 내가 먼저!

혜 준 뭘루 드릴까요?

손 님 추천해 주세요.

혜 준 이탈리안 BMT 어떠세요?

손 님 좋아요. 새로 나온 쿠키두 같이 주세요.

씬20. 해효 집 거실 안 (해 질 녘)

유엔빌리지 100평대 빌라. 복층. 내부는 모던과 컨템포러리 컨셉 인테리어. 극사실주의 작가들 그림이 걸려있다. 김창열 작가의 〈물방울〉 같은 작품도. 미술품을 집안 곳곳 방안 곳곳에 소품으로 활용하고 있다. 팝아트도. 이영, 소파에 앉아서 백화점 VIP에게 보내주는 명품 상품 책 보고 있다. 테이블엔 다른 잡지. 음악과 미술. 또 다른 백화점 브로셔. 클래식 음악 틀어놓고.

이 영 (책 넘기다 획획 넘기며) 왜케 맨날 똑같아! 저번 시즌보다 나아진 게 없네.

애숙, 꽃병(다알리아, 레몬트리, 잎안개, 파스타거베라)을 들고 나와 테이블에 올린다. 외출복 입었다.

이 영	(꽂은 게 못마땅한) 다알리아가 너무 길잖아. 좀 짤라.
애 숙	(속소리 E) 기니까 포인트 되구 더 예쁜 건데.
애 숙	알았어요. (도로 화병 갖고 가는)
이 영	아 참! 내가 까먹구 안 내놨는데 손빨래할 거 있거든.
애 숙	옷 갈아입은 거 안 보이세요? (일 다해서 갈아입었다.)
이 영	(속소리 E) 자기 옷 갈아입은 걸 내가 어떻게 알아? 시간 다 끝났다 이거지!
이 영	(그래도 아쉬우니까) 빨래 그거 하는 데 얼마나 시간이 걸린다구!
애 숙	오늘은 일쩍 집에 가야 돼요.
이 영	(부드럽게) 해주면 안 돼?
애 숙	다음에 와서 할게요. 우리 큰애 오늘 첫 출근 날이라 축하모임 있어요. 동네 사람들 불러서 장 봐야 돼요.
이 영	취직하면 동네잔치까지 해야 되는 거야? (이미 감정 상한) 그렇게 취직이 어려운데.. 어떻게 했어?
애 숙	(자랑하고 싶다. 안 그런 척) 스펙이 좋아요.
이 영	(속소리 E) 스카이 대학! 하나두 안 부러워요! 대기업 가봐야 평생 일만 하다 죽나는 인생!
이 영	어디? 나한테 얘기했음 우리 학교 직원으루 추천해 줬잖아.
애 숙	(속소리 E) 그 학교 갈려면 취직을 안 하구 말죠.
애 숙	오라는 데 몇 군데서 골랐어요.
이 영	(O.L) 그래서 어디 갔는데? 자랑하구 싶음 자랑해. 길게 늘어지지 말구 이럴 시간이면 내 빨래 해줬겠다.
애 숙	(속소리 E) 결국 빨래네. (시계 보고) 이거 빨리 해야겠네! (꽃병 들고 가는)
이 영	(혼잣말로) 말 돌리는 거 봐. 우리 집 일 하루 이틀두 아니구. 야박하게 딱 잘라 안 된다구 하냐.

씬21. 해효 집 화장실 샤워룸

애숙, 바닥에 앉아 이영의 티셔츠를 손빨래하고 있다.

애 숙 　　하구 싶은 거 다 하구 사는 사람 없다더니 다 뻥이야. 세상 불공평
　　　　한 거 새삼스레 안 거 아니잖아. 어차피 이번 생은 꽝이야.. 불평 불
　　　　만해봐야 나만 손해야.

　　　　카톡음 E. 애숙, 보면 가족 단체 카톡방이다. 애숙, 영남, 경준, 혜준
　　　　이 멤버다. 애숙, 보면 '오늘 저녁 다 같이 먹는 거 알지!' 영남.

영 남 　　(E) 오늘 저녁 다 같이 먹는 거 알지!
애 숙 　　안다. 또 확인하네!

　　　　혜준, 메시지 뜬다. '전 늦어요.'

혜 준 　　(E) 전 늦어요.
애 숙 　　아 애는 왜 늦어? 지 아빠한테 한소리 들을라구! 암튼 중간에서 다
　　　　릴 놓을려두 손발이 맞아야 놓지!

　　　　영남 카톡. '무조건 시간 맞춰.'

영 남 　　(E) 무조건 시간 맞춰.
애 숙 　　뭘 또 무조건 맞춰? 늦을 수두 있지. 암튼 맘에 안 들어. 일 나간다
　　　　더니 다 끝났나?

씬22. 아파트 인테리어 현장

40평대. 안은 다 뜯어놓은 상태다. 마이너스 몰딩 공사하려고 한다.

바닥엔 다루끼(네모난 목각재) 쌓여있고. 장만, 벽에 다루끼를 붙이고 있다. 영남, 옆에서 보조한다. 카톡하는 중.

영 남	먹구 싶은 거 있음 말해. 경준 엄마한테 하라 그럴게.
장 만	어련히 알아서 할까 형수님이. 형님은 좋겠수! 경준이 취직하구 이제 혜준이 하나 남아서.
영 남	(한숨) 그 하나가 문제다. 붕 떠갖구 뜬구름만 잡으러 댕겨!
장 만	텔레비 나오구 잡지 나올 땐 툴툴거리면서두 좋아서 실쭉실쭉 웃더구만.
영 남	(O.L) 좋아서 그랬나! 그땐 진짜 얼굴루 밥 벌어먹구 살 줄 알았지. 앗싸리 암것두 안 됐으면 헛바람은 안 드는 건데. 7년 해서 안 됐음 집어치워야지 미련을 못 버리구. 우리 따라다니면서 기술이나 배우면 좋겠어.
장 만	난 우리 진우가 혜준이만큼만 생겼음 올인했어. 뭐 좋다구 우리 일을 시킬려구 해?
영 남	기술 있음 굶어 죽진 않잖아. (다루끼 들어 장만에게 주려다 팔에 강한 통증을 느끼며. 외마디 소리 지르고 놓는)
장 만	힘쓰는 건 내가 한다니까!
영 남	미안하니까 그렇지.
장 만	큰 그림은 형님이 잘 그리잖아. 일하다 다쳐서 한쪽 팔 못쓰면서 자식한테 물려주구 싶냐?
영 남	난 아버지 빚 때문에 너무 무리해서 일하다가 그런 거구. 군대두 가야 되지 내가 걔 생각하믄 잠이 안 온다. 언제까지 내가 봐줄 수 있겠어.
장 만	형수님두 벌잖아요.
영 남	그 일 언제까지 해? 요즘 얼마나 유센데.
장 만	유세 떨만 하지 뭐. 형님은 형수 업구 다녀야 돼.

씬23. 해효 집 거실

애숙, 가방 들고 집에 가려고 나온다. 거실에 아무도 없다.

애 숙	(안에 대고) 저 가요!
이 영	(안에서 E) 잠깐만.
애 숙	(뭔가 해서 소리 나는 쪽 보면)
이 영	(나온다. 돈 봉투 들고) 오늘 시간 초과한 거 더 줄게. (봉투 내민다.)
애 숙	(뭐지 이건) 괜찮아요. (정색. 도로 내민다.)
이 영	왜에.. 넉넉하게 넣었어. 오만 원.
애 숙	하루 십만 원인데 빨래 하나 더 했다구 무슨!
이 영	일찍 가야 된단 사람 붙잡았으니까 보상할려는데 왜 그래?
애 숙	됐다니까요!

현관문 열리는 소리 들리고. 애숙, 나가는데 해효 들어온다.

해 효	(애숙 보고) 어! 어머니!
애 숙	어유 해효 오랜만이다. 더 잘생겨졌다!
이 영	(두 사람 못마땅하게 보고 있고)
해 효	어머니두 이뻐지셨는데요. 제가 맨날 늦어서 못 봤네요.
애 숙	우리 혜준이두 요즘 맨날 늦어. 뭐하는지 말두 잘 안하구. 너한텐 다 말하지?
해 효	당근이죠! 저두 엄마한테 안 하는 얘기 혜준이한테 다 해요.
이 영	나한테 안 하는 얘기가 뭔데?
해 효	아 우리 김 여사님 계셨네! (하면서 어깨 감싸는)
애 숙	난 늦어서 먼저 간다. (신발 신고 나가는)
해 효	가세요 어머니!
이 영	(해효를 떼내며) 어머니? 어머니! 그 소리 잘도 나온다. 무슨 어머니야?
해 효	친구 엄마한테 어머니라 그러지 뭐라 그래?

이 영	아줌마!
해 효	엄만 젊은 애들 말투 흉내만 내지말구 생각도 좀 따라와 봐. 말 같지두 않은 계급의식으루 사람 깔보지 말구.
이 영	내가 언제 사람을 깔봤다 그래? (계속 생각났다.) 너 나한테 안 하는 얘기 뭐야? 혜준이한텐 하구 나한테 안 하는 얘기 뭐냐구? (뭔가 떠오른다. 놀라며) 허어! 너 혹시 여자 있어?
해 효	이 정도면 영화 사이즈 나오는데. 스토커! (하더니 2층으로 올라간다.)
이 영	아아!! 너 저녁은 어떻게 할 거야? 낼 패션쇼잖아. 샐러드 준비한다.
해 효	(올라가다가) 와아! 소름! 나한테 신경 좀 꺼!!!
이 영	까불지 마. 너 지금 그 자리까지 간 거 그냥 된 건 줄 알아?
해 효	(보며. 정색) 무슨 뜻이야?
이 영	(저 성질. 저러면 건들면 안 된다.) 그 눈빛 뭐야?
해 효	내 힘으루 성공할 수 있단 거 보여줄 거야. 그거 하나만은 존중해 줘.
이 영	(길게 얘기해 봐야. 지금은 못 알아듣는다.) 존중 열심히 하구 있으니까 걱정 마.

씬24. 카페 (인서트) (회상) (낮)

인스타에서 핫한 카페. 이영 (1부 씬7의 차림), 들어온다. 손엔 명품 쇼핑백. 제작피디, 이영을 보고 일어난다.

제작피디	사모님!
이 영	(앉으며) 김이영이에요. 나 진짜 싫어 김 피디님한테 사모님 소리 듣는 거!
제작피디	그래두 이름 부르기는
이 영	(명품 쇼핑백 하나를 제작피디에게 내민다.) 와이프 갖다줘요.
제작피디	(화색) 감사합니다. 지금 해효 밀구 있긴 한데 감독님이 꿈쩍 안하세요.

이 영	선물 받으면서 바루 그런 말하면 뭐 바라구 그런 거 같잖아요. 물론 뭐든 기브앤테이크긴 하죠!
제작피디	해효가 스타가 되면 어머니 공이 반은 넘을 겁니다.
이 영	반밖에 안 돼요? 좀 더 분발해야겠어요.

씬25. 혜준 집 골목/ 집 앞 (현재) (저녁)

애숙, 손에 장 본 것 들고, 집으로 가고 있고. 도착해서 우편함에서
우편물 꺼내 안으로 들어간다. 우편물은 하나다.

씬26. 혜준 집 거실/ 주방

목수인 영남의 손재주 때문에 집 내부는 동선 편하게 움직이게 되
어있다. 애숙, 들어와서 장 본 거 식탁에 놓고 우편물 뭐 왔나 본다.
병무청에서 온 우편물에 멈칫한다. 사혜준 앞으로 온. 입영통지서
다. 애숙, 이걸 어쩌나.

경 미	(E) 언니!
애 숙	(본다) 어어? 왜 벌써 와? 암것두 안 했어 아직.
경 미	도와줄려구 먼저 왔지. 하루 종일 남의 집 일하구 와서 밥두 거하게 차려내야 되네. 자식이 뭐라구!
애 숙	그러게 자식이 뭐라구!
경 미	그 여자 요즘 잠잠해?
애 숙	일 년에 한두 번 지랄 떠는 거 뭐. 근데 요즘은 조심해.
경 미	조심해야겠지 전에 언니 관두구 다시 와달라구 애걸복걸해서 다시 간 거잖아.
애 숙	나한테 익숙해져서 그래. 사람을 구하자면 왜 못 구하겠어!
경 미	겸손 그만하시구요! (병무청 입영통지서 보고) 이건 뭐야? 혜준이

	영장 나왔어?
애 숙	오늘 피바람 한번 불겠어!
경 미	우리 오늘 언니 집에서 잘까?

씬27. 청담동 헤어샵 (밤)

정하, 도구 정리하고 있다. 청소도 하고. 수빈과 같이. 원장, 진주 디 자이너랑 얘기하고 있고. 진주 디자이너, 정하를 의식하는. 뭔가 못 마땅하다.

수 빈	집에 바루 들어갈 거야?
정 하	어! 왜?
수 빈	집에 꿀 발라났냐? 맨날 집집집!
정 하	우리 집 가서 삼겹살 먹을래?
수 빈	(뒤에서 안으며) 언니 사랑해!
원 장	(오는) 두 사람 뭐가 그케 좋아! 정하 씨!
정 하	네 원장님! (수빈 떨어지고)
원 장	낼 출장 갈래 옴므 패션쇼? 쉬는 날인데 싫음 말구.
정 하	아뇨! 좋아요.
원 장	진주 디자이너 혼자 하려면 하겠지만 빡세 너무. 정하 씨두 일 배워 야지.
정 하	(너무 좋은) 감사합니다. (뒤에서 묵음 박수치는 수빈) 감사합니다 원장님! 열심히 하겠습니다.
원 장	열심히는 맨날 하잖아. 잘해야지! (가는)
수 빈	(밝게) 들어가세요 원장님!
정 하	(주먹을 올렸다 내리며) 예스!
수 빈	언니 운명인가 봐! 사혜준과 언니!
정 하	(수빈하고 폴짝폴짝 뛰며 좋아하는)

65

씬28. 강남 고깃집 안 (밤)

손님들로 바쁜. 혜준, 서빙 알바를 하고 있다. 손님 테이블에 고기를 날라주고 있다. 혜준, 서빙하면서 사람들은 잘 모르게 근육 운동하고 있다. 고깃집 알바를 택한 것도 돈 벌면서 몸 관리도 할 수 있어 서다. 혜준, 고기 테이블에 놓는다. 사장, 혜준을 신뢰의 눈으로 보고 있다.

손님1	오빠!! 너무 멋있어요.
혜 준	감사합니다.
손님2	우리 오빠 때메 오는 거예요.
혜 준	쌈 좀 더 줄까요?
일 동	좋아요!

진우, 들어와서 앉는다. 진우, 혜준을 찾고 보는. 손 흔들곤 좌석에 앉는다. 혜준, 테이블에 쌈 갖다주고 진우에게 온다.

혜 준	왜 우리 집에 안 갔어?
진 우	너랑 같이 들어가려구!
혜 준	삼겹살 2인분?
진 우	받구 비냉 하나!

씬29. 혜준 집 주방/ 거실

애숙, 해물찜을 큰 접시에 담고 있다. 그 옆에 경미, 잡채를 그릇에 담고 있다. 거실엔 밥상이 펴져있고. 영남, 장만, 진리, 경준, 있다.

경 미	(거실에다) 여보!! 와서 이것 좀 날라.
장 만	알았어!

경 준	제가 할게요. 손님인데 앉아계세요.
장 만	손님은 무슨 우리가 손님! 니 덕에 먹는 건데
영 남	(O.L) 하게 놔둬. 애들이 더 잘해.
진 리	그래 아빠. 오빠 보러 하라 그래.
경 준	니가 그러니까 갑자기 가기 싫다.
진 리	오빤 누가 시키면 더 하기 싫어하더라.
경 준	나만 그러나?
장 만	나두 그래. 형님은 어떠셔?
영 남	나두 하구 싶다가두 누가 시키면 하기 싫어.
장 만	사람 다 비슷비슷해. 거기서 거기구.
경 미	(잡채를 들고 나오며) 대체 나르라구 한 지가 언젠데 수다 떨구 있어? (놓는) 참 말 많아!
경 준	제가 가요! 죄송해요. (가는)
경 미	(말리며) 왜 니가 가? 오늘 주인공이 넌데. (장만에게) 당신 가! (진리 보며) 넌 하지 마. 시킴 피곤해.
장 만	이하동문! (진리 흉내) 오빠 안 시키구 나만 시키냐! 지금이 어떤 시댄데 여자라구 집안일 시키는 거냐. 시대착오적이다. (자신의 말) 내가 하구 말어.
영 남	(웃으며) 진리야 그래?
진 리	제가 요즘 주체적이구 독립적인 삶에 관심이 많아요.
영 남	똑똑하다. 뉘 집 딸내민지.
장 만	형님이 같이 살아봐.

씬30. 혜준 집 혜준 방

민기, 문에 귀를 갖다 대고 밖에 인기척 살핀다. 나가도 되나.

민 기	나가야 돼 말아야 돼. 부르러 오기 전에 나가야지. 애들 귀찮게 한다구 싫어하지 않을까. (다시 문에 귀 갖다 대는)

밖에서 문 열리는.

민 기	(떨어지며) 아 깜짝이야! (하곤 민망하니까 몸을 움직이는)
진 리	나와서 식사하시래요.
민 기	나 운동하구 있었다.
진 리	저 안 물어봤어요. 전 사생활을 존중해요 할아버지. (나가는)
민 기	내가 눈치 보구 사는 건 온 동네가 다 아는구나.

씬31. 강남 고깃집 락커룸

혜준, 옷 갈아입고 있다. 사장, 들어오는.

사 장	너 언제까지 이렇게 살래?
혜 준	(무슨 말인지) 갑자기 무슨 말씀이세요?
사 장	생각해 봤어. 널 위한 일이 뭔가. 알바 말구 매니저루 일해 보는 거 어떠냐?
혜 준	(지금 배우고 있는 거 알면서 왜) 붙박이론 안 되는 거 아시잖아요.
사 장	언제까지 젊을 거 같아? 가게 일 배우면서 돈두 모으구 좋잖아. 군대 다녀와서 잘하면 가게 넘겨줄게.
혜 준	말씀은 감사합니다.
사 장	생각해 보지두 않구 바루 거절하는 거야?
혜 준	죄송합니다.
사 장	어른이 얘기할 땐 좀 들어. 내가 살아보니까 어른들 말씀 그른 게 없더라.
혜 준	저두 처음엔 잘 들었거든요. 근데 살아보니까 인간은 자기 이익이 젤 우선이더라구요!
사 장	(허 찔린) 가게까지 넘겨줄 생각했는데.. 이게 어떻게 날 위한 거야? (사실 사람 구하기 어렵고 믿을 만한 사람이 가게를 운영해 준다면 너무 좋겠다.) 혜준아 너 그렇게 안 봤는데.. 꼬였다!

혜 준	(억울) 사장님이 그렇단 얘기가 아니라 일반적인 얘길 말씀드린 거예요.
사 장	그치! 니가 날 그렇게 생각할 리가 없지. 그러니까 어른 말 잘 들어. 다시 한번 생각해봐.
혜 준	.....
사 장	왜 대답이 없어?
혜 준	알았어요.

씬32. 강남 고깃집 앞

진우, 서 있고. 혜준, 나온다.

진 우	왜케 오래 걸려 옷 갈아입는데?
혜 준	(걷는)
진 우	(옆에서 걷는) 사장이 뭐라 그래?
혜 준	생각이 많은 날이다. 이럴 땐 뭘해야 될까? (진우 보는)
진 우	싫어 싫어 싫어 싫어! 안해 안해 안해!
혜 준	하지 마 넌!

씬33. 한남동 유엔빌리지 골목길

혜준, 빨리 뛰는 건 아니고 간단한 조깅. 그 뒤에 진우.

진 우	아이 시키 진짜!!! 같이 가아!!!

혜준과 진우, 일행 앞에 해효 걸어오고 있다.

혜 준	너 웬일이냐?

해 효	우리 동넨데 뭐 불만 있냐?
혜 준	불만 없지! (하면서 목 끌어안는다.)

혜준, 해효와 같이 뛰는.

진 우	(뒤에서) 원해효오 이 배신자!!! 뛰는 거 막자구 불렀더니!!! (뒤따라 가며) 같이 가! 이 기력지 긴 새키들아!

혜준, 해효 발 맞춰 뛰는.

해 효	쟨 왜 맨날 입으루 뛰어!!!
혜 준	입이 다린가부지!

씬34. 혜준 집 거실

밥상에 둘러앉아 있다. 민기, 영남, 장만, 애숙, 경미, 진리, 경준, 있다. 다들 밥 먹고 있다. 술 따라 마신 흔적. 해물찜, 잡채, 김치, 국, 부침개 등 반찬과 술 있다. 맥주와 소주.

장 만	(경준에게) 경준아! 이제 대출받을 때 니 덕 좀 보는 거냐?
경 준	전 기업 담당이라 개인은 잘 몰라요.
민 기	잘 알아두 공과 사는 구분해서 일해야지 안 돼.
영 남	어련히 알아서 할까봐 그런 걸 짚어줘요?
민 기	(내가 뭔 말만 하면) 아는 길두 물어가라 그랬어.
장 만	(자기 땜에 분위기 싸해진 거 같아 잔 들며) 자자! 다시 건배해요. 오늘 같은 날은 형님이 한마디 하셔야죠.
영 남	내가 할 말이 뭐가 있어?
민 기	왜 할 말이 없어? 니 자식이 저렇게 잘됐는데. 난 자식이 저렇게 잘났음 동네방네 사돈에 팔촌까지 떠들구 다녔겠다!

진 리	할아버지 그거 디스 같은데요.
민 기	뭐? 디스? 그게 뭐냐?
진 리	우리 말루 하면 욕하는 거!
일 동	(갑분싸. 그중에 민기 의중을 찔렀다.)
경 미	(눈으로 하지 말라고. 손으로 치는)
경 준	왜 그렇게 생각하는지 말해. 그래야 오해 안 하시지.
영 남	오핸 무슨 오해! 디스 맞아.
애 숙	여보!
영 남	그렇잖아. 아버지 자식이 누구야? 나잖아. 내가 잘났음 동네방네 떠들구 다니시겠는데 못나서 못 한다 이 말이잖아.
진 리	(엄지손가락 올리며) 리스펙! 멋져요 아저씨!
장 만	진리야! 너 왜 그러냐? 형님 얘가 대학 가구 이상해졌어. 너무 사실만 말해.
일 동	(웃는)
영 남	그래 웃자 좋은 날! (술병 들고) 다들 건배해요 우리 장남 경준이 취직 다시 한번 축하하면서. 진리야 잔 들어! 아저씨가 오늘 웃게 해준 상으루 따라줄게.
진 리	(잔 내밀며) 감사합니다.
장 만	진우랑 혜준이두 있음 참 좋았겠다!

씬35. 한남동 공터

유엔빌리지. 한강이 내려다보이고. 넓고 기다란 골목. 진우, 벤치에 앉아 있고. 아이스바 쪽쪽 빨면서. 혜준, 앉아 있다. 해효, 트윈트위스트.

진 우	난 전생에 죄 지은 놈들이 모델 하는 거라구 본다. 먹구 싶은 것두 맘대루 못 먹구.
혜 준	먹는 게 인생의 다는 아니잖냐!
해 효	어떤 사람한텐 먹는 게 인생의 다지. 우린 그걸 갖구 놀리진 않아.

혜 준	놀리지 않구 존중하지.
진 우	죽이 척척 맞네 그냥.

해나 자동차 그 앞을 지나간다. 운전석 창문 내려져 있고, 해나 운전하고 있다.

진 우	(해나 보고. 반한 듯) 우와 멋있다! 언니이!!
혜 준	그러다 혼쭐난다!

해나의 자동차 가다가 다시 뒤로 빽해서 혜준 일행 앞에서 선다.

해 나	오빠들! 타아! 심심해!
해 효	안 타!
진 우	난 타! 탈 거야! (차로 뛴다.)
해 효	쟨 자존심두 없냐?
혜 준	동생한테 자존심 세워서 뭐하냐? 해나 많이 컸다!

진우, 해나의 차 조수석에 탔다.

해 효	큰 정도냐? 성장은 멈추구 노화가 시작되구 있거든.
진 우	(차 안에서) 얘들아 안녕!
혜 준	좋단다!

해나의 차 떠난다.

해 효	냅둬! 집 앞에서 버려질 텐데 뭐.
혜 준	해나 보니까 시간은 진짜 공평해. 나만 먹는 줄 알았는데 쟤두 먹었네. 어떻게 시간만 공평할 수 있냐?
해 효	무슨 일 있어?
혜 준	계속 공격받구 있어 현실한테.

씬36. 해효 집 앞 도로/ 해나 차 안/ 해효 집 앞

해나 운전하고 있고, 진우 조수석. 해나의 차 집 앞에 선다.

해 나   내려!
진 우   그냥?
해 나   그냥!
진 우   진짜?
해 나   진짜!
진 우   (안전벨트는 푼다.) 후회하기 없기!
해 나   후회하기 있기!
진 우   (미소)
해 나   (진우의 목을 당겨 입맞춤한다.)
진 우   여기 말구 딴 데 가자.
해 나   싫어.
진 우   니가 싫음 나두 싫어!
해 나   좋아 태도! 상 줘야겠어! (하면서 운전해서 움직인다.)

씬37. 한남동 유엔빌리지 골목/ 혜준 집 골목

혜준과 해효, 걸어오는.

해 효   자 이제 말해봐. 오늘 어떤 일루 힘들었는지?
혜 준   말하면 다시 기분 나빠질 일들이야.
해 효   다시 기분 나빠지지 않을 때 되믄 얘기해.
혜 준   영화 오디션 본 거 연락 왔냐?
해 효   아니. 너 왔어?
혜 준   아니이. 너 왔나 궁금해서.
해 효   너 아니면 내가 될 거 같냐?

혜 준	어!
해 효	동감!
혜 준	(미소) 니가 되두 축하해 줄게.
해 효	당근 축하해 줄게 너.
혜 준	나 이번에 안 되면 군대 가려구. 해볼 만큼 해봤다구 생각해.
해 효	군대 같이 가기루 했잖아.
혜 준	사람들이 말하잖아 나이 들면 친구두 바뀐다구. 사는 형편 따라.
해 효	우리한텐 해당 안 되지. 처음부터 달랐잖아.
혜 준	빙고! 만약 우리가 달라진다면 형편 때문이 아니라 순수함을 잃은 거다.
해 효	사랑한다 사혜준! (장난으로. 의미심장한 눈빛으로 혜준을 보는)
혜 준	(그 눈빛 받으며) 이 시키가 뭐하자는 거야?

해효, 혜준의 얼굴에 뽀뽀하려고 하면 혜준 밀어내며. 도망간다. 해효, 쫓아가다가 말고. 혜준, 자신의 동네로 뛰어가다가 뒤돈다.

혜 준	미친놈!!
해 효	(놀리니까 재밌다.) 언젠가 꼭 하구 말 거다!!!

카메라 빠지면서 혜준과 해효, 같은 동네 다른 환경이 두 사람의 관계를 애틋하게 보이게 한다. 오래된 연인처럼.

씬38. 정하 동네 골목 (밤)

정하, 걸어오고 있다. 카메라 보고 얘기하고 있다. 수빈, 셀카봉에 핸드폰 끼워서 정하를 찍어주고 있다.

정 하	퇴근했어요. (자신의 얼굴을 보며) 얼굴이 썩었네요.
수 빈	(E) 멘트 죽인다. 말하면 안 되나.

정 하	괜찮아 나중에 편집하면 돼. (다시 카메라 보며) 여러분두 퇴근 즈음 얼굴 보구 깜짝 놀라신 적 많죠? 근데 약속이 잡혔어요. 걱정 마세요. 다시 화장하면 돼요. 간단한 화장법 알려드릴게요.

씬39. 정하 집 앞 가로등

정하, 앞에 서 있다. 눈에 펄을 발라준다. 조명이 온전히 정하꺼.

정 하	(눈 깜박이며) 아까보다 훨씬 좋죠! 기억하세요. 크림쉐도우! 아이라이너! 립틴트! (갑자기 춤추며) 낼 혜준이 만난다!
수 빈	(같이 리듬 타주며) 배고파!!!!

씬40. 정하 집 거실

18평 정도 되는 빌라. 거실엔 불판 식탁 있다. 식탁 위의 불판에선 삼겹살 위에 치즈 얹어 굽고. 정하 굽고 있다. 옆엔 김치. 수빈, 젓가락 들고 기다리고 있다. 김치도 굽고.

수 빈	이제 먹어두 돼?
정 하	먹어. (치즈 얹은 삼겹살 준다.)
수 빈	(먹고, 진저리 떨며) 이 조합 인정! 고기의 감칠맛하구 치즈의 고소함! 아 이 느끼함을 잡아주는 김치!
정 하	(먹으며) 이거 다 먹구 여기다 깍두기 볶음밥 해줄게. 완전 죽여줘!
수 빈	첨에 언니 봤을 때 진짜 짠순이다 그랬거든. 밥 먹자 그래두 꼭 집에 가서 먹자 그러구.
정 하	그래서 이 집을 샀잖아. 물론 현관문만 내 꺼구 다 은행 꺼지만.
수 빈	아니 당장 내일 일두 모르는데 무슨 30년 상환으루 집을 사? 이해가 안 돼.

정 하	니가 집 없이 살아보질 않아서 그래. 내 집이 주는 안정감이 있어. 오죽하면 내 유튜브 채널 이름이 '안정 좋아해요'겠니?
수 빈	안정 좋아하면 결혼해.
정 하	(O.L) 결혼은 안 해.
수 빈	사혜준이 결혼하자구 해두 안 해?
정 하	아무리 사혜준이래두 가치관은 못 버려.
수 빈	그러면서 왜 좋아해?
정 하	생각만 해두 기분 좋아지는 건 사랑밖에 없잖아. 사랑은 안 하구 싶구 감정은 갖구 싶어.
수 빈	사랑엔 술이지! 술 있어?
정 하	없어. 나 일하기 전날 술 안 마셔.
수 빈	언니 너무 언니 위주 아냐?
정 하	내 위주 맞아. 내가 회사 관두면서 한 결정이 내 위주루 사는 거야. 너두 니 위주루 살아. 대한민국은 너무 가족 위주야.

씬41. 한남동 혜준 집 앞 골목/ 혜준 집 마당

혜준, 노래 흥얼대며 걸어가면서 제스처도 한다. 집 앞에 와서 안으로 들어간다.

씬42. 혜준 집 마당

혜준, 흥얼대면서 들어오고. 영남, 경준 방 문짝을 만들고 있다.

영 남	아주 노래까지 하구. 어디 좋은 데 갔다 오냐?
혜 준	알바요!
영 남	뭔 알바? 대체 뭐하구 다니는 거냐?
혜 준	(대답하기 싫다.) 뭐하는 거예요?

영 남	대답하기 싫다 이거지! 경준이 방 문짝 새루 만들어줄려구!
혜 준	(계단 올라가는)

씬43. 혜준 집 거실/ 혜준 방 앞

혜준, 들어와서 자신의 방으로 간다. 자신의 방문 본다. 문짝 모퉁이가 부서져 있고 허름하다. 문짝 교체해 줘야 된다. 혜준, 경준 방 본다. 경준 방 문은 자신의 방 문에 비하면 멀쩡하다. 혜준, 아빠가 그렇지 뭐.

경 준	(방 문 열고 나온다.)
혜 준	(본다.)
경 준	왔냐? (하곤 화장실로 가고)
혜 준	(자신의 방 문 열려는데)

방에서 나온 애숙.

애 숙	(작은 소리로) 혜준아! (다가온다. 주위 의식하면서) 할 말 있어. (부엌으로 가자는)
혜 준	뭔데?
애 숙	아빠 들음 안 돼.
혜 준	그냥 말해. 나 오늘 디게 피곤해.
애 숙	잠깐이면 돼. (하면서 부엌으로 데려간다.)

씬44. 혜준 집 부엌

애숙, 혜준 데리고 온다.

애 숙	(몸에 숨겨둔 입영통지서 꺼낸다. 혜준 준다.)
혜 준	(받는다. 입영통지서다. 뜯어본다.)
애 숙	어떻게 할 거야? 이젠 가야지.
혜 준	가야지.
애 숙	잘 생각했어.
혜 준	근데 엄마 이번에 영화 오디션 본 거 있거든. 그거 붙음 하늘이 나한테 준 마지막 기회라구 생각하구 한 번만 더 미룰게.
경 준	(E) 어차피 갈 거 그냥 가.
혜 준	왜 남의 말을 엿들어?
경 준	이 좁은 집에서 엿듣구 할 게 어딨어? 다 들린다.
혜 준	남의 인생에 참견하지 말구 형이나 잘 살아.
경 준	난 이미 잘 살구 있어. 알잖아. 니가 우리 집 우환덩어린 거!
애 숙	무슨 말을 그렇게 해?
경 준	엄마두 말은 안 하지만 그렇게 생각하잖아. 내가 말을 했을 뿐이지.
애 숙	(말문이 막혀. 사실 그렇다.) .....
혜 준	(애숙 보고. 말 못 하는 거 보고) 진짜야?
애 숙	그게 아니라
혜 준	(O.L 기막힌) 나 모르게 내 뒤에서 평가질 하구 있었어? 가족끼리?
경 준	인간은 어디서나 평가받아. 가족이라구 예외냐?
혜 준	평가 기준이란 게 똑같냐? 여기 다르구 저기 다르지? 형 너는 내가 평가할 땐 인성 꽝이야. 니가 공부 잘해서 취직한 거 인정! 근데 니가 공부 잘해서 취직해서 가족한테 기여한 게 뭐 있냐?
영 남	기여한 게 왜 없냐?
애 숙	당신은 왜 껴?
영 남	대체 왜 그러는 거야?
애 숙	별거 아냐.
혜 준	(나가는)
경 준	별거 아니긴. 엄마가 쟬 자꾸 감싸니까 애가 자꾸 스포일해지잖아요.
애 숙	알았으니까 그만해.
영 남	그러니까 뭘 알았으니까 그만하란 거야? 뭐야?

애 숙   ....

씬45. 혜준 집 혜준 방

민기, 혜준 얘기 다 들었고 다 안다. 민기, 혜준 위로해 주게 이불 깔
고 있다. 혜준, 들어온다. 손엔 입영통지서.

민 기   (반색) 이제 왔냐? 밥은 먹었어?
혜 준   먹었어. 할아부지는? (하면서 옷을 벗는데)
민 기   (옷 받아주려고 서 있고) 먹었지. 근데 너 얼굴 왜 그래?
혜 준   아무것도 아니야.

문 열리고 영남 들어온다.

영 남   너 입영통지서 나왔다며? 왜 숨겼어?
혜 준   (삐딱선 탔다.) 뭘 숨겨요? 나두 지금 봤는데.
영 남   어쨌든. 당장 군대 가.
혜 준   당장 군댈 어떻게 가? 지금 밤이야.
영 남   (기막힌) 하참! 그런 말이 아니잖아. 어떻게 살 거야? 계속 되지두
               않는 일에 니 청춘 바칠 거냐?
혜 준   나두 하나만 묻자. 아빠두 내가 우환덩어리라구 생각해?
영 남   (잠깐 멈칫) 그건 왜 물어?
민 기   ......
혜 준   나두 우리 가족 평가 좀 해볼라구! 가족은 특별하다구 생각했거든.
               뒤에서 내 평가하는 사람들이라면 나두 바꿔야지 생각을. 세상 사
               람들하구 똑같잖아.
영 남   ...군대 얘기하다가 니 장래 얘기하는데 왜 말이 그리루 튀어?
혜 준   아빠가 진짜 내 장래에 대해 걱정해서 말하는 건지 자기 짐 덩어리
               될까 봐 그러는 건지. 뭔지 알아야 대답을 다르게 할 거 아냐.

영 남	말하는 싸가지 봐라. 아빠한테. 아빠가 너 잘 되라구 하는 말이지 안 되라구 하겠냐? 모델 실컷 해봤잖아. 첨에 좋아라했지만 지금 어떻게 됐냐? 겨우 니 용돈만 벌어 쓰잖아. 멀리 갈 거 없어. 할아버지 봐봐!
민 기	(그래 내 차례다.)
영 남	지금 이 모습을 봐. 젊어서 남들이 '잘생겼다 인물이 아깝다 이런 일 할 사람 아니다' 남들이 옆에서 펌푸질 하니까 팔랑팔랑 가수 한다 배우하구 싶다 이러저리 다니다 저렇게 됐잖아.
민 기	(O.L) 나랑 다르지 우리 혜준인. 왜 나랑 자꾸 비교해?
영 남	다르긴 뭐가 달라요? 똑같아 내 보기엔. 아버지 젊었을 때랑. 아버지가 내가 모은 돈 갖구 나가서 사기만 안 당했어두 우리가 이렇게 안 살아.
민 기	그니까 미안해. 그래서 찍소리 안 하구 살잖아. 우리 집 우환덩어린 나야. 혜준아 너 아니야.
영 남	애는 왜케 감싸요? 내가 쟤 얼굴 볼 때마다 가슴이 탁탁 막혀. 아버지 닮아갖구 인물값 한다구 나댈 때마다 가슴이 철렁 내려앉구.
혜 준	(그 말에 마음이 너무 상하는) ....
애 숙	(들어와 말리며) 이제 그만해. 됐어. 너두 그만 자. (데리고 나가는)
혜 준	(눈물이) 속 다 뒤집어 놓구 자라면 잠이 와?
민 기	(혜준의 등을 쓸어준다.)

씬46. 혜준 집 거실

애숙, 영남의 등을 밀치며 혜준의 방에서 나오고.

영 남	(반항하며) 아 왜 그래에.
애 숙	그만 좀 해.
영 남	(버럭) 뭘 그만 해? 당신이 이러니까 애가 저 모양이지!
애 숙	(혜준 방 눈치보며) 들어어!
경 준	(머그잔에 든 커피 마시면서 주방에서 나오며) 들으면 어때! 재두

현실을 알아야지.

애 숙   (혜준이 듣고 나와서 2차전 붙으면 큰일이다.) 안 되겠다! 당신 이리 와봐! (영남 끌고 화장실 쪽으로 가면서) 너두 와!

씬47. 혜준 집 화장실 안

영남 경준, 들어오고. 애숙, 들어와서 문을 닫는다.

경 준   (나가려는) 엄마!

애 숙   여기서 얘기하자.

영 남   혜준이 망치는 건 아부지하구 당신이야. 사내자식을 강하게 키워야지.

경 준   쟤 지금 터닝포인트야. 지금 잘못 선택하면 할아부지 테크 타는 거야.

애 숙   (맞는 말일 수도 있다. 자신 없는) 할아버지가 어때서?

영 남   아부지가 어떤 걸 말해야 알아?

애 숙   다정다감하구 성품이 따뜻하시잖아.

경 준   가식적이야. 엄마가 속루 정말 그렇게만 생각할까?

영 남   (O.L) 아니라구 본다.

애 숙   (기막힌) 그래서 어떡하자구? 가뜩이나 일 안 풀려서 힘든 앨 잡아서 뭐해?

영 남   애초에 걸면 돈 주는 일이라는 게 말이 되냐?

애 숙   방송 나올 땐 좋다구 자랑하구 다닐 땐 언제구.

영 남   그땐 뭐가 되는 줄 알았지. 나두 그땐 뭐에 씌여갔구!

경 준   지난 일은 지난 일이야. 현실을 직시해야 돼 엄마. 무조건 감싼다구 해결될 일이 아니라니까.

영 남   역시 경준이다! 날 닮아갖구 어릴 때부터 지 앞가림을 얼마나 잘해!

애 숙   어쨌든 혜준이가 선택할 수 있게 기다려줘야 돼. (경준에게) 너한텐 항상 엄마 아빠 그랬어. 니 동생두 그럴 권리 있어.

씬48. 혜준 집 혜준 방

혜준, 자고 있다. 민기, 혜준의 덮은 이불을 잘 정리해 주고. 눈에 넣어도 안 아까운 손자의 머리카락을 정리한다. 혜준, 터치를 느꼈는지 잠깐 반응하고 다시 잔다.

씬49. 정하 집 안방

정하, 노트북에서 1부 씬38, 39에서 찍은 영상 편집하고 있다. 그러다 다른 폴더를 클릭한다. '무명'이란 폴더. 클릭하면 영상이 뜬다. 혜준의 스포츠웨어 패션쇼 영상이다. 자신만의 워킹을 뽐내는 혜준. 군계일학이다.

정 하   (N) 드디어 내일 만난다. 떨린다. 그 남자에게 말할 거다. 나는 너의 오랜 팬이고 너를 응원한다고.

정하, 자신의 인스타에 사진 올린다. 1부 씬39 가로등 밑에서 찍은 메이크업 사진. 인스타 홈 화면엔 게시물 73 팔로워 65 팔로잉 0 안정 원해요. 해시태그 #밤화장 #치즈삼겹살 #설렘뿜뿜 (F.O)

씬50. 옴므정 패션쇼 리허설 (아침) (F.I)

아직 조명은 없는 생무대. 옷, 메이크업 아예 안 한 상태. 런웨이 앞 찰리정 디자이너 마이크 잡고 있고, 쇼 디렉터 옆에 있다. 모델들 박자에 맞춰 한 명씩 나온다. 해효, 나와서 지나간다.

찰리정   어깨 피구.. 간격 맞추자!!!
모델들   (찰리정의 지시에 반응하는)

혜준 나온다. 멋지고 당당한. 무대 위의 혜준은 평소와 다른 사람 같다. 워킹을 지켜보는 사람들. 역시 사혜준이다.

찰리정   (혜준이 보이자 눈빛부터 달라진다. 설레는 감정을 최대한 누르는) 으음!! 혜준아 좋아!
혜 준   (찰리정 신경 안 쓰고. 일만) ....
찰리정   (그게 섭섭. 뒤돌아 나가는 혜준 보는 눈빛에 간절함) ......
디렉터   (옆에서, 찰리정을 자각하게. 나지막히) 선생님!
찰리정   어어!! (다른 모델들 오는 거 보고) 시선 앞으루!! 좀 멀리!

씬51. 옴므정 패션쇼 백스테이지 일각1

각 팀이 자신의 포토블 꾸미기에 분주한. 정하, 자신의 포토블 꾸리고 있다. 옆에는 메이크업 컨셉 시안이 붙어 있다. 진주 디자이너, 원장과 헤어포토블 꾸린 코너에서 얘기하고 있다. 원장, 모델 헤어 해주고 있다.

진 주   정하 씨! 내 것두 꾸려줘.
정 하   네! (자신의 자리 옆에 진주 디자이너 포토블 꾸린다.)

씬52. 옴므정 패션쇼 백스테이지 일각2/ 일각1

해효, 무대 보고 서 있고. 혜준, 들어온다.

해 효   메이크업 하러 가자!
혜 준   그래!

혜준, 해효 백스테이지 일각1로 가는. 그 시선으로. 정하, 진주 디자이녀의 모습 들어오고. 정하, 혜준을 보고 와 실물은 저렇구나. 감정을 들키지 않게 해효를 보고. 진주, 다가오는 두 사람 보고. 해효에게 하트뿅뿅이다.

진 주   원해효 씨! 이쪽으루 와요. (자신의 자리로 부른다.)
정 하   (그럼 내가 혜준이야. 어떡해) ......

해효, 와서 진주 자리에 앉는다.

진 주   교수님한테 얘기 많이 들었어요.
해 효   교수님이요?
진 주   김이영 교수님이요.
해 효   엄마 강의 관둔 지 오래됐어요.
진 주   아 그래요? 한 번 교수는 영원한 교수에요! (웃는)
해 효   (웃는)

혜준, 정하가 자신을 부르길 기다리는데 보기만 하고 있어 뻘쭘하고 정하에게 제스처한다. 당신 자리가 내가 앉을 자리 맞냐고. 정하, 고개 끄덕인다. 혜준, 와서 정하의 자리에 앉는다.

혜 준   (앉으며) 왜 난 안 불러요?
정 하   (감정 안 들키려 시크하게) 아 네에! (메이크업 하려고 도구 쪽으로 시선을 돌린다. 넥가운 집어 준다.)
혜 준   (받고 뭐야 나한테 화났나. 입으며 해효 보면)
해 효   (혜준 보고 어깨 으쓱)
진 주   (팩을 해효의 얼굴에 붙여주며) 우선 피부에 영양부터 주죠!

정하, 혜준의 앞머리에 화장솜에 핀을 끼워 꽂는다. 정하, 화장솜에 스킨을 묻히는데 떨어서 스킨을 떨어트린다.

혜 준	(떨어지는 스킨 잡는) 어휴!
정 하	미안해요!
혜 준	괜찮아요. (잡은 스킨 정하에게 주는)
정 하	(받는. 놓고. 스킨 묻힌 화장솜으로 혜준의 얼굴 피부 결을 따라서 닦아내듯 끌어올려주듯이 바른다.)
혜 준	난 왜 팩 안 해줘요? (해효 쪽으로 눈길 주며)
정 하	(계속 하던 일 하며) 피부 좋아서 할 필요 없어요.
혜 준	(피식. 기분 좋은)

정하, 턱과, 인중, 코 밑 부분까지 깔끔하게 닦아내고 솜을 접어서 눈꼽이 가장 많이 끼는 부분까지 깔끔하게 정돈한다. 혜준, 이상하게 뭔가 믿음이 간다고 할까. 정하, 메이크업 시안 보면서 혜준에게 메이크업 해주고 있다. 혜준 얼굴에 희미한 멍 캐치했지만 티내지 않고. 일에 열중한. 부드러우면서 섬세하지만 감정이 배제된. 감정을 아예 배제하려고 해서 그런지 더 뭔가 느낌이 다르다.

점프 짧은 O.L

정하, 혜준의 메이크업 마지막 터치다. 깔끔하게 잘된. 혜준, 거울 본다.

정 하	끝!
혜 준	수고하셨습니다! (다시 거울 확인하고 해효를 본다.)

진주, 해효의 메이크업 마무리 단계에 있다. 입술을 발라주는.

스 탭	(와서 진주에게) 원장님이 잠깐 오시라는데요.
원 장	(저쪽에서 진주 보고 손짓)
진 주	(해효에게) 거의 다 됐거든요. 잠깐 얘기 와서 마무리해두 될까요?
해 효	네 괜찮아요. 시간 많아요 우리.

진 주	감사해요. (하면서 원장에게 가는)
혜 준	(해효에게) 나 나가 있을게. 다 하구 와.
해 효	같이 가. 잠깐이면 된다잖아.
혜 준	다 끝났는데 앉아 있기 눈치 보이니까 그렇지.
해 효	앉아 있음 안 돼요?
정 하	돼요.

핸드폰 E 발신자 '김이영씨'
해효는 전화 받고. 혜준은 정하와 얘기하고. 동시 진행.

해 효	(받으며) 어 엄마! (놀란) 어? 여길 왔다구? 왜에?... 지금 나오라구? 알았어 알았어요.
혜 준	(해효 전화 방해 안 되게 정하에게 가까이 가서 대화하는) 여기 더 앉아 있어두 돼요?
정 하	네.
혜 준	근데 원래 그렇게 말이 없어요?
정 하	아뇨.
혜 준	(피식)
해 효	(전화 끊고) 엄마가 뭐 준다구 나오라는데.
해 효	갔다 와.
해 효	(덜 된 메이크업 가리키며) 이거 어떡해?
혜 준	다 됐어. 가도 돼.
해 효	입술이.. (정하에게) 이것 좀 마무리 해주세요.
정 하	진주 디자이너님 고객이라 안 돼요. (하면서 원장 있었던 곳 보면. 원장도 진주도 없다.)
해 효	(진주가 간 곳 보면 없다.)
혜 준	내가 갔다 올까?
해 효	나보구 오래.
혜 준	(정하에게) 근데 되게 빡빡하다. 같은 샵인 거 같은데 꼭 그렇게 내 고객 니 고객 나눠야 돼요?

해 효	두 분이 사이 안 좋은가 봐요.
정 하	네 아니! 아뇨!
해 효	(피식) 저 해준 선생님 성질 더러워요?
혜 준	야 너 같음 더러우면 더럽다구 얘기하겠냐?
정 하	할게요!
혜준해효	(뭐야 보면)
정 하	해드릴게요! 우리 선생님 성질 더럽지 않아요. (하면서 립라이너 집어서 해효의 입술을 칠해주면서) 어떤 사람들은... 대부분 그렇다는 건 아니구요. 어떤 사람들이 그러는데 제가 좀 사람을 편하게 해주지 못한대요.
혜 준	나랑 반대네. 난 사람들이 너무 편하게 해준다구 다들 좋아하잖아.
해 효	사람들만 좋아하냐? 동네 개들두 너만 보믄 좋아서 개소리 작렬이잖아. 멍멍멍멍!

웃는 정하, 혜준, 해효. 진주 디자이너, 와서 세 사람 본다. 진주, 데자뷰다.

| 진 주 | (정하에게) 넌 언제나 이렇구나. 남의 손님한테 껄떡대는 거. 저번엔 실수거니 했어. 너두 인정하지! 한 번은 실수지만 두 번째 습관인 거. |

혜준, 해효, 이게 무슨 시츄에이션이지? 정하, 아 그런 거 아닌데. 혜준이 있는 데서 이런 망신당하고 싶지 않다.

정 하	선생님 그게 아니라 고객님께서
진 주	(O.L 해효에게) 죄송해요. 제가 이 친구하구 약속한 게 하나 있거든요. 이런 일 다시 한번 생기면 개망신 주겠다구! 약속은 지켜야 되잖아요.
혜 준	저어
진 주	(O.L) 이런 데서 편들면 상대방이 더 곤란해지는 거 알죠?

정 하	죄송합니다 선생님!
진 주	사람들은 내가 나쁘다구 생각할 거야. 참지 왜 저러나. 하지만 넌 알잖아. 니가 얼마나 사악한지.
정 하	(도구 놓고 나간다.)
혜준해효	....
진 주	(해효에게) 얼굴 라인 좀 더 빼줄게요. 쉐딩 한 번 할게요. (하면서 브러시를 잡는다.)

씬53. 옴므정 패션쇼 백스테이지 일각3

사람들 없는. 후미진 곳. 정하, 앉아 있다. 눈물이 후두둑 떨어진다. 콧물 닦고.

정 하	(코 훌쩍) 이런 행운이 어떻게 나한테 왔을까... 살면서 이런 벅찬 순간이 나한테 오다니 착하게 산 보람이 있구나. 정말 감사하면서 살아야겠다는 개뿔! 그 와중에 우리 혜준인 왜 이렇게 멋있니!! (핸드폰 꺼내는. 설움에 더 흑흑) 착하게 사는 거랑 행복하게 사는 거랑 무슨 상관이야! (바탕화면 본다. 혜준과 해효의 런웨이 사진) 인생은 그냥 성질 못돼처먹구 남 배려 안 하는 사람이 위너야! (혜준 화면 만지며) 니 팬한 거 너무 잘했단 생각이 들어.
혜 준	(E) 내 팬이었어요?
정 하	(소리 나는 쪽 보면. 혜준, 옆에 서 있다. 놀란) 뭐예요?
혜 준	나 좋아했어요?
정 하	(어떡하지. 뭐라고 해야 되지. 사실대로 말할까. 어떻게 빠져나갈까.)

카메라 뒤로 빠지면 두 사람 동상이몽인 채로 서로를 주시하는.

(끝)

2부

씬1. 옴므정 패션쇼 백스테이지 일각3

사람들 없는. 후미진 곳. 정하, 앉아 있다. 눈물이 후두둑 떨어진다. 콧물 닦고.

정 하 (코 훌쩍) 이런 행운이 어떻게 나한테 왔을까... 살면서 이런 벅찬 순간이 나한테 오다니 착하게 산 보람이 있구나. 정말 감사하면서 살아야겠다는 개뿔! 그 와중에 우리 혜준인 왜 이렇게 멋있니!! (핸드폰 꺼내는. 설움에 더 흑흑) 착하게 사는 거랑 행복하게 사는 거랑 무슨 상관이야! (바탕화면 본다. 혜준과 해효의 런웨이 사진) 인생은 그냥 성질 못돼처먹구 남 배려 안 하는 사람이 위너야! (혜준 화면 만지며) 니 팬한 거 너무 잘했단 생각이 들어.

혜 준 (E) 내 팬이었어요?

정 하 (소리 나는 쪽 보면. 혜준, 옆에 서 있다. 놀란) 뭐예요?

혜 준 나 좋아했어요?

정 하 (어떡하지. 뭐라고 해야 되지. 사실대로 말할까. 어떻게 빠져나갈까.) 아니요오!

혜 준 아니라구 해야 되겠죠! 이해해요!

정 하 진짜 아니라니까요!

혜 준 알았어요. 아닌 걸루 해줄게요. (핸드폰 사진 가리키며) 내 사진 더 잘 나온 것두 있는데

정 하 이 사람이 진짜!

혜 준	알았다니까요. 아닌 걸루 해준다잖아요.
정 하	내가 진짜 말 안하려구 했는데.
혜 준	(O.L) 에유 해두 괜찮아
정 하	(O.L 사진 보여주며) 원해효 팬이에요!
혜 준	엥?
정 하	원한다구요 원해효를! (핸드폰 사진 보여주며) 두 사람이잖아요. 왜 본인이라구 확신해요?
혜 준	(한 대 맞은) 그러게! 내가 왜 확신했지?
정 하	(이제 자신의 의견이 먹혔다.) 내가 좋아하길 바랐어요?
혜 준	바란 게 아니라 팩트라구 착각했어요.
정 하	(착각은 아닌데) 오해할 만했어요.
혜 준	그러니까 좀 덜 쪽팔리네! 난 착각하는 거 되게 싫어하거든요.

씬2. 패션쇼장 카페

해효, 들어온다. 이영, 화려하게 차려입은. 차 마시면서 해효 기다리고 있다. 나가던 여자들, 해효 보고 좋아하는 배우 만났다. 난리다. 와서 '사진 한 장 찍으면 안 돼요?'

해 효	빨리 와요!

해효, 여자들과 사진 찍는. 뒤에 다른 여자들도 와서 서는. 해효, 계속 사진 찍어주고 있다.

이 영	(와서 정리한다.) 이제 여기까지만 찍고 그만해요. 저 해효 엄마에요. 오해하지 말아요.

이영, 해효 데리고 가는. 뒤에서 '어머니 사랑합니다' '곧 찾아뵐게요 며느리가'

이 영	왜케 사람이 많아?
해 효	줄 게 뭔데?
이 영	축하해!
해 효	뭘?
이 영	너 아직 몰라? 오디션 붙었어. 니가 최세훈 감독 영화에 출연하게 됐다구!
해 효	(믿기지 않아) 진짜? 근데 그걸 엄마가 어떻게 알았어?
이 영	연락해 봤어.
해 효	극성이다 진짜!
이 영	극성 아니라 케어! 넌 엄마 작품이야. 난 너한테 다 걸었어.
해 효	엄마 자신한테 걸어! 나중에 나한테 뒤통수 맞지 말구.
이 영	그렇게 못할걸! 엄마가 널 위해 하는 모든 걸 알면.
해 효	독립해야 되겠어.
이 영	야아!!
해 효	이제 들어가야 돼.
이 영	너 안 좋아? 니가 됐다니까아! 반응이 너무 안 뜨겁다!
해 효	(혜준 생각하면 너무 좋을 수만은 없는) 좀 복잡해!
이 영	혜준이 때문에?

씬3. 옴므정 패션쇼 백스테이지 일각3

2부 씬1에 이어. 좀 전보단 한결 풀어진 혜준과 정하.

혜 준	아까 되게 떨렸겠어요?
정 하	왜요?
혜 준	덕질하는 상댈 처음 만났잖아요. 거기다 스킨십두 있었구.
정 하	(O.L) 직접 닿진 않았잖아요.
혜 준	아아 직접 안 닿으면 안 떨리는구나.
정 하	떨렸어요. 얼마나 떨렸는지 알아요? 어젯밤부터 떨었어요.

혜 준	(미소) 해효 좋은 애예요. 탁월한 덕질 인정!
정 하	(미소. 그게 너야 바보야.)
혜 준	몇 살이에요? (혼잣말로) 나이 물어보면 실렌가!
정 하	스물여섯! 우리 동갑이에요.
혜 준	어쩐지 친근하더라. 우리 친구네! 말 놓을까?
정 하	..좋아!
혜 준	이제 들어가야겠다. (가려는데)
정 하	근데 여기 왜 왔어? 설마 날 찾은 거야?
혜 준	(보며) 너 아까 되게 억울했지? 하지두 않았는데 했다구 오해받았 잖아.
정 하	어 되게!
혜 준	나두 그거 알거든.
정 하	(심쿵)
혜 준	그런 눈빛으루 볼 필욘 없어. 근데 왜 넌 단독 사진이 아니라 같이 나온 사진으루 덕질하냐? 헷갈리게? (가는)
정 하	(N) 하고 많은 스타 놔두구 왜 사혜준을 좋아하는지 오늘 확실히 알았다. 그는 특별한 공감 능력을 갖고 있다. (씬4까지)

타이틀 오른다.

씬4. 옴므정 패션쇼 (낮)

많은 내외빈 왔고. 모델들 런웨이하고 있다. 혜준, 워킹한다. 혜준의 카리스마가 돋보인다. 자신만의 색깔이 확실히 있다. 탑모델답다. 뒤로 나오는 해효, 워킹하고. 혜준과는 다른 색깔을 갖고 있다. 진우, 혜준과 해효의 사진을 찍고 있다. 정하, 한편에서 쇼를 지켜보고 있다. 댄디함과 섹시함이 컨셉. 여러 벌의 옷을 갈아입고 나온 혜준, 해효. 모델들. 성황리에 쇼가 끝나고. 찰리정 나와서 인사한다.

씬5. 옴므정 패션쇼 백스테이지2

쇼가 끝나서 스탭들과 모델들로 북적인다. 옷 갈아입고. 정하, 메이크업 포토블에 있고. 정리하려고 한다. 진주 디자이너도. 혜준과 해효, 옷은 자신의 옷으로 바꿔 입었다. 다른 사람들과 인사하면서. 화장 지우려고 정하의 포토블 쪽으로 온다. 진우, 혜준과 해효를 찾아온다. 세 사람 반갑게 인사 나누는. '헤이 요'

진 우	사진 겁나 많이 찍었다! 이 중에 몇 개나 건지겠냐!
해 효	니 실력에 달렸겠지!
혜 준	누가 이기나 한번 붙어봐!
진우해효	(동시에) 내가 이기지!
진우해효	(동시에) 찌찌뽕!
일 동	(웃는)
혜 준	나이 먹어두 하는 짓은 초딩이야!
진 우	초딩 때 만났으니까 초딩이지! 넌 유딩이야 자식아!
혜 준	(웃는) 그래 너 잘났다!
진 주	(해효에게) 화장 지워줄게요 앉아요!
해 효	아 네에! 퇴근하셔야 되는데 저 때메 (하면서 앉는)
진 주	괜찮아요.
혜 준	(정하에게) 클렌징 줘. 내가 할게.
해 효	웬 반말?
정 하	(퍼프에 클렌징 묻히고)
진 주	(이건 또 뭐야. 꼴 보기 싫은 정하)
혜 준	(정하에게 퍼프 받고) 야 니들 인사해. (정하 보며) 우리 친구 먹기루 했어.
진 우	(정하에게) 난 김진우라구 해!
해 효	이런 친화력 갑 같으니! 너한텐 수줍음이란 건 없냐?
진 우	그런 거 안 키운다 난! (정하에게) 이름이 뭐야?
정 하	안정하!

해 효	안정하? 안정하라구? 너 이름 대따 재밌다!
정 하	(해효 흉내내며) 원해효? 뭘 원해효? 니 이름두 대따 재밌다!
일 동	(웃는. 진주 빼고)
진 우	합격! 이 사람이 우리과네! (악수 신청하며) 친하게 지내자 정하야!
정 하	(진우와 악수한다.)
혜 준	(화장 지우고 있고)
진 우	자 그럼! 친구된 기념으루 다 같이 밥이나 먹으러 가자!
해 효	한일전 하는 거 알지! 그거 보면서 밥 먹으면 되겠다! 오늘 번 돈으루 쏜다 내가!
혜 준	(번 돈 하니까. 생각났다.)
진 우	돈 벌써 들어왔어?
해 효	들어올 거잖아. 미리 땡겨 쓰는 거지!
진 우	(엄지손가락 올리며) 역시!
혜 준	나 잠깐 갔다 올게. 어디 갈지 정하구 있어. (나가는)
진 우	어디 가는데?
정 하	(보고)

씬6. 패션쇼 대기실 앞 복도

분주하게 지나다니는 사람들. 찰리정, 디렉터랑 얘기 중이다. '오늘 쇼 무대 잘 꾸렸다' '맘에 드셨으니 다행이에요 선생님' 등등. 혜준, 디렉터 찾았다. 혜준, 두 사람에게 오는. 찰리정, 혜준 봤다. 자신에게 얘기하러 오나 해서 기대하고 보면. 혜준, 찰리정에게 인사하고.

혜 준	말씀 중에 죄송한데 (디렉터에게) 형 잠깐 시간 좀 내주세요.
찰리정	(실망)
디렉터	어어... 저기 가서 기다리구 있어.
찰리정	아냐 얘기해. 난 얘기 끝났어. (뒤로 빠지는. 가다가 돌아서 두 사람 본다. 정확히 혜준을 보고 있다.)

디렉터	뭔데?
혜 준	오늘 모델료 내 통장으루 쏴줘.
디렉터	귀찮게 왜? 에이전시랑 끝냈냐?
혜 준	어어! 빨리 줘!
디렉터	(피식) 알았다 자식아!
혜 준	(가려는데)
찰리정	혜준아! 너 나한텐 할 말 없냐?
혜 준	(보는) ....

씬7. 패션쇼 대기실 안

찰리정, 혜준 있다. 축하 꽃바구니 있고. 찰리정, 혜준을 보고 있다.
혜준, 이 시선을 어떻게 감당해야 할지.

혜 준	하실 말씀 있으면 하세요.

찰리정, 혜준에게 다가간다. 혜준, 뒤로 물러나서 딴청.

찰리정	너 참 냉정하다. 그게 니 매력이지만.
혜 준	....
찰리정	돈 필요해?
혜 준	돈은 언제나 필요하죠.
찰리정	그러게 5년 전에 내 말 들었음 지금 이 모양이겠냐?
혜 준	전 지금 제 모양 싫지 않아요. 좋지두 않지만.
찰리정	내가 니 에이전시가 되어줄게. 배우가 되구 싶다면 배우가 될 때까지 스폰두 해주구.
혜 준	죄송합니다. (나가는)
찰리정	(뒤에 대고) 마지막 기회야. 시간 줄게. 일주일!
혜 준	....

씬8. 국도/ 찰리정 차 안 (과거) (인서트)

조수석에 혜준(22세) 자신감 뿜뿜. 모델다운 포스. 현재와는 다른 스타일. 음악 틀어놓고. 혜준, 자동차 안 내부를 구경한다. 계기판 등. 찰리정, 운전하고 있다.

혜 준   최고출력 362마력이에요. 정지 상태에서 100km까지 가속시간이 4.4초래요.
찰리정   (흐뭇)
혜 준   이런 차는 좀 더 밟아줘야 되는데. 여기선 안 되겠죠?
찰리정   안 되겠지! 아우토반 가야지.

찰리정, 차를 도로변에 세운다.

혜 준   (왜 세우지?) …..
찰리정   운전할래?
혜 준   (기쁜) 좋죠!
찰리정   (문 열고 나가는)

혜준, 우와 신난다. 문 열고 나가면서 신나는 제스처. 찰리정, 보면서 기분 좋은.

씬9. 국도/ 찰리정 차 안/ 펜트하우스 숙소 앞

혜준, 운전하고 있고. 신난. 찰리정도 덩달아. 찰리정의 차, 리조트 안으로 들어간다.

씬10. 펜트하우스 안

찰리정, 들어오고. 그 뒤에 혜준 따라 들어온다. 혜준, 내부의 화려함에 시선 뺏겨 구경하고. 테이블엔 화이트와인. 탄산수. 프리지아 꽃. 은 접시에 투명 뚜껑. 안엔 각종 꼬치. 관자와 새우 포함. 치즈와 스낵.

찰리정	여긴 처음이지?
혜 준	네.
찰리정	배고프진 않아?
혜 준	배고파요.
찰리정	간단하게 기분 좋게 먹자. (테이블 본다.)
혜 준	어? (앉는. 테이블에 있는 음식 본다.)

혜준, 접시 뚜껑을 연다. 안에 꼬치.

찰리정	니가 좋아하는 관자야.
혜 준	(보며. 뭔가 이상하다.) 다 제가 좋아하는 것들이에요.
찰리정	와인 니가 따!
혜 준	다른 사람들은 언제 와요?
찰리정	(어떻게 말해야 되지.) 아무두 안 와.
혜 준	(무슨 일이 있나 아님..) .....
찰리정	너두 이 바닥 알지? 처음엔 다 그렇게 시작해. 스폰 끼구.
혜 준	....선생님 존경해요.
찰리정	존경두 사랑의 일종이야.
혜 준	스폰은 비즈니스예요! (일어나는)
찰리정	속여서 미안해. 나하구 둘이 있는다구 하면 니가 안 온다구 할 거 같았어.
혜 준	...... (연민)
찰리정	이런 무리수를 둘 만큼 내가 너에 대한 마음이 커. 비즈니스 아냐.

99

	너 처음 봤을 때부터
혜 준	(O.L) 그만하시는 게 좋을 거 같아요.
찰리정	끝까지 들어. 시작했으니까 멈추구 싶지 않아. 거절당한다구 해두.
혜 준	선생님께 상처주구 싶지 않아요.
찰리정	………
혜 준	(목인사하고 가는)
찰리정	……. (뒤로 가서 백허그한다.)
혜 준	(백허그 푼다. 나간다.)

씬11. 아파트 인테리어 현장 (현재) (낮)

영남, 타카를 이용해 천장 마이너스 몰딩을 고정시키고 있다. 장만, 다른 쪽 하고 있다. 영남, 타카를 왼손에 들고 하다가 오른쪽엔 각재를 MDF 부분에 고정하는데. 오른쪽 어깨에 통증을 이기지 못하고 팔을 내리고 왼손 타카를 놓친다.

장 만	괜찮아?
영 남	(사다리에서 내려온다. 주저앉는 고통스러운)
장 만	(내려와서) 그러게 내가 한다 했잖아.
영 남	반은 못해두 삼분의 일은 해내야지. 민폐잖아.
장 만	민폐긴 뭐가 민폐야. 사실 형님 어깨 다친 데 내 지분두 있잖아. 형님은 그 얘기 안 하지만 난 알잖아.
영 남	(일어나는. 또 어깨 아프다. 신음) 아아!!
장 만	한동안 잠잠하더니 뭐 스트레스 받는 일 있었어?
영 남	혜준이 입영통지서 나왔어. 진작 갔다 왔음 좀 좋아! 갔다 오믄 서른이야. 걔 때메 잠이 안 온다.
장 만	진우두 딱히 시원한 꼴은 없어. 걘 아직두 나한테 손 벌려. 혜준인 그러지 않잖아.
영 남	벌려야 줄 사람이 없는 걸 아니까 그렇지! (통증 온다. 신음)

장 만	안 되겠다 집에 가! 있어봐야 내가 신경 쓰여 일 안 돼.
영 남	....그럼 이번 일은 삼대 칠루 해!
장 만	내가 대장이니까 내가 알아서 할게. 병원 꼭 가. 대충 파스 붙이지 말구. (다짐받으며) 어어!!!
영 남	알았어어어.

씬12. 신축 동부이촌동 아파트 거실/ 주방 (낮)/ 발리댄스 안

애숙, 꽃을 꽃병에 꽂고 있다. 다알리아, 잎안개, 파스타거베라 등. 애숙, 다알리아를 포인트로 높게. 다 꽂았다. 1부 이영 집 꽃병에 꽂은 것과 비슷하다. 애숙, 꽃병을 테이블에 갖다 놓는다. 송여사(76세), 방에서 나온다. 곱게 차려입었다.

애 숙	(꽃병 가리키며) 맘에 드세요? 아드님이 어머니 기분 전환하시라구 보내서 엄청 신경 썼어요.
송여사	이쁘다! 경준 엄만 손재주가 좋아.
애 숙	(미소) 중학교 때 사생대회 나가서 상 탄 적두 있어요. 엄마 일찍 돌아가시는 바람에 다 날아갔어요.
송여사	엄마가 오래 살아야 자식한텐 좋지!
애 숙	오래오래 사세요!
송여사	그거 욕이다! 나 놀다 올게. (나가는)
애 숙	네 다녀오세요. (하고 주방으로 가서 일회용 커피를 꺼내 타서 마신다. 커피 마셔야 일 시작하는 거 같다. 시작이다 일)

핸드폰 E 발신자 '경미'

애 숙	(받는) 어!
경 미	(발리 댄스복 입고 있고. 한켠에서) 언니! 오빠 병원 갔대. 어깨가 말썽 부렸나봐.

애 숙	그 어깬 진짜! 그럼 장만 씨가 일 다 하겠네.
경 미	혜준이 때메 스트레스 많이 받나봐. 이번에 군대 간다며?
애 숙	(자식 얘기에 민감한) 아직 몰라. 오디션 본 거 있는데 그거 붙음 한 번 더 미룰 거야.
경 미	됐음 좋겠다. 지금 군대 가면 어중띠잖아. 여태까지 한 게 다 헛고생되잖아.
애 숙	잘 되겠지 뭐!
경 미	너무 남의 일처럼 말하는 거 아냐? 해횬 지 엄마가 팍팍 밀어줘서 씨에프두 나오던데.
애 숙	해효가 잘해서 딴 거야. 해효네 집 부잔데 씨에프 딸려구 왜 돈 쓰겠어?
경 미	언니가 이렇게 순진하다니까.
애 숙	자기 힘으루 일어서야 그걸 지킬 수 있는 거야. 안 되면 그만둬야지.
경 미	혜준이 힘들겠어. 집에서 밀어주는 사람이 하나두 없어서. 언니 나 이제 가야겠다. 흔들러!! (끊는)
애 숙	좋겠다. 흔들구 살 수 있어서.

씬13. 혜준 집 주방/ 거실

식탁엔 냉장고에서 꺼낸 반찬들. 반찬통 채로. 김치. 두부부침. 취나물. 어묵조림. 아몬드 멸치볶음 등. 민기, 큰 접시에 한 끼 먹을 만큼 반찬을 던다. 민기, 아몬드 멸치볶음을 덜어 놓으며 먹어본다.

민 기	어유 맛있다! 얘는 내 며느리지만 진짜 내 아들한테 아까운 애야. 집에 있으니까 너무 좋네! 나가면 죄다 돈이구.

민기, 반찬통을 냉장고 안에 넣으며. 노래 흥얼대고. 전기밥솥에서 밥을 푼다. 행복하다. 한 끼 맛있게 먹을 생각에. 식탁에 앉는다. 민기, 밥 떠서 먹기 시작한다. 인기척 소리 들리고 영남, 들어온다. 손

엔 검은 봉지. 안엔 파스와 진통제. 민기, 먹는데 들어오는 영남과 눈이 딱 마주친다. 민기, 영남한텐 왠지 떳떳한 기분이 아니다. 뭔지 모를 주눅이 든다.

영 남   (봉지를 바닥에 놓으며) 집에 있었네! (아버지만 보면 뭔가 치밀어
            오른다.)
민 기   집밥이 좋아.
영 남   춤추는 게 좋은 게 아니라?
민 기   밥 안 먹었음 이리 와. 같이 먹게!
영 남   됐어. (방에 들어가려고 봉지 집는데 어깨 아프다.)
민 기   어깨 또 아파? 병원 갔다 왔어?
영 남   병원은 공짜루 가? (안방으로 가는)
민 기   돈보다 건강이 더 중요하지!
영 남   어차피 죽을 몸! 뭐가 그렇게 중요해? 아부지처럼 자기 몸 끔찍이
            아끼는 사람두 아마 드물 거다.
민 기   내가 아프면 니가 힘들어지잖아. 그거라두 해줘야지!
영 남   (맞는 말이다) ..암튼 말은 잘하지! (하곤 방으로 들어간다.)
민 기   너는 그 말이라두 잘해보지 그러냐! 암튼 말하는 거 보믄 먹던 것
            두 뺏어서 버리구 싶게 한다니까!

씬14. 동부이촌동 아파트 재활용 수거함

애숙, 쓰레기 분리수거하고 재활용 수거함 쪽으로 간다. 재활용 함
에서 쓸 만한 걸 뒤진다. 근사한 남자 양복이 있다.

애 숙   (재킷 살펴보며) 아버님 좋아하시겠다! (챙기고) 남자 잠바 없나? 일
            나갈 때 입히면 좋은데. (하면서 보면 남자 잠바 있다. 들어서 본다.
            사이즈 본다.) 맞을 거 같다! 근데 샀다 그럼 안 믿을 텐데. 주워왔
            다 그럼 안 입을 거구! 뭐가 이쁘다구 갖다줘! (하더니 도로 놓는다.)

씬15. 혜준 집 안방

영남, 파스를 떼서 붙이려고 하는데 잘 안 된다. 오른쪽 어깨에. 성질난다. 방문을 본다. 민기를 부르고 싶다. 그러다 혼자 하려는데 잘 안 돼 성질나 파스를 내동댕이친다.

영 남   (소리 지르는) 아부지!!!

민 기   (문 열고 얼굴 내밀며) 왜? 내가 파스 붙여줄까?

영 남   …… (아쉬운 소리 하기 싫다.)

민 기   (들어온다. 파스를 떼며) 고질병이 됐어. 이래서 일은 할 수 있는 거야? (파스를 오른쪽 어깨에 붙인다.)

영 남   일을 할 수 있어서 하나? 해야 되니까 하지.

민 기   기다려봐. 아부지가 로또 되믄 고생 끝이야. (또 파스 떼고)

영 남   그렇게 평생 요행 바라구 사니까 아부지가 지금 이렇게 사는 거야.

민 기   넌 틈만 나믄 가르치더라. 난 뭐 할 말 없어 가만있는 줄 아냐?

영 남   할 말 없으니까 가만있지 아부지 성격에!

민 기   혜준이한테 그러지 마. 우환덩어리가 뭐냐? 어젠 내가 딱 막았지만 그런 말 자식한테 하면 안 되는 거야. 말이 씨가 된다구.

영 남   (O.L) 오죽하면 그러겠어? 자식 나몰라라하구 집 밖으루 돈 사람이 자식 걱정이 뭔지나 알겠어?

민 기   넌 애가 너무 공격적이야! 사람이 유순해야 술술 풀리는 거야! 나이 육십이 다 돼서/ 부모 잘못/ 감싸주진 못하구 말끝마다 갈구니? 그러니 니가 복 받겠니? (파스 주며) 니가 붙여! (나간다.)

영 남   해주구 나가지 암튼! (자신의 어깨에 붙이면서) 내 속을 누가 알겠어? 첫 단추 잘못 꿰믄 망하는 거 평생이야! 아부진 평생 살구두 그걸 모르냐! (설움이 온다. 눈물이.)

다시 문 열린다. 민기, 들어온다. 영남, 눈물 쏙.

민 기   아부지 봐봐! 너처럼 똥고집 안 부리구! 금방 잘못한 걸 깨닫구 들

	어오잖아. 사람이 반성을 잘해야 되는 거야.
영 남	가르칠려면 자기 인생 정돈 성공한 사람이 하는 거야. 아부지처럼 실패한
민 기	(입 삐죽이고. 파스 붙였다.)
영 남	아얏!!!
민 기	(놀래) 그러지 말구 병원 가자! 그깟 돈 얼마나 아낀다구. 너보다 귀하겠냐?
영 남	아부지가 그러니까 평생 가난하게 사는 거야. (누우며. 아픔을 참고) 내 자식들한테 민폐 안 될 거야 난.

씬16. 해효 집 주방

이영, 팔로우 수 늘려주는 사이트 홈페이지에 들어가 있다. 돋보기 쓰고 있다. 손에 들은 스마트 폰은 해효의 인스타 화면이 펼쳐져 있다. 이영, 보고. 팔로우 수 확인한다. 팔로워 55.3만이다.

이 영	오십오만삼처언!!

홈페이지 보고 주문 링크에 해효의 인스타 아이디 넣고. 주문 수량에서 멈칫한다.

이 영	생각 같아선 만 명 하믄 좋겠는데! 이슈두 없는데 그럼 티나지! 영화 캐스팅된 거 기사 나믄 확 올려야지!

이영, 주문 수량에 3,670명을 넣고. 결제를 누른다. 결제한다.
해나, 들어온다. 손엔 과자 봉지. 먹으면서. 냉장고 문을 여는.

이 영	넌 시험 끝났다구 맨날 빈둥빈둥이야? 과자 그만 먹으랬잖아. 살쪄!
해 나	(아이스바 꺼내는) 엄만 사람 못살게 구는 데 일가견 있어. (노트북

	화면 와서 보는) 뭐하는 거야?
이 영	(노트북 닫는) 암것두 아냐.
해 나	암것두 아닌데 왜 덮어? 혹시
이 영	(찔려서 O.L) 혹시 뭐?
해 나	요즘 강남 사모님들 남자친구 있는 게 유행이라던데.
이 영	못하는 소리가 없다! 느이 아빠가 재미없긴 해두 엄만 도덕적인 사람이야.
해 나	아님 말구! (아이스바 먹는)
이 영	너 선 안 볼래?
해 나	고리타분해!
이 영	그럼 로스쿨 가믄 거기서 하나 골라.
해 나	알아서 할게.
이 영	그럼 알아서 하시구 결혼은 니 맘대론 안 돼. 가족 모두 합의해야 돼.
해 나	엄마랑 십 분 이상 마주하면 안 돼. 스트레스 지수가 확 올라!
이 영	나 백화점 갈 건데. 샤넬 스니커즈 이쁜 거 나왔더라.
해 나	(따라갈 거다.) 지금 갈 거야?
이 영	끝까지 니 편은 엄마야. 머리 좋은 애니까 긴말 안 해.
해 나	믿는다는 말루 편앨 퉁칠려구? 오빠한테 온 신경이 다 가있잖아. 나한텐 가끔 명품 던져주구 때우구.
이 영	미래 법조인답게 어디 가서 사기 당하진 않겠다!
해 나	편애 인정?
이 영	아니! 기다려 오빠 작업 끝나면 너니까. (방으로 가는)
해 나	백화점 안 가?
이 영	옷 갈아입어야지!

씬17. 해효 집 안방

　　　　이영, 들어와서 핸드폰 본다. 해효의 인스타 화면이 펼쳐져 있다. 이

영, 보고. 팔로우 수 확인한다. 팔로워 55.3만.

| 이 영 | 왜 아직 그대로지? |

이영, 카톡한다. '지금 팔로우 수 신청했는데 왜 아직 안 올라가죠?'

| 이 영 | (E) 지금 팔로우 수 신청했는데 왜 아직 안 올라가죠? |

씬18. 옴므정 패션쇼 백스테이지2 (낮)

정하, 포토블 정리하고 있다. 사람들 거의 없다. 혜준, 온다.

혜 준	다들 어디 갔어?
정 하	(일하면서) 밖에!
혜 준	넌 왜 여깄어?
정 하	난 일하러 가야 돼.
혜 준	아까 왜 얘기 안 했어?
정 하	그때 얘기하면 분위기 안 좋아지잖아. 내가 뭐라구!
혜 준	(내가 뭐라구가 훅 들어온다. 뭐지) 너 뭐거든! 샵 다시 가야 돼? (하면서 정하 정리 도와주려고 의자를 접는다.)
정 하	아니 나 메이크업 버스킹 해. 개인적으루 짬짬이.
혜 준	너 되게 열심히 사는구나. 보통 내 팬들이 그런데.
정 하	니 팬들이 괜찮긴 해.
혜 준	인정 잘하는 거 보니까 해효 팬 맞네.
정 하	아직두 해효랑 친한가 봐. 초등학교 때부터 지금까지 쭉.. 그런 거 되게 어렵지 않아?
혜 준	해효랑 나랑 초등학교 때부터 친군 것두 알아?
정 하	같은 동네 다른 느낌인 것두 알아.
혜 준	(그걸 어떻게? 맞아 난 가난해.) 해효 팬이라면서 나두 같이 판

거야?

정 하	(또 거짓말 하긴 싫다.) ....
혜 준	대답하기 싫다? (장난) 하긴 내가 뭐라구!
정 하	(버럭) 너 뭐거든!!!
혜 준	왜 소릴 질러? 니가 그러니까 내가 진짜 뭐가 아닌 거 같잖아.
정 하	(과한 리액션 맞다.) 그러네. 왜 그랬지?
혜 준	그걸 나한테 물음 어떡하니? 니 마음인데.
정 하	물은 거 아니구 혼잣말이구... 생각해 보니까 '뭐라니'라는 말은 자신을 비하하는 말이잖아. 누가 됐든 그런 말 쓰는 게 싫어. 그래서 내가 강력하게 어필한 거지.
혜 준	니가 먼저 썼어. 난 니가 무안하지 않게 리액션한 거야.
정 하	너 억울한 건 못 참는 성격이구나.
혜 준	어떻게 알았어?
정 하	어떻게 알았을까? 지금 무안당하면서 알았지.
혜 준	(웃는)
정 하	(웃는)

씬19. 패션쇼장 밖 (오후)

해효, 진우와 있다. 해효, 물 마시고 있고. 해효, 다리 떠는. 진우, 과자 먹고 있고. 진우, 해효의 다리를 잡는.

진 우	다리 떠는 거 보니까 뭔가 있구만. 뭐야?
해 효	영화 오디션 연락 왔어.
진 우	말해! 아님 혜준인 계속 떨면서 기다려야 되잖아!
해 효	(난처) 말하기가 좀 그런 게.. 이번에 떨어지면 군대 간다 그랬어.
진 우	그니까 나 갈 때 같이 가자구 하니까 안 가더니!
해 효	그땐 구찌 무대 준비했을 때잖아. 어떻게 가냐?
진 우	혜준이한테 영화사에 연락하라 그럴까?

해 효	영화사 오늘 놀아. 니가 말해라.
진 우	건 안 되지! 난 당사자가 아니잖아. 다이렉트루 듣는 게 젤 좋아.
해 효	그럼 어떡해?
진 우	기분 좋을 때 말해.
해 효	걔가 언제 기분 좋을지 어떻게 아냐?
진 우	오늘 한일전 축구 이기면 어떨 거 같냐?
해 효	쥑이네요!

씬20. 패션쇼 백스테이지 밖

혜준, 정하 큰 가방 메고 있고. 그 옆에 정하, 여행 캐리어 밀고 오고. 각자 가야 된다. 멈춰 선다. 진우와 해효, 두 사람 보고 손 흔든다. 정하, 인사하고. 혜준, 손 흔들고.

정 하	이제 줘! (혜준에게 있는 가방 가져오려는데)
혜 준	(빼며) 버스 타는 데까지 가줄게. 무거워.
정 하	(다시 잡아서 메며) 괜찮아. 맨날 드는 거야. (씩씩하게 보는)
혜 준	넌 애가 되게 독립적이다.
정 하	기댈 데가 없어서 그래.
혜 준	(또 훅 들어온다.) 의외다. 기댈 데 많이 가진 줄 알았어. 해효 팬이라 그래서.
정 하	왜?
혜 준	보통 자신하구 비슷한 사람한테 끌리지 않냐! 난 그렇거든.
정 하	(나도 그렇다.)
진 우	(E. 멀리서) 안 갈 거야?
혜 준	간다 가! (정하에게) 그럼 나중에 보자.
정 하	나중에 어떻게 봐? 그런 의례적인 인사 좋지 않아!
혜 준	(미소) 핸드폰 줘봐!
정 하	(핸드폰 패턴 풀고 연락처 화면 열어서 주면서) 우리 샵에 와! 내가

연예인 디씨해 줄께!

혜 준   (핸드폰에 전화번호 찍으면서 보는) 근데 넌 덕질을 참 쿨하게 한
         다. 보통 이럴 땐 일 집어치우구 따라가지 않냐?

정 하   (보는) 그럼 생활이 망가지잖아. 내 일상이 단단해야 누군갈 안정
         되게 지지할 수 있잖아!

혜 준   너 안정 좋아해서 안정하냐?

정 하   아니 뭐든 안 정해서 안정하야!

혜 준   한 마디두 안 진다!

정 하   한 마딜 지면 열 마딜 져서 한 마딜 안 져!

혜 준   너 어디 가서 지구 살진 않겠다.

정 하   계속 지구 살아. 회사 관두구 나서 더 많이 지구 살아.

혜 준   그래서 그걸 처음 보는 나한테 푸는 거야? (핸드폰 통화버튼 누른
         다.)

정 하   너 팩폭이구나!

혜 준   직설적이란 말은 듣지 내가! (정하 핸드폰 준다.)

정 하   (속소리 E) 상상했던 거랑 다르네!

혜 준   뭘 봐?

정 하   그냥 봐.

혜 준   언제까지 그냥 볼 거야?

정 하   니가 갈 때까지!

혜 준   그럼 가야겠다. 부담스러워서. (가는)

정 하   사람하구 말했는데 왜 인형하구 말한 기분이 들지? 안정하 정신 차
         려. 이제 사혜준은 현실이야.

씬21. 모델 에이전시 사무실 안

태수, 신인 남자 모델과 계약하고 있다. 계약서 읽어보고 있는 모델.

태 수   뭘 그렇게 계속 읽어?

모 델	애들한테 물어봤는데 계약 기간이 너무 길다구.
태 수	(O.L) 그럼 하지 마. 매니지먼트 믿지 못함 어떻게 일해?
모 델	(강하게 나오니까 왠지 믿음이 가는)
태 수	신인 하나 키우려면 돈과 시간이 얼마나 많이 들어가는지 알아? 그러다 뜨구 나면 다 갑질이야!
모 델	전 안 그래요. 근데 애들이 그러는데 삼대 칠이면 아주 빡센 거라던데요.
태 수	너 만나구 다니는 애들이 누구냐? 암튼 요즘 애들은 이거저거 재구 돈만 밝히구 패기두 없구! 그래서 니들이 되겠냐?
모 델	(계약서 내민다.) 제가 좀 소심해서. 다시 한번 생각해 볼게요.
태 수	(황당한) 진짜 너한텐 내가 필요하다! 그렇게 결단력이 없어서 사회생활 어떻게 할래? 어디 가서 백퍼 당해 넌.
모 델	우리 엄마가 전 어디 가서 당할 놈두 못 된대요! (일어나는) 안녕히 계세요.
태 수	그래 가라!

민재 들어오는. 모델, 나가면서 민재한테 인사하고 나간다.

민 재	누구예요? 계약했어요?
태 수	내가 저런 찌질이랑 왜 계약하냐? 웬일이야?
민 재	웬일이긴요! 혜준이 돈 주셨나 확인하러 왔죠.
태 수	아 요즘 재수 없어. 성격 이상한 애들만 꼬여!
민 재	플랜 B 가동해요?
태 수	넌 아직두 혜준일 그렇게 모르냐?
민 재	(무슨 말이지)
태 수	걔가 너한테 민폐 끼칠 애루 보이냐?
민 재	걜 그렇게 잘 알면서 그런 짓을 하셨어요?
태 수	먹구살다 보믄 그런 거지! 착해 빠져갖구 걘 안 돼. 이 바닥에 있기엔 애가 너무 맑아.

핸드폰 E

태 수   달만 캐스팅 디렉터네! (발신자 보고. 민재에게) 이번 패션쇼에 혜
        준일 세우구 싶대.
민 재   잘됐네요.
태 수   그래서 내가 뭐랬게? 걔 은퇴했다 그랬어. (전화 받고. 영어로) 헬
        로우!
민 재   ....

씬22. 혜준 집 앞 (저녁)

민기, 누군가를 기다리고 있다. 애숙, 손에 시장 본 것과 쇼핑백 들
고 들어온다.

민 기   (반색) 좀 늦었다!
애 숙   장 좀 봤어요. 경준 아빠 좋아하는 생태탕 해주려구!
민 기   (손에 있는 짐 들며) (쇼핑백 보며) 뭐 좀 건졌어?
애 숙   아버님한테 아주 잘 어울리는 양복 건졌어요. 드라이해 드릴게요.
민 기   애비 껀 없디?
애 숙   잠바 하나 건졌는데 입겠어요?
민 기   내가 입다가 줄게. 내가 산 거처럼 해서.
애 숙   아버님은 머리가 진짜 좋으세요!
민 기   내가 로또 되면 집 사줄게.
애 숙   (웃으며) 고맙습니다 아버님!
민 기   제가 고맙습니다. 이런 허접한 희망을 받아주셔서!
애 숙   아버님은 진짜 미워할 수가 없어요.
민 기   지금까지 여자한테 미움 받아본 적은 없다 내가!
애 숙   (웃는) 경준 아빠가 아버님 반만 닮았음 좋겠어요. 표현하는 거!

씬23. 혜준 집 안방

영남, 자고 있다. 아픈 어깨. 오른쪽 어깨에 수건을 깔고. 무릎엔 베개를 끼우고. 코도 곤다. 옆엔 약봉지. 파스와 근육통에 먹는 약. 애숙, 들어온다. 외출해서 돌아온. 가방을 놓고. 영남을 보는 애숙. 안쓰러우면서 짜증난다. 옷을 갈아입는다. 영남, 뒤척인다. 눈을 뜬다.

영 남   몇 시야?

애 숙   아프믄 제발 병원엘 가!

영 남   병원 가봐야 해주는 것두 없어. 주사 한 방에 얼마나 비싸게 받아먹는지!

애 숙   약 먹구 파스 붙이구 그러느니 한 방에 끝내는 게 더 싸! 병원비 내가 줄게. 궁상 좀 그만 떨어!

영 남   궁상? 남편한테 그게 할 소리야?

애 숙   당신이야말루 할 소리 안 할 소리 구분 좀 해! 장만 씨가 아무리 친해두 자식 얘긴 조심해야지!

영 남   어차피 다 알 얘기야! 오늘 혜준이 들어오면 결판낼 거야. 오디션 붙어 영화 하나 한다구 인생이 달라지겠냐?

애 숙   혹시 알아?

영 남   내 손에 장을 지져! 괜히 펌푸질하지 말구 가만있어.

씬24. 도로. 민재 자동차 안

민재, 운전하고 있다. 블루투스 이용해서 전화하는 중이다. 수신자 '사혜준' 신호 가는데 전화 받지 않는다. 메시지 남겨달란 음성안내. 민재, 전화 끊는다. 무슨 일이 있나.

씬25. 카페 (밤)

스크린에선 한일전 축구 나오고 있다. 사람들 모여서 축구 보고 있고. 혜준, 해효, 진우, 축구 보고 있다. 테이블엔 맥주와 각종 안주. 분위기 무르익고 있다. 전반 22분, 손흥민 골 넣는데 빗나간다. 넣을 줄 알았는데 탄식하는 혜준, 해효, 진우. (짧은 O.L) 후반 10분. 김민재 공 잡고 손흥민 패스. 다시 다들 열광하지만. 골로 연결되지 못하고. 아쉬움의 제스처. (짧은 O.L) 연장 전반 3분. 이승우 골. 좋아서 난리 난 카페.

연장 전반 11분. 두 번째. 황희찬 골!!! 혜준, 해효, 진우... 세상 다 가졌다. 해효와 진우, 눈인사를 나누고 하이파이브 한다.

씬26. 홍대 버스킹 구역

발라드 노래, 아이돌 춤 커버를 추는, 초상화 그려주는. 그 옆에 정하, 메이크업 버스킹 하고 있다. 간이테이블 위에 메이크업 도구 펼쳐져 있고. 거울, 간이의자, 핸드폰 삼각대에 핸드폰. 핸드폰 라이트로 촬영하고 있다. 사람들 지나가면서 각자 자신이 좋아하는 취향의 버스킹 앞에 서서 구경하고 있다. 짧은 머리에 화장하지 않은 여자 정하 쪽을 보며 갈까 말까 머뭇거리고. 지나가기로 결정하고 지나가다가 정하와 눈이 마주친다. 정하, 살짝 미소. 핸드폰 카메라는 자신을 향하고.

정 하	궁금한 거 있음 물어보셔두 돼요.
커트여자	화장 안 하거든요. 근데 미세먼지 많은 날은/ 간질간질한 거 같구 찜찜해요.
정 하	미세먼지 막는 화장법 있어요. 유튜브 촬영 중인데 촬영 가능하심 제가 가르쳐 드릴게요.
커트여자	똥손인데 할 수 있을까요?

정 하	뭐든 반복하면 발전해요. 화장하구 변한 모습 보면 계속 하게 될 거구 잘하게 될 거예요.

씬27. 한남동 동네 골목

혜준, 진우, 해효. 취했고. 기분 좋고.

진 우	손흥민! 오늘 기분 째지겠다!
혜 준	우리 흥! 면제 인정!
해 효	우리 흥! 날라다닐 일만 남았다! 좋겠다! 남자로서 진짜 영광 아니냐?
진 우	(O.L) 진짜 영광은 나랄 지키느라 2년을 바친 우리 같은 청춘들이거든! 니네 삼시세끼 닭 먹어봤어? 조류독감 터지믄
혜 준	(O.L) 아침! 삼계탕! 점심! 닭볶음탕! 저녁! 치킨!
해 효	(O.L) 돼지콜레라 터지면
혜 준	(O.L) 아침! 제육볶음! 점심! 돼지갈비찜! 저녁! 삼겹살!
혜준해효진우	(O.L) 토 나와!!!
진 우	(혜준에게) 넌 날 통해 간접경험 많이 해서. 지금 군대 가두 잘 적응할 거야.
혜 준	나 지금 군대 가나?
해 효	...영화사에서 전화 왔어.
혜 준	(아직 현실 인식 안 돼) ......
해 효	너한테 어떻게 말할지 망설였는데. 매두 빨리 맞는 게 낫다 싶어서.
혜 준	잔인한 새끼! 지금 이 순간이어야만 했냐?
해 효	(난처. 진우 보는)
진 우	(딴청 하는)

씬28. 노래방

혜준, 열창하고 있다. '티얼스'. 잔인한~ 아무 일도 내겐 없는 거야.
처음부터 우린 모른 거야. 해효와 진우 맞춰주는. 테이블엔 술병과
안주.
(점프 시간 경과) 혜준, '투모로우' 부른다. 해효 진우, 슬슬 지겹다.
맞춰주는 거. '갈 길은 먼데 왜 난 제자리니 답답해 소리쳐도 허공
의 메아리 내일은 오늘보다는 뭔가 다르길 난 애원할 뿐' 가사에서
감정 잡힌다. 해효, 음악 끈다.

해 효	그만해 아우 청승!
진 우	됐다 많이 먹었다!
혜 준	니들은 내 소중한 순간을 망쳤어! 아무 생각 없이 기분 좋은 순간이 얼마나 된다구!
해 효	애가 기분 좋을 때 말하는 게 젤 좋다구 펌프질해서.
진 우	(김래원 흉내) 넌 그렇게 꼭 일러바쳐야만 후련했냐!!!!
혜 준	(웃는)
해 효	(이제 풀렸나. 자신도 풀어지는)
혜 준	방탄 노랜 세계관이 좋아. 노래 듣구 있음 제대루 살구 싶게 만든다니까!
진 우	니들이 그렇게 되믄 되잖아. 그렇게 될 리 없겠지만!
해 효	아주 초를 쳐라 초를 쳐!

씬29. 홍대 버스킹 구역/ 정하 집 안 거실/ 홍대 버스킹 구역

정하, 커트 여자 메이크업 해주고 있다.

정 하	(이마와 턱선, 코 양쪽 쉐딩해주며) 이렇게 쉐딩해 주면 이목구비가 뚜렷하게 보여요! 여기 티 존은 (티 존은 하이라이터를 이용해주고)

카메라 빠지면 컴퓨터 화면이다. 정하, 식탁에 앉아서 편집하고 있다. 마우스를 이용해서. 유튜브에 올릴. 머그잔 옆에 있고.

정 하 　(E) 하이라이터 이용해 주시구요.

커트여자 　(E) 언니 남자친구 있죠?

카메라 다시 화면으로 들어가면.

정 하 　(화장해 주면서) 연애 감정 소모 심하구 삶에 지장 있어 안 하구/
　　　덕질해요!

커트여자 　누군데요? 같이 해요 저 휴덕 중이거든요.

정 하 　비밀인데... 오늘 낮에 만났었거든요.

커트여자 　대박 사건!

씬30. 혜준 동네 골목 (현재) (밤)

혜준, 걸어오고 있다. 진우, 걸어오고 있다. 혜준, 지쳐있다. 말없이
둘이 걷는.

진 우 　위로가 필요한가 친구?

혜 준 　충분했어!

진 우 　넌 된다! 친구라 하는 말이 아니야. 내가 얼마나 객관적인지 알지?

혜 준 　(미소) 조용히 가자!

진 우 　그래! 머리 복잡할 땐 조용한 게 최고야!

카톡 E

진 우 　타이밍 죽인다! 여자면 결혼한다!

진우, 카톡 보면. '라면 먹자' 해나.

해 나	(E) 라면 먹자.
진 우	(심쿵)
혜 준	결혼하냐?
진 우	미친놈! 나 가야겠다! 생각하지 마 오늘은! (뛰어가는)

혜준, 걷는다. 따라오는 자신의 그림자 본다. 멈춘다.

| 찰리정 | (E) 생각 좀 하구 살아. |

씬31. 패션쇼 대기실 안 (회상)

혜준과 찰리정 있다.

| 찰리정 | 5년 전에 내가 뭐랬어? 너 혼잔 절대 안된다구 했잖아. |
| 혜 준 | 혼자 할 수 없음 그만둬야죠. |

씬32. 혜준 집 골목 (현재) (밤)

혜준, 걷고 있다. 찰리정의 제안. 자신의 삶을 마음대로 재단하는 사람들의 말들. 찰리정 같은 사람들의 말들.

| 찰리정 | (E) 넌 왜 야망이 없냐? 그저 그렇게 살다 이름두 없이 죽을래? |
| 혜 준 | 엿 먹어! |

혜준, 걷는다. 자신의 길을 갈 거다. 난 그래도.

씬33. 해효 집 거실

이영, 거실에서 영화 보고 있다. 밖에서 문 여는 소리 들린다.

이 영   왔다! (영화 끄고 현관 앞으로 간다.)
해 효   (들어온다.)
이 영   술 많이 마셨네. 뒷풀이한 거야?
해 효   거긴 안 가구! 진우랑 혜준이랑! 피곤해! (올라가려는)
이 영   (잡는) 기분 좋은 날이잖아. 근데 왜 안 좋아 보여?
해 효   엄마/ 영화사에 아는 사람 없어?
이 영   (찔려) 내가 어떻게 알아? 근데 왜?
해 효   혜준이 다른 역이라두 없나 해서.
이 영   그누무 혜준이 혜준이! 걔가 니 형이니 동생이니? 왜케 챙겨? 알아
         두 안 해줘.
해 효   알았어 알았어! 괜히 쓸데없는 말 했다! 쏘리! 아빠 들어왔어?
이 영   자! 엄만 너무 좋아서 축하주 하려구 기다렸어! 근데 너 실망이야!
해 효   실망했다구 말하는 건 축하줄 끝까지 포기 안 했단 건데. 나 잘 거
         야! (하곤 올라간다.)
이 영   야아! (혼잣말) 쟨 밀당두 잘해! 타고난 스타감이야!

씬34. 해효 집 안방

트윈 침대 놓여있고. 태경, 안대를 하고 누워있다. 자는 거 같다. 이
영, 들어온다.

이 영   아주 평안하시네! 해효 학교만 생각하믄 아직두 분해!
태 경   뭐가 아직두 분해?
이 영   아 깜짝이야! 안 잤어요?
태 경   (안대를 풀고 일어나 앉는) 카페인 일일 허용량이 넘쳤나봐.

이 영	내가 해효 사립 초등학교 보내자구 했더니/ 기어이 공립 보내더니/ 친구 봐요! 도우미 아들하구 절친이야.
태 경	남잔/ 여러 계층을 경험해 봐야 돼. 같은 계층하구만 어울리면 시야가 좁아서 안 돼.
이 영	공자 가라사대 좀 하지 마요. 인생은 끼리끼리야. 언젠가 혜준이가 해효 발목 잡을 거야. 지금두 오디션 붙어서 기뻐서 춤춰두 모자랄 판에 혜준이 때매 제대루 즐기지두 못하잖아. 내 아들이 왜 그래야 돼?
태 경	(뭐지 이런 태도는) 어차피 취미루 잠깐 하다 관둘 거 뭘 그렇게 열내?
이 영	누가 취미루 한대? 해흔 학교 이사장이 취미구 스타가 본업이 될 거야.
태 경	당신 요즘 안 되겠어! 반말 존댓말 섞구. 부부 사이에두 예절이 필요하다구 몇 번이나 말했어? 천박하게!
이 영	부럽다 그러더라 사람들이 나보러! 다 가졌다구? 그 사람들은 모르는 거지! 소통 안 되는 남편이랑 사는 게 얼마나 고통스러운 건지!

씬35. 혜준 집 마당/ 거실

영남, 경준 방문을 달고 있다. 다 달고 열었다 닫았다 한다. 경준, 옆에 있다. 애숙도.

애 숙	참 병두 가지가지다! 아프단 사람이 그걸 왜 지금 하구 있어?
경 준	내가 하지 말래두 이래!
영 남	취직했는데 새 집은 못 사줄망정 새 문짝은 달아줘야지. (문짝 앞뒤로 흔들며) 든든하잖아. 우리 경준이 인생두 이렇게 나가야지!
경 준	이번 월급 타면 아빠 뭐 하나 사줄게.
애 숙	나는?
경 준	엄마두 사주지!

영남애숙경준	(웃는)

혜준, 들어온다. 그 시선으로. 세 사람 화기애애한 거 보고. 들어오다가 마당에 있는 물건에 걸려 넘어질 뻔하다 일어난다.

영 남	한심하다!
혜 준	(보는. 형 방문은 달아주고. 내 방문이 훨씬 낡았는데)
영 남	니가 지금 술 처먹구 다닐 때냐?
혜 준	오늘은 그냥 넘어가 주세요. (슬슬 예열된다.) (거실로 들어오는)
영 남	그렇게 나약해서 세상을 어떻게 살래?
혜 준	아빠가 지금 뭐라 안 해두 내가 더 괴로우니까 그만해!
영 남	아빤 니 나이 때 공사판 다니면서 식구들 먹여 살렸어. 넌 니 한 몸만 건사하면 되는데 뭐가 그렇게 괴롭냐?
혜 준	괴로운 거 말함 아빠가 날 이해해 줄 거야?
영 남	(한 방 맞은. 맨날 이해해 주고 있잖아. 왜 그래.) 내가 언제 너 이해 안 해준 적 있어?
혜 준	...오디션 떨어졌어.
영 남	(반색) 잘됐어! 그럼 이제 군대 가면 되겠네!
경 준	결국 그렇게 끌려가네. 나 봐라 군대부터 갔다 온 거. 우리 같이 가난한 집 애들은 국가 의무는 빨리 하는 게 좋아.
혜 준	그 와중에 깨알 자랑하구 있네!
영 남	너 군대 가는 걸루 니 형이 얼마나 걱정됐음 그런 말 하겠어?
혜 준	군댄 숙제야! 언제든 갔다 와야 돼! 숙제 안 하믄 뭘 해두 계속 숙제가 머리에서 안 떠나! 누가 더 괴롭겠어? 내 인생인데 누가 더 괴롭겠어?
영 남	그러게 누가 너더러 모델 하래? 너 모델 한다구 설렁설렁 다닐 때 니 형은 과외 한 번 안 받구 서울대 갔어. 부모가 뒷받침 못 해주는데두 니 형은 해냈어.
혜 준	책상에 앉아 공부만 하는 게 젤 쉬운 거야. 난 형보다 먼저 사회생활 시작했어. 탑 모델 됐구

영 남	(O.L) 탑 모델 돼봐야 길거리 다녀두 알아보는 사람 하나 없더라!
혜 준	(기막힌) 뭐?
경 준	니 운이 거기까지야. 이제 땅으루 내려와 니 현실을 봐. 잘난 사회 생활 7년 했는데 통장에 돈 얼마 있나? 너나 나나 각자도생해야 돼. 가난한 집 장남이라구 희생하는 거 나 안 해!
혜 준	가난한 거 좋아. 근데 이렇게 사람을 물어뜯어야 되냐? 사회에서 물어뜯기구 집에 와선 더 뜯기구. 가족이라면서! 날 위한다면서?
경 준	가족이 무슨 만능키야?
혜 준	(O.L) 그럼 내 인생에 훈수 두지 마. 고등학교 졸업하구 지금까지 아빠한테 손 벌린 적 없어. 왜 내 미랠 자기들끼리 상상해서 날 무시해?
경 준	너 인제 피해의식까지 생겼냐?
혜 준	내가 피해의식이면 넌 사이코패스야! 오디션 떨어졌다 그럼/ 안 됐다. 얼마나 마음이 아프겠냐! 이러는 게 상식 아냐? 잘됐다 군대 가야 된다! 그게 인간이냐?
영 남	(때리려고 덤비는) 이 새끼가 진짜! 너 나한테 인간이냐 그런 거야? 이게 인간 말종이네 부모한테!
민 기	(O.L. E) 쟤가 인간 말종이면
민 기	너두 인간 말종이야 나한테 하는 거 보면.
애 숙	아버님까지 왜 이러세요?
민 기	왜 우리 혜준이만 갖구 그래? (눈물 그렁) 애가 오디션 떨어져서 지가 하구 싶은 거 못하게 됐는데 그럼 되냐? 먼저 위로를 하구
영 남	(O.L) 얼씨구!
경 준	할아버지가 이런 식으루 끼어드시면 아빠가 훈육하시는 데 혼선 오잖아요.
민 기	야 혜준이 나이 스물여섯이야. 옛날 같음 장가두 갔어. 지 인생 지가 알아가는 거지 뭘 가르쳐?
혜 준	할아버지 들어가자!
민 기	그래 들어가자 우리 방으루!

다른 가족들 보는. 혜준, 민기, 방으로 들어간다.

영 남   진짜 끼리끼리다!

민 기   (방문 열며. 문짝 흔들거리는) 이 문짝 좀 봐라 문짝! 누구 앞길은
            탄탄대로 하라면서 새루 해주구 우린 둘 다 쭈구렁방퉁으루 살라는
            거야 뭐야? 해주는 거 둘 다 해주던지 아님 둘 다 해주질 말던지. 꼭
            차별을 해!

            민기, 방문을 쎄게 닫는다. 문짝이 흔들댄다. 문짝 떨어지려고 한다.

애숙영남경준   (설마) ... (아니다. 안심하는데)

            무짝 떨어진다. 쾅 하면서.

민 기   내가 안 그랬다!

애숙영남경준   (기막힌)

씬36. 해효 집 욕실 (밤)

            해효, 샤워하고 있다. 생각하고 있다. 샤워할 때 생각하는 게 습관.
            자신의 미래. 혜준의 미래. 뭔가 도와줄 일 없나.

씬37. 해효 집 해효 방/ PC 방

            해효의 멋진 사진으로 벽면이 장식되어 있다. 해효, 로브 차림으로
            전화를 한다. 신호음 가고 상대방 전화 받는다. 분할화면.

해 효   형! 아레나 화보 촬영 혜준이랑 같이 했음 좋겠어.

매니저	(게임하며) 널 원하는 건데 혜준이랑 같이 한담 좋아하겠냐!
해 효	그럼 나두 안 한다구 해. 그게 원래 취지가 모델에서 배우가 된 루키잖아. 들어가는 비용은 내가 다 낼게.
매니저	애긴 해볼게. 너 인스타 팔로우 수 또 늘었어. 백만 가자!
해 효	(미소. 전화 끊는다. 자신의 인스타 찾는다. 팔로워가 55.7만) 삼천이나 늘었네 하루 사이에! (신나는 제스쳐. 자의식 충만)

씬38. 정하 집 거실

정하, 유튜브에 영상 올리고 있다. 유튜브 채널 이름이 '안 정하고 살아요' 배너로 만들어 놓고. '안정 좋아해요'란 슬로건. 영상 제목은 '미세먼지 막는 화장법(feat. 짧은 머리)'. 정하, 버스킹 촬영 영상 다 올렸다. 구독자 수는 96명이다.

정 하	(다 올렸다.) 피니쉬! 클리어!

정하, 신났다. 춤이 절로 나온다.

정 하	이런 날은 기록해 놔야 돼. (핸드폰 영상 찍는다.) 오늘은 완벽한 하루다. 설렘. (flash back 1부 씬52. 패션쇼 백스테이지에서 혜준을 처음 본 순간) 억울함 (flash back 1부 씬53. 혼자 울 때) ..반전.. (flash back 2부 씬3. 혜준, 나두 그거 알거든. 얼마나 서러운 일인지) 감동!! 므훗!! (어깨 감싸며 쑥스럽다.) (혜준, 직설적이란 말은 듣지 내가! flash back 2부 씬20) 찬물!

정하 인스타 사진. 자신을 양팔로 안고 있는 정하 사진. 해시태그 #완벽한하루 #설렘# 억울함 #반전 #감동 #존버 #인생이_나한테 은혜_깊은_날 #현실강림

씬39. 혜준 집 혜준 방

혜준, 임시로 종이로 문짝을 만들어 붙인다.

민 기   괜히 일 만들어서 니가 고생해. (이불 편다.)

혜 준   고마워 내 편 들어줘서!

민 기   낼 느이 아빠한테 죽었다 난!

혜 준   (웃는) 원인은 나니까 해결할게.

민 기   사람은 안 변해. 할아부지가 맨날 사고치구 느이 할머니가 해결하
           구 그랬거든.

혜 준   (미소) 암튼 솔직해서 맘에 들어. 오늘 뭐했어? 콜라텍 갔었어?

민 기   아니 지겨워. 돈 벌구 싶어.

혜 준   젊어서두 못 벌었는데 지금 뭘 벌어?

민 기   너 나한테 그렇게 말함 니 아빠랑 똑같은 거야.

혜 준   미안! 난 내가 주는 돈으루 편하게 놀라는 거였어.

민 기   편하게 어떻게 놀아? 니가 힘들게 버는 돈인데. (시무룩) 좀 알아
           봐. 넌 발두 넓구 많이 돌아댕기잖아.

혜 준   알았어. 알아볼게.

민 기   느이 아빠한테 돈 주구 싶어. 오늘 어깨 아파서 일찍 들어왔어. (감
           정 오르는) 돈 아끼느라 병원두 안 가구... 으휴.. 속상해. (눈물)

혜 준   (눈물 손으로 닦아준다.) 울지 마! (하면서 자신도 우는)

민 기   넌 왜 울어? (하면서 혜준의 눈물 닦아준다.)

둘 다 각자의 설움으로 운다. 꺼이꺼이. 소리 내지는 않고. 들릴까
봐. (점프)

혜 준   (N) 평생 내 방을 가져본 적 없다. 이 순간 혼자 맘 편히 울 수 있는
           방이 필요했다. (씬40까지) 내 방을 갖구 내 집을 갖는 것/ 내가 하
           구 싶은 일을 해서 갖게 되는 꿈을 꿨었다. 나한테 허락되지 않는
           것을 나도 거절한다.

민기, 자고 있다. 혜준, 자는 민기의 이불을 잘 정리해 주고 일어난다.

씬40. 혜준 미래 심정 정리 몽타주

혜준, 집을 나와 동네를 내려다볼 수 있는 곳에 와서 선다. 건너편 부촌과 자신이 서 있는 도시빈민지역 나름의 운치. 저 건너편에 속하고 싶지만 나의 자리는 이곳. 이곳에서 하고 싶은 일을 해서 저곳으로 가겠단 꿈을 꿨다. 이젠 방향을 수정할 때다. (F.O)

씬41. 혜준 집 앞 골목 (아침) (F.I)

혜준, 바삐 내려오고 있다. 민재의 차 서 있다. 민재, 나와 있다. 차에 기대 동네 둘러보고 있다. 혜준, 민재 쪽으로 간다. 민재, 여행 가려는 가벼운 옷차림.

혜 준	(복장 보고) 어디 가?
민 재	여행! 남해 돌 거야. 가기 전에 너한테 기쁜 소식을 알려줄려구 친히 납셨다!
혜 준	(기대도 안 한다.) 빨리 얘기해. 갈 데 있어.
민 재	빨리 안 되는데!

씬42. 모델 에이전시 밖 민재 차 안 (회상) (낮)

민재, 달만 캐스팅 디렉터와 전화 통화하고 있다. 컵 홀더 놓는 곳에 각종 음식점 스티커. 중국집 스티커.

| 민 재 | (영어로) 다니엘/ 혜준이 은퇴 안했어.. 아아 에이전실 바꿨어.. 어디냐면... (에라 모르겠다.) 내가 해. 나한테 말함 돼. (거짓말은 거짓말을 낳고) 어 나 회사 차렸어. 어어 이름? (하면서 임시로 댈 거 없나 본다. 중국집 스티커 잡는다. 보면서) 이름.. 짬뽕이야!! (흡족함) 어어. 짬뽕!! 고마워! (싸게 굴지 말아야지.) 물론 스케줄 빡빡하지만 다니엘이 곤란하다는데 도와줘야지. |

씬43. 도로/ 민재 차 안 (현재) (낮)

민재, 운전하고 있다. 혜준, 조수석에 있다.

혜 준	(웃으며) 짬뽕!!! 짬뽕보단 짜상이지!
민 재	(O.L) 짜장보단 짬뽕이다!
혜 준	근데 미안해서 어쩌냐? 난 못 가.
민 재	왜?
혜 준	비행기 값 없어. 숙소두 구해야 되잖아. 나 혼잔 못해. 삼일 후잖아. 오늘 밤엔 비행기 타야 되잖아. 무리야.
민 재	(황당. 널 위해 내가 거짓말까지 했는데) 야아!!
혜 준	고마워 누나. 날 위해서 이렇게까지 해주구.
민 재	(멘탈 나가고 있다.) 야 이걸 내가 어떻게 잡은 건데 어떻게 취소하냐?
혜 준	그러게 왜 구랄 치구 다녀? (민재 운전 위험하게 보여) 조심해! 나라의 부름 받구 국방의 의물 이행할 귀하신 몸이야.
민 재	군대? 언제 가는데?
혜 준	다음 달! 군밸 터닝 포인트루 이 일 접을려구. (앞에 보며) 저쪽에 세워줘.
민 재	(믿기지 않는다. 차를 세워준다.)
혜 준	(내리며) 여행 잘 갔다 와! 갔다 오면 맛있는 거 사줄게!
민 재	(멍하다. 어떡하나. 내가 무슨 짓을 했지. 머리를 쥐어뜯는다. 소리

지른다.)

씬44. 옴므패션 찰리정 사무실 밖

혜준, 비서의 안내로 문 앞까지 왔다. 비서, 노크한다.

씬45. 찰리정 사무실 안

찰리정, 자신의 자리에서 일어나 나오고. 거절할 걸 예감하는. 혜준, 들어온다.

찰리정	벌써 왔니?
혜 준	....거절해요 선생님 제안.
찰리정	군더더기 없이 딱 용건만 말하는구나.
혜 준	선생님 존경하구 좋아했습니다. 좋은 기회 주셔서 감사합니다.
찰리정	(감정 누르며. 어른이어야 한다.) 그래 니 뜻이 정 그렇다면.. 알았다. 점심이나 같이 하자.
혜 준	선약이 있어요.
찰리정	(상처 드러내며) 되게 바쁘구나 너. 딴사람들한텐 시간두 잘 내주나봐. 아님 없는 약속 만들었냐?
혜 준	거짓말했어요. 선생님하구 점심 자신 없어요.
찰리정	뭐가 그렇게 복잡해? 니가 그렇게 잘났어? 너 날 뭐라구 생각해? 거절에 대한 답을 호의루 하니까 하찮아 보여?
혜 준	......
찰리정	(점점 더 기분이 나쁜) 넌 진짜 머리가 나쁘다. 그 머리루 니가 뭐가 되겠냐? 그러니까 지금까지 그 모양이지.
혜 준	절 비난하시는 게 맘이 편하시면 그렇게 하세요.
찰리정	널 보면 그런 생각이 들어. 안 되는 덴 다 이유가 있다! 같이 시작한

해효 봐! 걘 백그라운드가 좋으니까 계속 승승장구잖아. 넌 느이 아버지처럼 공사판에서 인생 마감할 거다.

혜 준 .... (보는) 꼭 기억해 주세요 오늘! 전 선생님께 끝까지 예의를 지켰어요.

씬46. 청담동 헤어샵 메이크업실 안

정하, 거울을 닦고 있다. 열심히. 진주, 노트북을 이용해서 물건 발주하고 있다. 브러시 화면 보고 있다.

진 주 우리 브러시 뭐뭐 필요해요?

정 하 쉐딩 블러서 파운데이션 브리요!

진 주 누르면 나오는 자판기처럼 대답하네!

정 하 항상 재고 체클 하구 있으니까요.

진 주 안정하 씬 참... 정이 안 가는 스타일이야.

정 하 정이 안 가면 정을 안 주시면 돼요.

진 주 (이게 이제 대드네.) 유치해서 이런 말 안 하려구 했는데.

정 하 (O.L) 안 하려구 하는 말은 안 하는 게 낫더라구요!

진 주 (버럭) 야아!

정 하 감정조절 좀 하세요. 후배들한테 미칠 영향 생각해서.

진 주 역시 내가 사람을 잘 봐. 이제야 발톱을 드러내네. 왜 해효 씨랑 같이 밥 먹으러 가서 좋은 일 있었어? 어떻게 혼자 가? 사람 옆에 두구!

정 하 가지 않았어요. 해야 할 일 있어서.

진 주 ......

정 하 사람 옆에 두구 어떻게 혼자 갈 생각하냐구요? 사람들 앞에서 개망신 주신 분이 하실 말씀은 아니라구 생각합니다.

진 주 (보는)

정 하 (전처럼 당해주지 않아.) 누구나 가슴 속에 쌍년 하나쯤은 품구 있잖아요. 선생님만 있는 건 아니에요.

씬47. 청담동 헤어샵 탕비실

정하, 컵 닦고 있다. 수빈, 오는. 화장지를 갈고 있다.

수 빈   (엄지 척하며) 대박 사이다!
정 하   (하던 일 계속하며) 이젠 전면전이야. 너한테 불똥 튈 수두 있어.
수 빈   언니한테 집중해서 나 엄청 편해. 사혜준하구 만난 건 어땠어?
정 하   우리 샵에 오라구 영업했어.
수 빈   왔음 좋겠다 원해효두 데리구! 난 원해효를 원해.
정 하   해효까지 오면 진주 쌤이 날 갈구는 거 장난 아닐 거야. 걘 안 왔음
         좋겠어.
수 빈   근데 왠 해효? 한 번 봤다구 친한 척하기야? 사람은 역시 길게 봐야
         돼. 허세가 있구만!
정 하   친한 척이 아니라 걔들하구 친구 먹었어.
수 빈   대박 사건!
정 하   다 혜준이 덕분이야!

씬48. 옴므패션 건물 밖

혜준, 나온다. 날씨가 좋다. 눈이 부시도록 해가 강하다. 혜준, 버스
정류장으로 가려고 걷는데. 클랙슨 E. 혜준, 본다. 민재 차다. 민재,
안에서 창문 열고 오라는 제스처.

혜 준   (의아해하며 가서) 여행 안 갔어?
민 재   나 사고 쳤어 혜준아!

씬49. 카페 안

혜준과 민재, 앉아 있다. 민재, 아이스 아메리카노를 쭉쭉 들이킨다.

혜 준 누나! 사람이 궁지에 몰리면 실수할 수 있어. 미안하다 그러면 이해
해 줄 거야.

민 재 (핸드폰에서 비행기 티켓 끊은 거 보여준다. 혜준 이름으로 된. 프
랑스행.) 회사에서 내가 니들 티켓 작업 다 했었잖아. 이런 건 일두
아니지. 숙소두 구했어.

혜 준 나 프랑스 가?

민 재 밀라노 직항은 비행기 값이 두 배야. 프랑스 경유해서 밀라노루 들
어가려구.

혜 준 (황당) 누나?

민 재 약속 있음 다 취소하구 6시 비행기니까 집에 가서 여권 챙겨갖구
나와.

혜 준 (어이없다.)

민 재 짬뽕 아니라구 말 못 해!

혜 준 (웃는)

씬50. 비행기 안 (낮)

이코노미 좌석이다. 혜준, 민재와 앉아 있다. 민재, 들떠있다. 스튜
어디스가 음료수를 주고 있다.

혜 준 비행기 첨 탄 사람처럼 왜 이래?

민 재 첨 탔어.

혜 준 누난 사람 입을 틀어막히게 하는 재주가 있어!

민 재 나 지금까지 날 위해 산 적 없어.

혜 준 이번 쇼/ 주인공은 내가 아니라 누나 같다!

민재	(스튜어디스에게) 오렌지주스요!
스튜어디스	(오렌지주스 주고)
혜준	전 물이요!
스튜어디스	(혜준에게 물 주고 지나가고)
민재	(기분 좋은 제스처)
혜준	아주 신났어! 신!

씬51. 돌체 앤 가바나 패션쇼 백스테이지 (낮)

밀레니얼이라는 테마로 Y세대 친화적인 패션쇼. 젊은 모델들을 내세워 밀레니얼 마케팅 전략과 함께 밝고 젊은 느낌의 패션. 분주한 백스테이지. 여러 스탭들 왔다 갔다 하고. 쇼에 참가하는 각 팀의 포토블에서 메이크업 받고 있는 모델들. 그중에 혜준. 민재, 각 팀들의 모델들 본다. 활기찬 백스테이지 분위기에 자신도 모르게 가슴이 뛴다. 혜준을 보는 민재. 잘 받고 있나.

점프 시간 경과 (짧은 O.L)

모델들 무대로 나가 워킹하고 있다. 자신의 차례대로 나간다. 민재, 백스테이에서 무대를 본다. 그 시선으로. 모델들이 당당하게 워킹하고. 다시 백스테이지에서 혜준이 나갈 차례다. 민재, 혜준의 마지막 점검하고. 혜준 나간다. 그 시선으로. 혜준, 워킹하고 있다. 당당하고 섹시한. 흡입력 있는 무대. 민재, 혜준의 워킹 보고 있다. 뭔가 벅차오른다. 자신이 무대의 주인공이 된 듯한 기분이 든다.[1]

혜준	아빠가 목수예요. 부잣집 아들 아니에요. 한남동 산다구 하면 오해

---

[1] 제작비 절감 차원에서. 4부 혜준 인터뷰 영상 21세 모델.

하시는 분들이 있더라구요. 우리 가족은 평범해요. 서루 싸우구 화해하구 또 싸우구 화해하기를 반복하면서 사랑하는 거 같아요.

씬52. 밀라노 에어비앤비 숙소 (밤)

방 두 개. 테이블에 캔맥주와 안주. 민재, 맥주 마시고 있다. 음악 있고. 혜준, 편한 차림으로 자신의 방에서 나온다.

혜 준   한국 같음 편의점 가서 마심 좋은데. (하면서 앉는)

민 재   여기 온 지 이틀인데 한 달은 된 거 같아.

혜 준   (마시며) 지루하구나 시간 길게 느껴지는 거 보니까.

민 재   꿈 같아! 먹구 사는 거 걱정 안 하구 니가 무대에서 잘하기 바라구 잘되니까 내가 잘된 것처럼 좋구. 이거 뭐니? 당황스럽다.

혜 준   (농담) 그거 사랑할 때 느끼는 감정인데.

민 재   사랑하나봐.

혜 준   (움찔)

민 재   너 말구. 이런 과정. 사람을 잘되게 도와주구 잘되게 해주구.. 뭐 이러는 거.

혜 준   그러니까 내가 누나 보러 매니저 하라 그랬잖아.

민 재   너 일 접는다는 거 진심이야?

혜 준   진심은 아니구 현실적 결정이야.

민 재   왜 그런 결정을 하게 됐어?

혜 준   영화 오디션 떨어졌어. 내가 정말 일하구 싶었던 감독님이거든. 마지막 보루였어.

민 재   누가 됐어?

혜 준   해효!

민 재   아 그건 아니다. 내가 해효두 알구 너두 알잖아. 물론 해효두 괜찮지 근데 넌 되게 특별해. 사람 마음을 막 움직인다니까. 나 같은 사람두 움직였잖아.

| 혜 준 | 다 끝났어. 건배! (캔맥주 드는) |

씬53. 인천공항 안 (낮)

혜준과 민재, 나온다. 둘 다 간단한 짐이다. 해효, 기다리고 있다. 손 흔드는. 혜준, 손 흔드는.

해 효	안녕하세요 누나?
민 재	어 오랜만이다. 영화 캐스팅된 거 축하해.
해 효	고맙습니다. 이제 제가 혜준이 데려갈게요.
혜 준	누나 교통 편한 데다 내려다줘?
민 재	아냐 난. 여기서 바루 가는 버스 있어. 샵으루 바루 갈 거야?
해 효	네. 얘가 하두 샵 바꾸자구 해서.
혜 준	아마 너두 후회 안 할 거다.

씬54. 청담동 헤어샵 메이크업실

정하, 손님에게 밑화장 해주고 있다. 퍼프를 이용해서.

| 정 하 | 제가 가실 때 적어드릴게요. 파데 색상하구 브랜드. |

밖에서 웅성웅성. 정하, 보면. 그 시선으로. 혜준과 해효가 보인다. 정하, 시선 주고 다시 일에 열중. 진짜 왔네.

씬55. 청담동 헤어샵 안

진주와 원장, 해효와 혜준을 맞이하고 있다.

원 장	(해효에게) 어머니한테 말씀 많이 들었어요. 왜케 늦게 왔어요?
혜 준	제가 가자구 강력 밀었습니다.
원 장	아유 감사합니다.
혜 준	여기 안정하 씨가 친구거든요.
진 주	(안색 달라지는)
원 장	아아!! 우리 안 선생하구 친구시구나.
해 효	참고루 얘 친구는 제 친굽니다.
일 동	(웃는)

씬56. 청담동 헤어샵 메이크업실

혜준과 해효, 가운 입고 들어서고. 정하, 메이크업 도구 정리하다가
본다. 진주, 뒤에 따라온다.

혜 준	(정하 보고) 연예인 디씨 해준대서 데려왔어.
해 효	둘이 되게 친해 보인다. 패션쇼 전에두 만난 적 있었어?
혜 준	아니. 쟤가 친화력 갑이야. 니 팬이다!
해 효	뭐?
정 하	(당황)
해 효	(정하 당황한 거 보고) 진짜? 그걸 왜 인제 말해? 내 팬이었어?
정 하	아니야.
혜 준	괜찮아 말해두. 너무 샤이하다.
정 하	너 되게 입이 싸다!
혜 준	(진지하게) 너 쫌 그렇다. 싸다구 할 만큼 우리가 친하냐?
정 하	(실수했다 싶어) 미안해.
해 효	야 얘 놀랬다! 넌 무슨 농담을 진담처럼 하냐?
혜 준	내가 요즘 연기가 늘잖니! 놀랬어?
정 하	(이제야 풀어지며) 아니. 깜짝 놀랬어!
혜 준	(웃는)

진 주	(끼어드는) 뭐가 그렇게 재밌어요? 저두 같이 웃어요.
혜 준	그럼 가시죠! 제가 웃겨드릴게요. 넌 정하한테 해라.
해 효	나 샴푸하구 싶어.

씬57. 청담동 헤어샵 샴푸실

정하, 해효를 샴푸실로 안내한다.

정 하	잠깐만 앉아 있음 스탭 올 거야.
해 효	(앉는) 나 부담스러워 하지 마. 팬이라구 날 어렵게 대하지두 말구.
정 하	나 니 팬 진짜 아냐.
해 효	사람 무안하게 뭘 계속 아니라구 해?
정 하	아.. 고구마 백 갠 먹은 거 같다.
해 효	사이다 마셔! 아버질 아버지라 부르지 못하구 니가 홍길동이냐?
정 하	혜준이 팬이야.
해 효	엥?
정 하	그날 쪽팔려서 말을 못했어. 알잖아 상황.
해 효	나한텐 쪽 안 팔리구?
정 하	안 팔려!
해 효	참!! 얘 웃기네!
정 하	혜준이한텐 비밀루 해줘.
해 효	내가 왜 그래야 하는데?
정 하	원해효니까. (잡지에서 읽은 대로 흉내) 원해효는 따뜻하구 부드러운 성품이다. 그를 아는 모델들 사이에선 그를
해 효	(O.L) 아 됐어 그만해! 너 나두 팠냐?
정 하	마음이 약해서 남의 부탁을 잘 들어준다.
해 효	알았어 알았다!

씬58. 청담동 헤어샵 메이크업실

혜준, 나가려는데. 정하, 들어온다. 오른쪽 가면 둘 다 오른쪽. 왼쪽
가면 둘 다 왼쪽.

정 하	어디 갈 건데?
혜 준	화장실!
정 하	(왼쪽으로 비키며) 이쪽으루 가!
혜 준	좋으냐? 해효 보니까?
정 하	남의 애정사엔 끼는 게 아닙니다 손님!
혜 준	너 메이크업만 할 줄 알아?
정 하	아니! 손으루 하는 건 다 흉내는 내.
혜 준	머리두 자를 줄 아냐?
정 하	바리깡 정돈 할 수 있지! 군인과 7세 미만 아가들!
혜 준	우리 이틀 후에 본 촬영이야. 그때 나와.
정 하	아레나 화보라구 했지?
혜 준	어! 진주 쌤한테 이겨! 한번은 이겨야 되지 않겠냐? 이렇게 밀어주는데 지면 너 바보! (가는)
정 하	진다니까 맨날 지는 줄 아나봐. 이번엔 이길 거야.

씬59. 아레나 스튜디오 안 (낮) (다른 날)

혜준과 해효, 사진 찍히고 있다. 남성미가 강조된. 다양한 포즈. 스
튜디오엔 진주 디자이너 있다. 수빈과.

씬60. 혜준 집 앞 골목 (낮) (다른 날)

민재의 차가 와서 선다. 민재, 내린다. 혜준, 내려오고 있다. 민재, 혜

준 기다린다.

혜 준	누나 집 앞에 오는 거 취미 들렸냐?
민 재	많이 생각했어 밀라노 갔다 온 후에.
혜 준	뭔데 이렇게 심각해?
민 재	매니저가 돼줄게.
혜 준	(황당) 누나?
민 재	군대는 한 번만 더 미루자. 지금 너한테 2년의 공백긴/ 치명적이야.
혜 준	결정했어.
민 재	니가 왜 오디션 떨어진 줄 알아?
혜 준	(왜 떨어졌어?)
민 재	감독이 첨엔 널 더 밀었는데. 해효 SNS 팔로우 수가 너보다 훨씬 많아서 뽑았대. 인지도에서 밀린 거야. 실력에서 밀린 게 아니라.
혜 준	(마음이 안 좋은) 인지도두 실력이야.
민 재	나 믿구 한번 해보자. 내 나이 사십이 넘었는데 내가 정말 좋아하는 일을 찾은 거 같아.
혜 준	....

씬61. 청담동 헤어샵 (밤) (다른 날)

정하, 바닥을 쓸고 있다. 정리 중이다. 혜준, 들어온다.

혜 준	다 끝난 거야?
정 하	연락두 없이 막 오는 거야?
혜 준	(앉는) (거울 통해 정하 보며) 해야 할 일이 생겼어.
정 하	여기서?
혜 준	머리 좀 잘라 줄래? 바리깡으루!
정 하	(거울 속 혜준 보며) 7세 미만 아가들루 돌아가구 싶은 거야?
혜 준	군대 가!

정 하   (이럴 줄 몰랐다. 뭐지?)

혜준, 거울 속 자신을 보고. 정하, 자기 자신을 보고 있는 혜준을 보면서.

(끝)

3부

씬1. 아레나 스튜디오 안 (낮)

2부 씬59부터
혜준과 해효, 사진 찍히고 있다. 남성미가 강조된 스타일의 옷을 입고 두 사람 한 방향을 향해 어깨를 견주어 서고. 바이크 타러 가게 생긴. 혜준, 긴장한.

사진기자 혜준 씨 표정 좀 풀죠!

혜준, 입을 푼다. 아에이오우.

해 효 (진주에게) 혜준이 얼굴 한 번 눌러주세요. (진주, 오는. 수빈 있고)
기 자 두 분 정말 각별한가 봐요!

진주, 퍼프로 혜준의 얼굴을 눌러준다.

해 효 각별은 언제 떠요?
기 자 네?
혜 준 (웃으며) 너 아재개그 하지 말랬지! 각별은 서쪽에 뜨구 이별은 북쪽에 뜨나?
기 자 (이제야 알고. 썩소)
해 효 죄송합니다!

기 자	(혜준에게) 좋은 친구 두셨어요. 원래 해효 씨 단독 인터뷰였거든요.
혜 준	(몰랐다. 여러 가지 생각 동시에 드는)
해 효	(혹시 혜준이 자존심 상했을까 봐 말 돌리는) 이제 다시 시작하죠! 헤이이요우 (하면서 혜준에게 주먹 대면)
혜 준	(환하게 받아주는. 하지만 마음은. 같이 주먹 대는)

씬2. 골목

혜준과 해효, 돌체나 구찌 스타일의 화려한 패턴 슈트 입고 걸어오는. 여러 가지 포즈.

사진기자	너무 달달해! 재미가 없어! 두 사람 중 한 사람만 살아야 돼! 아니다! 널 죽여야 내가 산다! 이런 거... 아시겠죠!!!!

혜준, 해효와 난감해서 서로 보고 미소.

사진기자	자 갑니다! 프로답게 합시다!

혜준과 해효 포즈 취하는. 사진기자 보는. 못마땅한. 다시 혜준과 해효 포즈 취하는. 두 사람의 친밀감과 묘한 경쟁심을 드러낼 수 있는 포즈도. 사진기자 만족해서 셔터 누른다. 혜준과 해효 카메라 플래시 당당히 받으며.

씬3. 아레나 스튜디오 대기실

혜준, 옷 갈아입고 거울에 자신의 매무새 살펴보는데. 해효, 들어온다. 혜준, 해효 보고.

해 효	지훈이 제대했다. 애들 모이기루 했는데 이따 같이 가자. (옷 갈아 입으며)
혜 준	이따 몇 시?
매니저	(옷 갖고 들어온다.) 이 옷 입어.
해 효	이거 입음 안 돼?
매니저	감독님 만나는데.. 양아치 같아.
혜 준	(감독님에 잊었던 상처.. 철렁. 아무렇지 않게) 뭘 입어두 해효가 양 아치처럼 보이진 않지.
해 효	그치! 이 형이 가끔 오바라니까. (충동적으로) 혜준이두 같이 갈까 감독님 만나는데.
매니저	(옷 해효에게 던지며) 옷이나 입어! (나간다.)
혜 준	그래 옷이나 입어라. 난 간다.
해 효	이따 8시다.
혜 준	못 갈 거 같아.
해 효	약속 있어?
혜 준	아니. 가기 싫어졌어.
해 효	왜?
혜 준	말하기 싫어.
해 효	너 요즘 왜 사춘기 때두 안 하던 짓을 하냐? 왜 말하기가 싫어? 전 에두 나중에 얘기해 준다구 안 했잖아.
혜 준	니가 날 위해 애써주는 거 알아.
해 효	(아직 분위기 파악 못하고) 알면 잘해라!
혜 준	근데 그게 오늘은 되게.. 설명할 수 없지만 안에서부터 뭔가가 치 민다.
해 효	그래 우리가 싸운 지 오래되긴 했다.
혜 준	니가 잘못한 건 없어. 내 문제야. 내가 오늘은 소화가 안 돼. 자존감 엄청 떨어져 있거든.
해 효	감독님 같이 만나러 가자구 해서? 아님 화보?
혜 준	둘 다 빵구 아빠!

타이틀 오른다.

씬4. 해효 집 거실 (낮)

애숙, 와이셔츠를 다림질하고 있다. 옆엔 아직 다리지 않은 여러 장의 와이셔츠 있다. 현관 여는 소리 들리고 이영, 들어온다. 기사가 골프채를 신발장에 넣는다.

애 숙   오셨어요?

이 영   (소파에 앉는) 재미없어! 공두 안 맞구! 비즈니스는 해야 되구!

애 숙   (E 속소리) 언젠 젤 재미있는 게 골프라면서!

이 영   나 지금 혼자 있어어!! 리액션 좀 해!

애 숙   젤 재미있는 게 골프라면서요!

이 영   재밌긴 재밌지! 재밌는 것두 계속 하믄 지겨워.

애 숙   재밌는 거 지겹게 할 수 있음 얼마나 좋아요! 나 같음 감사하면서 살 거예요.

이 영   (빈정 상해) 자기랑 나랑 같니! 해효하구 혜준이가 친구라구 우리가 친구가 되는 건 아니잖아.

애 숙   (이런 말 많이 했었다. 이젠 가볍게 얘기할 수 있다.) 제가 나이두 더 어린데 무슨 친구예요? 여기가 미국두 아니구.

이 영   (막상 그러니까 섭섭. 자신을 좋아하는 줄 안다. 인간적으로) 그렇다구 뭘 그렇게 딱 선을 거? (일어난다. 방으로 가려고) 따라와 봐.

애 숙   (보는)

씬5. 해효 집 드레스룸

옷은 옷대로 가방은 가방대로 액세서리는 액세서리대로 정리되어 있다. 이영, 옷을 꺼내 준다. 고급 옷. 점퍼, 티셔츠, 셔츠.

이 영	이거! 이거! 이거!
애 숙	(받는다. 속소리 E) 매번 이런 식이야. 미워할 수가 없다니까!
이 영	(바지 꺼내) 이건 안 되겠지!
애 숙	주세요. 줄여 입음 돼요,
이 영	이거 버리는 거 아냐. 싫증나서 안 입는 거야.
애 숙	버리는 거래두 괜찮아요.
이 영	혜준 엄만 이런 데 콤플렉스 없어 좋아. 나 같음 싫을 텐데.
애 숙	싫을 게 뭐 있어요? 내 돈 주고 사는 옷보다 훨씬 좋은데.
이 영	그러니까 그렇게 생각하는 게 좋다구! 혜준이 때메 속상하겠다. 지금 군대감 이쪽 일하곤 빠빠이잖아.
애 숙	(속상하다. 속소리 E) 여기 혜준이가 왜 나와!
이 영	하필 우리 해효랑 붙었다 떨어져서 우리 해효가 맘이 좀 그런가봐.
애 숙	(몰랐다. 더 속상하다.) 걱정 안 해요 우리 혜준인! 지 알아 하겠죠!
이 영	뭐 말은 그렇게 해야 되겠지. 이해해.
애 숙	이핼 어떻게 하겠어요? 사는 처지가 다르구 상황이 다른데!
이 영	내가 얼마나 공감능력이 뛰어난 줄 알아?
애 숙	옷 잘 입을게요. (옷 갖고 나간다.)
이 영	뭐야? 아니란 거야? 내가 자기한테 얼마나 잘해주는데!
신 부	(E) 이게 뭐가 잘해주는 거예요?

씬6. 청담동 헤어샵

웨딩드레스 입은 신부. 화려한 드레스. 메이크업과 헤어 다 마치고 거울 앞에 서 있다. 조화롭고 아름답다. 이리저리 보고 있다. 신부, 만족스럽지 않은. 그 옆에 정하. 메이크업 도구 들고 서 있다. 수정해 줄 헤어 스탭도 있고. 정하, 만족스러운.

신 부	드레스 입음 달라질 거라구 하더니.. 뭐가 달라진 거야? 이게 무슨 신부 화장이에요?

정 하	같이 의논해서 정한 거잖아요. 자연스럽고 기품 있는 분위기루 만
	들어 달라구 하셔서
신 부	(O.L) 나 오늘 결혼해요. 왜 내 말에 토 달아요?
정 하	죄송합니다. 다시 해드릴게요. 눈을 더 강조할까요?

씬7. 청담동 헤어샵 탕비실

정하, 메이크업 도구 빨고 있다. 문자음 E. 정하, 본다. 혜준의 화보
촬영 사진. 여러 장. 수빈이 보낸. '이거라도 보면서 대리만족 고고'

| 수 빈 | (E) 이거라도 보면서 대리만족 고! 고! |

정하, 미소 짓는다. (flash back 2부 씬58. 혜준, 진주 쌤한테 이겨!
이렇게 밀어주는데 지면 너 바보!)

정하, 도구 빨고 있다.

| 정 하 | 바보 맞아 나! |

씬8. 영화사 제작부 사무실

민재, 손엔 커피 4잔 담겨진 홀더 들려있다. 환한 미소와 긴장을 애
써 눌러서 오히려 좀 떠있는. 사무실 안엔 제작피디 외 직원 2명 정
도 앉아 있고.

| 민 재 | (들어오며) 안녕하세요? |

사무실 직원들 보고.

민 재	사혜준 매니저 이민재라구 합니다. (자리에 커피 놓으며) 드세요. (하더니 명함도 준다.) 다음 번 영화 제작 때두 꼭 불러주세요. 그땐 더 잘할 거예요.
제작피디	괜찮았는데.. 인지도에서 밀렸어요.

씬9. 혜준 집 앞 골목 (낮) (2부 씬60)

혜준, 민재와 얘기하고 있다. 민재의 차 앞에서.

혜 준	인지도두 실력이야.
민 재	나 믿구 한번 해보자. 나이 사십 넘어서 내가 진짜루 좋아하는 일 찾은 거 같아.
혜 준	미안해 누나!
민 재	인생에서 한 번쯤은 끝까지 가봐야 되지 않겠냐?
혜 준	조심해서 가. (가려는데)
민 재	혜준아! (명함 준다.) 나 명함두 팠다.
혜 준	(본다. 짬뽕 엔터테인먼트. 대표 이민재. jjamppong entertainment 전화번호. 피식) 짬뽕 엔터테인먼트?? 진짜 짬뽕이야?
민 재	진짜 짬뽕이야 내 인생은. 날 이렇게 잘 설명해주는 이름이 없다니까.
혜 준	그럼 짬뽕엔 나 말구 누가 있어?
민 재	(O.L) 너 말구 누가 있겠니!
혜 준	그럼 누나두 이제 접어. 잠깐 삐끗한 거야 생각이.
민 재	안 접어.
혜 준	그럼 접지 마. 누나 인생이니까 누나가 결정한 대루 살아. 난 빼구. (가는)
민 재	(뒤에 대고) 너 지금 실수하는 거야 니 인생한테!
혜 준	(마음 안 좋은) ......

씬10. 혜준 집 골목

혜준, 집으로 가고 있다. 문자음 E. 혜준, 본다. '이기라고 했지만 졌어. 혹시 궁금해 할까 봐. 망설였지만 문자해' 정하.

씬11. 도로 버스 안

정하, 버스에 앉아 있다.
문자음 E. 정하, 본다. '우리 할아버지가 그러는데 지는 게 이기는 거래. 그러니까 넌 이긴 거야' 혜준.
정하, 이겼다는 말에 미소. 다시 문자 친다. '지금 뭐해?'

씬12. 코엑스 별마당 도서관 (밤)

혜준, 서가에 서서 전시된 책 보고 있다. 자신이 읽은 책을 찾고 있다. 자신이 읽은 책이 없다. 정하, 다급하게 와서 혜준을 찾고 있다. 혜준을 찾았다. 본다. 어찌나 잘생기고 멋진지. 혜준, 스카프 매고 있다.[1]

혜 준　　(고개를 돌리다 정하를 본다.) 왔냐? (다가간다.)
정 하　　(자신이 더 주위 의식해서 떨어지며) 이렇게 바짝 붙음 어떡해! 사람들 보믄 어쩔려구!
혜 준　　(황당) 보믄 어때서! (손가락으로 콕 집어 가리키며) 너 이상한 생각하냐?
정 하　　(찔려) 무슨 이상한 생각? 그리구 너 손버릇이 안 좋다. 그 손가락

1　극 진행상 스카프 필요합니다.

은 뭐지? 비난하는 건가?

혜 준   비난이 아니라 가리키는 거지 널! 가리키면서 얘기하면 안 돼?

정 하   (같이 걸으며) 돼! (미소. 말 돌리며) 여긴 자주 와?

혜 준   (움직이며) 우울할 때마다 오는 장소 중 하나야.

정 하   우울해?

혜 준   우울해.

정 하   (피식) 나두 우울한데

혜 준   고맙다. 왜 우울하냐구 묻지 않아서.

정 하   왜 우울한데?

혜 준   (어이없어 웃는) 뭐 마실래?

씬13. 코엑스 별마당 야외/ 카페 밖

정하, 텀블러에 든 차 마시면서. 카페 본다. 카페 안엔 사람들이 밥
먹는. 따뜻하고 행복해 보이는. 혜준, 물 사갖고 온다.

정 하   밖에서 보믄 다 행복해 보인다!

혜 준   (정하가 보는 곳 보는) 내가 안에 들어가서 마시자구 했잖아.

정 하   행복해 보인다 했지 행복할 거다라고 안 했다. (텀블러 올리며) 나
         와서 사 마시는 커피/ 돈 아까워. 너무 비싸.

혜 준   내가 산다구 했잖아. 니 돈 아니구 내 돈!

정 하   (O.L) 내 돈이나 니 돈이나 막 쓰는 거 극혐!

혜 준   넌 돈 얘길 참 야무지게 잘한다. 보통 잘 못하지 않냐!

정 하   돈은 똥 같은 거야. 왠지 말하기 껄끄럽지만 문제가 생김 죽는 거.

혜 준   왠지 그 말은 경험에서 나온 거 같은 건 기분 탓인가.

씬14. 정하 회사 사무실 (회상) (낮) (인서트)

정하, 법인카드 영수증들과 카드 내역을 확인하고 있다. 영수증이 없는 카드내역 발견한다. 97,000원. 영수증이 누락이다. 정하, 영수증 찾으면서. 다시 누락된 카드 일련번호 확인하고. 인상 구긴다. 짜증.

정 하   아 또 이러네! (책상 위 전화기로 재빨리 번호 누른다. 상대가 받았다. 짜증은 누르고) 김 팀장님! 경영지원실 안정한데요. 10월 8일에 '장모갈비'에서 쓰신 구만 칠천 원/ 영수증이 없는데요. 법인카드 삼만 원 이상은 무조건 주셔야 된다구 말씀드렸잖아요.. (그럼 안 주임이 카드사 들어가서 전표 출력해.) 마감이라 안 돼요. 영수증 찾아 주세요 빨리. (하곤 끊고) 어떻게 이렇게 남의 돈에 책임감이 없냐! (계속 영수증 정리하는데)

실 장   (와서) 안 주임! 김 팀장 영수증/ 그냥 비용처리 해줘.

정 하   (보면) 실장님까지 왜 그러세요?

실 장   (또 말 안 듣네) 카드사 들어가서 전표 출력하면 되잖아. 영수증 없어진 것 같대.

정 하   실장님이 자꾸 이러시니까 김 팀장님이 계속 영수증 누락하잖아요.

실 장   윗사람이 까라면 좀 까라!! 나 때는 말야!

정 하   (E. O.L) 라떼(나 때)는 말야가 나온다면 넌 이제 조용히 듣기만 하란 뜻이다.

혜 준   (E) 라떼(나 때)는 말야.

씬15. 코엑스 별마당 야외/ 카페 밖 (현실) (밤)

혜준, 정하와 있다.

혜 준   쇼 서구 돈 못 받는 일이 얼마나 많았는지 아냐? 요즘 애들은 왜케

	돈을 밝혀?
정 하	(O.L) 라떼는 말야. 제 시간에 퇴근할 생각조차 안 했어. 어떻게 니
	들은 칼퇴근이냐? 애사심이라곤 1도 없어.
혜 준	라떼 진짜 잘 팔아.
정 하	우린 나중에 후배들한테 라떼 파는 선밴 되지 말자.
혜 준	동감! 근데 자꾸 자꾸 라떼 라떼 하니까 라떼 마시구 싶지 않아?
정 하	마시구 싶어!
혜 준	안으루 들어가서 마실래? 돈 아까워서 싫어?
정 하	소신 따윈 개나 줘버릴래.

씬16. 코엑스 별마당 카페 안/ 혜준 집 혜준 방

혜준과 정하, 우유 거품 가득한 라떼를 마시고 있다. 혜준 입술에
우유 거품 묻는. 정하 입술에 우유 거품 묻는.

정 하	너 묻었어.
혜 준	너두 묻었어.

서로 자신의 입술에 묻은 우유 거품 닦든지 먹든지.

핸드폰 E

혜 준	(받는. 영상통화다. 민기다.) 할아버지!
민 기	어? 이거 왜 이렇게 됐지? (전화 끊는)
혜 준	(미소. 민기에게 전화하는. 영상통화로)
민 기	(전화 받는) 전화비 많이 나올까 봐 딱 끊었는데. 다시 걸면 어떡해?
혜 준	공짜 영상통화 30분 있어. 내 얼굴 안 보구 싶어?
민 기	보구 싶어. 왜 안 들어와?
정 하	(다정한 조손의 모습에.. 뭉클. 자신에겐 없다.)

혜 준	들어갈게.
민 기	내 일 알아봤어?
혜 준	알아보구 있어. 성격 디게 급해.
민 기	나의 하루는 너의 하루보다 짧다!
혜 준	재촉 좀 하지 마. 여기 내 친구 정하!
정 하	안녕하세요 할아버지!
민 기	안녕? 아유 예쁘네!
혜 준	요즘 그런 말하면 안 돼. 실례야.
정 하	(O.L) 아냐 괜찮아. 좋아요 예쁘단 말!
민 기	내가 태어나서 예쁘단 말 싫어하는 여잘 본 적이 없다! 느이 할머니두.
혜 준	(O.L) 할머니 얘기 나오면 최소 30분인데!
민 기	알았어 이따 봐! (정하에게) 안녕! (하더니 전화 끊는다.)
정 하	네 안녕히... 끊으셨네. 너 할아버지 닮았나봐. 진짜 잘생기셨다.
혜 준	키두 커. 옛날 어른 치구. 보여줄까? (하면서 핸드폰에서 민기의 전신 사진 보여준다.)

정하, 혜준 핸드폰 보려고 혜준 쪽으로 머리를 디밀고 혜준의 머리와 부딪친다. 서로 민망해 미소 짓고. 이런 작은 부딪힘이 정하에겐 설렘. 혜준에겐 친근함.

혜 준	머리 치워라!
정 하	(겸연쩍은) 미안! (살짝 다른 방향으로 핸드폰 보고)

혜준, 핸드폰 보여준다. 민기 전신 사진.

정 하	배우 하셔두 됐겠다. 왜 안 하셨어? (서로 자연스레 얼굴이 근접한)
혜 준	못 하셨어. 사기두 많이 당했구. 사람을 잘 믿거든.
정 하	(앉으며) 사람을 잘 믿는 건 좋은 거잖아. 속이는 사람이 잘못된 거야.
혜 준	너 은근 잘 가르친다!

정 하	미안! 근데 뭘 알아보라신 거야?
혜 준	일자리! 되겠냐?
정 하	안 될 거라구 생각하면서 알아보면 되겠냐?
혜준정하	(웃는)

씬17. 프라이빗 VIP 클럽 안

해효, 걸어 들어온다. 명품으로 둘렀다. 머리에서 발끝까지. 세련되고 빛이 난다. 메이크업 한 상태다. 자신만만한. 그 시선으로. 해효 친구들 술 마시고 노는 분위기. 놀이하고 있는 친구2. 상류층 자제들. 다들 명품 도배. 친구1, 해효와 만나 친숙한 제스처.

친구1	(해효 뒤 보며) 혜준인 안 달구 왔냐?
해 효	달구 왔냐가 뭐냐?
친구1	니가 맨날 우리 모임에 데리구 나오니까. (술 따라준다.) 오늘은 좀 편하게 얘기해두 되겠다.
해 효	뭔 얘기?
친구1	우리 회사 화장품 모델 너루 아빠한테 강력 추천했어. 아빠두 좋대.
친구2	(오면서) 하이이!! 미필자!
해 효	너만 가냐? 나두 곧 갈 거야. 암튼 누구나 가는 군대 먼저 갔다 와서 유세들은!
친구2	먼저 태어나면 형이잖아. 먼저는 갔다 오면 갑이지. 술 한 잔 따라 봐!
해 효	아유 그러세요! 형님! 한 잔 받으십시오! (술 따라주는)

낄낄대는.

씬18. 해효 집 거실

이영, 시나리오 읽고 있다. 제목 '평범' 'Normal Person' 감독 '최세훈' 제작사 '운칠기삼'.[2] 애숙, 집에 갈 채비 끝내고. 쇼핑백 두 개에 담긴 옷들 들고 나오는.

애 숙	저 가요!
이 영	어어! (대본 들고 오며) 이거 이번에 우리 해효 들어가는 영환데 대박날 거 같아. 너무 재밌어.
애 숙	아 네에 (속소리 E) 누가 물어봤나!
이 영	해효 의상하구 대본 연습두 같이 해줘야 되구. 할 일이 너무 많아 내가.
애 숙	요즘 애들 혼자서두 다 잘해요.
이 영	이 영화에 들어가게 된 거/ 해효 힘으루만 된 줄 알아?
애 숙	......
이 영	요즘은 부모가 자식한테 온 평생이야!
애 숙	그런 세상은 죽은 세상이죠. 부모가 온전히 카바해 준다는 게 어떻게 가능해요?
이 영	지금 내가 틀렸단 거야?
애 숙	(속소리 E) 그럼 내 자식이 나처럼 살 거란 말에 찍소리두 못함 내가 왜 살아요?
애 숙	다른 의견두 있다구 말씀드리는 거예요.
이 영	잘못된 의견은 바꿔야지. 쉽게 설명해 줄게. 혜준이가 내 아들이었음 이번 오디션 합격잔 혜준이가 됐을 거야.
애 숙	인생 관 뚜껑 덮을 때까지 모르는 거예요. 이번 합격이 독이 될지

---

2 영화 〈평범〉 _ 평범하다는 건 쉬운 거 같아도 굉장히 어렵다. 영웅 캐릭터에 열광하던 시대가 있었다. 특별하게 되고 싶단 열망이 나은 캐릭터다. 이젠 패러다임이 바뀌고 있다. 평범은 평범을 욕망하지 않는 사람들이 평범을 욕망하게 되는 이야기.

득이 될 진 나중에 보면 알겠죠.

이 영   지금 악담해? 우리 해효가 잘못될 수두 있단 거야?

애 숙   잘못된 의견이라구 하시니까 잘못된 게 아니라구 말씀드리잖아요.

이 영   왜케 똑똑해졌어 갑자기?

애 숙   (속소리 E) 얘길 안 할 뿐이었거든요. 얘기해 봤자 이해 못할 게 뻔
         하니까.

씬19. 해효 집 주방. 애숙·이영 과거 인서트 (낮)

애숙(40대 초반), 주방 청소 마무리를 하고 있다. 이영, 들어온다.
손엔 남자 블루종 들고 있다.

이 영   아줌마 이 옷 이따 갈 때 수거함에 버려요.

애 숙   아 네에. (하면서 옷을 펼쳐본다.) 멀쩡한데요.

이 영   요즘 누가 옷을 헤질 때까지 입어?

애 숙   제가 가져두 돼요?

이 영   뭐하려구요? 내가 알아서 뭐해. 맘대루 해요. (하더니 가는)

씬20. 해효 집 거실. 애숙·이영 과거 인서트 (낮)

테이블 위에 이영의 악어백 올려져 있다. 악어백(콜롬보) 옆엔 머
그잔에 든 커피, 핸드폰 있다. 핸드폰 E 발신자 '언니.' 애숙(40대
초반), 청소복 입고 바닥을 물걸레질 하고 있다.

애 숙   (안에 대고) 전화 왔어요!

이영, 전화 받으려고 급하게 오는 와서 핸드폰을 받으려다 머그잔
을 건드려 커피가 악어백에 쏟아진다.

이 영	(당황해) 어머어머어머! (가방 들고. 백에 묻은 커피를 닦아야 되는데 닦을 게 없다.) 아줌마!
애 숙	(손에 든 걸레로 커피 쏟아진 테이블을 닦는데)
이 영	이거 악어가죽이라 물 묻음 안 된다구요! (하면서 커피 묻은 악어 백 본다.)
애 숙	악언 물에 사는데 왜 물 묻음 안 돼요?
이 영	휴지나 빨리 갖다 줘요!
애 숙	(가는. 천천히)
이 영	(결단을 내렸다. 자신의 옷을 보고. 옷소매로 우선 커피 묻은 가방을 닦는다. 애지중지) 됐어요 됐어!
애 숙	(황당하다. 가방이 뭐라고)
해 효	(E. 중학교 3학년) 다녀왔습니다!
애 숙	(소리 나는 쪽 보면. 혜준 친구 해효다. 애네 집이구나.)
이 영	어 왔어?
해 효	(애숙 발견하고) 안녕하세요? 어머니!
이 영	어머니?
애 숙	(반갑지만은 않은) 어 오랜만이다.
이 영	(해효에게) 아는 사람이야?
해 효	혜준이 어머니셔! 혜준이 알잖아 엄마두!
이 영	아아 혜준이! (뭔가 껄끄러운) 혜준이 어머니! (애숙 보는)

씬21. 한남동 혜준 집 골목 과거 (낮)

혜준(중학교 3년), 손엔 농구공 들고. 3부 씬19의 남자 블루종 입고. 애숙을 보고 손을 흔든다. 애숙, 혜준을 기다리고 있었다. 애숙, 혜준을 보고 혜준에게 온다.

혜 준	왜 나와 있어?
애 숙	(결심하고 나왔다.) 전에 사고 싶단 농구화 사줄게.

혜 준	앗싸! 엄마가 일하러 다니니까 인심이 좋아졌네.
애 숙	좋아?
혜 준	좋아.
애 숙	(정면승부다.) 엄마 해효네 집으루 일 다녀.
혜 준	(들고 있던 공 놓친다.)

혜준, 애숙 공 주우러. 애숙이 공을 줍는다.

애 숙	충격받은 거야?
혜 준	놓친 거야!
애 숙	일 계속 다닐 거야. 월급 받아서 너무 좋아. (공 준다.)
혜 준	(공을 받아온다.) 왜 지금 말해?
애 숙	3개월 해보니까 계속 할 수 있겠다 싶어서. 전엔 관둘지두 몰라서 말 안 했어.
혜 준	.... (걷는)
애 숙	엄마 적성에 맞는 일을 찾았어. 치우구 정리하는 거 좋아하잖아.
혜 준	....
애 숙	근데 널 생각하면 마냥 좋을 수가 없어.
혜 준	(보는)
애 숙	엄마가 니 친구 집에서 일한다구 니 친구한테 열등감 가짐 이 일 관둘래. 내 아들 마음 상하게 하면서까지 일하구 싶지 않아.
혜 준	(보는) 엄마는 내가 일보다 중요하단 거네.
애 숙	그러엄! 근데 엄마 인생하구 니 인생은 다른 거야. 내 인생 때문에 니가 기죽을 이유 없어. 어떻게 할까?
혜 준	생각 좀 해볼게. (자신의 블루종을 본다.)

씬22. 한남동 유엔빌리지 놀이터 과거 (밤)

혜준(중학교 3학년) 앉아 있다. 그 시선으로. 애숙, 일 끝나고 내려

와서 혜준 옆에 앉는다.

애 숙   많이 기다렸어? 일 하다보니까 좀 늦어졌어.

혜 준   (힘들어 보이는. 엄마 안쓰러움) ....

애 숙   (기지개 편다.) ...생각 끝났어? 엄마 어떻게 할까요? 사혜준 씨 선택
        해 주세요.

혜 준   생각해 보니까 엄마 인생하구 내 인생하구 다른데 내가 왜 엄마 일
        을 선택해 줘야 돼? 내 인생두 골치 아파 죽겠는데.

애 숙   (어이없는) 야 니 인생이 뭐가 골치가 아퍼 벌써?

혜 준   나두 열여섯 살이야. 생각이 많아. 내년이믄 고등학교 가는데. 우리
        집은 가난하구.. 어쨌든 엄마 인생이니까 엄마 하구 싶은 대루 해.

애 숙   ...사혜준 짱! 생각 많은 것두 맘에 들어. 사람이 생각을 하구 살아야
        지. 우리 아들 최고!

혜 준   내가 커서 돈 많이 벌면 엄마 호강시켜 줄게.

애 숙   엄마두 니가 하구 싶은 거 할 수 있게 다 밀어줄게.

씬23. 혜준 동네 골목 (현재) (밤)

애숙, 올라오고 있다. 두 손엔 쇼핑백.

애 숙   거짓말!.... 어떻게 부모가 자식한테 사길 치냐. 어떻게 십 년 전이나
        지금이나 사는 형편은 나아지지가 않니... 부모가 온 평생... 맞아..
        우리 아부지가 부자였음 내가 이렇게까진 안됐어... (감정 오르는)
        아아.. 나쁜 년... 엄마 아부지 원망하는 거야?... 보구 싶어 엄마 보구
        싶은데.. 살아있음 내가 진짜 잘해줄 텐데. (눈물 훔치며) 진짜 주접
        이다 왜 혼잣말을 해.. 왜 살수록 엄말 닮아 가냐.. (감정 추스르는.
        추스르기가 힘들다. 추스르기 싫다. 남들 보이지 않는 곳으로. 놔버
        리는)

씬24. 혜준 집 혜준 방 앞 (현재) (밤)

영남, 혜준 방 방문 달고 있다. 마무리하고 열고 닫고 시험하고.

민 기   (눈치 보여서. 칭찬) 넌 진짜 손재주가 좋다. 어쩜 이렇게 뚝딱 잘 만
　　　드냐. 그러니 부모 뒷받침 없이 니가 이렇게 일가를 이루구 살잖아.

영 남   아부지 오바야.

민 기   이왕 해주는 거 좀 빨리 해주믄 어디가 덧나냐?

영 남   내가 놀아? 내가 아부지처럼 노는 사람이야?

민 기   (기죽어) 그니까 내 말은 결론적으론 고맙단 거지. (하다가 마당에
　　　서 들어오는 애숙 보인다.) 에미다!

애숙, 들어온다. 아무 일도 없었던 듯. 두 손엔 쇼핑백.

영 남   일찍 좀 다녀! 지금 몇 시야?

애 숙   내가 놀아? 나한테 한 마디두 하지 마. (하곤 자신의 방으로 들어간
　　　다.)

영 남   (벙찐) .....

민 기   넌 애가 왜 그러냐? '지금 몇 시야' 이게 할 소리야? 늦게까지 일하
　　　느라 얼마나 힘들었겠어?

영 남   이해심이 넘쳐 아주! 나한테두 좀 그래봐.

민 기   너한테두 그러거든. 니가 삐딱하게 받아서 그렇지.

영 남   내 탓 하는 거야?

민 기   아니 고마워. 방문 달아줘서! (자신의 방으로 들어간다.)

영 남   (어이없는 미소)

씬25. 혜준 집 안방 (밤)

애숙, 옷 갈아입고 앉아 화장 지우고 있다. 영남, 문을 빼꼼히 열고

애숙을 본다. 애숙, 계속 하던 일. 영남, 들어온다.

영 남	무슨 일 있어?
애 숙	……
영 남	말을 해 그래야 알지. 뭐가 문제야?
애 숙	내가 말하기 시작하믄… 오늘 당신 아작 나.
영 남	(눈치 보며) 알았어. 나 나가? 여기 있어?
애 숙	(쳐다보는)
영 남	알았어어…. 나가던지 여기 있던지 알아서 할게. (기죽어 앉는)
애 숙	(일어나 나가려는)
영 남	(같이 일어나는. 따라 나가려는) 어디 가?
애 숙	(보는)
영 남	(다시 자리에 앉는다.)
애 숙	(나간다.)
영 남	으유 내가 참아야지. 참아야지!

씬26. 코엑스 별마당 밖 입구 (밤)

비 내리고 있다. 많이 내리진 않지만. 보슬비. 혜준과 정하, 나오는데.

정 하	비 오네.
혜 준	그러네.
정 하	나 비 오는 거 싫어해.
혜 준	잠깐 있어. (하더니 혜준 뛰어간다. 편의점을 향해)
정 하	……

점프. 짧은 O.L 시간 경과

정하, 핸드폰에서 일기예보 검색하고 있다. 혜준, 와서 선다. 편의점에서 산, 쓰고 있던 우산을 정하에게 준다.

정 하	일기예보 찾아봤는데 비 안 온다구 했어.
혜 준	비는 왔구 너한텐 우산이 있어.
정 하	너는?
혜 준	난 여기서 바루 버스 타면 돼. 우리 동넨 비 안 온대.
정 하	신기해. 같은 서울에서두 비 오는 데 있구 안 오는 데 있구.
혜 준	언제까지 서 있을 거야?

씬27. 보도/ 버스 정류장

정하, 혜순과 우산 쓰고 오고 있다. 생각보다 많이 와서 혜준이 옆에 비를 많이 맞는다. 혜준, 정하와 너무 붙을까 봐 조심하고. 정하도 그런 움직임 느끼고. 정하, 혜준이 비 맞을까 봐 옆으로 가니까 우산 밖으로 나간 팔이 젖고.

혜 준	(끌어당긴다.) 비 맞잖아. (손은 떼고)
정 하	(감정 왔지만) 내가 안 맞음 니가 맞잖아.
혜 준	그러라구 사온 우산이야.
정 하	(심쿵. 딴청) 멘트가 심상치 않어. 여자 많이 만나봤나 봐.
혜 준	많이 안 만났는데... 한 번 만남 길게 만나는 편이야. 지금까지 두 번 연애했어 한 사람하구.
정 하	디테일하게두 말한다. 누가 물어봤어?
혜 준	너 남잔 사겨봤냐?
정 하	아아!! (하면서 멈춤) 나두 사겨봤어!

멈추니까 혜준이 앞서가다 정하 비 맞고. 다시 혜준이 우산 씌워주고.

| 혜 준 | 강한 부정은 강한 긍정인데! |

정 하	(보면서) 짧게 많이 만났어 난. 싫증을 잘 내거든.
혜 준	(O.L) 상처 받을까 겁난 게 아니라
정 하	(허를 찔린) 아니라곤 말 못 해. 아.. 별말을 다하네.
혜 준	나두 니가 편해.
정 하	내가?
혜 준	속 얘길 툭툭 던지니까 나두 경계심이 풀어져. 우린 돈두 텄잖아. 돈 얘기 트기 쉽지 않다.
정 하	(걸어가는)
혜 준	비 오는 날은 왜 싫어?
정 하	세상에 나 혼자 있는 거 같아.
혜 준	(장난) 오빠가 비 오면 전화할게. 넌 혼자가 아니야.
정 하	아 닭살. 아 느끼해. 도저히 못 참겠어! (하면서 우산 밖으로 먼저 뛰는)
혜 준	야아... (같이 뛰는. 우산은 쓰고)

정하, 뛰어서 먼저 버스 정류장 안에 들어선다. 비에 살짝 머리 젖고. 호흡 빠르고. 혜준, 들어선다. 정하, 혜준 보고. 혜준, 우산 접고.

정 하	끝까지 우산 쓰구 오네.
혜 준	난 어떤 순간에두 이성적이거든! 비 맞음 춥잖아.
정 하	연길 잘하려면 감성적이어야 되는 거 아냐? 그러니까 니 연기가
혜 준	(쿵...) 안 되겠다 너!
정 하	(연기 얘기 실수했나) 미안해. 내가 연기에 대해 뭘 알겠니!
혜 준	(자신의 스카프 풀어 정하의 목에 걸어준다.)
정 하	(순식간에 얌전히)
혜 준	(떼며) 도움 될 거야. 아주 작은 거라두.
정 하	...... (예측 못한 다정함에 당황스럽다.)
혜 준	아예 얼굴을 싸줄까. (하면서 스카프 해주려는데)
정 하	내가 할게! (하면서 두 사람 손 부딪치고. 서로 어색하고)
혜 준	니가 해! (우산 준다.)

버스 오고. 혜준이 타야 할 버스다.

혜 준   난 저거 타야 돼. 조심해서 가라!

혜준, 버스를 타려고 가다가 뒤돌아.

혜 준   빨리 가! 니가 가야 내가 타지!
정 하   알았어. (우산 펴는)

혜준, 버스 타는. 정하, 가는.

씬28. 버스 정류장 앞 (과거 인서트) (낮)

정류장엔 우산 들고 기다리는 남자. 버스 서고, 사람들 내린다. 여
자, 내리고 기다리고 있던 남자와 함께 우산을 쓰고 가고. 정하, 비
맞을까 봐 얼른 정류소로 피하고. 여학생(대학생), 내리자 엄마가
우산을 주고 둘이서 우산을 쓰고 간다. 우산 없는 사람은 정하 혼자.
핸드폰 E 발신자 '엄마'

정 하   (기대고 싶다. 받는) 어 엄마! (돈 왜 아직 안 부쳤어?) 아직 입금이
안 됐어. 어련히 알아서 부칠까 봐. (왜 성질내? 어딨어?) 비 와서
정류장에 있어. (우산 사. 버럭) 누가 우산 살 줄 몰라?

씬29. 정하 정류장 (현실) (밤)/ 버스 안

정하, 우산 쓰고 서 있다. 정하가 기다리는 버스가 온다. 정하, 버스
를 탄다. 정하, 자리에 앉는다. 창밖을 본다. 혜준의 스카프 만져본
다. 행복한 미소.

정 하   (N) 혼자 있는데 누군가와 함께 있는 느낌 너무 좋다. (F.O)

씬30. 혜준 집 혜준 방/ 디렉터 사무실 (F.I)

혜준, 자고 있다. 문자음 E. 혜준, 뒤척이다 일어나 앉는. 기지개 펴고. 문자 확인한다. 입금이다. 패션플레이. 9,670,000. 이게 뭐지 왜 이렇게 많이 들어왔지? 혜준, 전화를 건다.

혜 준   (상대방이 받는다.) 아 형! 지금 입금 들어온 거 확인했는데. 잘못 보냈나봐. 너무 많이 들어왔어.
디렉터   선생님께 감사해라. 이번 쇼 잘했다구 특별히 챙겨주라구 하셨어.
혜 준   (어쩌나.. 전화 끊는)

씬31. 청담동 헤어샵 메이크업실 (낮)

정하, 색조화장 전 베이스 작업해 주고 있다. 탑 남자 시니어 모델. 김칠두 씨 같은. 세럼을 바르는 중이다. 눈가를 제외하고. 정하, 아이크림을 손가락 체온을 이용해 녹인 후 모델의 눈가에 차례대로 찍어서 롤링 하듯이 천천히 바르는. 진주, 베이스 끝날 때까지 기다리면서 모델의 광고 컨셉 보고 있다. 홍삼 광고다. 진주, 컨셉 보면서도 정하가 신경 쓰인다.

모 델   (거울 보고 있다가) 정하 선생님한테 베이스 받음 기분이 좋아.
정 하   감사합니다. 남들보다 늦게 시작해서 칭찬받음 기분 좋아요.
모 델   뭐가 늦어? 난 예순다섯에 모델 시작했는데.
정 하   (젊어 보여서) 그럼 얼마 안 되신 거예요 모델하신 지?
모 델   십삼 년째야. 지금 일흔 여덟!
정 하   (놀라는)

모 델	뭘 그렇게 놀래요? 앞으루 십 년은 더해야 돼.
진 주	(끼어들며) 백 살까지두 하실 거예요. 시니어 모델은 계속 수요가 있어요.
정 하	(비켜주고)
진 주	홍삼 광고니까 파워풀하면서 신뢰감 가는 분위기루 가기루 감독님 하구 얘기 끝냈어요. (색조 시작하는)

정하, 메이크업 받는 모델 보는데 (flash back 3부 씬16 민기, 안녕? 아유 이쁘네!)
정하, 진주에게 다음 단계 필요한 도구 넘기고. (flash back 3부 씬16 혜준, 일자리! 되겠냐?) 정하, 메이크업 받는 모델 본다. 의미심장하게.

씬32. 혜준 집 주방

민기, 국 푸고 있다. 식탁엔 덮개 씌운 접시. 수저 놓여있고. 김치. 혜준, 들어오는. 외출 준비 마친.

민 기	지금 부를라 그랬는데. (국을 식탁에 놓는) 타이밍 굿이네!
혜 준	타이밍 굿이지!
민 기	(덮개 열며) 느이 엄마가 김밥 했다!
혜 준	(좋은) 손 많이 간다구 안 해주더니! (하면서 김밥 집어 먹는) 군대 간다구 잘 해주나보다.
민 기	너 군대 가면 나 어떡하냐. 보구 싶어서. (벌써 눈물이 앞을)
혜 준	18개월만 기다려.
민 기	너한텐 18개월이 나한텐 18년이야.
혜 준	(손가락 제스처하며) 노노! 할아부지 청승 맞아! 맘에 안 들어! 우리 모토가 뭐야! 차별받구 구박받아두 우린 웃는다!
민 기	(금세 바뀌며) 웃으면 복이 온다! 국 맛있어. 내가 데웠어.

혜 준	우리 할아부진 금손이지! 손이 닿기만 하면 뭐든 잘되지!
민 기	잘한다 내 새끼!
혜 준	(국 먹는) 나만 바라보지 말구 연애해.
민 기	연애 니가 해라. 할아부진 일하구 싶다.
혜 준	좋은 소식 있을 거 같아.
민 기	구해놨어 벌써? 어딘데?
혜 준	아직 몰라. 만나서 애기해 봐야 돼.
민 기	누굴 만나는데?

씬33. 청담동 헤어샵 앞

해효 차 선다. 해효, 차에서 내린다. 매니저, 주차시키러 간다. 해효, 안으로 들어간다.

씬34. 청담동 헤어샵 메이크업실

정하, 화장솜 채워 넣고. 손님 맞기 위해 도구들 정돈하고 있다.

해 효	잘 있었냐? (하면서 의자에 앉는)
정 하	어? 웬일이야?
해 효	드라마 촬영 있어서 메이크업 하러 왔다.
정 하	쫌 기다려 진주 쌤 오실 거야. (진주 오는 거 보며) 오시네!
해 효	너한테 할 거야.
정 하	(곤란한) 안 돼 그건.
진 주	(와선) 오셨어요? 예약 안 하구 오셨네요. (원장 오고)
해 효	네 정하한테 하려구요!
진 주	...... (이건 또 뭐야.)
해 효	얘는 안 된다구 하는데 왜 안 돼요?

원장, 해효와 눈인사.

진 주	그건 규정상 안 되는데요. 정하 씬 아직 어시스트예요.
해 효	(일어나며) 규정이 고객 만족보다 우선인가요?
원 장	물론 고객이 우선이에요.
진 주	(황당) ……
원 장	안 선생이 해효 씨 맡아.
정 하	전 아직 급이 안 되는데요.
원 장	급은 올리면 되지. 규정은 바꾸면 되구요.
진 주	(부글부글)
원 장	(스탭에게) 우선 샴푸부터!
스 탭	이쪽으루 오세요.

해효, 스탭 따라가고.

진 주	(원장에게) 어떻게 이러실 수가 있어요?
원 장	진주 쌤이 왜 고객한테 선택받지 못했는지 반성해야 되는 거 아닌가?
정 하	(어떻게 해야 될지 모르겠다.)
진 주	(가만히 있는 정하가 더 밉고)

씬35. 청담동 헤어샵 메이크업실

해효, 머리 말리고 와서 앉는다. 정하, 메이크업 베이스 하려고 준비하고 있다. 담담히. 정하, 스킨을 해효의 피부 결에 따라 닦아내듯이 바른다. 올려서 바르면서 발리지 않는 부분 턱, 인중 코밑까지 깔끔하게 닦아내고. 눈곱까지 깔끔히 정돈. 곁 안 주고 일만.

해 효	아아 개운하다.

정 하	(다음 단계 준비하고)
해 효	너 잘하는구나 베이스 하는 거 보니까.
정 하	(다음 단계 메이크업 해주는)
해 효	역시 난 촉이 좋아! 안 해보구두 알잖아.
정 하	움직이지 말아주세요. (눈썹 그리는)
해 효	(숨 참는)
정 하	뭐해?
해 효	(숨 내쉬는) 움직이지 말라며?
정 하	(어이없는 웃음) 숨은 쉬셔두 됩니다 고객님!
해 효	이제 좀 풀렸냐?
정 하	내가 뭘?
해 효	찬바람 쌩쌩 날린 거 누구야? 얼어 뒤질 뻔했다!
정 하	그런 말두 쓸 줄 알아? (눈썹 다 그리고)
해 효	인터넷에 돌아다니는 정보루 날 안다구 생각해?
정 하	관심 없어서 많이 파지두 않았어 넌.
해 효	승부욕 돋게 하네 얘! 니가 날 제대루 알면 나한테 헤어 나오질 못한다.
정 하	아아 그러세요 무지 겁나네요! 전 평생 원해효 씰 제대루 알지 않을 겁니다. (마무리만 남았다.)
해 효	사혜준 씨만 알구 싶으신가요?
정 하	아뇨. 이미 알 만큼 압니다.
해 효	진짜 좋아졌겠다. 내가 혜준이 잘 알잖아.
정 하	(입술 칠해준다.) 전에두 진짜 좋았어. 팬이잖아.
해 효	(거울 보고, 맘에 든다.) 그러니까 만나구 나서 더 좋았겠다구! (일어난다.)
정 하	맞아 더 좋아. 맘까지 뺏기지 않으려구 노력 중이야.
해 효	(다른 남자 좋아한단 말이 왜 훅 들어오는지. 실망인 건 왜지.) 맘 가는 대루 하면 되지 웬 노력?
정 하	덕질이 아름다운 건 현실이 아니라서야. 환상과 현실이 만나면 엉망진창 돼.

해 효	엉망진창 되면 재밌겠다. (지나가면서 나간다.)
정 하	(뭐야.) ......

씬36. 청담동 헤어샵 카운터/ 고객 대기실

수빈, 카운터에 있다. 혜준, 들어온다.

수 빈	(반색) 안녕하세요?
혜 준	(인사) 정하 쌤 어디 있어요?
수 빈	(고객 대기실 가리킨다.) 저기요!
혜 준	(그 시선으로. 걸어가는)

해효, 정하, 원장, 담소 나누고 있다. 화기애애한 분위기. 테이블엔 차와 다과.

원 장	오늘 맘에 들었어요?
해 효	네. 배려해 주셔서 제가 하구 싶은 사람하구 할 수 있어서 감사드려요.
원 장	제가 더 감사하죠. 안 쌤두 잘했어.
정 하	(미소. 감사) ......
해 효	(혜준이 보고) 어?
혜 준	니가 여기서 왜 나와?
해 효	너야말루 여기서 왜 나오냐?
혜 준	샵에 왜 왔겠냐?
원 장	(해효에게) 두 분 엄청 친하신가 봐요. 언제부터 친구예요?
해 효	초등학교 동창이에요.
원 장	(혜준에게) 그럼 집이 한남동이겠네요?
혜 준	네.
원 장	다 부잣집 도련님들이구나. 요즘은 연예인두 집안 좋은 사람들이

	너무 많아요. 옛날엔 소년소녀 가장들이 많았는데.
해효정하혜준	..... (각자 입장에 따라 표정)
혜 준	한남동이라구 다 부자 아니에요.
원 장	우리 집 운전기사는 가난해요. 그렇게 겸손하지 않아두 돼요. 차 뭐 마실래요?
혜 준	(감정 떨치듯) 아이스 아메리카노 돼요?
원 장	되죠. (일어나는)
정 하	제가 갈게요. (일어나는데)
원 장	(정하 앉히며) 아냐. 내가 지금까지 낄끼빠빨 잘해서 사랑받는다! (가는)
해 효	애들이 너 보구 싶어 하더라. 넌 뭐했냐?
정 하	(레시버에서 호출) 나도 가봐야겠어. (혜준에게) 이따 봐.
혜 준	(고개 끄덕이고)
해 효	(보는) 쟤 만나러 온 거야?
혜 준	어. 드라마 촬영?
해 효	어. 다음 주면 촬영 다 끝나.

핸드폰 E 발신자 '김지현 작가'

해 효	(받으며) 어 누나!

직원, 아이스 아메리카노와 스낵을 혜준 앞에 놓는다.

해 효	(새로운 예능. 남자 아이돌 몇 명과 하자는 제안) 누나 부탁이면 웬 만하면 하는데... 예능 출연은 회사랑 얘기해 봐야 돼요.
혜 준	(마시며. 누군 일 얘기하는데) ......
해 효	최세훈 감독님 영화 들어가게 돼서... 뭘 벌써 대박.. 해봐야 알지. 고 마워.
혜 준	...... (위축되지 않으려 해도 왜 이렇게 위축되는지)
해 효	(전화 끊고) 전에 예능 출연하면서 알던 작가 누난데 이번에 메인

	돼서.. 그땐 두 번째였거든.
혜 준	(예의 리액션) 어어.
해 효	남자 아이돌들 몇 명하구 여행가는 프로 만드나봐.
혜 준	어어..
매니저	(뛰어오는) 너 지금 뭐하냐? 늦었어!! 전화해두 안 나오구.
해 효	아 미안.
매니저	(혜준 보고) 혜준이두 있네. 너 뭐 일 들어갔어?
혜 준	아니.
매니저	근데 샵엔 왜 왔어?
혜 준	(또 팩폭) ......
해 효	가자 형! 혜준아 촬영 끝나구 전화할게.
혜 준	어어. (쓸쓸한) ....

씬37. 청담동 헤어샵 휴게실

정하, 두 잔의 차를 만들고 있다.

| 혜 준 | 기막힌 일자리란 게 뭐야? |
| 정 하 | 성질 급하시네! (차를 갖고 테이블로 오는) |

테이블 위엔 노트북 놓여있고. 정하, 앉고. 혜준, 의자를 당겨 정하 옆에 앉는다. 정하, 영상 클릭했다. 혜준의 워킹 영상이다. 정하, 깜짝 놀라 끈다. 혜준, 뭐지.

정 하	(당황. 혜준이 혹시 눈치챌까 봐) 이거 아닌데. (다시 다른 영상 누른다. 또 혜준이다. 난감하다.) 이게 왜 자꾸 나오지?
혜 준	....
정 하	(다시 누른다. 이번엔 제대로 틀었다. 시니어 모델들의 워킹. 안심) 이거다!

혜 준	(몸이 정하 옆으로 바짝 붙어 보려고)
정 하	(혜준 보며) 너무 바짝 아냐!
혜 준	(바짝 붙어 볼 수밖에 없는) 어쩌라구? (하면서 좀 옆으로 떨어지는)
정 하	(혜준 보며) 평생 꿈이 연예인 되시는 거였잖아. 지금 그 꿈에 가장 접근할 수 있는 건 이거야.
혜 준	(황당) 누가 우리 할아버지 꿈 이뤄준대? 심심풀이루 일할 수 있는 델 구하는 거야. 일흔한 살이야.
정 하	(뒤로 떨어지며) 여든 살에두 현역으루 활동하는 모델 많아. 그 연세에 그런 피지컬을 갖구 있다는 거 자체가 재능이야.
혜 준	안 돼 이건.
정 하	할아버지 의사두 안 물어보구 니 선에서 짜르는 건 아니라구 봐.
혜 준	(어이없는) 너 되게 재밌다.
정 하	(열심히 생각해서 찾아줬더니 반응 뭐니) 재밌단 말 첨 들어. 칭찬 으루 들을게.
혜 준	화를 참 차분하게 내네.
정 하	내 생각이 니 맘에 안 들 순 있어. 그렇다구 그렇게 어이없어하는 건 아니지 않아?
혜 준	시니어 모델들 많이 봤어. 근데 한 번두 할아버질 연결해서 생각해 본 적 없어.
정 하	등잔 밑이 어둡다구.. 가장 가까운 사람이 더 모를 수 있어.
혜 준	여기서 등잔 밑이 왜 나와?
정 하	그니까 내 말은.. 사람은 변하잖아. 전에 그 사람이 지금 그 사람이 아닐 수 있단 거야.
혜 준	뭐 그렇게 딱히 와닿는 설득은 아니다.
정 하	그럼 이건 어때! 입으론 할아버질 위하면서 마음으론 무시한 거 아 닐까!
혜 준	선 지켜라!
정 하	선은 넘으라구 있는 거야.
혜 준	(피식) 그래두 이건 아냐.
정 하	너 설득되구 있어.

혜 준	아니거든! (나가는)
정 하	어디 가?
혜 준	정리할 게 있어서. 넌 몇 시까지 일해?

씬38. 민재 오피스텔 복도

혜준, 손엔 베이커리 종이백 들고. 혜준, 민재 오피스텔 앞에서 선다. '짬뽕 엔터테인먼트 JJamppong Entertainment' 벨을 누른다. 문이 열린다. 머리 산발인 민재 문 연다.

혜 준	가관이다! (하면서 들어간다.)

씬39. 민재 오피스텔 안

원래 자신의 집에 사무실을 차렸다. 테이블엔 컵라면, 바나나 우유. 노트북. 원서. 〈Ping. A Frog in Search of a New Pond〉 저자의 다른 책, 〈Stuart Avery Gold〉라는 자기계발서 번역 중이었다. A4 용지. 제목 '새로운 연못을 찾아서'. 혜준, 들어온다. 사온 빵 테이블에 놓는다. 뒤따라 들어오는 민재.

민 재	(앉을 자리 치워주고) 병 주구 약 주러 왔냐?
혜 준	(빵 꺼내주며) 빵 주러 왔어. 누나 좋아하는 앙버터.
민 재	뜯어주지!
혜 준	별걸 다 한다 이제! (뜯어주는)
민 재	(테이블 위에 바나나 우유랑 먹는다.)

혜준, 봉투 꺼낸다. 내민다. 민재, 이건 또 뭐야? 봉투 열어보는. 5만 원권 60장.

민 재	(보는)
혜 준	돈 들어왔어 전에 무대 섰던 거. 생각보다 엄청 많이 줬어.
민 재	근데?
혜 준	전에 이태리 갈 때 비행기랑 에어비앤비 누나가 다 냈잖아.
민 재	(돈 도로 준다.) 군대 간다며? 너 써. 어차피 받을려구 한 거 아냐.
혜 준	(도로 주며) 이건 아니죠!
민 재	나 너한테 충고 하나 해도 돼?
혜 준	하지 마. 충고 진절머리 나.
민 재	넌 너무 야망이 없어.
혜 준	아아 결국 누나 맘대루 할 거면서 왜 물었어?
민 재	방향은 잘 잡았어. 신분상승에 갑은 연예인이야. 성공하면 단기간에 건물두 사구 집두 사구 얼굴 비추기만 해두 돈 주구.
혜 준	성공이 별거야? 하구 싶은 일하구 맛있는 거 먹고 결혼하구 아이 낳구.. 오늘이 즐거우면 되는 거야.
민 재	(O.L) 갖구 태어난 거 없음 평생 가난하게 살아야 돼. 나아지지 않아. 보통 그걸 서른이 넘어서 깨달아.
혜 준	....
민 재	20대는 꿈꿀 수 있구 이룰 수 있단 환상두 갖거든. 똑똑한 애들은 20대에 깨달아. 이룰 수 없는 꿈보단 돈을 벌자. 근데 넌 아직두 꿈에서 못 헤어나구 있어.
혜 준	.... (팩폭 오진다.)
민 재	왜 니 인생의 기준이 최세훈 감독이야? 그 감독님 훌륭해. 그치만 그 감독님두 틀려. 니가 맞을 수 있어.
혜 준	...... (감정 누르는)
민 재	남은 시간 1초까지 다 쓰구 수건 던져!
혜 준	갔다 와서 다시 시작하면 돼.
민 재	그때 누가 널 기억할까?.. (마지막까지 잔인하게) 지금두 잘 모르는데.
혜 준	....

씬40. 민재 오피스텔 밖 거리. 보도.

혜준, 걷고 있다. 결정은 했지만 자꾸 미련이 남는다. 걷는데. 빌딩에 광고가 나오고 있다. 해효다. 해효의 맥주광고다. 혜준, 자신도 모르게 발길을 멈추고 본다. 화면 안에서는. 회사 사무실 안. 벽시계는 9시를 향해 가고. 해효, 컴퓨터 작업하면서 시계에 신경 쓴다. '끝나고 가면 이미 늦었다' 자막. 핸드폰 화면 뜬다. 영상통화다. 친구들 각자 양손 가득 병맥주 번들을 들고 흔들고 있다. 친구1, '끝날려면 멀었어! 언제든 와!' 자막. 해효, 미소. '우리의 청춘. 아직 끝나려면 멀었다!' 자막. 혜준, 광고에서 눈을 떼지 못하고. 화면 안. 친구들이 모여 술을 마시고 있는 스튜디오 형식의 집 거실. 일을 마친 해효, 손에는 맥주 번들을 들고 들어온다. 들어오는 해효를 반기는 친구들. (점프) 해효와 친구들 시원하게 맥주를 마시는. 화면에 자막 '아직 끝나려면 멀었다!'

혜 준 　(N) 설명할 수 없지만 안에서부터 뭔가가 치미는 그거. 그게 뭔지 알았다. (flash back 2부 씬4) 너는 너대루 나는 나대루 멋지다. 비교하며 경쟁하지 않는 걸 좋은 성품이라구 속였다. (flash back 2부 씬51) 이제 후련하다. (flash back 2부 씬59)

씬41. 2부 씬61 청담동 헤어샵 (밤)

정하, 바닥을 쓸고 있다. 정리 중이다. 혜준, 들어온다. 정하, 보는.

혜 준 　(앉는) (거울 통해 정하 보며) 머리 좀 잘라줄래? 바리깡으루!
정 하 　(거울 속 혜준 보며) 7세 미만 아가들루 돌아가구 싶은 거야?
혜 준 　군대 가!
정 하 　(이럴 줄 몰랐다. 뭐지?)

혜준, 거울 속 자신을 보고. 정하, 자기 자신을 보고 있는 혜준을 보면서.

정 하	언제 가는데?
혜 준	열흘 후에.
정 하	근데 왜 벌써 잘라?
혜 준	속세에 미련이 남아서.
정 하	칫! 누가 보믄 출가하는 줄 알겠네. 복무 기간두 줄지 않았어?
혜 준	지가 안 간다구 아주 쉽지!
정 하	(미소) 쉽지 내 일 아니니까! 그렇다구 열흘이나 미리 갈 필욘 없지 않아? 머리 빡빡이면 아무래두 자연히 떠오르잖아.
혜 준	그러네!
정 하	그렇다니까!
혜 준	설득력이 낮보다 좋아졌다!
정 하	학습 능력이 내가 좋아!
혜 준	틈새 자기 자랑두 잘하구!
정 하	자기 자랑이 아니라 팩트지! 이제 집에 가. 수빈이 있어.
혜 준	(일어나는) 너 해효 팬 맞아?
정 하	(당황) ..맞아.
혜 준	나 거짓말하는 사람 디게 싫어해. (나가는)
정 하	....하아.... (어쩌지).
혜 준	셋! 둘! 하나!
정 하	맞아! 니 팬이야!
혜 준	(미소. 문 열고 나가는)
정 하	쟤 뭐야? 저러구 나가는 거야?

씬42. 해효 집 안방 드레스룸

옷과 가방이 차곡히 걸려있고. 이영, 액세서리 진열대에서 뭔가 찾고 있다. 자신이 찾는 게 없다. 진열대 위에 핸드폰 있고.

해 나	(들어오며) 엄마 집에 메이플 시럽 없어?
이 영	있을 텐데.
해 나	찾아두 없어.
이 영	엄마 3부 다이아 귀걸이. 귀에 딱 붙는 거. 니가 가져갔니?
해 나	아니.
이 영	아아 어디 갔지?
해 나	어디 있겠지이. 메이플 시럽 어딨냐구?
이 영	(버럭) 어디 있겠지이! 그걸 왜 나한테 찾아?
해 나	핫케익 먹어야 된단 말야!
이 영	하아 정말 귀걸이 어디 갔어어?

씬43. 진우 집 거실/ 해효 집 안방 드레스룸

애숙, 맥주 마시는. 마른안주. 애숙이 갖고 온 쇼핑백에 있는 옷들을 꺼내보고 있다. 해나가 입던 옷들. 니트. 티셔츠. 원피스. 애숙, 대보고 입어본다.

애 숙	(마시곤) 하! 시원하다. 이런 맛에 산다.
경 미	예쁘다! 해나는 나랑 취향이 맞아. (니트 입어보고. 작다.) 근데 사이즈가 안 맞네.
애 숙	진리 줘.
경 미	진린 이런 거 안 입잖아. 우리 조카 줘야지.
애 숙	(쇼핑백 하나 건네며) 여기 바지 있어. 입으려면 입어.
경 미	해효 엄마 옷은 내 스타일 아냐. 우리 올케 줄게.
애 숙	그래 그럼.

핸드폰 E 발신자 '해효엄마'

애 숙	(받는) 네에!
이 영	내 귀걸이 못 봤어? 다이아 3부짜린데.
애 숙	제자리에 있겠죠.
이 영	제자리에 없어.
애 숙	어따 놓으셨어요?
이 영	기억이 안 나.
해 나	(이영 옆에서) 메이플 시럽!!!
이 영	메이플 시럽은 어딨어?
애 숙	오른쪽 냉장고 3번째 칸에 있어요.
해 나	고마워요 아줌마! (나가는)
이 영	너만 해결되면 다냐? 아 어디다 뒀지?
애 숙	화장실 거울 앞이나 파우더룸 거울 앞에 한번 보세요.
이 영	알았어요. (끊는)
경 미	어유 맨날 어따 뒀는지 몰라갖구 전화질이야. 관둬! 그 집 아니어두 오란 집 많잖아.
애 숙	그 집 첨 이 일 시작할 때 일 배운 데야. 거기서 일 배워서 지금 그걸루 밥 먹구 살게 됐잖아. 고마운 마음 있어.
경 미	(O.L) 미운 마음두 있구.
애 숙	미운 게 아니라 비교가 돼서 힘들어.
경 미	언니 그 집하구 비교하믄 언니가 너무 힘들어져.
애 숙	나랑은 비교 시도두 안 해. 근데 자식은 너무 힘들다.
경 미	우리 땐 부모가 낳기만 해줘두 부모님 은혜에 감사해야 된다 그랬는데.
애 숙	그런 시댄 이제 끝났어. 한 잔 따라 봐!
경 미	언니 술 마심 매력 있어. 평소엔 너무 바람직해. (하면서 한 잔 따르는데)

영남, 장만과 같이 들어온다.

| 장 만 | 형수님 와 계시네. |

애 숙	오셨어요?
경 미	(영남에게) 오빠두 한 잔 할 거죠?
영 남	그러엄! (와서 앉으며)
장 만	(애숙에게) 참! 혜준인 그 영화 오디션 어떻게 됐어요?
애 숙	(영남 본다. 아직 말 안 했어?)
영 남	(안 했어...)
경 미	(눈치 채고) 자긴 그렇게 눈치가 없어? 붙었음 말 안 했겠니!
일 동	(멋쩍은)

씬44. 한강 고수부지 일각

해나와 진우, 컵라면 먹고 있다. 치킨과 캔맥주 놓고.

진 우	시험 끝났는데두 생활 리듬이 안 바껴?
해 나	밤에 중독됐어. 돌아다니는 맛이 있어. 아 맛있다!
진 우	잘 먹는다. 핫케일두 먹구 나왔다며!
해 나	먹어두 먹어두 또 먹구 싶어.
진 우	그동안 너무 억눌러서 그래.
해 나	그건 그래. 행복해!
진 우	나두!
해 나	따라하지 마!
진 우	언젠 따라하라며?
해 나	우린 너무 늦게 시작했어.
진 우	니가 너무 어렸잖아.
해 나	오빠가 딴 여자들하구 연애하느라 바빴지.
진 우	아 또 그 얘기. 그래두 너랑 처음이야.
해 나	나두 처음이야. 헤어지는 거 결정하구 만나는 연애.
진 우	뭐든 처음은 설레는 거다.
해 나	그러구 더 애틋한 거 같지 않아?

진 우 아니! 니가 원한 거야. 헤어지지 말자구 울며불며 매달려두 짤 없다.

해 나 원해나 인생에 울구불구는 없어!

씬45. 한남동 혜준 동네 골목

애숙와 영남, 걷고 있다. 자신의 집을 향해 걷고 있다.

애 숙 혜준이 오디션 떨어지구 군대 가는 거 왜 얘기 안 했어?

영 남 당신만 자식 사랑하냐?

애 숙 .....

영 남 나는 뭐 좋아서 혜준이 닦달하는 줄 알아?

애 숙 닦달하는 건 알아?

영 남 내가 살아봤잖아. 살아봤으니까아. (F.O)

씬46. 필라테스센터 (낮) (F.I)

해효, 필라테스하고 있다. 이영, 옆에서 간단한 동작 한다.

해 효 엄마아!

이 영 왜?

해 효 엄만 친구 없냐?

이 영 없어.

해 효 그럼 이모랑 놀아. 왜 나만 따라다녀?

이 영 따라다니는 게 아니라 매니지먼트하는 거야.

해 효 엄마가 이러면 나 이미지가 망가져. 마마보이 같잖아. 여자들이 젤 싫어하는 거.

이 영 알았어. 전략적으루 엄마가 물러날게.

해 효	말 잘 들어 이럴 땐.
이 영	나두 마마보인 딱 질색이야. 멜로하려면 그런 이미진 안 돼.
해 효	내가 이래서 엄말 미워할 수가 없다니까.
이 영	날 미워했어? 너어 무의식이라두 엄마한테 그런 맘먹음 안 돼. 슬퍼
	진단 말야.
해 효	빨리 여자 친굴 만들어야겠어. 나 샵 가야 돼.
이 영	샵에 여자친구 있어?
해 효	엄마는 말을 띄엄띄엄 들어.
이 영	나두 샵 가야 돼. 진주 쌤한테 예약할게.
해 효	난 그분한테 안 해.
이 영	그럼 누구한테 해?
해 효	안정하!
이 영	아직 어시 아냐?
해 효	아냐. 급 올랐어.
이 영	그래두 아직 경험이 부족한데. 싹싹하구 야무지긴 해.
해 효	(아무렇지 않은 듯) 그렇더라... (하면서 옷 갈아입으러 가는)
이 영	(저거 뭐지.. 엄마의 촉.. 아니야 그럴 리가) ....

씬47. 혜준 집 혜준 방

민기, 옷 꺼내놓고 입어보고 있다. 멋내는. 혜준, 들어오는.

혜 준	어디 가?
민 기	친구들 만나러! (옷 하나 몸에 대며) 이게 낫냐? (다른 거 대며) 이
	게 낫냐?
혜 준	이거!
민 기	하하! 어쩜 나랑 이렇게 생각이 똑같냐.. 나두 이게 더 맘에 들었어.
	(입는)
혜 준	할아부지!!

민 기	어?
혜 준	할아부지 모델 할 수 있어?
민 기	모델?
혜 준	어 모델! (하면서 워킹하는)
민 기	하지 못할 게 뭐 있냐! (혜준 흉내 내며 걷는. 어설프지만)
혜 준	(웃는)
민 기	왜 웃어? 너 걸어봐.
혜 준	(걷는)
민 기	(같이 걷는. 신나하는)
혜 준	할아버지 인제 봤더니. 허리가 꼿꼿하네. 살아있네!
민 기	살아있지 그럼!
혜 준	......
민 기	내가 니 나이만 됐어두 모델 하구두 남았어.

씬48. 짬뽕 엔터 사무실/ 영화사 사무실

민재, 번역 중이다. 핸드폰 E 발신자 '운칠기삼 김피디'

민 재	(받으며) 안녕하세요 김 피디님!
제작피디	바루 받으시네.
민 재	전화기 옆에 있었거든요.
제작피디	사혜준 씨 스케줄 체크 좀 하려구요.
민 재	왜요?

씬49. 시니어 모델 학원 안

직원, 앉아 있고. 예의 상황. 할머니. 할아버지 원서 쓰고 있다. 혜준,
브로셔 보고 서 있다가. 사무원에게 온다.

혜 준	초급과정 신청하려구 하는데요.
직 원	여긴 시니어 모델 대상이에요.
혜 준	알아요. 우리 할아버지가 할 거예요.
직 원	(원서 준다.)

문자 E. 보면 민재다. '전달할 물건이 있어'

민 재	(E) 전달할 물건이 있어.

씬50. 카페

민재, 앉아 있다. 혜준, 앉아 있다. 테이블엔 〈평범Normal Person〉 시나리오다. 시나리오에 인덱스플래그 꽂혀있다. 5군데.

민 재	5씬 중에 2씬은 옆에 서 있는 거구. 3씬은 대사 있어. 캐릭터는 확실해.
혜 준	....
민 재	작은 역이지만 니가 해줬음 좋겠대.
혜 준	....
민 재	(일어나는) 나 간다.
혜 준	그냥 가?
민 재	그럼 뭘해?
혜 준	뭐 더 설득하구 막 하라구 밀구 그래야 되는 거 아냐!
민 재	꺼져!

점프 시간 경과

혜준, 시나리오를 읽고 있다. 인덱스플래그 꽂힌 데를 열어서 형광펜으로 동그라미 쳐져 있는 자신의 배역을 본다.

씬51. 리모델링 전 네일샵 안

가구나 물건들은 다 나간 상태. 영남과 장만, 내부를 여기저기 보면서 인테리어 실장과 얘기하고 있다.

영 남   (벽을 두드려 보고는 혼잣말 하듯) 이거 엄청 덧방했다!
장 만   그래? (벽을 보는데)
실 장   20년 된 상가예요. 이 위에 또 덧방할 수 있나?
장 만   그럼 너무 좁아지는데.
영 남   철거하면 비용이 올라가지.
실 장   무조건 싸게 해달라구 하니까 덧방해요.
장 만   우리야 뭐 상관없지!
영 남   한번 얘기해 봐요. 그래두 싼 게 좋다면 그렇게 하구.
실 장   너무 좁긴 해 커피숍 하기엔.
영 남   (벽 전체를 가리키며) 여기 싹 다 걷어내구 천장도 뜯어내고 슬라브 구조 형태로 노출시키면 훨씬 좋을 텐데.
실 장   클라이언트랑 얘기하구 올게요. (나간다.)
영 남   (바닥을 보더니) 레벨링 작업도 다시 해야 돼.
장 만   배수, 급수 설비, 전기 배선, 도장... 사람 더 붙여야겠어.
영 남   창민이랑 호철이만 있으면 돼.

씬52. 혜준 동네 정육점 앞

영남, 장만 걸어온다.

영 남   고기 좀 사갖구 들어가려구.
장 만   경준이 주려구?
영 남   혜준이! 이제 군대 가는데.. 잘 멕여야지.
장 만   나두 우리 애들 먹이게 삼겹살이나 사야겠다.

두 사람 정육점에 들어가고.

씬53. 혜준 집 주방/ 거실/ 주방

애숙, 시금치를 다듬고 있다. 혜준, 들어와 옆에 앉는다.
혜준, 시금치 같이 다듬는다.

애 숙   할 얘기 뭔데?

혜 준   헤헤 알았어?

애 숙   ……

혜 준   영화사에서 연락이 왔어.

애 숙   떨어졌다며?

혜 준   다른 역인데. 재밌어. 다섯 씬밖에 안 되는데. 하구 싶어.

애 숙   그거 하자구 미뤄? 그거 해서 뭐가 달라지겠어?

혜 준   꼭 달라져야 되나?

애 숙   엄만 이제 니가 그만 상처 받았음 좋겠어.

혜 준   ……

애 숙   포기하는 것두 용기 있는 행동이야.

영남, 들어온다. 주방으로 들어오는. 손엔 검은 봉지. 그 시선으로.
혜준과 애숙 있고. 애숙, 영남에게 오는.

영 남   나 왔어어!

애 숙   (맞이하며) 그건 뭐야?

영 남   (검은 봉지 들며) 불고기 해 먹자!

혜 준   (별로 좋아하지 않는. 자신의 방으로 가려는)

영 남   야 너는 아빠 아는 척두 안 해?

혜 준   서루 눈 마주쳤잖아.

영 남   애새끼가 싸가지가 없어. 이제 군대 가믄 사람 돼서 오겠지.

혜 준	아빠! 나 영화 출연하기루 했어.
영 남	아 저런 미친놈이! (하면서 고기 던진다. 혜준에게)
혜 준	(N) 아빠가 고길 던진다는 건 막장 드라마다. (고기 피한다.)
영 남	아니 간신히 맘잡았나 했더니 또 바람이 들어갔어? (하면서 쥐어패
	려고 오는데)
애 숙	(영남을 뒤에서 백허그한다.)
혜 준	아빠가 내 인생 살아줄 것두 아니잖아. 말루만 잘되라구 하지 말구
	내가 하구 싶은 것 좀 하게 놔둬.
영 남	이것 좀 놔!
애 숙	(놓는다.)
영 남	(진짜 놨네.)
혜 준	(엄마 진짜 놨네.)
애 숙	놨다!
영 남	뭘 놨단 거야?
애 숙	당신을 놨단 거야.
혜 준	(뭐지?)
영 남	(무슨 소리야. 설마 이혼하잔 소린 아니겠지.)

세 사람 각자 다른 생각. 한 프레임에 들어오며.

(끝)

4부

씬1. 혜준 집 거실

3부 엔딩에 이어
혜준, 영남, 애숙 있다. 애숙, 영남을 잡고 있다가 놓고. 영남과 혜준
어리둥절한 상태.

혜 준	아빠! 나 영화 출연하기루 했어.
영 남	아 저런 미친놈이! (하면서 고기 던진다. 혜준에게)
혜 준	(N) 아빠가 고길 던진다는 건 막장 드라마다. (고기 피한다.)
영 남	아니 간신히 맘잡았나 했더니 또 바람이 들어갔어? (하면서 쥐어패려고 오는데)
애 숙	(영남을 백허그한다.)
혜 준	아빠가 내 인생 살아줄 것두 아니잖아. 말루만 잘되라구 하지 말구 내가 하구 싶은 것 좀 하게 놔둬.
영 남	이것 좀 놔!
애 숙	(놓는다.)
영 남	(진짜 놨네.)
혜 준	(엄마 진짜 놨네.)
애 숙	놨다!
영 남	뭘 놨단 거야?
애 숙	당신을 놨단 거야.
혜 준	(뭐지?)

영 남	(무슨 소리야. 설마 이혼하잔 소린 아니겠지.)
애 숙	왜 날 봐? 당신 원대루 놔줬으니까 하구 싶은 대루 해. 나두 내가 하구 싶은 대루 할 거야.
영 남	당신이 하구 싶은 게 뭔데?
애 숙	내가 하구 싶은 거에 관심은 있어?
혜 준	(낌새가 이상하니까 방으로 들어가려는데)
영 남	어딜 들어가? 얘기하다 말구!
애 숙	들어가! 엄마 아빠랑 할 얘기 있어.
혜 준	누구 말 들어?
애숙영남	(동시에) 엄마 말! 아빠 말!
혜 준	엄마 말 들을래! (들어간다.)
영 남	(약 올라) 저 새끼 저거! 뺀질거리는 거 봐봐!
애 숙	해맑아서 좋네 기 안 죽구.
영 남	당신 진짜 왜 그러냐? 저러다 애 망가져. 쟤 하구 싶은 대루 하게 놔둠 지 밥벌이두 못 하구 평생 빌붙어 살지두 몰라.
애 숙	(O.L) 아예 그렇게 되라구 고살 지내. 부모가 돼서 그런 말 입 밖에 내구 싶어?
영 남	부모니까 걱정돼서 그러는 거지.
애 숙	무슨 걱정을 그렇게 후지게 하니? 부모가 자식 안 믿어주면 누가 믿어줘? 집 밖에 나가봐. 까대려구 번호표 받구 기다리는 사람들 천지야.
영 남	(O.L) 남자잖아. 결혼하면 처자식 먹여 살려야 되잖아. 그게 보통 일인 줄 알아?
애 숙	처자식을 왜 남자만 먹여 살려야 돼? 당신이 지금 나 먹여 살리니? 당신만 일해?
영 남	(할 말이 없다.) 당신 같은 여자가 또 어딨겠어? 어디 가서 만나?
애 숙	당신두 만났는데 우리 혜준이가 왜 못 만나! 난 혜준이 하구 싶은 대루 해주구 싶어. 물론 당신 말대루 애 망가질 수 있어. 그치만 적어두 지가 하구 싶은 건 하구 망가지잖아.... 당신은 하구 싶은 거 하면서 살아봤어?

영 남	(훅 들어온다. 살아본 적 없다.) 하구 싶은 거 하면서 어떻게 살아? 먹구사는 게 장난이냐?
애 숙	머리두 좋구 공부 잘했다면서? 스무 살두 안 돼서 생활 전선 뛰어 들어서 지금까지잖아.
영 남	…….
애 숙	우리.. 우리 애들한텐 숨통 좀 틔워주자. 그러려구 나 일하는 거야. 난 평생 노동에서 헤어나지 못했지만... 우리 애들은 나보다 나은 삶 살길 바래... 인생 맘대루 안 되는 거 알지만.... 그래두 해보구 싶다 는데 그거 꺾는 손이 내가 되구 싶진 않아. 당신이 하게두 안 돼.
영 남	(감정 누르며) 나중에 후회하지 마. 인생은 타이밍이야. 그때 가서 왜 안 말렸냐구 원망하지 마.

씬2. 해효 집 안방 파우더룸

이영, 화장대 앞에서 다이아 귀걸이 3부를 한다. 역시 애숙이다. 태경, 실내복 입고. 손엔 태블릿 PC.

태 경	잘자리에 뭐해?
이 영	잘 때두 이쁘구 싶어서.
태 경	정말 이해가 할 수가 없어 당신은.
이 영	이해하지 말구 사랑하면 돼요.
태 경	해나 로스쿨 면접 결과 나왔어?
이 영	붙었어요. 아직 결과 안 나왔지만.
태 경	성적이 워낙 좋으니까. 날 닮아서.
이 영	성적만 필요한 줄 알아요 로스쿨이?
태 경	그럼 뭐가 더 필요해?
이 영	애들 나한테 다 맡겨놓구 체크만 하는데... 필요한 거 엄청 많아.
태 경	그런 식으루 당신 존재감 드러내는 거 잘 먹혀.
이 영	말 좀 예쁘게 하면 안 돼?

태 경	이제 적응할 때 됐잖아.
이 영	나이 드니까 더 거슬려. 좀 고쳐요 사이좋게 살구 싶어.
태 경	나두 거슬리는 거 다 참구 살구 있어.
이 영	사이좋은 부부가 젤 부러워.
태 경	부부가 사이좋아 봐야 부부지. 좋구 나쁘구 별 차이 안나.
이 영	이렇게 문제의식이 없어. 이러니까 내가 애들한테 더 집착하는 거야.
태 경	집착해 봐야 결국 나한테 올 거야.
이 영	그런 날이 왔음 좋겠어. (나가려는)
태 경	어디 가?
이 영	애들 아직 안 들어왔어요. 관리해야 된답니다.

씬3. 혜준 집 주방

혜준, 시나리오 읽고 있다. 〈평범〉. 밖에서 기척이 들리자 시선을 준다. 애숙이 나오길 기다리고 있었다. 애숙이다. 애숙, 불 켜진 주방으로 오고. 혜준, 일어난다.

애 숙	뭐하구 있었어?
혜 준	엄마아... (하면서 안는다.)
애 숙	왜 이래?
혜 준	고마워.
애 숙	(떼며) 고마울 거 없어. 엄마 이기적이야. 나중에 원망 안 들을려구 하는 거야. 아빠보다 엄마가 더 너한테 나쁠 수 있어.
혜 준	나쁜 엄마가 좋아.

타이틀 오른다.

정하, 버스킹 나가려고 준비 중이었다. 정하, 빠뜨린 거 없는지 체크한다. 메이크업 도구 가방. 접이의자. 간이테이블. 메고 지고. 나가는데 현관에 혜준이 사준 우산이 보인다. 정하, 우산을 본다.

정 하	(팬이라고 실토한 이후 연락 못 했다. 연락도 없다. 거짓말했던 자신을 혜준이 어떻게 생각하는지 진짜 궁금하다. 우산 보고) 내가 거짓말해서 실망했어? 아님 내가 널 좋아했다구 해서 부담스런 거니? 왜 말이 없니? (어찌해야 될지 모르겠다.) 결자해지! (짐 내리고 핸드폰 꺼낸다. 사혜준 연락처 찾고) 내가 첨에 잘못한 거 맞아... 근데 다 불었잖아. 그럼 자기가 말할 차례 아닌가! (통화버튼을 누르려다가) 치! 이 사람이 예의가 없네! 안되겠어! (핸드폰 다시 넣는데 울린다. 발신자 확인하려고 팔을 올리다 떨어뜨린다. 발신자 '사혜준' 놀라는) 어! (저 전화 받아야 되는데. 끊기면 안 되는데. 전화 받는) 여보세요?
혜 준	운동해?
정 하	아니!
혜 준	왜케 숨차?
정 하	나가려던 참이었어.
혜 준	어디 가는데?
정 하	버스킹!
혜 준	끝나구 뭐해?
정 하	집에 와.
혜 준	알았어.
정 하	뭘 알았단 거야?
혜 준	약속 없는 걸 알았으니까 만날 수 있냐구 물어보려구?
정 하	첨부터 물어봤음 됐잖아.
혜 준	너무 용건부터 말하는 거 같아서.
정 하	(대화에 빠져) 용건부터 말함 너무 딱딱해 보이긴 해... 근데 난 용

건부터 말하는 거 좋아해.

혜 준   우리 정리해야 될 얘기 있잖아. 지금 수다 떨 시간 있어?

정 하   (깨며) 아니! 나가야 돼! (일어서서 나가려하면서) 근데 할아버지
          일은 구하셨어?

씬5. 혜준 집 거실

민기, 스트레칭 같은 거 하고 있다. 혜준, 나오는. 외출 준비 끝낸.

민 기   감독 만나러 가?

혜 준   아니 매니저.

민 기   이제 꽃길만 걷는 거야. 영화에 출연만 해봐. 주인공 눈에 빼지두
          않아 우리 혜준이에 가려서.

혜 준   역시 콩깍지가 씌었어. 그런 의미루 선물 줄게. (하면서 모델 학원
          등록증 꺼내준다.)

민 기   (받으며) 이게 뭐야?

혜 준   모델 하구 싶다며?

민 기   내가 언제?

혜 준   돈 벌구 싶다며!

민 기   모델 하면 돈 벌어? 할아부질 누가 써?

혜 준   많이 쓴대. 백세시대잖아. 할아부지 나이면 한창이야. 전문 용어루
          블루오션이래.

민 기   어어 그래에!! 니가 그렇담 그런 건데.

혜 준   (O.L) 내가 볼 땐 이 일이 할아부지한테 딱 맞는 거 같아. 안돼두 사
          람들 만나 놀구 운동한다 치면 돼.

민 기   (도로 주며) 물러. 놀구 운동하는 데 왜 돈을 들여?

혜 준   겁나는 거지?

민 기   (찔려) 뭘?

혜 준   실패할까 봐! 할아부지 항상 그랬잖아. 니 나이면 하구두 남았다구!

뽀롱날까 겁나지?

민 기	어.
혜 준	(웃는) 솔직해서 맘에 들어. 할 수 있어! 사민기 씨!
민 기	사혜준 씨! (등록증 주며) 물러와. 나 못 해!
혜 준	(도로 주며) 직접 무르세요! 사민기 씨!
민 기	야아아!
혜 준	이제 나한테 나이만 젊었음 씹어먹었어. 그런 말 하면 안 돼.
민 기	사혜준 씨 너무 엄격하다! 맘에 안 들어!
혜 준	나두 맘에 안 들어 사민기 씨! 우리 언행일치 하자구요!

씬6. 청담동 헤어샵 메이크업실

이영, 메이크업 하러 들어오는. 진주, 수빈과 함께 있고.

진 주	이쪽에 앉으세요 교수님!
이 영	(앉는) 정하 씨 없어?
진 주	(이영까지 정하를 찾는 거에 안색 변하는)
진 주	오늘 휴무예요.
해 효	(들어오는) 예약 잡을 때 왜 얘길 안했어요?
진 주	매니저가 예약하셨죠! 안정하 씬 메인 아티스트가 아니라 특별히 요청하셔야 돼요. 중요한 고객들은 제가 다 맡아요.
해 효	(난감한)
이 영	오늘은 진주 쌤한테 해.
진 주	(해효에게) 잠시만 기다리세요. 교수님 먼저 하구
이 영	(일어나는) 아니 해효부터 해줘요. 화보 촬영 있어. 난 샴푸할래.
해 효	(마땅치 않은)
이 영	뭐해? (앉지 않고)
진 주	안정하 씨 아님 하기 싫으신가 봐요. 실력보단 편안함을 추구하시는 스타일이신 거 같아요.

이 영	(뭐야 이건) 자기 요즘 말이 많다! 프로페셔널하지 않아. 내가 아침에 아들하구 티타임을 못 가져서 그러는데.. 자리 좀 마련해 줄 수 있어?
진 주	그럼요. 전 정말 인간적으루 교수님 좋아해요.

점프 시간 경과

이영과 해효 있다. 앞에 차 놓여있다.

해 효	뭐가 걸렸어?
이 영	(차 마시며) 이따 집에서 얘기해두 되지만 지금 말하자구 한 건 불쾌한 감정을 밤까지 갖구 있구 싶지 않아서야.
해 효	무섭다아!
이 영	니가 정하 씨한테 메이크업 받구 싶은 건 인정! 근데 '꼭 그 사람 아님 안 돼요' 할려면 제대루 된 이유가 있어야지.
해 효	메이크업 하나 내 맘대루 못해?
이 영	너 개 좋아해?
해 효	좋아해. 그러니까 개한테 하려구 하지.
이 영	그러니까 디자이너루 좋아하는 거잖아.
해 효	그래서?
이 영	다른 사람들은 그렇게 생각 안 해. 아까 진주 디자이너 뼈 있는 소리 들었지! 왜 그런 가십거릴 던져줘? 사람들 많이 드나드는 곳이야.
해 효	샵 옮길래.
이 영	젤 쉬운 게 관두는 거야. 맨 나중이라구.
해 효	내가 왜 엄마랑 같은 동선 안에 안 들어가려구 하는 줄 알아?
이 영	안전하니까. 넌 위험한 게 좋을 나이니까.

씬7. 짬뽕 엔터 사무실 복도/ 엘리베이터 앞/ 엘리베이터 안/
엘리베이터 밖

민재, 쓰레기 담은 재활용봉지 들고 걸어온다. 엘리베이터 버튼 누른다. 엘리베이터 열린다. 혜준, 있다.

민 재   (생각이 바뀌었나. 아무렇지 않은 듯) 웬일이야? 연락두 없이!
혜 준   (쓰레기 들어주며) 타!

민재와 혜준, 엘리베이터 안에 있다. 침묵.

민 재   에이씨 못 참겠다! 어떻게 할 거야?
혜 준   할 거야.

엘리베이터 문 열린다.

민 재   (제스처) 앗싸아! (밖으로 나간다.)
혜 준   (민재의 리액션에 미소 지으며. 따라 나간다.)
민 재   (도로 혜준에게 와서. 쓰레기 뺏으며) 귀하신 배우님이 이걸 들면
         안 되지!
혜 준   (민망. 쓰레기 가져오려고 하며) 왜 그래!!
민 재   (재활용 장으로 가며) 넌 나의 아티스트야! 내가 대접을 잘해야 밖
         에서두 대접을 잘 받지!
혜 준   태도는 좋다!
민 재   다행이다. 이제 니 태도에 대해서 얘기해 보자!
혜 준   내 태도야 항상 좋지!
민 재   그걸 고쳐야 돼. 자기중심적이면서 객관적이지 않은 태도!
혜 준   내가 언제? 너무 객관적이어서 문젠데.
민 재   (O.L) 정정! 너무 자신한테 냉정한 타입이야 넌! 세상 사람들이 다
         너한테 냉정한데 너까지 냉정하면 되겠니!

혜 준	대체 날 제대루 알긴 하는 거야?
민 재	알어 안다구! 내가 잠시.. 니가 할 줄 몰랐어. 당황스럽잖아. 니가 하면 나두 하게 되는 거잖아. 사실 난 자신 없어.
혜 준	(이해한다.) .....
민 재	너한테 큰소리쳤지만.. 니가 안 한다구 하구. 나두 사실 접었거든!
혜 준	(갈수록 태산이다. 어이없어 웃는)
민 재	그치 웃기지! 나두 웃겨! 근데 좋아!!
혜 준	누나 무서워어! 정상이긴 한 거야?

씬8. 짬뽕 엔터 사무실

민재, 혜준에게 계약서를 내민다.

민 재	세상에서 젤 싫은 게 인간관계 앞세워서 일하는 거야.
혜 준	(받는) 나두 일에 인간관계 앞세우는 거 안 해. (계약서 보는) 전에 충분히 했구 끝이 다 안 좋았어.
민 재	보통 신인 계약 5대 5잖아. 근데 니가 지금 형편이 안 좋으니까 7대 3! 니가 더 많이 가져가구.
혜 준	계약 기간 7년? 엄청 기네.
민 재	(O.L) 군대까지 합쳐서. 이런 계약이 어딨냐? 완전 니 위주지.
혜 준	인간관계 앞세우지 않는다며?
민 재	그래두 내가 니 사정을 아는데
혜 준	(O.L) 5대 5! 기간은 1년! 어떻게 될지두 모르는데 누나한테 민폐가 되긴 싫어.
민 재	(보는) 눈 봐라! 내가 그 눈을 어떻게 이기겠니! 순한 거 같으면서두 결정적인 순간엔 지 맘대루 하더라.
혜 준	(보는) 내가? 아닌데!
민 재	아닌데가 아닌데! 이런 걸 감독들이 알아봐야 되는데. 어쨌든 알았어. 계약서 다시 쓸게. 빡세게 한번 일해보자. 어차피 넌 연애두 안

할 거구.

혜 준   (O.L) 단정하면 안 되지.

민 재   너 아직 지아 못 잊는 거 아냐?

혜 준   (갑작스런 지아에) ....

민 재   개랑 왜 헤어졌어? 너네 진짜 잘 어울렸는데.

씬9. ○○대학 도서관 앞 (회상) (밤)

혜준, 걸어오면서 핸드폰 꺼내 통화버튼을 누른다. '지아' 신호음
이 떨어지고 입구 한쪽에 선다. 지아, 나오는. 집에 갈 준비해서 나
온. 혜준, 지아 보고 반가운 마음에 미소 짓고. 외제차 앞에 서 있던
남자.

남 자   (지아에게. 손 흔든다.) 지아야!!

지 아   (핸드폰 꺼내 발신자 보고. 망설이고.. 남자에게) 오빠 잠깐만! (하
          곤 전화 받는) 어 혜준아!

혜 준   너랑 같이 가려구 도서관 왔어.

지 아   미안! 나 오늘 늦게까지 공부해야 돼. 로스쿨 시험 얼마 안 남았잖
          아.

혜 준   (감정 누르며. 상황파악 됐다.) 이 시간에 집에 가는 시간이잖아.

지 아   오늘은 공부가 잘 돼.

혜 준   알았어. 근데 내가 왔다구 했잖아. 궁금하지 않아? 어딨는지?

지 아   (어디 있는지 짐작 가는. 혜준 보는. 오는)

혜 준   ....

지 아   왜 이제야 아는 척해?

혜 준   너야말루 왜 이제야 아는 척해? 나 보라구 일부러 그런 거잖아.

지 아   날 너무 나쁜 사람으루 생각하는 거 아냐?

혜 준   머리 좋은 사람으루 생각해. 헤어지구 싶은데 헤어지잔 말 이렇게
          하는 거잖아.

지 아	(허를 찔렸다.)
혜 준	니가 예상한 건... 내가 널 보구 아무 말 없이.. 고통을 혼자 간직한 채 집으루 가서 정리하는 거잖아.
지 아	내가 알던 사혜준이 아니네.
혜 준	첫 번짼 당했지만 두 번짼 안 당해.
지 아	널 사랑하는 건 의심하지 마.
혜 준	널 사랑했던 순간은 기억할게. (가는)
지 아	....

씬10. 화보 촬영 스튜디오 (현재) (낮)

분주한 화보 촬영 스튜디오 현장. 포토존을 중심으로 촬영조명들, 모니터, 카메라 등 세팅되어 있고. 진우, 장비들 선을 안전하게 테이핑하면서 정리하고. 다 정리되진 않고. 무진, 촬영 콘티 보고 있다. 한편에선 해효에게 스타일리스트가 재킷 입혀준다. 스타일리스트 재킷 구겨진 거 보고 어시스트에게 '재킷이 왜 이 모양이야?' 스타일리스트 어시 '죄송합니다'

무 진	(진우에게) 진우야! 케이터링 왜 아직 안 와?
진 우	(어련히 오겠지. 선 정리만)
스타일어시	다리미 있어요?
진 우	(전깃줄 정리하면서) 사무실 캐비넷에 있어요.
스타일어시	근데 가만히 앉아계심 어떡해요?
진 우	(일어나서 가려는데)
무 진	야 너 내 말 안 들려???
진 우	차 막히믄 일이십 분 늦을 수 있어요! (사무실 쪽으로 걸으며)
무 진	듣구두 쌩 깐 거야?

진우, 사무실 쪽으로 걸어가다가 선에 걸려 넘어지면서 눈앞에 있

던 스탠드를 붙잡는 바람에 스탠드도 쓰러지면서 스탠드에 고정되어 있던 조명장비가 바닥으로 떨어진다. 산산조각. 진우, 놀라고 파편이 튀어 다칠까 봐 비키는.

무 진   저 새끼 봐라 피하는 거! (오며) 니 몸뚱아리루 막았어야지! 니 몸
        뚱아리가 그렇게 소중하냐? (주위 사람들 킥킥. 그 힘에 더 오버)
        이게 얼마짜린 줄 알아??

진 우   물어주면 되잖아요!

무 진   니가 말 안 해두 월급에서 깔 거야. 아직 선 정리 하나 못 하냐? 기
        본두 안 된 새끼!

진 우   욕 좀 하지 마세요. 최저시급두 안 맞춰주면서!

무 진   돈보다 더 중요한 노하울 가르쳐주잖아. 돈으루 환산하면

진 우   (O.L) 돈 되면 뭐든 다 찍으면서 뭔 노하우요?

무 진   그게 노하우야. 돈만큼 중요한 게 어딨냐?

진 우   그럼 이번 달부터 돈 제대루 주세요.

무 진   너 나오지 마. 낼부터.

진 우   알았어요. (가는)

무 진   낼부터 나오지 말라구! 지금은 일해야지.

진 우   노동청에 신고할 거예요.

무 진   진우야!!! 너 자식! 왜 그러냐? 우리 사이에.

진 우   사이는 개뿔! 사이다나 마셔요!!! (가는)

씬11. 화보 촬영 스튜디오 사무실 안

진우, 집에 갈 차비하고. 해효, 들어오는.

해 효   어째 좋아 보이냐?

진 우   나쁠 게 뭐가 있냐? 쉬구 싶은데 잘 됐어.

해 효   관두는 게 젤 쉬운 거라던데.

진 우	그건 너 같은 애들한테나 해당되는 거구. 관둔다구 말하기까지 관둘 상황이 수천 번은 있었거든.
해 효	꼭 그런 식으루 너하구 날 나눠야겠냐?
진 우	니 앞에서 창피 당했잖아. 이 정도 성질두 못 내냐?
무 진	(들어온다.)
해 효	작가님! 저 다음 스케줄 있어요. 30분 내루 정리해 주세요. 아님 갑니다. (나가는)
진 우	(나가려는데)
무 진	진우야! 나는 널 안다!
진 우	뭘 아는데?
무 진	니가 입만 산 놈이란 거!
진 우	칫!
무 진	너두 알잖아. 내가 개그 욕심이 있는 거. 아까 몸뚱아리! 그 소중한 몸뚱아리 하니까 사람들이 막 웃구 그러니까 점점 더
진 우	(O.L) 개글 칠라믄 형이 망가지면서 쳐. 왜 사람 무시하는 개글 쳐서 웃겨?
무 진	우리 진우 아직 화났구나. 화나믄 뭔 말을 못해? 그래두 신고는 너무했다.
진 우	(O.L) 나오지 말라는 건 안 너무하구?
무 진	너무하지 너무해. 형이 어떻게 하믄 화가 풀리겠냐?
진 우	내가 사람들 앞에서 형한테 한 번이라두 반말한 적 있어? 꼬박꼬박 작가님 대접해 주는데 왜 형은 사람들만 있음 미쳐갖구
무 진	(O.L) 미안해. 내가 일을 그렇게 배워서 그래. 선배들한테 쪼인트 까이구 나 때는 말야 진우야 다들 그렇게 일 배웠어. 교통비만 받으면서
진 우	(O.L) 자랑이다!
무 진	(버럭) 그래서 갈 거야?
진 우	지금 또 성질냈어?
무 진	아니 질문했어. 진우야 무섭다 그만해. 너 이 자식 너 이런 애 아니잖아. 맘 약하잖아. 형한테 이러구 가믄 잠이 오겠니?

진 우	(O.L) 오겠지! 아주 푹 오겠지. (가는데)
무 진	(잡는. 애절한 눈빛으로) 진우야! 너 지금 가면 나 현장 접어야 돼. 그럼 손해가 얼만지 알아?
진 우	알구 싶지 않아.
무 진	좀 넘어와라라아... 진우야! 나 니 대학 선배야. 이 바닥에서 우리 학교 나온 사람 찾기가 쉽냐?
진 우	(O.L) 쉽지 않아야지. 또 형 같은 선배 만나믄 죽통을 날릴 거야.

씬12. 화보 촬영 스튜디오

해효, 화보 찍는 중이다. 잡지에 들어가는 선글라스 광고. 무진, 찍고 있다. 진우, 반사판 들고 있다.

무 진	선글라스 쓰지 말구 위로 올려봐.
해 효	(선글라스 위로 올리고)
진 우	(반사판 내리고)
무 진	(버럭) 누가 반사판 (눈치 보며).. 내리래요?
진 우	(봐줬다. 반사판 올리는)

씬13. 시니어 모델 학원 안 (낮)

원서 쓰고 있는 할아버지 할머니들 있고. 따라온 사람 친구들. 민기, 어정쩡하게 들어오는. 둘러보는. 생각보다 사람들이 있다. 여기저기 붙어있는 시니어 모델들의 활동. 민기, 이런 세계도 있었구나.

직 원	무슨 일루 오셨어요?
민 기	(버벅) 여기.. 우리 손자가.. (등록증 꺼내며) 이걸 끊어왔는데.
직 원	왜 벌써 오셨어요? 초급반은 다음 주부터 시작이에요.

할아버지	(직원에게 원서 내며) 같이 배우겠네요. 홀륭한 손잘 두셨어. 우리 손자들은 내가 뭘 하구 돌아댕기는지 모르는데.
민 기	(속소리 E) 언제 봤다구 아는 척이야?
민 기	몇 살이에요?
할아버지	먼저 까요. 물어보는 사람이.
민 기	안 까요. 물어본 거 취소예요.

씬14. 홍대 버스킹 구역 (낮)/ 청담동 헤어샵 메이크업실

정하 앞에 둥근 얼굴형에 아직 통통한 젖살이 있는 여자(20대) 앉아 있다. 얼굴을 입체적으로 보이게 하는 화장을 하고 있다. 컨투어링 메이크업. 정하, 스틱형 쉐딩 제품으로 얼굴 옆면과 턱에 선을 그려 쉐딩 면적을 잡는다.

정 하	쉐딩으루 얼굴 윤곽 잡았어요. (거울 보여준다.)
여 자	진짜 얼굴 작아 보일까요?
정 하	그럼요. 이따가 비교샷 보여줄게요.

핸드폰 E 발신자 '진주 쌤'

정 하	잠깐 전화 한 통만 받을게요.
여 자	네!
정 하	(받는) 네 선생님!
진 주	오늘 샵 끝나구 스태프 전체 교육 있어요.
정 하	저 오늘 휴문데요.
진 주	아는데.. 교육엔 참석해요.
정 하	...교육을 하려면 그 전날 정도엔 알려주셔야 되는 거 아니에요?
진 주	원장님이 급 올려주니까 눈에 뵈는 게 없나봐. 정확히 그 급은 원해효 씨 한정이야. 전체 급을 올려준 게 아니라구. 왜 원해효 씨만 정

하씰 원할까?

정 하	(열받는) 선생님!
진 주	내가 안정하 씨 윗급이란 걸 확실히 알려주려면 이런 방법밖에 없잖아.
여 자	언니!! 빨리요!
정 하	(여자에게) 네네! (진주에게) 저 오늘 약속 있어요.

씬15. 도로 버스 안 (낮)

혜준, 음악 들으면서 앉아 있다. 문자음 E 3개. 혜준, 본다. 민재에게 온 축구 동영상 3개. 그 위로 소리.

민 재	(E) 넌 너무 야망이 없어.

씬16. 짬뽕 엔터 사무실 안 (회상)

혜준, 민재 있다.

혜 준	또 그 얘기! 아주 타령을 해라.
민 재	진지하게 얘기하자. 매니지먼트 방향에 대해 얘기하구 있어.
혜 준	말해봐.
민 재	현재는 조금 일찍 온 미래야! 현재 모습이 미래 니 모습이라구!
혜 준	좀 억지 아냐?
민 재	아니. 지금 바뀌지 않음 미랜 안 바뀌어. 정직하구 순수해서 좋아. 하지만 그걸론 이길 수 없어.
혜 준	왜 이겨야 돼? 내 경쟁 상댄 나야. 내 자신하구 싸워서 이길 거야.
민 재	(O.L) 자신하구 왜 싸우니? 내가 날 왜 패니? 그러다 다치면 누가 물어줘? 내가 패구 내가 병원비 내냐?

혜 준	듣구 보니 그러네.
민 재	그렇다니까. 싸움은 남하구 하는 거야.
혜 준	난 누굴 밟으면서 올라가는 경쟁 싫어.
민 재	경쟁이 싫은 게 아니라 경쟁에서 뒤처질까 봐 시작두 안 하겠단 거야. 그걸 이겨내야 돼.
혜 준	그래서 어떻게 하자구?

씬17. 홍대 청춘마루 (현재) (저녁)

혜준, 계단 앞에 앉아서 축구 동영상 보고 있다. 2011년 2월 맨체스터 유나이티드(맨유) 공격수 웨인 루니가 맨체스터 시티를 상대로 터뜨린 오버헤드킥 득점. 2013년 12월 리버풀 공격수 루이스 수아레스가 노리치전에서 기록한 중거리골. 리액션. 정하, 버스킹 끝나고 메이크업 도구 가방. 접이의자. 간이테이블. 메고 지고. 오는. 정하, 혜준 보는. 혜준, 정하 보고.

혜 준	왔어? (하면서 짐을 들어준다.) 짐 많다!
정 하	뭐 보구 있었어?
혜 준	축구! 매니저 누나가 야망이 없다며 골 넣는 영상 보면서 야망을 키우래. 아드레날린 뿜뿜해서 승부욕 불끈하래!
정 하	난 야망 없는 남자 좋아하는데.
혜 준	(장난스레) 나 좋아하는 거 알아.
정 하	(어떻게 말하나 했더니 먼저 선수... 거짓말) 힝....
혜 준	괜찮아.
정 하	뭐? 내가 거짓말한 거?
혜 준	(점점 놀리며) 언제부터 내 덕질을 시작한 거야?
정 하	아우. 내 이럴 줄 알았어. 저 거만한 표정!! 환상은 환상대루 놔뒀어야 했는데 괜히 만나갖구.
혜 준	나 만나서 실망했어?

정 하	아니. 역시 내 안목이 훌륭하다 그랬어.
혜 준	결국 자기 칭찬이네.
정 하	그럼 내 칭찬을 해야지. 내가 수많은 연예인 중에 널 선택했잖아. 만났는데 진짜 좋은 사람이었잖아.
혜 준	(O.L) 얼마나 만났다구 좋은 사람이라구 단정하냐?
정 하	너 나쁜 사람이야?
혜 준	(보는) ..좋은 사람이야.
정 하	거봐 맞잖아. 우리 엄마가 그러는데 자기 입으루 나쁜 남자라 그러는 남잔 진짜 나쁜 남자래. 다 거짓말 하면서 그건 거짓말 안 한대.
혜 준	(피식) 어머닌 나쁜 남잔 안 만나시겠다. 잘 아시니까.
정 하	나쁜 남잘 많이 만나봐서 알구 있겠단 생각은 안 드니?
혜 준	든다!
정 하	(웃는) 배고파!
혜 준	뭐 먹을래?
정 하	외식 잘 안 해.
혜 준	알았어. (짐 들고. 가며) 가자!
정 하	어딜?
혜 준	니네 집 가자며! 외식 잘 안 한다며?
정 하	(황당) 그게 왜 우리 집이야? 니네 집일 수두 있지.
혜 준	그럼 우리 집 갈래?

씬18. 분식집 (밤)

끓고 있는 즉석떡볶이 앞에 놓고. 혜준, 정하와 마주보고 앉아 있다.
혜준, 떡볶이 덜어준다. 정하, 두 손으로 받는다.

혜 준	뭐하는 거냐?
정 하	성은이 망극하옵니다.
혜 준	오바다!

정 하	이런 말 하구 싶었었어. 덕밍아웃하니까 너무 편하다.
혜 준	내가 왜 아웃팅을 시켜갖구!
정 하	내가 인생에 대단한 가치관을 갖구 있진 않지만 거짓말은 하지 말 자 주의거든. 근데 널 만나서 첨부터 거짓말했다는 게 얼마나 나한 테 압박감을 줬겠니!
혜 준	먹어!
정 하	(먹는) 이거 봐 말두 잘 듣잖아!
혜 준	(어이없는)
정 하	아 맛있다! 떡볶이는 역시 소울푸드야. (하면서 사레 걸리는. 기침 하고)
혜 준	(와서 등 두드리고)
정 하	등은 왜 두들겨?
혜 준	이거 아닌가! (물 주며. 걱정스럽게) 마셔.
정 하	(마시는. 됐다.)
혜 준	(대견한. 보는)
정 하	그 눈빛 뭐야?
혜 준	(어이없는) 내 눈빛이 뭐?
정 하	너무 그윽해! (먹는)
혜 준	(더 어이없는) 그냥 쳐다본 거야.
정 하	너는 좋겠다. 그냥 쳐다만 봐두 심장을 움직이는 눈빛을 가져서!
혜 준	(황당한) 평소보다 업돼 있는 거 같다!
정 하	(일부러 밝게) 헤헤! 지금껏 감춘 거에 대한 부작용! 이해해 줘. 내 가 널 만나는 날을 얼마나 기대했겠니? 또 할 말은 얼마나 많았겠니?
혜 준	오늘 할 말 다 해.
정 하	맨정신으론 못 해.

씬19. 술집 (밤)

20대들이 자주 찾는 분위기. 연남동 거북이조합이나 강남 악바리

같은. 혜준, 정하 테이블에 앉아 있고. 앞엔 소주 빈 병과 맥주. 정
하, 폭탄주 제조하고 있다. 두 잔을 만든다.

정 하   (약간 취기 있다.) 폭탄주는 비율과 배합이 중요한 거야. 사람들이
        내가 만 게 젤 맛있대. (소주잔에 든 맥주 두 번 붓고. 소주 한 잔 붓
        는다. 젓는다.)
혜 준   그 얘기 벌써 두 번째야. 벌써 취했니?
정 하   넌 어떻게 이름두 사혜준이니? (잔 준다.)
혜 준   (황당) 진짜 어떻게 해야 될지 모르겠다!
정 하   모르시면 가만 계시면 됩니다! (술 마시는)
혜 준   (안 마시는)
정 하   너 왜 안 마셔?
혜 준   우리 둘 중 한 사람은 맨정신이어야 무슨 일이 터지면 해결하지.
정 하   무슨 일 터질 게 뭐가 있어?
혜 준   모르지만. 혹시라두 있을 일에 대비하는 거야.
정 하   참! 어렵게 사시네요! (하면서 혜준에게 준 술잔 갖고 오면서) 그럼
        나야 좋지!
혜 준   (술잔 잡으며) 내 꺼야. (본의 아니게 서로 손 닿고. 아무렇지도 않
        은 척하려고)
정 하   안 마신다며?
혜 준   안 마셔두 내 꺼야. 내 꺼 뺏기는 거 싫어해.
정 하   뺏기는 게 아니라 주는 거... 이거 마는 거 별거 아닌 거 같이 보여두
        노동력이
혜 준   (주며 O.L) 줬다!
정 하   헤헤 (가져오는) 사씨남정기 말곤 사씨를 본 적이 없어. 사씨남정
        기 읽어봤어?
혜 준   조선판 사랑과 전쟁!
정 하   오우! 분석두 잘하시네. 그 얼굴에 그런 지적 능력까지 가짐 사기캐
        아니니?
혜 준   더 할 거야?

정 하	(제스처 알아서) 아니! 사혜준 사혜준 사혜주니 뭘 사혜주니? 널 사혜준다! 너의 죄를 사혜준다!
혜 준	헐!!
정 하	그거 알아? 힘들면 힘든 거 들키지 않으려구 더 밝게 설레발치는 거!
혜 준	(얘 오늘 무슨 일 있었구나.) 알아! 니가 지금 그러구 있잖아.
정 하	들켰네! (술 마시는)
혜 준	....
정 하	널 만나면 정말 고맙단 얘기하구 싶었어.

씬20. ○○대학 여자 기숙사 안 (회상) (밤)

정하(대학 2학년), 손엔 월병 쇼핑백 들고 들어온다. 알바 끝나고. 깜깜한 방. 윤주, 자고 있다. 정하, 윤주 깰까 봐 조심하면서 과외에서 선물 받은 월병 쇼핑백과 가방 놓고. 스텐드 불을 켠다. 윤주, 뒤척인다. 정하, 깼을까 봐 신경 쓰고.

윤 주	(뒤척이며. 부산 사투리로) 늦었네.
정 하	조금 있음 중간고사라 보충 더 해줬어. 월병 주더라. 낼 먹어.
윤 주	경수랑 아침에 조조 보기루 했거든. 몇 개 갖구 나갈게.
정 하	그래.
윤 주	나 불.. 예민하잖아.
정 하	알았어. (스텐드 조도 낮춘다.)

정하, 윤주 기색 보고. 윤주, 잔다. 정하, 문자음 진동. 정하, 본다. 자신의 침대에 앉으며. '이번 토요일 다온이 생일이다. 누나가 신경 좀 써' 엄마. 다온(4세), 장난감 차 타고 있는 사진이다.

정하모	(E) 이번 토요일 다온이 생일이다. 누나가 신경 좀 써.

정하, 표정 어두워지고. 핸드폰 연 김에 동영상 켠다. 혜준의 해외 쇼 영상이다. 혜준 워킹하고 있는. 정하, 미소 띠며 아예 침대에 눕는다. 다른 동영상 켠다. 인터뷰 영상이다. 사혜준(21세. 모델). 영상 속에서. 해외 패션쇼에 서게 된 후 주목받는. 정하, 잇몸 만개한다.

혜 준   아빠가 목수예요. 부잣집 아들 아니에요. 한남동 산다구 하면 오해 하시는 분들이 있더라구요. 우리 가족은 평범해요. 서루 싸우구 화 해하구.

정 하   (E) 잘생겨서 시작한

씬21. 술집 (현재) (밤)

혜준, 정하와 있다.

정 하   덕질에 감정이입하기 시작했어.

혜 준   ....

정 하   나이가 같다는 것두 좋았어. 시대적 사건을 동일하게 겪구 그 시대 문화를 함께 공유하니까 왠지 치유받는 느낌이었어.

혜 준   내가 아니라 다른 사람 얘기 듣는 기분이야.

정 하   니가 아니라 내가 만들어놓은 환상이니까. (술 마시는)

혜 준   그래두 고마워. 누군가에게 도움이 되는 사람이었다니까 기분 좋아.

정 하   팬과 스타는 인간적인 관곌 갖지 말아야 된다구 생각해.. 더구나 이 제 친구 관계루 설정됐잖아. 니 덕질 때려치기루 했어.

혜 준   가뜩이나 팬두 없는데. 탈덕하네!

정 하   좋다구 따라다니는 애들 엄청 많을 텐데.

혜 준   좋다구 따라다닌다구 다 팬은 아냐. 외모만으루 사람을 오래 잡아 두긴 어려워!

정 하   잘생긴 건 아는 구나.

혜 준   내 외모 싫어했던 적 있어.

씬22. 혜준 집 경준 방 (회상) (낮)

혜준(고3), 컴퓨터 모니터 보고 있다. 모델 에이전시 모델 모집 안내 화면. 책상 위엔 혜준(고2) 해효(고2) 길거리 패션 사진 펼쳐져 있다.
경준, 들어온다. 경준의 손엔 운동화 쇼핑백 들려있다.

혜 준   (손에 든 거 보고) 운동화 샀어?
경 준   뭐 보냐? (하면서 운동화를 침대 옆에 갖다 놓는데)
영 남   (들어오며) 야 아무리 생각해두 그 색깔이 난 거 같아. (혜준 보고) 니가 이 방에 왜 있냐?
혜 준   컴퓨터가 이 방밖에 없잖아.
경 준   이 색이 더 나아. (하더니 나간다.)
영 남   시험 끝났다구 집에만 있지 말구 알바라두 해. 아빠랑 현장 같이 나가두 좋구.
혜 준   모델 알바 알아보구 있어.
영 남   (또 시작) 아빤 잘생긴 니 얼굴이 젤 걱정이야. 그거 갖구 있음 막살기 쉽거든. 사람이 땀 흘려 힘들게 돈을 벌어야 돈 귀한 줄 아는 거야. 니가 한 번 걷구 들어오믄 돈 주니까 세상 만만하게 보잖아.
정 하   (E) 아버님두 잘 생기셨어?

씬23. 술집 (현재) (밤)

혜준, 정하 있다. 술 마시는 분위기. 정하, 취기 오르고 있고. 주사 시작.

혜 준   (떠올리는) 글쎄... 어떻게 보믄 귀엽기두 하구 키가 작거든.
정 하   넌 할아버지 닮았구나.
혜 준   어. 엄마두 많이 닮았어. 피부는 엄마한테 물려받았어.

정 하	그럼 결론은 아버님은 (손으로 밑을 가리키며) 인물이 쫌 그렇구 키두 작으시구... 어머님은 예쁘구 할아버진 잘생기셨구! 이런 거네!
혜 준	너 디게 재밌다!
정 하	아버님 힘드시겠다!
혜 준	왜? 아냐.
정 하	아버님은 누구보다 잘 알구 있어. 잘생긴 얼굴이 갖는 가치에 대해서. 근데 그걸 부인하는 거야. 왜냐? 좀 떨어지니까! 많이 떨어지시나?
혜 준	그만해.. 우리 아빠 좋아질라 그래. 요즘 미워했었는데.
정 하	히히히힛! (웃는)
혜 준	이건 또 뭐니?
정 하	너한테 말 안 한 게 있어.
혜 준	뭔데?
정 하	주사 있어!
혜 준	(당황) ....
정 하	아냐 아냐 심하지 않아. 초기 30분 정도 쫌 그래. (웃는)
혜 준	쫌 그래가 뭔데?

씬24. 보도 (밤)

정하, 깔깔깔깔 웃으면서. 비틀대며 걷는. 옆에 혜준. 정하의 짐 이고 지고 있다. 정하, 걷다가 혜준에게 부딪치기도 하고.

혜 준	똑바루 걸어라!
정 하	(웃으면서) 더 이상 어떻게 더 똑바루 살아?
혜 준	(정하 넘어지지 않게 팔로 한번 가이드 해주는)
정 하	힘들 거라곤 생각했지만 너무 힘들어... 회사 때려치울 땐 꿈을 현실루 만들 자신 있었어! 안정하 이 바보야 꿈은 잠잘 때 꾸는 거야!

	(웃는) (핸드폰 E 발신자 '진주 쌤'. 발신자 보고. 안 받고 보기만)
혜 준	왜 안 받아?
정 하	(웃으며) 내가 딴 건 다 참을 수 있어. 고객들이 내가 좋다는데 나랑 하구 싶다는데 왜 프레임을 씌워? 난 내 일을 충실하게 했어. 왜냐 재밌으니까.. 근데 왜 친구 남자 뺏는 쌍년 프레임을 씌워!
혜 준	(다독거려 주려는데)
정 하	(뛰는. 도로로 뛰어들려는 듯)
혜 준	(따라 뛰는. 걱정되는)
정 하	(보도와 도로 사이 턱에 딱 선다. 혜준 보며) 나두 선은 지켜!
혜 준	(안도. 숨을 쉬는데) 이제 그만해라!
정 하	(그 틈에 도로로 나가려는 시늉)
혜 준	(정하 도로로 나갈까 봐 정하의 허리를 잡아 막는다.)
정 하	(배시시) 그냥 시늉만 한 건데.
혜 준	이걸 진짜! (하면서 놓는다.)
정 하	(넘어지려고 하는데)
혜 준	(다시 잡아준다.)
정 하	(주저앉아. 이번엔 감정 오르며) 내가 잘못한 거 같아. 진주 쌤이 그렇게 된 건 이유가 있을 거야. 내가 어느 정도 빌미를 췄겠지. (우는) ....사람이 어떻게 아무런 이유 없이 사람을 괴롭힐 수 있겠어.
혜 준	30분 다 됐어.
정 하	내가 잘못했어. (눈물)
혜 준	(위로해 주면 좋겠는데.. 생각났다.. 정하의 머리에 손을 얹으며. 담백하게) 너의 죄를 사해준다 안정하!
정 하	(보는)
혜 준	(본다.)
정 하	(배시시 깔깔) 내가 창피해?
혜 준	(O.L) 어 창피해. (가는)
정 하	(따라가며) 같이 가!

해나, 운전석. 진우, 조수석. 음악 듣고 있다. 레트로 팝송이나 가요.
창문 열고. 편한 자세로.

해 나   이 노래 좋지?

진 우   어 좋아. (손을 내민다. 손을 잡자는)

해 나   (손을 잡는)

진 우   근데 이런 것두 좋은데.. 19금으루 등급 상향하면 안 돼? 우리 성인
이다.

해 나   나두 그 생각 해봤는데.

진 우   (O.L 번쩍) 해봤어?

해 나   그러엄. 우리 사귄 지 한... (머리로 계산하는 듯) 9개월 됐잖아.

진 우   그럼 오늘부터 19금 할까?

해 나   오빠 주사 다 맞으면. 자궁경부암 예방주사 맞아.

진 우   (황당) 내가 어떻게 그 주살 맞아? 난 자궁이 없어.

해 나   없어두 맞으면 효과 있어 나한테.

진 우   해나야아!!!

해 나   안 맞을 거야?

진 우   맞을 거야.

해 나   오빠가 빨리 스탬프 3개 찍어왔음 좋겠다.

진 우   (놀란) 3개?

해 나   3번 맞아야 돼. 우린 지금 비밀 연애하잖아. 들키는 위험을 감수하
면서 만나는데 다른 리스크는 줄여야지. 난 자궁경부암에 걸리구
싶지 않아.

진 우   나 깨끗해. 진짜 믿어줘라.

해 나   난 증거를 가져와야 믿는 사람이야. 오빠가 깨끗하단 증거는 스탬
프루 해.

진 우   내가 너한테 맨날 져주니까 이번에두 그럴 거 같지?

해 나   져주는 거 아니구 지는 거!

진 우	해나야! 인생은 그렇게 자로 잰 거 같이 정확한 게 아니야. 니가 오
	빠 만나면서 그걸 배우지 못했다면 오빠 진짜 실망이야!
해 나	내려!
진 우	오빠 충고 듣기 싫다구 금방 감정 드러내구 그런 거 실망이야!
해 나	내려!
진 우	집까지 데려다줘. 거기서 내릴게.
해 나	나한테 연락하지 마.
진 우	맨날 니가 먼저 나한테 연락하거든!
해 나	또 대들면 집까지 안 데려다줄 거야.
진 우	(입 막고 조신하게)

씬26. 혜준 집 마당/ 거실

민기, 들어온다. 현관 들어서는데. 주방에서 소리 들리는.

| 경 준 | (E) 양념이 잘 안 밴 거 같아. |
| 영 남 | (E) 잘 뱄는데 뭐. 여보 괜찮지? |

씬27. 혜준 집 주방 (밤)

애숙, 영남, 경준 있다. 식탁 위엔 양념치킨과 캔맥주. 거의 다 먹
었다.

애 숙	(치킨 뜯으며) 어. 밤에 먹음 안 되는데. 왜 사와갖구!
영 남	안 먹으면 될 걸 갖구 왜 애한테 그래?
애 숙	아버님은 왜 아직 안 들어오시지?
경 준	우리끼리 있으니까 좋잖아. 혜준이랑 할아버지 생각하믄 머리가
	아파.

영 남	니 맘이 내 맘이다.
애 숙	부자가 이럴 땐 죽이 척척 맞아.

씬28. 혜준 집 거실

민기, 쓸쓸. 주방 가는 방향에 있다가 방향을 돌리려는데.

영 남	(나오며) 어디 갔다 이제 들어와요?
민 기	나두 이제 뭐 좀 시작해 볼까 해서.
영 남	(버럭) 뭘 해? 아버지가?
민 기	아니 말두 못해?
영 남	말두 하지 마. 난 아부지가 뭐 한단 소리만 하면 가슴이 철렁 내려앉아.
경 준	(나와 있다가) 할아버지 할아버지 연세에 뭘 해요? 괜히 아버지 더 힘들게 하지 마시구 쉬세요.
민 기	.....

씬29. 혜준 집 혜준 방

민기, 옷 갈아입는데. 노크 E. 문 열리고. 애숙, 얼굴 디민다.

애 숙	들어가두 돼요 아버님?
민 기	들어와!
애 숙	식사하셨어요?
민 기	내가 끼니 거르는 거 봤냐?
애 숙	못 봤죠! 아버님은 정말 그거 맘에 들어요.
민 기	맘에 드는 게 어디 그거 하나뿐이냐!
애 숙	전 지금 아버님 모습 좋아요. 건강하시면 돼요. 새롭게 뭐 시작하면

	힘드시잖아요. 검사 받으러 가실 때 안 됐어요?
민 기	말짱해. 검사래 봐야 밧데리 잘 돌아가나 보는 건데 뭐.
애 숙	아버님 편찮으심 저 싫어요.
민 기	(속소리 E) 너두 내가 뭐 하는 게 싫구나.
애 숙	제가 잘할게요.
민 기	너야 항상 잘하지. 혜준인?
애 숙	하구 싶은 거 하러 다니겠죠! 하라곤 했는데 맘이 왔다 갔다 해요.
민 기	니들은 너무 잘생긴 거에 대한 평가가 낮아. 혜준이 터진다 반드시!
애 숙	속이나 터지지 말았음 좋겠어요.

씬30. 버스 정류장 앞 (밤)

혜준과 정하, 내린다.

혜 준	이제 주사타임 끝났냐?
정 하	(발랄하게) 그런 거 같아.
혜 준	아냐 아직 짐승인 거 같아.
정 하	(웃으며) 아냐 끝났다니까 (하면서 빗방울 맞은 듯) 비 오나봐!
혜 준	(하늘 보고 비 맞는) 진짜!

굵어지려는 빗줄기.

정 하	뛰어!!! (뛰는)
혜 준	(뒤따라 뛰는)

정하, 비 피할 수 있는 곳으로 들어가고. 따라 들어가는 혜준.

혜준, 정하와 있다. 비 오는.

혜 준	할아버지 모델 학원 등록해 드렸어.
정 하	내 설득이 먹힌 거야?
혜 준	먹혔어. 반성두 했어. 사랑한다면서 할아버지에 대한 시각이 남들 하구 같았던 거.
정 하	반성하는 사람 좋아해. 예측 불가능한 사람 싫어해. 약속 지키는 사람 좋아해. 불안하게 하는 사람 싫어해.
혜 준	반성하는데 예측 불가능해. 약속 지키는데 불안하게 해. 그럼 어떡 할래?
정 하	싫어해.
혜 준	넌 싫어하는 걸 더 좋아하나부다.
정 하	(아 그런가. 그건 별로다.) 넌 뭐 좋아해?
혜 준	어떤 땐 좋다가 어떤 땐 싫구. 상황에 따라 바뀌는 게 많아. 정확히 말하면 사랑하면 다 좋은 거 같아.
정 하	(감정 싣지 않고) 너한테 사랑받는 사람은 좋겠다.
혜 준	(보는)
정 하	아냐 아냐 그거 아냐! 너한테 사랑받구 싶단 얘기 아니야.
혜 준	누가 뭐래?
정 하	나 눈 되게 높아. 아까 호불호 들었지? 나랑 사귀려면 그걸 다 통과 해야 돼.
혜 준	그거 기본 아냐?
정 하	(그러네) 기본 안 된 인간들이 얼마나 많은 줄 알아?
혜 준	(다정하게) 정하야! 너의 장점 중 하나는 인정을 잘한다는 거야.
정 하	미안! 눈 높진 않아. 근데 어려워. 덕질과 주사! 이 두 가질 다 갖구 있다는 게 뭘 뜻하는 줄 알아?
혜 준	.....
정 하	(환하게) 슬픔!

혜 준	......
정 하	(무겁지 않게) 지금까지 어떤 남자두 사랑한 적 없어. (F.O)

씬32. 해효 집 해효 방 (아침) (F.I)

해효, 침대에 누워서 밍기적대고 있는 중. 스트레칭하는데. 문자음
E. 해효 본다. '나 사고쳐써' 진우. 다시 문자음 E. '도와줘'

진 우	(E) 나 사고쳤어.
해 효	맞춤법 꼬라지하구!
진 우	(E) 도와줘ㅜㅜㅜㅜ
해 효	(일어나 앉으며) 뭐지?

씬33. 혜준 집 밖 골목 (낮)/ 해효 차 안/ 도로 (낮)

혜준, 급히 걸어오고 있다. 해효 차 서 있는 거 보고 뛰어온다. 해효
차에 타는 혜준.

혜 준	(안전벨트 매며) 진우 전화두 안 받아. 무슨 낌새 있었어?
해 효	(운전한다.) 양 작가님하구 한바탕했어. 심하게 하긴 했어! 보는 내가 화가 날 정도였으니까.
혜 준	양 작가님 때문이면 더 황당하네! 왜 거기서 도와달래?

씬34. 산부인과 안 로비 (낮)

혜준, 해효와 들어온다. 진우 찾는다. 그 시선으로. 진우, 소파에 앉
아서 자궁경부암 백신 브로셔 보고 있다.

혜 준	쟤 뭐냐?
해 효	뭐긴 뭐냐 우리가 속은 거지! (빠른 걸음으로 진우에게 가서)
해 효	(진우의 목덜미 잡고 흔드는) 으휴!! 이 웬수!
진 우	(리액션)
혜 준	우리 왜 불렀어?
진 우	혼자 맞기 싫어!
혜 준	누가 널 때린대?
해 효	(건들며) 맞긴 뭘 맞아 병원에서! 너는 비 오는 날 먼지가 나게 맞아야 돼!
진 우	아이씨 그만 좀 해. (브로셔 주는)
혜준해효	(브로셔 받아 보고)
진 우	우리 셋이 맞을라면 삼인분 있어야 되잖아. 동네 내과에 없더라구. 여기 간신히 찾았어.
혜 준	여자친구가 맞으래?
해 효	얘 여자친구 있어?
혜준진우	(동시에) 어. 아니.
해 효	(혜준에게) 넌 알았어? (진우에게) 왜 나만 몰랐어?
진 우	아냐. 내가 아니라구 했잖아. 왜 내 말을 안 듣구 쟤 말을 들어?
혜 준	(O.L) 그거야 내가 더 믿음이 가기 때문이겠지!
진 우	니네 이거 단순히 여자들만 맞는 백신이 아니야. 남자가 맞아두 똑같이 예방되는 거야.
해 효	헤어져!
진 우	왜?
해 효	널 조종하잖아. 여자 만나면서 이렇게까지 한 적 없잖아.
진 우	백신이니까! 여자랑 상관없어.
혜 준	우리가 아는 애 같아.
진 우	(버럭) 아니라니까!
해 효	왜 소린 질러? 진짜 같게! 해나랑 만나냐?
진 우	(더 강하게 부정) 이이게 미쳤나?
해 효	아직 미치진 않았네. 가족끼린 그러는 거 아닌 거 확실하게 아는 거

223

보니까.

간호사	(E) 사혜준 씨!
혜 준	(뭐지? 보는) 네?
간호사	주사실로 오세요.
혜 준	(진우 보고) 뭐냐?
진 우	우리 중에 리더는 너잖아.
해 효	리더는 뭐든 먼저 하는 거지.
혜 준	(해효 보고) 얍실한 자식! 그새 갈아 탄 거야?

씬35. 주사실 안 (낮)

혜준, 주사 맞고 있다.

씬36. 인서트

혜준, 해효, 진우. 산부인과 로비 벤치에 나란히 앉아서 찍은 사진.
해효 인스타에 사진 올라온다. 해시태그 #우리만_아는_우정 #첫_경
험 #혜준 #진우 #해효 #사랑엔_준비가_필요하다 #곱창일까_스테이
크일까

씬37. 청담동 헤어샵 메이크업실 (낮)

진주, 메이크업 도구 잘 정리되어 있는지 체크하고 있다. 정하, 섀도
우 새로운 색상 파레트 갖고 오는.

정 하	이번에 구입한 '클래식 블루'예요. 전에 말씀드렸잖아요.
진 주	(받아 보는) 우리한텐 좀 안 맞는 컬러잖아.

정 하	트렌드한 색상이니까 연예인 고객님들께 필요할 거 같아서요.
진 주	비비드한 컬러두 계속 써치해 봐.
정 하	네... 죄송합니다. 교육 참석 못 하구 전화 안 받았어요.
진 주	내가 그 말 언제 하나 기다렸어. 전화 안 받았다구 아주 당당하게 말하네.
정 하	....
진 주	안 올 줄 알았어. 내 말을 듣겠어? 원장님 빽에 남자 고객들 빽에. 것두 능력이다 싶어.
정 하	예측 불가능한 사람 싫어해요. 제가 싫어하는 건 남한테두 하지 않는다는 원칙 갖구 있어요. 언제 어디든 연락이 되는 사람이 되구 싶어서 그렇게 살았어요.
진 주	(O.L) 전화 안 받구 그럴 수 있어. 뭐 대단한 사람처럼 원칙이니 뭐니! 진짜 자긴 나랑 안 맞는다. 착한 내가 이해해 줄게.
정 하	......
수 빈	(와서 진주에게) 김이영 교수님 11시 예약 있어요.
진 주	시간 빠듯해. 11시 30분에 다른 고객 예약 있잖아.
수 빈	(난처) 정하 쌤한테 하시겠대요.
진 주	뭐?
정 하	(당황) 나한테 왜?
진 주	(참았는데 또 빡치는) 그렇지 그렇게 나와야지! 아무것두 모르는 척! 뒤에서 사바사바 앞선 순진무구! 내가 너 같은 애들 한두 번 본 줄 알아?
정 하	(진짜 미치겠다.)
이 영	(들어오며) 안녕하세요?
진주정하수빈	(각자 인사)
이 영	내가 좀 빨랐죠! 차가 안 막히더라구. 너무 일찍 와서 기다려야 되나?
정 하	샴푸 먼저 하시겠어요?
이 영	아니 얘기부터 해야겠어. 진주 쌤하구.
정하수빈	(나가는)

이 영	섭섭하게 생각하지 말아요. 안정하 씨한테 한번 해보려구.
진 주	편하신 대루 하세요.
이 영	고마워. 역시 진주 쌤은 날 너무 편하게 해줘. 그래서 계속 이 샵에 오는 거야.
진 주	감사합니다.
이 영	너무 궁금해서 그래. 난 우리 아들이 편안함보단 실력을 중요하게 여긴다구 생각했거든. (니가 감히 내 아들하고 직원을 엮니) 근데 진주 쌤이 아니라니까. 진주 쌤이 괜한 말할 사람두 아니구. 내가 확인해 보려구.
진 주	(그 말이 걸렸었구나.)

씬38. 산부인과 앞

혜준, 해효, 진우와 나오는.

해 효	점심 같이 먹자.
혜 준	민재 누나 오기루 했어. 니네 둘이 먹어.
해 효	민재 누나랑 어디 가?
혜 준	누나 내 매니저 하기루 했어.
해 효	누나가 뭘 안다구 매니절 해?
혜 준	매니저 하는 데 지장 없을 정도론 알아.
해 효	우리 회사에 얘기해 볼게.
혜 준	니네 회사 전에 나 거절했잖아. 나두 거절해.

민재 차 와서 선다. 민재, 창문 열고 인사. 해효, 진우, 민재에게 인사하고.

혜 준	(해효에게) 넌 리딩 때나 보겠다! (진우에게) 넌 당분간 내 옆에 오지 마 자식아! (하고 민재 차를 타려는데.)

민 재	뒤에 타!
혜 준	(시키는 대로. 뒤에 타는)

민재 차 떠나고.

해 효	걱정된다 쟤. 요즘 나랑 의논두 안 하구.
진 우	원래 가장 중요한 건 지 혼자 결정하잖아.
해 효	민재 누나 경리랑 마케팅 같이 했던 사람이야. 매니지먼틀 어떻게 알아?
진 우	돈 알구 홍보 알면 다 아는 거네.
해 효	그런가! 좋게 생각하자. 어쨌든 같이 영화하니까 좋아.
진 우	주인공은 누구야?
해 효	박도하!
진 우	우와!! 안될 수가 없는 영화구나. 최세훈 감독에 박도하에!
해 효	뚜껑 열어봐야 알어.
진 우	그치 우리두 밥뚜껑 열러 가자! 곱창 사줘.
해 효	내가 왜?
진 우	내가 너한테 어떤 선물을 했는지 잊었냐?
해 효	어떻게 잊어? 아 욱신거려!
진 우	(중얼거리는) 까탈스럽긴! 아무렇지두 않구만! 남매가 똑같아 그냥!
해 효	뭐라구?
진 우	스테이크 사달라구! 스테이크 스테이크!

씬39. 도로/ 민재 차 안/ 도로 가/ 민재 차 안 (낮)

민재, 운전하고 있고. 혜준, 뒷좌석에 있고. 음료수와 샌드위치 좌석에 놓여있다.

민 재	샌드위치 먹어. 오늘 하루 스케줄 빡빡하다. 샵 갔다가 기자 만난 후에 오디션 두 개 있어. 샵은 전에 니가 말한 데루 예약했어.
혜 준	샵은 왜 가? (샌드위치 먹으며)
민 재	얼굴천재란 말 들어봤어? 연기천재까진 몰라두 얼굴천재 소린 듣게 해줄려구!
혜 준	영환 재벌 3세역이니까 드라만 가난한 역 따면 좋겠어.
민 재	드라만 당분간 가난한 역만 맡게 될 거야.
혜 준	왜?
민 재	드라만 주인공이 거의 부자야. 영화 거의 가난하지만. 그래서 니가 이 영화에서 재벌 3세인 거야. 다음 주 리딩인데 대본 다 외웠어?
혜 준	씹어먹었지! 근데 기잔 왜 만나?
민 재	기자두 사람이잖아. 감정이 작용 안 하겠니! 불가근불가원해야 되지만. 미리미리! 차근차근! 쌓아놓는 거야.
혜 준	누나 아주 일 잘하시네! 누가 누나 보러 매니저 처음 한다 그러겠어! 근데 왜 뒤에 타란 거야?
민 재	질문 많으시네 우리 사 배우님! 지금은 아무도 널 스타라구 하지 않지만 나한텐 스타야.
혜 준	....
민 재	스타는 그런 거야. 하늘처럼 우러러보는 거! 특권 의식이 몸에 뱄음 좋겠어. 도도하구. 지금부터 익숙하게 만들어 본투비 스타처럼 만들려구.
혜 준	차 좀 세워봐.
민 재	왜?
혜 준	세워보세요.
민 재	(차 세우는)
혜 준	(내리고 조수석으로 타는)
민 재	뭐야 너?
혜 준	일단 가!

혜준, 민재와 서 있다.

혜 준   내가 이루구 싶은 꿈에 누나가 함께 하는 거야.

민 재   알아.

혜 준   내 가치관과 누나 가치관이 충돌하면 누나가 나한테 따라와야 돼.

민 재   상황에 따라 다를 수 있지.

혜 준   상황에 따라 다른 건 가치관이 아냐. 난 소박한 스타가 되는 게 좋아. 운전 나두 잘해. 누나가 꼭 운전할 필요 없어.

민 재   너 이런 점 좋아. 어쩜 내가 너의 이런 점에 반해서 니 매니저 한다구 한 걸 수두 있어. 근데 혜준아 세상이 어떤지 알아? 이태수 사장 너 나가구 회사 접었어.

혜 준   망했어?

민 재   아니 완전 잘됐어. 에이준에 회사 팔구 돈 받구 거기 이사루 들어갔어.

혜 준   ....

민 재   인과응보 같은 건 없어.

혜 준   (보는) 난 내가 지키구 싶은 걸 지키면서 할 거야.

민 재   아 너 그 멜로눈깔 좀 어떻게 할래? 그런 눈깔루 보면서 말하는데 내가 어떻게 거역하겠습니까!

혜 준   (피식)

민 재   좋아. 가치관은 존중해. 대신 비지니슨 내 말을 존중해 줘야 돼. 모든 피셜은 내 입을 통해 나간다!

혜 준   (보며) 좋아.

민 재   내가 저 눈깔을 전파시켜야 되는데!!! 정말 임무가 막중하다. 가자! 일단 얼굴에 색칠하러!

씬41. 청담동 헤어샵 메이크업실

이영, 거울 보고 있다. 옆에 정하. 이영, 머리 세팅까지 다 하고 와서 마무리 짓는 거. 정하, 보고 마무리했던 메이크업 살짝 보정해 준다.

정 하	다 됐습니다.
이 영	(일어나는)
정 하	드릴 말씀 있어요.
이 영	얘기해요. (소파로 가는)
정 하	(따라가는)
이 영	(앉는)
정 하	저희 샵 안엔 위계질서라는 게 있어요. 한 번은 예외라구 할 수 있지만 두 번은 아니라구 생각합니다.
이 영	해효는 예외지만 난 안 된다?
정 하	저는 아직 어시스트예요. 남자 메이크업과 여자 메이크업은 섬세함에 차이가 있어요. 열심히 공부해서 객관적으루 진주 쌤을 넘으면 그때 선택해 주세요.
이 영	해효가 왜 좋아하는지 알겠어. 주제 파악을 참 잘하는구나. 주제 파악을 잘한다는 건 똑똑하단 건데. 맘에 들어.

씬42. 경준 은행 대출 외환 영업부 (낮)

분주해 보이는 은행 안. 창구가 쭉 보이고 창구 칸막이에는 '기업고객'과 '가계대출'이라는 팻말이 붙어있다. 경준, 기업고객 팻말 창구에 앉아서 고객 응대하고 있다.

경 준	(서류를 체크하고 있다.) 초저금리 소상공인 대출에 필요한 서류는 사업장 임대차계약서 사본.. 면세사업자 수입금액 증명서... 매출자료.. 이게 끝이에요? 제일 중요한 신용보증 서류가 빠졌는데요.

고 객	해오란 대루 다 했는데. 잘 찾아봐요.
경 준	(서류 보여주며) 세면서 체크하는 거 보셨잖아요.
고 객	못 봤어요.
경 준	그럼 이거 보세요! (다시 세려고 서류 보여주면서) 사업장 임대차 계약서 사본
고 객	(기막힌) 내가 유치원생이에요?
경 준	아니 못 보셨다구 하셔서!
고 객	(점점 성질나는) 뭐가 빠졌다구요?
경 준	신용보증 서류요!
고 객	(톤 높아지며) 그걸 왜 인제 말해? 전화루 물어봤을 땐 그런 서류 얘기 없었다구요! 못 들었다구요!
경 준	(최대한 침착하게. 근데 그게 얄미운) 그땐 제가 전화 응대 안 한 거 같구요. 다른 직원 분두 말씀 안 드렸을 리가 없어요. 이 서류가 준비할 서류 중에 티오피거든요.

소리치는 고객 때문에 안에 있던 사람들 모두 주목하고.

고 객	그럼 내가 거짓말 했단 거예요? 아니 지금 이게 이렇게 길어질 얘기야? 티오피! 왜 영어까지 쓰구 지랄이야!
경 준	그러니까요. 왜 영어까지 쓰구 그랬을까요. 이 모든 게 고객님께서 서류를
차 장	(끼어들며 O.L. 정중하게) 죄송합니다. 불편 끼쳐드려서. 안내를 하는 과정에서 혼선이 있었나 봅니다.

점프 시간 경과

경준 자리엔 '잠시만 기다려주세요'란 팻말 창구 앞에 놓여있다.
경준, 차장(여, 39세) 앞에 서 있다.

차 장	사 주임은 여기 고객이야? 직원이야?

경 준	직원입니다.
차 장	주제 파악은 잘하는데 눈치가 없는 거구나. 입사한 지 3개월이나 됐는데 고객응대 하나 융통성 있게 못해?
경 준	저런 상황에선 융통성보단 원칙이 필요하다구 생각합니다.
차 장	아유! 오제티 때 알아봤어! 간족간족! 왜 우리 팀루 발령난 거야?
경 준	차장님 저 앞에 있는데요!
차 장	알아. 혼잣말이야. 왜 들리는 거지?
경 준	들으라구 말씀하시기엔 모욕성이 강한 말이라 혼잣말을 핑계루 하구 싶은 말씀을 하신 건 아닐까요?
차 장	아아 캐릭터 알겠다! 딱 고문관이네!
경 준	(군대 얘기 나오니까 신나서) 고문관 아닙니다. 제가 육군 30사단 훈련소 조교 출신이거든요. 제 별명이 '깐돌이'라구. 까구 까구 또 깐다구!
차 장	(O.L) 알았다잖아!
경 준	오해하심 안되는 게. 폭력을 쓴다는 게 아니라 잔소리가 좀
차 장	(O.L) 깐돌아! 가! 다시 불려올 짓 하지 마!
경 준	죄송합니다.

씬43. 청담동 헤어샵 메이크업실 (낮)

정하, 혜준의 메이크업 베이스 하고 있다. 소파에 앉아서 아이스 커피 마시면서 잡지 보고 있는 민재. 서로 말은 안하지만 긴장감이 흐른다. 진주, 정하 쪽은 아예 없는 취급하면서 손님에게 메이크업 마무리한다.

진 주	어떠세요?
손 님	좋아요! 근데 안 좋은 일 있었어요? 표정이 안 좋아. (일어나 헤어 쪽으로 가면서)
진 주	(따라가며) 그랬어요? 제가 감정을 숨기지 못하는 편이라. 너무 솔

직하구 가식 없어서 맨날 당하잖아요. (정하에게 싸늘하게 일별하
고 헤어 쪽으로 간다.)

혜 준　가셨냐?

정 하　어.

혜 준　(이제 편하게) 잠깐만!

정 하　(손 떼는)

민 재　(오며) 숨 막혔어. 솔직하구 가식 없는데 왜 당하구 살아? 내 평생
에 당하구 산단 사람치구 당하구 사는 사람 못 봤다!

정 하　마실 거 더 드려요?

민 재　괜찮아요. 화장실 어디예요?

정 하　밖으로 나가서 오른쪽에 있어요.

민 재　우리 혜준이 예쁘게 해주세요. (나가는)

혜 준　진주 쌤한테 혼났어?

정 하　잘못한 건 사실이잖아. 전화 안 받은 것두 잘못했구.

혜 준　(정하 흉내) 반성하는 사람 좋아해.

정 하　(미소) 칫!

혜 준　내가 도와줄 거 없어?

정 하　내 싸움이야. 끼어들지 마. (하면서 메이크업 다음 스텝으로. 브러
시 사용해서 혜준의 얼굴에 음영 만들어주는. 평안한.)

씬44. 청담동 헤어샵 안내데스크 (낮)

진주, 손님을 배웅하러 나오는데. 서로 인사하고. 해효, 들어온다.
진주, 해효 보고. 해효, 진주 보고 목례. 진주, 목례.

해 효　안정하 씨 출장두 가능한가요?

진 주　(그걸 왜 나한테 물어.)

씬45. 청담동 헤어샵 메이크업실 (낮)

혜준, 메이크업이 다 끝난 자신의 얼굴을 본다. 정하, 자신이 해놓고 만족스럽다.

혜 준   맘에 들어?

정 하   내가 해야 될 질문 같은데. 맘에 들어?

혜 준   니가 해주면 다 맘에 들어.

정 하   오늘 왜케 인심이 좋아? 불쌍해 보였나?

혜 준   (일어나며. 감정 신지 않고. 툭) 너 내 앞에서만 술 마셔!

정 하   왜?

혜 준   너무 귀여워!

정 하   식상해! 너무 많이 들어 그 말.

혜 준   (너 또) 정하야!

정 하   인정! 많이 듣진 않아. 예쁘단 말을 훨씬 많이 듣지. 됐니?

혜 준   됐다!

해효, 정하와 혜준 본다. 혜준이 여기 와 있었구나. 혜준, 해효 본다.

혜 준   어? 넌 리딩 날 보쟀더니 그샐 못 참구

해 효   (O.L) 너야 말루 민재 누나랑 갈 데가 여기였냐?

혜 준   지금 민재 누나 아바타루 살구 있어. 가라는 데 가구 오라는 데 오구!

정 하   (해효에게) 이쪽으루 앉으시죠 고객님!

해 효   이번 영화 들어가는데 니가 메이크업 전담해 줬음 좋겠어.

정 하   나 그런 거 처음인데.

해 효   샵에선 출장 가능하대.

혜 준   잘됐다. 나두 그 영화 출연하는데 잘하면 부딪치겠다!

정 하   부딪치면 니 메이크업두 해줄게.

혜 준   그건 아니다. 해효 일루 오는 거잖아.

해 효   (혜준 어깨에 손 두르며) 내가 나 혼자만 할려구 정하 섭외했겠냐!
         근데 우리 매니전 왜 코빼기두 안 비추는 거니?

씬46. 퓨전레스토랑 홀 (낮)

         이영, 들어온다. 해효 매니저랑 같이 들어온다. 윤 기자, 앉아 있다.
         태블릿 PC 보고 있다.

이 영   (윤 기자 보고) 벌써 와있네!
매니저   그러게요!
이 영   룸으루 예약하지 그랬어?
매니저   예약이 꽉 차서.
이 영   다음부턴 룸으루 해. (윤 기자한테 가서. 환하게) 안녕하세요? 저
         안 늦었어요. 윤 기자님이 빨리 오신 거예요. (앉으며)
윤기자   빨리 나왔어요. 다음 약속두 있구 해서.
이 영   바쁘시구나. 시간 내주셔서 감사해요. 우리 해효 이번에 최세훈 감
         독님 영화 들어가게 돼서.. 좋아하는 분들하구 밥 같이 먹구 싶었
         어요.
김기자   (들어오는) 제가 늦은 거 아니죠?
이 영   아니에요. 윤 기자님이 젤 먼저 오셨어요. 우리 맛있는 거 먹어요.
         양 적으면서 비싼 거! 제가 쏠게요.

씬47. 청담동 헤어샵 재료 보관실 (저녁)

         진주, 클렌징크림 갖고 나가려고. 어디 있나 찾고 있다. 정하, 들어
         온다.

정 하   제가 할게요. (하면서 클렌징크림을 집는다.)

진 주	(정하 보는) 이렇게 싫기두 오랜만이야!
정 하	자꾸 꼬이니까 제가 뭘 해야 될지 모르겠어요.
진 주	꼬이는 건 푸는 거보다 잘라버리는 게 쉬워.

진주, 정리되어 있는 재료들 쓰러뜨린다. 떨어지는. 정하, 예상치 못한 행동에 놀라고.

진 주	왜 안 관둬?
정 하	누구 때문에 관두는 일은 안 해요.
진 주	둘 중에 한 사람 남아야 한다면 그건 나야!

씬48. 강남 고깃집 (밤)

혜준, 서빙하고 있다. 사장, 자신의 일 하고 있고.

혜 준	(N) 우리 세대엔 수저계급론이 있다. 부모가 자식을 뒷받침해 줄 수 있는 돈을 기준으로 금수저 흙수저로 나눈다. 그 기준에 의하면 난 흙수저다. (씬 49까지)

씬49. 강남 고깃집 락커룸

혜준, 옷 갈아입고 있다.

혜 준	(N) 처음부터 난 그 이론을 극혐했다.

사장, 들어온다.

사 장	어떻게 생각은 해봤어?

혜 준	낼 영화 대본 리딩 가요.
사 장	결국 거절이야?
혜 준	알바는 계속 할게요. 할 수 있을 때까진.
사 장	알았다. 니 나이 때 지 고집대루 안 해보면 그게 무슨 청춘이냐!

씬50. 영화사 로비/ 엘리베이터 앞/ 엘리베이터 안 (낮)

혜준, 민재와 함께 온다. 엘리베이터 버튼 누른다. 엘리베이터 내려
오고 있다. 로비 중앙에서 웅성거리는 소리 들리며 도하 오고 있다.
매니저들과 경호원에 둘러싸여. 거기에 태수도 있다. 혜준, 보고 있
다. 민재도 보고 있다.

혜 준	박도하가 왜 여길 와?
민 재	주인공이잖아. 몰랐어?
혜 준	몰랐어. 내 역만 파기 바빠서.
민 재	근데 이 대표가 왜 같이 오니?
혜 준	박도하 에이준이잖아 매니지먼트!
민 재	아하!
태 수	아이구 두 사람 여기 웬일이야?
민 재	웬일이긴요 리딩하러 왔죠!

엘리베이터 문 열린다.

민 재	(혜준에게) 타시죠!
혜 준	(타는)
태 수	꼴값들 하네. 타시죠!
도 하	다음 꺼 타죠!
민 재	좋은 생각이에요. (하면서 엘리베이터 닫힘 버튼 누르는데)
도 하	(태수에게) 잡아요.

| 태 수 | (엘리베이터 잡는. 엘리베이터 다시 열리는) |

씬51. 엘리베이터 안

혜준, 민재, 태수, 도하 있다.

태 수	(혜준에게) 너 나 떠날 땐 꽃길 펼쳐있을 줄 알았지?
혜 준	(민재 본다.)
민 재	꽃길이 펼쳐졌으니까 최 감독님 영화에 캐스팅됐죠. 대표님하구 있었음 알바비두 못 받구 쭈구리루 있었을 텐데.
태 수	(알바비에 찔려) 민재 씨가 왜 나서? 혜준인 입 없어?
민 재	사 배우님 오피셜은 매니저인 제가 합니다.
태 수	매니저?
도 하	좀 조용히 갑시다!
태 수	(나긋하게) 네 도하 씨!

씬52. 대본 리딩 회의실 앞

민재, 태수와 걸어오고 있다. 그 뒤에 혜준과 도하다.

태 수	이민재 씬 진짜 시집가기 틀렸네!
민 재	여기 시집이 왜 나오나 서점두 아닌데.
태 수	혜준이가 될 거 같냐? 내가 몇 년을 데리구 있어두 못 뜬 애야.
민 재	신경 끄세요.
태 수	이번에 많이 기대하구 있지! 깨! 비씨에 갤두 없잖아. 팬덤이 권력이야. 권력이 인기야.
민 재	비씨갤 뭐! 누군 첨부터 비씨갤 있었나? 비씨갤 부심 엄청 쎄다! 요즘 화력 안 쎄!

그 뒤에 혜준과 도하. 걸으면서.

도 하   너 여기 캐스팅됐냐?

혜 준   니가 주인공이냐? 요즘 인터넷 딱 끊구 살았더니 몰랐네.

도 하   어차피 쩌리루 나올 거잖아. 붙을 일 없잖아.

혜 준   내가 무슨 역인지 알면 너 놀랄 거 같다. 첨에 너보구 움찔했다가
          배역 생각하니까 기분 좋아!

도 하   너 무슨 역인데?

씬53. 도로. 리무진 안 (낮)/ 대형 창고 앞 (촬영 중)

혜준, 뒷좌석에 타고 있다. 명품 슈트 차림. 건방지고 오만방자한.
매력적인. 재벌 3세역이다. 우아하게 와인 마시면서. 앞엔 수행비서
와 운전기사.

혜 준   (N) 수저계급론엔 정신이 없다. 내가 부모로부터 받았던 정서적 안
          정감, 정직, 순수함. 이런 가치가 없다. 부모가 받는 고통을 보면서
          다짐했던 성취동기도 없다.

혜준의 차, 도로를 달리다 국도로 들어서고 한적한 대형 창고 앞에
가서 멈춘다. 기다리고 있는 깡패들. 각목 들고 서 있고. 혜준 내
린다.

씬54. 대형 창고 안 (촬영 중)

도하, 의자에 묶여있다. 눈가리개 한 채로. 깡패들 있고. 문 열리고,
혜준 들어온다. 직원. 깡패들. 호위하고. 혜준, 도하에게 걸어오고
있다. 혜준, 손으로 눈가리개 풀어주라는 제스처. 깡패, 도하의 눈가

리개 풀어준다.

혜 준   (N) 내 앞에 있는 놈은 얼마 전 내 꿈이었다. 다시 만났다. 그때와
          다르다 나는.

도 하   너였어? 야 이 개새끼야!!!!

혜준에게 각목 주는 직원. 혜준 각목 받고, 골프채로 스윙하는 것처
럼 스윙한다. 그러곤 도하를 때리려고 온다. 각목을 들어 치려. 각
목을 던진다.

혜 준   내가 깡패냐? 각목으루 사람을 패게!
도 하   야 너 그거 아니잖아!

NG.. 대사와 상황 다르다. 웅성웅성.

혜 준   죄송합니다. 갑자기 이렇게 됐어요.
도 하   아 성질나! 초짜랑 할려니까!
세 훈   (모니터 보다가 나와서) 그거 괜찮다. 혜준아.
혜 준   (보는)
도 하   감독니임!! 재가 살잖아요. 제가 주인공이에요.
세 훈   재가 살아야 니가 더 잘 사는 거야. (혜준에게) 너 그담에 어떻게 할
          라 그랬어?
혜 준   묶은 거 풀어주구 죽신하게 손으루 패는 게. 제 캐릭터가 더 못돼
          보일 거 같아요.
세 훈   그럼 무술 합 맞춰보자! (스탭에게 지시) 풀어줘 봐!

스탭들 도하 풀어주는.

혜 준   (N) 오늘 알았다. 내가 왜 간절히 배우가 되구 싶어 했는지.

세 훈   (혜준에게) 한번 쳐봐!

혜준, 실제로 때리지는 않고 어떻게 때릴 건가를 보여주는. 도하, 닿지는 않아도 겁내는.

혜 준   (N) 배우에게 수저는 밥 먹을 때 쓰는 도구일 뿐이다.

혜준, 의기양양하면서.

(끝)

5부

씬1. 청담동 헤어샵 앞/ 해효 밴 (낮)

정하, 서 있다. 큰 가방 들고. 해효의 밴이 와서 선다. 매니저 운전하고 있고. 밴 문 열리고. 정하 그 시선으로. 해효 앉아 있다. 들어오라는 손짓.

씬2. 도로/ 해효 밴 안

정하, 있고. 해효 옆좌석에 있다. 해효, 음료수 준다. 해효, 가슴 부분에 머리카락 묻어있다.

해 효	마실래?
정 하	아니. 좀 긴장 돼.
해 효	니가 왜 긴장 돼? 리딩하는 사람은 난데.
정 하	너무 일찍 왔어 내가 꿈꾸던 게.
해 효	(알아듣게 말해.) ......
정 하	내 목표는 안정하라는 브랜드를 갖는 거야.
해 효	목표가 아주 야무지다.
정 하	야무져야지 그 언저리라두 가지 않겠니!
해 효	근데 그게 긴장되는 거랑 무슨 관계가 있어?
정 하	다들 처음엔 이름이 없으니까 셀럽들 메이크업 하면서 얹혀가야 되

잖아.

해 효	내가 셀럽이냐?
정 하	아직 쫌 모자라지만 나보단 넘치니까. 고마워. 이 일 하게 해줘서.
해 효	(진심어린 감사에 뭉클) 고마우면 잘해라!

정하, 손이 해효의 가슴 쪽으로 가고. 해효, 왜 이러나 약간 긴장.
정하, 해효 가슴에 있는 머리카락 뗀다.

정 하	아까부터 걸렸어. (미소) 잘해줄게.
해 효	(심쿵. 숨기려 괜히 말 많아지는) 잘해줘야지! 생각해 보니까 니가 나한테 고마운 게 또 있어. 혜준이 팬인 거! 내가 지금까지 그 비밀을 지켜주느라
정 하	(O.L) 지켜주지 마 이제 그건. 우리 다 풀었어.
해 효	(철렁. 왜 철렁할까.) 우리?
정 하	어 혜준이랑 나랑. 그러니까 고마운 거는 하나야.
해 효	계산 잘한다!
정 하	잘해야 빚을 안 지잖아. 마음의 빚이 젤 싫어. (음료수 가리키며) 나 저거 마심 안 돼?
해 효	왜 안 되겠니! (주는)

씬3. 영화사 남자 화장실 안

혜준, 손 씻고 있다. 태수, 들어오는. 서로 보고. 혜준, 아무렇지도 않은 듯 다 씻고.

태 수	너 나하구 같이 있었음 에이준으루 옮길 때 내가 너 데려갔어.
혜 준	(휴지로 물기 닦는)
태 수	건물 샀어. (웃는)
혜 준	(나가는)

태 수	(막는) 넌 축하한단 인사 안 하냐?
혜 준	(감정 싣지 않고) 축하합니다. 좀 비켜주시겠어요?
태 수	(어이없는) 그래! 그렇게 잘난 척할 수 있을 때 잘난 척해! (하면서 가슴을 툭 치고 또 치려는데)
혜 준	(잡아서 비트는)
태 수	(빼려고 하는데 힘으로 안 된다.)
혜 준	전 대표님 잊은 지 오래예요. (놓는다.)
태 수	(아픈) 아아... 야 이제 너 하나쯤 날려버릴 수 있어!
혜 준	그러시던가! (나간다.)

씬4. 영화사 회의실 복도

정하, 해효와 오고 있다. 매니저도 함께. 정하 시선으로, 화장실에서 나와서 오는 혜준 발견한다.

정 하	(반색) 혜준이다!
해 효	(보는)
혜 준	(정하와 해효 본다. 다정한 모습에)
정 하	(빠르게 오는) 언제 왔어?
혜 준	한 20분 전에.
정 하	민재 언니랑 같이 온 거야?
혜 준	어. 대본 리딩까지 온 거야?
정 하	캐릭털 확실히 알아야 메이크업두 맞춰 할 거 아냐?
혜 준	(장난) 그걸 꼭 대본 리딩까지 와서 봐야 아나?
정 하	(O.L) 봐야 안다.
해 효	(E) 넌 난 안 보이냐?
혜 준	(그제야 보는) 보여.
해 효	애한테 너무 다정하다. 나한테 언제 그랬어? 기억은 나냐?
정 하	질투해? 둘이 사겨?

| 혜준해효 | (동시에) 미쳤냐? |
| 혜준해효 | (동시에) 찌찌뽕! |

웃는 세 사람.

타이틀 오른다.

씬5. 여의도 오피스텔 안 (낮)

경준, 부동산 중개인과 함께 안을 살피고 있다. 원룸. 7평 정도. 화
장실도 보고.

부동산	여의도에서 이렇게 싼 물건은 구하기 어려워요. 오백에 사십오면 거저예요.
경 준	거기에 관리비두 있잖아. 바닥에 보일러 안 들어오죠!
부동산	물건은 딱 지 값 갖구 있는 거예요.
경 준	이거 전에 본 거 오백에 구십이라구 했죠!

씬6. 혜준 집 주방/ 거실

영남, 믹스커피 타는 중이다. 애숙, 나갈 채비 끝내고 들어온다. 잘
꾸며서 부티 나 보인다.

애 숙	커피 나두 마실래.
영 남	옷 이쁘네. 그 집 갈 땐 유난히 차려입는다.
애 숙	(앉으며) 난 항상 잘 차려입구 다녀.
영 남	남이 입던 옷 얻어 입으면서 좋냐?
애 숙	내 돈으론 이런 고급 옷 못 사 입는데 얻어 입을 수 있어서 얼마나

좋아? 옷에 왜 감정을 집어넣어? 형제 많은 집에선 옷 다 물려 입구 자랐어.

영 남	(커피 주며) 형제랑 남이 같아?
애 숙	형제보다 남이 더 나을 때두 많지. 당신 동생 연락 없잖아. 공부시켜 주구 장가까지 보내놨더니
영 남	(O.L) 지만 잘살면 되지 뭐. 뭘 바라냐 동생한테?
애 숙	아버님한테두 그런 마음을 가져봐.
영 남	아버지한텐 그런 마음 자체가 안 들어.

씬7. 혜준 집 혜준 방

민기, 나가려다 소리 듣고.

| 민 기 | 내 얘기하네! (문 닫는) 아 진짜 이 집은 다 들려 다! 안 듣구 싶어. |
| 경 준 | (E. 방 밖에서) 다녀왔습니다. |

씬8. 혜준 집 주방

영남, 커피에 설탕 잔뜩 넣고 있고. 애숙 커피 마시고 있고.

애 숙	(설탕 넣는 거 말리며) 블랙으루 마셔야 된다구!
영 남	써서 싫다구!
애 숙	건강에 좋다구. 블랙으루 마시는 게! 커피메이커두 사다놨더니 꼭 이러더라.
영 남	(마시며) 믹스커피가 젤 좋아. 왜 못 마시게 하냐?
경 준	(들어오며) 좋아하는 거 못 마시는 스트레스가 더 안 좋아 건강에.
영 남	역시 내 아들!
애 숙	토요일인데 아침부터 어딜 갔다 와?

경 준	(앉는) 집 좀 알아보구 왔어.
영 남	(그 얘기 왜 하니 지금) 커피 마실래? (커피 주려고 일어나고)
애 숙	무슨 집?
경 준	엄마 어디 가?
애 숙	해효네 일하러.
경 준	이제 그 일 관둬. 내가 한 달에 얼마씩 줄게.
애 숙	니 월급이 얼마나 된다구 거기서 날 줘?
경 준	아들이 번듯한 직장 들어갔잖아. 엄마가 남의 집 일하는 거 안 좋아 보여.
애 숙	다들 넓게 보면 남의 집 일하구 사는 거야. 남이 회사냐 개인이냐/ 규모가 크냐 적냐/ 대우가 좋냐 나쁘냐/ 그런 차이가 있는 거뿐이야.
경 준	혜준이 생각은 안 해? 나 같음 디게 싫었을 텐데. 의외루 걘 그런 덴 무덤덤해.
애 숙	자존감이 높으니까!
경 준	뱉이 없는 거겠지! 나 봐! 직장 들어가서 엄마 위해 턱 쓰겠다는 거잖아.
애 숙	(O.L) 날 위할려면 월급 착실하게 모아서 결혼 준비해.
경 준	결혼은 혼자 해! 회사 근처 오피스텔루 독립할 거야.
경 준	(영남, 얘기 맥 끊으려고. 커피 준다.) 나 안 마셔.
영 남	(경준에게) 근데 왜 얘길 안 했어?
애 숙	지금 커피가 중요해?
경 준	아빠 괜찮아. 어차피 엄마두 알아야 되잖아.
영 남	나갈 때 말하라니까. 벌써 말하면 분란만 일어난다니까.
애 숙	(황당) 당신두 아는 일이야?
경 준	아빠는 허락했어.
영 남	(애숙 눈치 보며) 여의도까지 거리는 가깝지만 교통이 안 좋잖아. 두 번 갈아타야 되잖아.
애 숙	서울 시내 그 정도 안 갈아타는 데가 얼마나 돼! 월세 얼만데?
경 준	오백에 구십!

애 숙	하이! 구십! 한 달에 구십! 월급 삼백오십에서 월세 빼구 관리비 빼
	구 생활비 빼면 얼마 남아? 오늘만 살구 말래? 내일은 없어?
경 준	오늘이래두 잘 살래. 당장 내일 죽을 수두 있어 교통사고 나면
애 숙	(등짝을 때리는) 어디서 죽는단 얘길 해?
경 준	아아퍼! 이를테면 그렇다구!
애 숙	자기야... 얘 아버님 닮았어.
민 기	(E) 나 닮았네.

씬9. 혜준 집 혜준 방

민기, 스트레칭하고 있다.

| 민 기 | 쟤 진짜 날 닮았어. 저런 건 나 닮으면 안 되는데. |
| 영 남 | (E) 얘가 왜 아버질 닮아? |

씬10. 혜준 집 주방

애숙, 경준, 영남 있다.

애 숙	너 돈 얼마나 모아놨어?
경 준	뭘 모아? 취직한 지 얼마 안 됐는데.
애 숙	대학 때 알바했잖아. 그 돈 다 썼어? 등록금은 우리가 다 냈어.
영 남	부모가 등록금 내는 게 당연하지 무슨 생색이야?
애 숙	(이제야 깨달은) 얘가 어릴 때부터 그랬네 그러구 보니까. 혜준이
	보믄 있는 돈 갖구 규모 있게 살잖아. 얜 아냐. 지가 버는 돈보다 훨
	씬 더 써. 충동 구매두 많이 하구.
영 남	...그런가?
애 숙	허영심 허세 이거 우리 중에 누가 있니?

영 남	독립해서 혼자 편하게 스트레스 없이 살구 싶다잖아.
애 숙	(O.L) 것두 아버님이네. 아버님이 젊으셨을 때 가족은 나몰라라 하시구
경 준	(O.L) 왜 자꾸 할아버지 닮았대에!! 아빠?
애 숙	안 돼. 절대 안 돼.
경 준	나 성인이야. 그냥 나가두 되지만 좋게 나가려구 이러는 거야.
애 숙	가족회의루 결정해!
경 준	여기서 왜 가족이 나와? 내 돈으루 내가 나가겠다잖아.
애 숙	그럼 그냥 나가. (일어나는)
경 준	말하다 어디 가?
애 숙	일하러 가야지. 애초에 자식 덕 볼 생각 안 했어. 자식이라구 취직해 갖구 이제 한시름 놨더니. 하는 꼬라지 보니까 말년까지 니들 뒤치다꺼리해야 될 거 같아. (가는)
경 준	엄마 진짜 왜 그러냐 진짜. 아빤 편을 들어줄라면 확실히 들어줘야지.
영 남	확실하게 들었잖아. 근데 니가 일 나가지 말라면 느이 엄마 좋아할 거라더니 안 좋아하잖아.
경 준	뭐가 있는 거 같아?
영 남	뭐가?

인서트. 경준 방

애숙, 〈진주 귀고리 소녀〉 책을 갖고 들어와 책꽂이에 꽂는다.

경 준	그 책 진짜 열심히 읽는다.
애 숙	볼 때마다 좋아.

씬11. 혜준 집 안방

경준, 〈진주 귀고리 소녀〉 책을 영남에게 내민다. 영남 받는다.

영 남   이 책 내용이 뭔데?

경 준   정신적 불륜! 망한 집안 소녀가 귀족 집에 가사도우미루 들어가. 거기서 주인 남자랑

인서트. 해효 집 안방 파우더룸 (경준의 상상) (낮)

애숙, 〈진주 귀고리 소녀〉에 나오는 소녀처럼 차려입고 거울 보고 있다. 그 뒤에 앉아 있는 사람은 흐릿한 실루엣.

영 남   이 새끼가 진짜! 이쁘다 이쁘다 하니까.

경 준   아니 그렇다구 왜 활 내?

영 남   말이 되냐 그게 지금?

경 준   말이 안 되지. 그치만 합리적 의심이란 게 있잖아. 엄마 행동이 이런 이상한 상상을 하게 될 만큼 이상하단 거지.

영 남   뭐가 이상해? 해효네 집 10년 다녔어. 정두 들구

경 준   (O.L) 정이 들게 왜 10년씩이나 다니냐구? 아빠가 생각해두 이상하지 않아? 힘들다구 관둔 적두 있잖아. 근데 다시 다니잖아. 특별한 이유가 있어 엄마가 그 집 다니는 데는.

씬12. 해효 집 앞 (낮)

애숙, 걸어온다. 문 앞에 선다. 비밀번호 누르고 들어간다.

애 숙   (N) 내 직업은 남의 사생활에 깊숙이 들어간다. 알고 싶지 않은 일까지 알게 된다.

씬13. 해효 집 거실

이영, 노트북으로 서한대학교 법학전문대학원 최종합격자 조회하고 있다. 원해나. 합격자 명단에 있다. 이영, 기쁨의 제스처.

이 영	해나야?
해 나	(나오며) 왜?
이 영	너 합격했어.
해 나	알아. (외출복 차림으로 나오는)
이 영	어디 가?
해 나	놀러.
이 영	너 요새 누구랑 노니?
해 나	내가 노는 애들이야 엄마가 다 아는 애들이잖아.
이 영	넌 니 인생에 합격이란 기쁜 일이 생겼는데 엄마랑 축하할 생각 안 해? 가족과 함께! 세레모닝 해야지.
해 나	세레모닝 할게. 약속 잡아.
이 영	엄마가 니 비서야?
해 나	아쉬운 사람이 움직여야지. 난 세레모니 관심 없어.
이 영	관둬! 부모가 축하해 주지 않는 인생 첫걸음 해.
애 숙	(들어오는) 해나 있네!
해 나	아줌마! (가서 안기며) 저 로스쿨 붙었어요.
애 숙	축하해! 근데 될 줄 알았잖아. 그래두 축하한다.
해 나	(이영에게) 어떻게 해야 돼? 세레모니 준비? 엄마 비서 안 만들려면?
이 영	왜 맘이 변했어?
해 나	부모가 축하해 주지 않는 첫걸음 싫으니까.
이 영	넌 엄마 닮았어. 쓸데없는 자존심 안 세우구 실속 차리는 거.
해 나	메뉴 뭘루 해?
이 영	엄마가 예약할게. 니가 그렇게 순하게 나오믄 엄만 그 보상을 톡톡히 해준다.
해 나	확실히 단순해! 그게 매력이지만. (애숙에게) 나중에 봬요. (하더니

나가고)

이 영	지금 내가 당한 거야?
애 숙	자식한테 당하구 안 당하구가 어딨어요? 알구 속구 모르구 속는 거지.
이 영	(속소리 E) 또 가르친다. 아주 봇물이 터졌어.
이 영	커피 먼저 마실 거지!
애 숙	이따 마실게요. 집에서 마시구 왔어요. (하곤 옷 갈아입으러 세탁실로 간다.)

씬14. 몽타주 애숙 청소 씬

1.해효 집 세탁실. 애숙, 옷 갈아입고 입고 온 옷 정리하고. 청소할 준비한다.

| 애 숙 | (N) 처음부터 이 일이 좋았던 건 아니다. 이 일을 하면서 인간은 평등하다는 것을 알았다. 배웠다가 아니라 알았다. |

2. 해효 집 드레스룸. 애숙, 청소한다. 이영의 시계가 케이스에 담겨져 있지 않고 위에 올려져 있다. 시계를 만져도 그 자리에 딱 놓는다. 자로 잰 듯 신중하게. 애숙, 아무것도 움직이지 않은 것처럼 보이게끔 청소한다.

| 애 숙 | (N) 물건을 옮겼다가 전혀 손대지 않은 것처럼 정확하게 그 자리에 돌려놓는 것이 청소의 가장 중요한 원칙이다. |

씬15. 해효 집 주방

이영, 커피머신에서 커피 내려 마시고 있다. 애숙, 주방 청소하러 들어온다.

이 영	커피 줘?
애 숙	네 이제 주세요.
이 영	(애숙의 커피도 내린다.) 두어 달에 한 번 정돈 대청소해야 시원해. (애숙 믿지 못한다고 할까 봐) 자길 못 믿어서 아니라
애 숙	(O.L) 알아요. 청소가 그래요. 사람 몸에서 나는 먼지두 만만치 않아요. 사람을 왜 더 안 써요?
이 영	맘에 드 (속소리 E) 맘에 드는 사람 찾기 어렵다구 하면 기세등등 하겠지.
이 영	낯선 사람 드나들면서 받는 스트레스 생각함 좀 불편한 게 나아. (커피 준다.)
애 숙	(받으며) 첨엔 다 낯설죠! 그거 넘기면 익숙해지실 텐데.
이 영	(속소리 E) 그걸 못하겠다구요!
이 영	앉아서 마셔.
애 숙	아뇨! 일하는 사람이 고객하구 함께 앉을 순 없죠.
이 영	자긴 좀 다른 거 같아. 보통 내 쪽에서 선을 긋거든. 근데 자긴 자기 쪽에서 선을 긋는 거 같아.

씬16. 해효 집 거실 (회상) (낮)

애숙, 바닥 물걸레로 닦고 있다. 이영, 드레스룸에서 나온다. 외출 차림으로.

이 영	혹시 내 시계 못 봤어?
애 숙	어디다 뒀는데요?
이 영	매번 두는 데 뒀겠지.
애 숙	그럼 거기 있겠죠! (하곤 다시 청소)
이 영	어디루 갔어 암만 찾아두 없네. 만질 사람이 없어. 자기밖에. (의심

한다는 게 아니라 팩트를 말한 거. 듣는 사람에겐 널 수도 있다.)

애 숙   (뭐야 이건)

씬17. 해효 집 안방 파우더룸 (다른 날)

이영, 태블릿 PC 보고 있다. 5부 씬11 인서트 실루엣의 주인. 애숙,
거울을 다 닦았다.

애 숙   저 이번 달까지밖에 못 나와요.
이 영   (당황) 왜?
애 숙   이제 좀 쉬려구요.
이 영   갑자기 이럼 어떡해요?
애 숙   아직 20일 정도 남았으니까 좋은 분 구할 수 있을 거예요.

씬18. 해효 집 주방 (다른 날)

이영, 들어온다. 가사도우미, 설거지를 하고 있다. 고무장갑 끼고.

이 영   (컵을 꺼내 차 마시려다가. 잔에서 나는 냄새에) 날내 나는데요. 뜨
                  거운 물루 안 닦았죠?
가사도우미   집이 너무 넓어요. 2층까지 있어갖구.
이 영   (컵을 다시 개수대 안에 넣는다.)
가사도우미   (세제를 다시 짜서 컵을 씻는다.)
이 영   세제 너무 많이 쓰는 거 아니에요?
가사도우미   사모님! 제가 맘에 안 드세요?
이 영   일하세요! (나가는)

씬19. 해효 집 안방 파우더룸

이영, 가사도우미가 옮겨놓은 자신의 화장품과 소품들을 원래 자리로 되돌려 놓는다.

이 영   꼭 옮겨놓더라. 누가 정리해 달랬어?

핸드폰 E 발신자 '언니'

이 영   (받으며) 언니! 언니네 아줌만 왜 저런 아줌말 추천한 거야? 딴사람 없어? (없어. 몇 번째야. 니가 구해.) 내가 구하다 안 되니까 언니한테 말한 거잖아. (니 성격을 고쳐. 까다로워.) 내가 뭐가 까다로워? 먼저 아줌만 우리 집에서 5년 넘게 있었어. (그 아줌마 이 대표 집에 온다더라. 니가 못 해줘서 나간 거야.) 이 대표 집에 혜준 엄마가 다닌다구?

씬20. 한남동 유엔빌리지 이 대표집 앞 (해 질 녘)

이영, 애숙 기다리고 있다. 우연히 만난 척하려고. 동네 마실 차림으로. 애숙, 나온다. 핸드폰 E. 애숙, 받는. 이영, 애숙이 오는 방향으로 간다.

애 숙   (이영 못 보고 지나가려는데) 내일 경준이 군대 면회 가야 돼서 안 되는데.. 뭘 같이 가?
이 영   (뭐야.. 이러면 안 되는데. 애숙과 눈 맞추려 하다가) 어? 혜준 엄마!
애 숙   (보고) 어머! 웬일이세요?
이 영   동네 산책하구 있었어.
애 숙   걸어 다니는 거 싫어하잖아요.
이 영   오늘은 좋아. (갈 생각을 안 한다.)

애 숙	(기색 눈치 채고. 전화에 대고) 내가 다시 전화할게. (이영에게) 할 말 있어요?

씬21. 한남동 공터

애숙, 이영 앉아 있다.

이 영	혜준 엄마 의외루 사람이 좀 차갑다. 어떻게 연락두 한번 없어?
애 숙	(속소리 E) 일 끝났는데 왜 연락을 해요?
이 영	우리 집에 다시 와.
애 숙	죄송해요. 붙박이루 하는 거 안 하려구요. 여러 집 다니는 게 좋더라구요.
이 영	이제 애들 커서 붙박이 필요없어요 나두. 비는 시간 말해주면 맞춰볼게.
애 숙	....
이 영	내가 싫어? 그럼 더 이상 오란 얘긴 안 할게.
애 숙	싫지 않아요.
이 영	(속소리 E) 싫진 않지만 좋진 않냐구 묻구 싶다.
이 영	하루에 십만 원. 퇴근은 일 끝나면 알아서. 우리 집이 좀 크잖아. 그래서 시급 더 쳤어.
애 숙	.....
이 영	이런데두 안온다구 하면 나 싫어한다구 생각할 거야.
애 숙	아들 친구 엄마 집에서 가사도우밀 한다는 거 좀 힘든 선택이었어요.
이 영	일하는데 아들 친구 엄마 이런 게 무슨 상관이야?
애 숙	근데 우리 아들이 응원해 줬어요. 자존감이 높은 아이란 걸 그때 확인해서 너무 좋았어요.
이 영	나두 혜준이 좋은 앤 건 알아.
애 숙	해효네 집이 제 첫 직장이에요. 까다로운 고객님 덕에 일을 잘 배워서 가는 집마다 서로 와달래요.

이 영	(속소리 E) 언니하구 똑같은 말 하네. 내가 뭐가 까다로와?
이 영	자기 인기 좋단 말 들으려구 내가 온 거 아니거든.
애 숙	(속소리 E) 산책했다더니 날 보러 왔네.
애 숙	그래서 제 말은 해효네 집에 애착이 있단 거예요.
이 영	(O.L) 그래서 다시 오겠단 거야 말겠단 거야?
애 숙	저 만나러 온 거죠 오늘? 그렇게 제가 필요하다구 하면 갈게요.
이 영	(하아.. 대답하기 싫다. 어쩌지. 보는)

씬22. 영화사 건물 앞 (현재) (낮)

혜준, 해효, 정하 나오는. 카톡 E. '가족회의 8시. 경준이 집 나가는 일', 애숙. 카톡 E. '안건이라구 해야지. 경준 독립' 경준. 혜준, 메시지 보는. '혜준이 꼭 참석해' 애숙. 매니저가 운전하는 해효의 차 와서 서고. 그 뒤로 민재 차.

해 효	뭐야?
혜 준	저녁에 가족회의 있대.
해 효	나두 저녁에 가족모임 있어. 해나 로스쿨 합격 축하!
혜 준	어 잘됐다. 축하해! 입학하기 전에 같이 밥 먹자.
해 효	시간 맞으면! 일단 우리 밥 먹자. 뭐 먹을래?
혜 준	정하 넌?
정 하	같이 가자구? 아님 뭐 먹을 거냐구?
혜 준	너 빼놓구 가겠냐? 당근 메뉴 선정이지. 왜케 약해졌어?
해 효	니 팬이잖냐! 나랑 같이 있는 거 자체루 얼마나 좋겠냐.
혜 준	(O.L) 바루 탈덕했어 덕밍아웃하구. 태세 전환 진짜 빠르더라.
정 하	내가 좀 빨라. 입덕 휴덕 탈덕 일주일에 한 적두 있어. 그런 거에 비함 넌 엄청 오래 덕질한 거야. 동갑이라는 게 컸어.
혜 준	정하야 좋아한 건 좋아한 거잖아. 합리화는 하지 말자. 점심은 짜장면이다. (해효에게) 그 집으루 와. (정하에게) 가자! 누나 차 왔다.

해 효	(정하 가려는데. 해효, 잡는) 너 내 차 타구 가!
혜 준	(장난) 야 너 어딜 잡아?
해 효	(놓으며) 쏘리! 너무 급해서.
혜 준	얘 내 차 탈 거야. 내가 먼저 말했어.
해 효	(혜준에게) 그건 아니지! 내 차 타구 왔으니까 내 차 타구 가야지.
정 하	(O.L) 난 내 의견이 있구 내 의지가 있어. 내가 타구 싶은 차 탈 거야.
혜 준	그러니까 내 차!
해 효	너 나한테 고마운 거 하나 갚을 거 있다.
정 하	(반색) 이걸루 갚아두 돼? 그럼 난 땡큐지!
해 효	쏘리! 그거 담에 쓸래.

민재, 차에서 클랙슨.

정 하	난 언니 차 탈래. (혜준에게) 넌 해효 차 타구 와.
혜 준	싫어. 니가 해효 차 타. 난 내 매니저 찰 타겠어.
해 효	(혜준에게) 너 나랑 같이 타기 싫어?
정 하	둘이 잘해봐. 이제 보니까 니들은 둘이 만나면 초딩이 되는구나. 난 빠질래. (가는)
해 효	너 때문이야 이 초딩아!
혜 준	넌 왜케 잘 넘어가냐?
해 효	초딩이니까!

씬23. 영화사 회의실 밖

도하, 태수와 나오고. 연수(여배우) 매니저와 나오는. 연수, 도하에게 '선배님 안녕히 가세요' 하고 가는 매니저와. 도하, 같이 인사하고 연수 가는 거 보면서.

도 하	(태수에게) 애가 참 착한 거 같아!

태 수	(뭐라고 대답할지 몰라) ....
도 하	착한 거 같다구요!
태 수	(그래서 뭐 어쩌라구) 도하 씨! 차라리 이쁘다구 해요. 인성을 어떻게 알아?
도 하	말귀 되게 못 알아듣네!
태 수	네?
도 하	왜 도하 씨래요? 누구는 배우깜두 안 되는 애한테 배우님 배우님 하던데!
태 수	(왜 이러지 알았다.) ...연락처 따올게요.
도 하	(이제야 아냐) 내가 언제 연락처 얘기했어요? (하고 앞서가는)
태 수	(복화술로) 아 저 싸가지 없는 새끼! (하면서 따라가는)

씬24. 영화사 건물 앞/ 민재 차 밖/ 민재 차 안 (낮)

정하, 민재의 차에 타고. 민재, 운전석에 있다. 뒤에 혜준이 온다. 정하, 안전벨트하고.

혜 준	(운전석에 가서 창문 똑똑하고) 내가 운전할게.
민 재	(창문 내리는) 어디 가는데?
혜 준	짜장면 먹으러. 누나 길 모르잖아.
민 재	(내리는)
혜 준	(운전석에 타는)
민 재	(뒤에 타는)
정 하	너 운전해?
혜 준	(안전벨트 매며) 내가 못 하는 걸 찾기 어려울 거다.
정 하	너 그렇게 안 봤는데.. 다시 보니까
혜 준	(O.L) 재수 없지! 너무 잘나서 그래.
정 하	언니이! 얘 왜 이래요?
민 재	자매님! 이해해 주세요. 요즘 축구 골 동영상을 보면서 자만심 까봄

건방짐 일부러 뿜뿜입니다. 조금 지나면 적응되실 거예요.

정 하 여기 이상해. 차 잘못 탄 거 같아. (안전벨트 풀며)

혜 준 이미 늦었다! (하면서 차 움직인다.)

씬25. 중국집 주차장/ 민재 차 안

혜준, 차 와서 선다. 혜준, 주차하는데. 정하, 옆에 있다가 먼저 안전
벨트 푼다. 뒤에 민재 있고. 혜준, 차를 뒤로 갔다 앞으로 갔다 하는
데 앞에 어린애가 튀어나온다. 깜짝 놀라 브레이크 잡고. 정하, 몸이
앞으로 쏠리고. 혜준, 정하 막아주고. 다들 놀라고. 어린애 엄마, 나
와 아이를 감싸고 혜준에게 '미안하다'고 인사하고 애 데리고 간다.

정 하 아 깜짝이야!

혜 준 넌 왜케 성격이 급하냐? 안전벨튼 왜 벌써 풀었어? 다쳤음 어쩔 뻔
했냐?

정 하 (좀 무안) 뭐 이정도루 다쳐?

혜 준 그거야 모르지 내가 잡았으니까.

정 하 (삐딱) 고마워 잡아줘서. 아님 크게 다쳐서 병원 갈 뻔 했네.

혜 준 (주차하며) 사고는 언제 어디서 일어날지 모르는 거야. 조심해서
나쁠 거 없어.

정 하 너 나한테 '은근 잘 가르친다' 한 거 기억해?

혜 준 (기억하지만) 아니.

정 하 사혜준! 니 장점 중 하나가 인정을 잘한단 거야.

혜 준 (미소) 미안. 기억해.

정 하 너두 은근 잘 가르친다. 내가 안전벨트 일찍 푼 게 이렇게까지 혼날
일이니? (혜준, 주차했다.)

혜 준 뭘 이정도루 혼났다 그래? 너 진짜 혼나볼래?

정 하 그래. (하면서 혜준에게 가까이 얼굴 가져오며) 어떻게 혼낼 건데?

혜 준 (훅 들어오자 당황. 뒤로 가며) 얼굴 공격은 반칙 아니냐!

민 재	(두 사람 사이에 얼굴 들어오며) 니들 연애하니?
혜준정하	(동시에) 누나! 언니!
민 재	알았어 알았어. 귀 터지겠네. 뒤에서 보면 연애하는 애들 같아. 물론 그건 우리 사 배우님의 영향이 크다구 생각해. 멜로눈깔인 데다
혜 준	(O.L) 지겨워 누나.
정 하	언니 좀 지겨워요. 아깐 재밌었는데 지금은 아니에요.
민 재	방금 전 싸웠던 애들 맞니?
정 하	(혜준에게 동의 구하며) 우린 싸운 게 아니라 의견을 서로 교환한 거예요.
혜 준	맞아. 우린 의견 교환한 거야. 이걸 갖구 싸웠다구 하면
정 하	(O.L) 언니 혼나야 돼요.
혜 준	그건 아니지 않냐!
정 하	그치 이건 좀 부적절한 표현이었어.
민 재	(O.L) 진짜 웃기는 애들이네. 배고파. 니네 뭐 먹을 거야? 내가 먼저 가서 시켜놓을게... 짜장 짬뽕!
정하혜준	(동시에) 짜장! (서로 말해 놓고 서로 같은 거라 좀 멋쩍은)
정 하	... (혜준에게) 소심하게 찌찌뽕 해봅니다. (손으로 소심하게 혜준 찌르면서. 자기가 하고도 좀 그런. 사람들 황당해하니까.) 이런 상황에서 나두 이렇게 하긴 싫었어.. 근데 누가 그러는데 찌찌뽕을 안 하면 3년 재수 없대.
혜 준	너 그런 거 미신이야. (정하에게 똑같이 팔 누르며) 찌찌뽕! (서로 웃는)
민 재	진짜 놀구들 있다! (나가며) 난 짬뽕이다!
혜 준	(안전벨트 풀며) 짬뽕 진짜 좋아해!
정 하	(내리려고. 뒷좌석에 있는 자신의 가방 가져오려고 하는데 팔이 잘 안 닿는다.)
혜 준	내가 해줄게. (가방 꺼내 준다.)
정 하	(받는. 나가려고 문을 열려는데 열림 버튼 못 찾아 뭘로 열어야 될지 헤매는)
혜 준	(문 열고 나가려다 보고) 그쪽 밑에 있잖아.

정 하	어디? (딴 걸로 시도해 보고)
혜 준	(정하 쪽으로 가는. 혜준의 몸이 정하에 걸쳐지는)
정 하	(뭔가 긴장되는. 움직일 순 없고)
혜 준	(조수석 문에 달린 열림 버튼 제쳐준다. 자신의 자리로 온다.) 넌 은근히 손이 많이 간다.
정 하	그런 말 처음 듣거든! (하곤 나가는)

정하 앉았던 자리에 정하 핸드폰 놓여 있다.

| 혜 준 | (정하 핸드폰 본다. 저러면서 무슨) |

씬26. 중국집 주차장

정하, 혜준이 차에서 나오는 거 보고 중국집을 향해 걷고 있고. 혜준, 따라와서.

혜 준	(정하에게) 핸드폰 좀 빌려줘.
정 하	왜?
혜 준	빌려달라면 그냥 빌려주면 안 되냐?
정 하	된다! (가방에서 핸드폰을 찾는. 뒤진다. 없다. 표정 변한다.) 없어. (혜준 보며) 어떡해? 어따 났지? 차에 났나?
혜 준	(내가 어떻게 아니? 정하 보는 재미 쏠쏠)
정 하	(머리로 핸드폰 사용 언제까지 했는지 생각하면서) 영화산 아니야... 어디지? 차 문 좀 열어줘. (차로 가려는데)
혜 준	싫어.
정 하	차 키 주면 내가 갔다 올게. 것두 안 돼?
혜 준	(선심 쓰듯) 돼! (하면서 뒷주머니에서 정하 핸드폰 꺼낸다.)
정 하	(자신의 핸드폰 보고. 그제야 상황 파악한다.)
혜 준	(준다. 아까 너의 말 틀렸어.) 손이 많이 가는 스타일이야!

정 하	(받는) 억울해.
혜 준	뭐가?
정 하	진짜 그런 말 처음 들어. 난 손이 많이 가지 않아. 어딜 가든 내가 다른 사람들 챙기구 있다니까.
혜 준	믿어줄게. (가는)
정 하	(옆에 따라붙으며) 믿어줄게는 믿는다는 게 아니잖아.
혜 준	그게 중요해?
정 하	(O.L) 중요해.
혜 준	왜 중요해?
정 하	엄마 같은 사람이 되구 싶지 않아.
혜 준	(또 훅 들어왔다.) 여기 어머니가 왜 나와?
정 하	우리 엄만 나한테 믿음을 못줬어. 아빠랑 이혼 안 한다구 하더니. 이혼하구. 다신 돈 없는 남자랑 결혼 안 한다구 하더니. 결혼했어.
혜 준	넌 어려운 얘길 참 가볍게 한다. 듣는 사람 편하게.
정 하	편하게 될 때까지 얼마나 많은 노력을 했겠니. 심리학 책두 많이 읽었어. 다행히 난 아빠랑은 좋아. 아빠하구두 안 좋았음 사회생활 엉망이었을 거야.
혜 준	(찔린) 아빠하구 안 좋으면 사회생활 엉망 돼? 난 괜찮은데.
정 하	너 윗사람들하구 많이 부딪치지?
혜 준	아니! 좋아하시던데!
정 하	(진짜?)
혜 준	나 알바 나가는 고깃집 사장님이 고깃집두 물려주구 싶다구 했어.
정 하	믿어줄게.
혜 준	(발끈) 믿어줄게는 믿는 게 아니잖아.
정 하	(넌? 보는)
혜 준	너 믿어. 됐니?
정 하	(배시시) 됐어. 나두 너 믿어. (가는)

두 사람은 알까. 이때도 서로 좋아하고 있었다는 걸.

씬27. 야외 스크린 골프장 룸 안 (저녁)

최신식 시설. 태수, 타석에 서서 자리를 잡으면서. 요즘 신났다. 좌석엔 윤 감독. 캐스팅 디렉터 있다.

태 수   (자세 잡는다.) 최대한 머릴 앞에 고정시키구

자동 볼 공급 시스템으로 공이 올라오고.

태 수   머리루 힘을 주는 게 아니라

스크린에서는 '레디' 하는 소리가 들린다.

태 수   발의 움직임으루 스윙한다. (호흡을 하고 공을 내리친다. 폼이 좋다.)

헤드 정중앙에 공이 맞고 길게 뻗어 나가는 공. 스크린 속 공도 쭉쭉 나가 190을 찍고.

윤감독   나이스 샷!! 이제 필드 나가자. 형이 머리 올려줄게.
태 수   내 머릴 왜 형이 올려? 올려주겠다는 사람 천진데!
윤감독   형이 너 잘돼서 좋아서 그러잖아.
태 수   (다시 치려고) 형 너무 나한테 친한 척한다.
윤감독   섭섭하다. 친한 척이나 친하지 우리가. 알구 지낸 세월이 얼만데?
태 수   알구 지낸 세월이 얼만데 형이 날 무시한 기억만 있을까. (공 친다.)

이번엔 잘 안 맞았다. 130찍었다.

태 수   아 옛날 생각하니까 재수 없어서 공두 안 맞네. (내려온다.)
윤감독   왜 옛날을 생각해?
태 수   윤 감독님 혀엉! 박도하 캐스팅하구 싶지?

윤감독	말해 뭐하나!
태 수	도하 개 얼마 있음 나한테 푹 빠질 거야. 내가 사람 홀리는 덴 뭐가 있거든.
윤감독	사람이 성공하믄 변하는 건 알겠는데. 넌 너무 바뀐 거 같아.
태 수	내가 데리구 있었던 애 중에 사혜준이라구 있거든. 걔 첨 봤을 때 아우라가 장난 아니었어. 외모두 외모지만 인성이 좋아.

씬28. 모델 에이전시 사무실 (회상) (낮)

혜준, 들어온다. 환하고 건강하다. 태수를 본다. 태수, 고뇌에 찬. 사람 인기척이 나도 쳐다보지 않는다.

혜 준	대표님!
태 수	(고개 드는. 울어서 눈이 퉁퉁. 추스르며)
혜 준	전 대표님하구 같이 갈게요.. 이 시기만 넘기면 잘될 거란 말씀 믿을게요.
태 수	(말은 못하고 감동의 눈물을) .....
태 수	(E) 저런 애가 안 되면 누가 되겠나 했어. 안 되면 말두 안 되잖아.

씬29. 야외 스크린 골프장 (현재) (저녁)

태수, 윤 감독과 소파에 앉아 있다. 음료 앞에 있고.

태 수	근데 안 되더라구. 그냥 꿈이었어. 걜 갖구 희망 가질 땐 좀 행복했었는데.. 그게 아무 힘두 없는 환상이었어. 인생은 실전이잖아. 먹여 살려야 될 처자식이 있잖아. 그러다 깨달았어. 세상은 결국 개호로 자식들이 먹는 거야. 그럼 어떡해. 나두 개호로자식 돼야지. 형!.. 이 정도 스토린 있어야 사람 변한 게 설명되지 않아? 형은 너무 날루

먹는다. 기본적으루 옛날에 내가 그래서 미안했다 정돈 있어야지. 그렇다구 지금 미안하란 말을 하라는 건 아냐. 쉰내 나는 사과는 받구 싶지 않아.

윤감독	그래서 줄 거야 말 거야?
태 수	우리 회사두 제작에 참여할게.
윤감독	너 회사 지분 받았다더니.. 알았어. 술이나 마시자.
태 수	나 요즘 술 자제해. 이렇게 즐거운 세상 오래오래 살려구!

씬30. 혜준 집 계단 (밤)

혜준, 집에 들어선다. 경준, 계단에 있다가 혜준 오는 거 보고 반색하면서 맞이한다.

경 준	밥 먹었냐?
혜 준	아직.
경 준	우린 먹었어. 너 나 나가는 거 찬성하지?
혜 준	생각 없는데. 알아서 해.
경 준	나 나가면 너 방 생기잖아. 사실 21세기에 성인 남자가 자기 방두 없이 산다는 게 말이 되냐?
혜 준	(지가 나가고 싶으니까 나한테 좋은 거처럼 말하네.) 알았어.
경 준	엄마한테 그렇게 말하란 말야. 방 갖구 싶다구.
혜 준	(못마땅하게 보는) 내가 어린애냐 방 투정하게?
경 준	그 정도 말해줘야 엄마가 움직일 거 아냐?

씬31. 혜준 집 주방

혜준, 실내복으로 갈아입고 나왔고. 애숙, 씻은 방울토마토 담고 있다.

혜 준	뭐 도와줘?
애 숙	도와줄 거 없구 아빠 나오라 그래.
혜 준	(안에 대고) 아빠아!
애 숙	가서. 얼굴 보구.
혜 준	(싫은데) 아빠가 나 보기 싫어해.
애 숙	안 싫어해. 부모는 자식이 뭐라던 금방 잊어.

씬32. 혜준 집 안방

영남, 〈진주 귀고리 소녀〉 책 보고 있다. 보다가 접고 표지 본다. 뭔가 찜찜하다. 문 열리고 혜준 들어온다.

혜 준	아빠 나오래요. 가족회의 하게.
영 남	알았어... 근데 너 이 책을 어떻게 생각하냐? 너두 이 책 엄마가 읽는 거 봤어?
혜 준	어. 많이.
영 남	(미스테리 더 쌓이는) 참... 왜에?
혜 준	뭘?
영 남	아니이 경준이가 그러는데 이게 그런 책이라는데... 그런 거.. 뭐.. 망한 집 딸이 가사도우미루 들어가는데.. 주인 남자랑... (자기가 생각해도 한심) 아유... 됐어.. (혼잣말로) 아들 데리구 쪽팔리게 뭐하는 짓이야? (하면서 책 던진다.)
혜 준	(형이 뭔가 잘못 말한 거 같은데) 이 책 엄마가 왜 좋아하는 줄 알아?
영 남	넌 알아?

씬33. 혜준 집 주방 (회상) (낮)

애숙, 〈진주 귀고리 소녀〉 책 보고 있다. 혜준, 냉장고에 물 꺼내고 뒤에서 애숙이 뭐에 그렇게 빠져있는지 보는.

혜 준	그 책이 그렇게 재밌어?
애 숙	(깨며) 어어?
혜 준	내용이 뭐야?
애 숙	몰라 읽다 말아서.
혜 준	(황당) 그렇게 많이 읽었으면서 내용을 몰라?
애 숙	(책 펴진 데 보여주며. p51. 누군가 이 물건들 주위를 대충 닦긴 했지만, 제대로 청소하려면 이것들을 모두 치우고 닦아야 할 것이다. 엄마가 말한 대로, 물건을 옮겼다가 전혀 손대지 않은 것처럼 정확하게 그 자리에 돌려놓는 방법을 찾아야 했다.) 내가 생각했던 거랑 똑같아.
혜 준	뭐가?
애 숙	(손가락으로 가리키며) 여기 있잖아. 청소할 때 물건 꼭 있던 그 자리에 놓는 거.
혜 준	(황당) 이거 때메 이 책에 빠진 거야?
애 숙	(좀 신나서) 어. 내가 첨에 일하러 다닐 때 이렇게 했었는데.. 맞는지 안 맞는지 긴가 민가 했었는데... 이 책에 딱 있는 거야. 내가 맞다구.
혜 준	그래서 좋아?
애 숙	좋아. 내가 이 작가랑 똑같은 생각을 했단 거잖아. 내가 책을 쓰진 못하지만 책에 있는 내용이 나두 알던 거잖아. 엄마 있어 보이지 않니?
혜 준	(미소) 안 힘들어 일하러 다니는 거?
애 숙	안 힘든 일이 어딨어 세상에? 그냥 태어나면 힘든 거야. 힘든 세상 내가 재밌는 걸 만드는 거지 뭐. 아들! 너두 니가 만들어야 돼. 재밌는 건 누가 공짜루 안 줘.

씬34. 고급 음식점 (현재) (밤)

이영, 해나, 해효, 태경, 식사하고 있다. 에피타이저 나온 상태고. 직원, 각 사람의 잔에 와인을 따르고 있다. 화이트와인. 다 따르고.

이 영	(잔 드는) 여보!
태 경	어어 (잔 드는) 해나 로스쿨 합격 당연한 거였지만 아빠 기쁘다. 해나는 아빠가 세운 로드맵대루 잘 가구 있어. 해효는 엄마가 세워놓은 로드맵대루 따라가서 아빠는 불안
이 영	(O.L) 이건 축사가 아니잖아요. 축사는 축하하는 내용을 담은 말! 엄마가 대신 할게. 니들두 알다시피 아빠는 러블리한 표현력이 떨어져.
태 경	중간에 말 끊는 건 예의가 아니잖아. 엄만 지금 아빠 권위를 깎아내렸어.
해 나	예의는 아빠가 원인 제공했으니까 괜찮구 권위는 깎아내린다구 내려지는 게 아니에요. 아빤 지금 충분히 권위 있어요.
이 영	(말이 맘에 드는) 고맙다 해나! 당신 봤죠? 내 작품들이에요.
태 경	우리 작품들이야.
해 효	두 분 작품들은 맞지만 소유권은 없습니다.
이 영	넌 꼭 그렇게 벽을 쳐야 되니?
태 경	소유권 가질 생각 없어. 니들 인생 잘 살면 돼. 이제 엄마 말대루 축사할게. 축하한다 로스쿨 입학! 국가와 사회에 쓸모 있는 사람이 되길 바란다!
이 영	너무 딱딱해! 난 니들이 즐겁게 살았음 좋겠어. 잘 안 되더라두 걱정 마. 우리가 있어! 평생 너희 편인 엄마 아빠!

태경, 이영, 해효, 해나, 건배하는.

혜준, 경준, 영남, 애숙, 민기 있다. 앞엔 음료와 과일. 각자 자유롭게 먹으며. 민기는 먹지 않고. 기분도 별로.

영 남 한집에 살아두 다 모이는 건 오랜만이다.

애 숙 각자 생활리듬이 다르니까. 난 경준이 독립 반대야.

경 준 갑자기 그렇게 훅 들어오심 안 되죠!

혜 준 엄만 왜 반대하는데?

애 숙 쟤 월급쟁이야. 벌 수 있는 돈은 한정되어 있어. 한 달에 월세 구십에 생활비까지 합하면 평생 돈 못 모아. (경준에게) 우리가 너한테 집은 못 해줘두 우리랑 같이 살면 생활비 줄이구 돈 모아서 전셋돈 만들어 나가. 그땐 안 말려.

경 준 엄마 나 지금까지 27년 인생 한번두 놀아본 적이 없어. 지금 혼자 일 때 나 혼자만 책임지구 살 수 있을 때 즐겁게 살구 싶어.

애 숙 그걸 왜 나가서 해야 돼? 집에서 너 불편하게 하는 사람 있어?

경 준 엄만 혜준이 생각은 안 해? 쟤두 방 있어야지. 할아버지랑 한방 쓰는 게 안 불편하겠어?

혜 준 그렇게 말함 할아버지랑 방 쓰는 걸 내가 불편해한단 거 같잖아. 형이 하구 싶은 말만 해. 나 끌어들이지 말구.

경 준 너 중학교 때 그런 말 했잖아.

혜 준 중학교 때 얘기가 왜 나와? 그때두 내가 컴퓨터 쓸라는데 형이 못 쓰게 해서 싸운 거잖아.

경 준 어쨌든 팩트잖아.

혜 준 팩트 아니야. 형이 쓴 워딩은 전형적인 갈라치기야. 논점을 흐리면서 사람 마음을 상하게 해. 내가 내 방 갖구 싶다구 했지 언제 할아버지랑 한방 쓰는 게 불편하다구 했어? 그렇게 말함 할아버지 맘 상하구 난 못된 놈 되잖아.

경 준 너 언제 그렇게 말이 늘었냐?

혜 준 (O.L) 당하다 보니 늘었지! 똑똑하다구 어려운 단어 써가면서 맨날

	가르치잖아.
영 남	(O.L) 니들은 왜케 만나면 싸우냐? 어릴 땐 서루 엄청 챙겼었는데. (혜준에게) 니가 문제야. 넌 어떻게 그러케 형한테 바락바락 대드냐?
민 기	원래 형제는 같은 항렬이야. 서루 존중해야 돼. 내리사랑이라구 형이 동생을 보다듬어주구... 니가 영균일 얼마나 이뻐했니!
영 남	영균이 얘기가 왜 나와요?
민 기	니가 형제 얘기하니까 나왔지.
애 숙	아버님 왜 아무것두 안 드세요?
민 기	나두 할 말 있어. 경준이 나 안 닮았어. 나두 첨엔 닮은 줄 알았거든. 생각해 보니까 안 닮았어.
애숙경준영남	(아버님 들으셨네.)
혜 준	(뭔 말이지.)
민 기	내가 볼 때 혜준인 날 겉 닮구 내 속 닮은 건 애비야.
영 남	(황당) 내가? 아부지이!
민 기	니가 아직 날 몰라서 그러는데
영 남	(O.L) 내가 어떻게 몰라 50년을 더 봤는데
민 기	(O.L) 허영심 허세 옛날엔 있었는데 지금은 없어. 경준인 잘됐다구 지 혼자 나가서 편하게 살겠단 거잖아. 내가 밖으루 돌긴 돌았어두 나 혼자 잘 먹구 편하자구 그런 건 절대 아니야. 속이 없구 철이 없어서 잘못한 거야.
경 준	할아버지! 저 혼자 편하자구 나가는 거 아니에요. 제가 나가면 개인적인 공간이 더 확보돼서 인구밀도가 낮아지니까 쾌적한 환경이 되잖아요.. 혜준이랑 저랑 싸우게 된 것두 자기 방이 없는 혜준이가 제 공간으루 자꾸 넘어오니까 사춘기 때 제가 감정조절에 실패해서 싸우게 되구 싸우다 보니까 감정이 상해서 지금 서루 날이 서 있는 거라구요... 이건 개인 잘못보다는 가난으로 파생된 문제기 때문에 경제적으루 자립할 수 있는 제가 나가면 이 문제가 해소됩니다. 혜준이하구두 안 싸우게 됩니다. 그래서 제가 이런 결정을 한 거예요.
영 남	(감탄. 박수치며) 역시 우리 집 브레인이야!
혜 준	형이랑 나랑 싸우게 된 게 내가 형 공간으루 자꾸 넘어가서 형이 빡

	친 거라구! 형은 아직두 반성을 못하구 있구나.
경 준	너하구 내 얘긴 따루 하자. 지금은 회의 주제에 충실하자.
영 남	(혜준에게) 너는 형 말이라면 무조건 삐딱선 타는 거야?
민 기	(O.L) 삐딱선 타는 게 아니라 말만 빤지르르하잖아. 결국 지가 나가 겠단 걸 그럴 듯하게 포장한 거잖아. 내가 저런 애들한테 많이 속아 봐서 알아. 말루 홀려. 그럴 듯하게.
경 준	할아버지 왜 자꾸 저한테 그러세요?
민 기	니가 하두 말을 잘해서 그래. 대견해서 그래. 근데 사기꾼들이 말을 진짜 잘해.
영 남	아부진 창피하지두 않아? 당한 게 자랑이야? 뭐 이렇게 당당해?
민 기	죗값 다 치뤘잖아.
영 남	(기막힌) 아아부지가 뭘 치러? 어떻게 치러?
민 기	(울컥) 너한테 맨날 욕먹잖아. (서러움이 몰려오는) 자식한테 욕먹 는 거보다 더 큰 죗값이 어딨어?
혜 준	할아버지! (하면서 손을 잡는. 눈물)

씬36. 혜준 집 경준 방

경준, 들어오고. 애숙, 따라 들어온다.

애 숙	나가 살고 싶음 나가 살아봐. 대신 월세 낮춰. 삼사십만 원 정도루.
경 준	진작 이렇게 나왔음 좋잖아.
영 남	(들어오는) 어떻게 하기루 했어?
경 준	엄마가 나가래.
애 숙	근데 어떡해? 아버님 우리 말 다 들으셨어! 어떡하면 좋아. 나 어떡 하면 좋아? (경준에게) 내가 뭐라 그랬니?
경 준	할아버진 엄마한테 젤 배신감이 클 거야. 평소에 엄마가 할아버지 한테 하는 행동하구 너무 말이 다르잖아.
애 숙	신났니? 신났어?

경 준	왜 그래 나한테? 할아버지두 나한텐 막말하시는데 뭐. 자기밖에 모른다구.
애 숙	(O.L) 그건 막말이 아니라 팩트같아. (영남에게) 당신 가서 죄송하다구 말씀드려.
영 남	내가 왜?
애 숙	이제 그만 해. 옛날 일 갖구 시비 터는 거! 좀 잊어.
영 남	잊을라구 해두 치밀어오르는 거 어떡하냐!
애 숙	그래서 계속 그럴 거야? 우리두 자식 키우는 사람들이야. 애들한테 뭘 보구 배우라구 하겠어?
영 남	우리가 애들한테 어떻게 했는데? 아버지랑 같아?
경 준	아빠랑 할아버지 비교하믄 아빠 굴욕이야.

씬37. 혜준 집 혜준 방

혜준, 이불 깔고 있고. 민기, 있다.

민 기	혜준아... 할아버지 모델 할 거야.
혜 준	(보는) 결심했어?
민 기	어.. 내가 꼭 성공해서 느이 아빠한테 보여줄 거야. 아버지가 어떤 사람인지.
혜 준	파이팅!
민 기	파이팅!
혜 준	우리 할아버지 금세 살았네. 내가 이래서 할아버지 사랑한다니까.
민 기	할아버지가 이렇게 매력 있는 사람이야.

애숙, 들어오는. 영남, 뒤에. 영남, 내키진 않지만.

애 숙	(혜준에게) 너 좀 나가 있어.
혜 준	(나가는)

애 숙	아버님.... 죄송해요. (영남 찌르는)
민 기	괜찮아. 안 보이는 데선 임금님 욕두 하는데 뭐. 근데 진짜 경준인 나 안 닮았다.
영 남	(O.L) 경준이 나 닮았어. 내 아들인데 왜 아버질 닮아? 그리구 난 아버지 안 닮았어. 내 속이 왜 아부질 닮아?
민 기	부정하지 마. 넌 내 속을 쏙 빼닮았어.
영 남	아 진짜 미치겠네!
민 기	로또나 됐음 좋겠다. 이사 가게!
영 남	아부지이!

씬38. 혜준 집 주방

혜준, 냉장고에서 물 꺼내 마시는데. 경준, 들어온다.

경 준	나 나간다! 너두 좋지?
혜 준	좋아. 방 생겨서.
경 준	시간될 때 회사 앞으루 와 밥 사줄게.
혜 준	알았어. (나가려는데)
경 준	너는 형이 이정도 하믄 수그리구 들어와야 되지 않아?
혜 준	뭘 수그려? 왜 수그려?
경 준	에유 이걸 진짜! (괜히 때리는 제스처)
혜 준	(위에서 내려 보는) 왜 때릴려구? 나 이제 안 맞아 형한테.
경 준	미안하다구 했잖아.
혜 준	미안하다구 하면 때린 게 없어져?
경 준	뒤끝 진짜 길다.
혜 준	형이 잘해봐. 그럼 다 잊어. 근데 계속 갈구잖아.
경 준	갈구는 게 아니라 걱정돼서 그러는 거야. 우리 같은 처지잖아.
혜 준	별루 설득 안 돼. 난 형이 나보다 훨씬 좋은 처지 같아. 방은 있었 잖아.

씬39. 혜준 집 혜준 방

민기, 자고 있다. 혜준, 들어온다. 책상에 앉는다. 혜준, 스탠드를 켠
다. 혜준, 핸드폰에서 찾아 〈평범〉 시나리오 인스타그램에 사진 올
린다. 게시물 169 팔로워 4.5만. 팔로잉 2. 해시태그 #아모르파티
#자신의운명을사랑하라 #니체 #좋아요 (F.O)

씬40. PC 방 (아침) (F.I)

해나, 로스쿨 수강신청하고 있다. 해나, 수강신청 장바구니 메뉴엔
듣고자 하는 과목들을 미리 담아놓은 목록들이 뜬다. 형법1 조낙훈
교수, 법률영어 영문법문서 작성 Stephanie Han 교수, 법률정보의
조사 송재영 교수, 공법1 박인욱 교수, 국제법1 이영주 교수, 민법1
김현수 교수. 진우, 옆자리에서 서버시간 확인해 주려고 앉아 있다.

해 나　　다 경쟁률 높은 강의야!

진 우　　(서버 시계 보며) 준비 됐나요?

해 나　　(F5[새로고침] 버튼 누르며 수강신청 버튼이 활성화되길 기다리
　　　　고) 전투태세 완료!

진 우　　(9시 5초전이다.) 5, 4, 3, 2, 1!

해 나　　(F5 버튼 한 번 더 누른다. 수강신청 서버시간이 9시를 넘기면서
　　　　장바구니에 넣은 과목들의 수강신청 버튼이 활성화된다. 몸을 화면
　　　　에 바싹 갖다 댄다.)

진 우　　열렸다 열렸어! 가자!

해 나　　(빠르게 신청 버튼을 클릭하고. 이용량이 많은지 느리게 진행되는
　　　　수강신청 화면에 애가 닳고) 제발 제발!

진 우　　(해나와 동시에) 플리즈으으!!!

수강신청 완료됐다.

해 나	미션 클리어! (진우와 하이파이브한다.)

씬41. 한강 공원

해나, 진우와 도넛 먹고 있다. 음료와 함께.

진 우	기분 좋아?
해 나	어.
진 우	더 좋게 해줄게! (자궁경부암 백신 접종카드 내민다. 스탬프 2개 찍혀져 있는)
해 나	(보는. 대수롭지 않게) 알았어.
진 우	뭘 알아?
해 나	두 개 찍힌 거 알았다구!
진 우	너 기다려! 오빠가 곧! (으하하. 웃음)
해 나	좋댄다!

씬42. 도로/ 민재 차 안 (아침)

혜준, 조수석에 있고 〈평범〉 시나리오 들고 있다. 너무 많이 읽었는지 너덜너덜하다. 머릿속으로 계속 생각하고 있는 거 같다. 민재, 운전하고 있다. 뒷좌석엔 혜준의 의상 있다. 4부 씬53에 입은 슈트.

민 재	아우.. 내가 다 떨린다. 이 씬 잘 찍어야 되는데. 잠은 잘 잤어?
혜 준	잘 잤어.
민 재	너 너무 담담한 거 아냐? 너무 평온한데.
혜 준	그냥 계속 생각하구 있었어. 수영이란 캐릭터에 대해서. 그랬더니 수영이가 나한테 말을 거네.
민 재	(못 믿지만. 리액션) 오우! 진짜 배우 다 됐다! 캐릭터가 말두 걸구.

혜 준	영혼 없는 리액션이네!
민 재	알았어? 좀 이해가 안 가. 내가 배우가 아니잖아. 어쨌든 그 정도루 캐릭터에 몰입되어 있다니까 좋다. 오늘 촬영장 못 가서 불안했는데 안심해두 되겠어.
혜 준	윤 감독님은 왜 보잔 거야?
민 재	감독이 매니저 왜 보자구 하겠니? 캐스팅이지! 윤 감독님 저번 드라마 망했잖아. 퐁당퐁당이니까! 이번엔 잘될 차례야. 근데 너한테 호감을 보이잖아 감독님이. (신난) 너 진짜 나 만나구 일이 슬슬 풀리지 않냐!
혜 준	이런 생색! 좋아요!

씬43. 청담동 헤어샵 메이크업실

혜준, 완벽한 메이크업과 헤어. 4부 씬53의 차림으로 변신 중이다. 넥타이를 매고 있다. 옆에 재킷.

씬44. 청담동 헤어샵 휴게실

정하, 출장 가려고 메이크업 도구 다 챙겼는지 가방 안 점검하고 있다. 다 됐다. 가방 닫는다.

수 빈	(들어오는) 언니! 완존 깜놀! 사혜준 의상 갈아입었어.
정 하	그게 왜?
수 빈	(감탄하며) 왕자님이야! 패완얼이야! 패션의 완성은 얼굴! 몰랐는데 얼굴 진짜 잘생겼어.
정 하	지금까지 그걸 모르다니 안목이 처참하군!
수 빈	아니거든!
진 주	(들어오는) 수빈 씨 여기서 뭐해? 일 안 해?

수 빈	죄송합니다.
진 주	그래두 죄송한 줄은 아네. 누구처럼 변명두 안 하구. (정하에게) 좋으시겠어요. 촬영장 구경 가시구.
정 하	일하러 갑니다! (나가는)
수 빈	저두 일하러 가겠습니다!
진 주	잠깐!
수 빈	네?
진 주	줄 잘 서세요!
수 빈	걱정하지 마세요! 사회생활한 지 1년 넘었습니다!

씬45. 청담동 헤어샵 메이크업실

정하, 가방 들고 들어오고. 그 시선으로. 혜준, 4부 씬53의 차림으로. 완벽한 메이크업과 헤어. 명품 슈트 입고. 해효, 형사 역에 맞게 스포티하게 입고 메이크업 다 된 상태.

정 하	투샷 되게 좋다!
해 효	얘가 나 오늘 때린다!
혜 준	(자기 역할 말하는) 그러니까 왜 돈을 먹어?
해 효	그래 진성인 (캐릭터 이름) 맞아두 싸다. 왜 돈을 먹어갖구!
혜 준	수영이 얘는 재벌 아들이 너무 폭력적이야.
해 효	할 수 있겠냐? 상상이 안 간다. 니가 누굴 때린다는 게!
혜 준	난 못 하지만 수영인 할 수 있겠지! 자신이 없다 사실!
정 하	안 갈 거야?
해 효	5분 후에 나가면 돼.
정 하	난 어떡해? 니네 둘 찍는 거 보구 퇴근이야?
해 효	박도하랑 혜준이 액션씬 나두 볼 거야.
정 하	그럼 나두 같이 간다!

씬46. 대형 창고 안 (낮) (촬영 중)

액션씬 시작 전에 합 맞추는 중이다. 도하, 의자에 묶인 채 무술 합을 맞추고 있다. 눈가리개 풀린 채. 스텝들 있고. 혜준, 무술감독이 가르쳐 준대로 각목을 들고 도하에게 가격하고 있다. 무술감독 옆에 있고. 각목 들고 있다. 도하, 자신의 역할하고 있다.

혜 준   (무술감독이 말한 대로 각목으로 도하의 가슴을 때리자. 닿기만 하게)

도 하   윽! (리액션 하려는데)

무술감독   다시! 옆으루 더 나와서 쳐봐!

도 하   잘해라 좀! 몇 번째야?

혜 준   (다시 자리 잡고) 안 다치게 하려구 그러는 거잖아. (하곤 도하의 가슴을 내리친다.)

도 하   (리액션 안 하는)

무술감독   도하 씨 왜 안 해요?

도 하   전 실전에 강해요.

무술감독   (혜준에게) 다음 스텝!

혜 준   (감독에게) 처음부터 다시 할게요. (도하에게) 이번 한 번만 하구 끝낼게.

도 하   (동의. 보는)

혜준, 도하의 가슴을 내리치고 윽 소리 내며 허리를 굽히는 도하 등을 가격하고 오른쪽 팔과 가슴을 친다. 혜준, 표정 변화 없이 정신 없는 도하의 머리를 가격한다.

해 효   (E. 창고 한편에서) 쟤 딴 사람 같아.

정 하   배우는 배우다.

해 효   나두 그랬나? 아까 내 씬 찍을 때?

정 하   어 너두 배우 같았어.

씬47. 시니어 모델 학원 워킹 연습실 (낮)

양옆으로 길게 거울이 붙어있는 연습실. 민기, 강사 동작에 맞춰 몸 풀기하고 있다. 다른 시니어 모델 수강생들도 있다. 민기 옆에 4부 씬13의 할아버지. 김 할배. 강사, 몸 풀기 마지막 동작 끝내자.

강 사	몸 다 푸셨으니까 자세교정 들어갑니다. 다들 벽에 등대고 서세요.

민기, 김 할배. 시니어 모델 수강생들 벽에 기대선다.

강 사	자세교정 들어가기 전에 몸 푸는 거 잊지 마세요. 갑자기 근육 쓰면 근육 놀라서 다치실 수 있어요. 첫째는 부상 금지! 둘째는 조심! 또 조심입니다. (말하면서 모델 수강생들 자세 교정해 준다.) 벽에 등만 대고 있다구 되는 거 아니에요.
민 기	(자기 나름대로 등에 대고 서고)
강 사	(민기 앞에 와서. 말하면서 동작하는) 숨 내쉬구 배는 최대한 납작하게
민 기	(강사가 말하는 대로 따라하는)
강 사	괄약근에 힘주고 엉덩이 업! 해줍니다!
민 기	(강사가 말하는 대로 따라하는데)
강 사	(민기 자세를 고쳐주며) 어깨는 똑바루 해서 내려주고.. 턱은 당겨주세요.
민 기	(강사가 하는 대로 딱 만져주는 대로 자세 취하는)
강 사	아 좋아요. 잘하셨어요. (다시 교정해 주며) 몸을 일직선으루 만드세요!
민 기	(해보는데 힘들다.) 됐어요?
강 사	네! (주먹을 민기의 허리에 넣는다.) 요 정도 공간 띄어주세요. (회원들 보며) 다 보셨죠? 이 상태루 10분 버텨봅니다.

수강생들... 거의 못 하고 자세 푼다... 민기만 남는다. 민기는 버티는.

강 사	(자세 푼 수강생들에게) 괜찮아요. 처음이니까. 조심이 더 중요해요. (민기에게) 괜찮으세요?
민 기	(말하면 힘 빠져서 안 된다.)
강 사	(민기에게 엄지 척 해준다.)
민 기	(기분 좋은)

씬48. 방송국 카페 안

민재, 윤 감독과 차를 마시고 있다.

민 재	감사합니다 감독님! 우리 혜준이 너무 잘 봐주셔서. 열심히 할게요.
윤감독	이태수 대표 알죠?
민 재	아 알죠. 제가 그 회사에 있었잖아요.
윤감독	태수가 사혜준이란 친구 칭찬하더라구요. 그래서 한번 찾아봤더니 괜찮았어요.
민 재	(그럴 리가 없을 텐데) 아 네에! 주인공은 정해진 거예요?
윤감독	여자는 제시카.. 남잔 박도하랑 얘기 중이에요. 태수한테 못 들었어요?
민 재	제시카! 박도하! 빅 캐스팅이네요!

씬49. 대형 창고 (저녁) (촬영 중)

4부 씬54 상황. 혜준, 골프채로 스윙하는 것처럼 스윙한다. 그리곤 도하를 때리려고 온다. 각목을 들어 치려다. 각목을 던진다.

| 혜 준 | 내가 깡패냐? 각목으루 사람을 패게! |
| 도 하 | 야 너 그거 아니잖아! |

NG.. 대사와 상황 다르다. 웅성웅성.

혜 준	죄송합니다. 갑자기 이렇게 됐어요.
도 하	아 성질나! 초짜랑 할려니까!
세 훈	(모니터 보다가 나와서) 그거 괜찮다. 혜준아.
혜 준	(보는)
도 하	감독니임!! 재가 살잖아요. 제가 주인공이에요.
세 훈	재가 살아야 니가 더 잘 사는 거야. (혜준에게) 너 그담에 어떻게 할라 그랬어?
혜 준	묶은 거 풀어주구 죽신하게 손으루 패는 게. 제 캐릭터가 더 못돼 보일 거 같아요.
세 훈	그럼 무술 합 맞춰보자! (스탭에게 지시) 풀어줘 봐!

점프 시간 경과

혜준, 도하를 때리고 있다. 합을 맞춘 대로 때리고 있다. 옆에 깡패들이 도하를 잡고 있고. 도하, 입술 터지고. 눈 밤탱이 되고. 부은 상태.

혜 준	(때린 자신의 손 만지며) 아 아퍼! 너두 아프냐?
도 하	아프다 이 개새끼야!
혜 준	역시 깡패는 깡패네! 지들은 안 아프구 남만 아프게 하잖아. 난 얼마나 인간적이냐! 너랑 아픔을 공유하잖아.
도 하	그래 봐야 넌 니 부모 없음 아웃이야!
혜 준	(한 대 치는데. 합이 잘못돼서 도하 비껴 맞는)
도 하	아얏!!
혜 준	(이럴 줄 몰라서) 미안해!

스탭들 중지.

| 도 하 | 너 이 새끼 일부러 그런 거지! 나 골탕 먹일려구! |

혜 준	아냐! 조절을 잘못했어. 많이 아프냐?
도 하	잠깐 쉬어요! 이게 전에 것보다 낫긴 한 거야?
혜 준	감독님이 더 낫다구 판단하셨어.
도 하	감독님 말이 다 맞냐? 감독님 찍은 것 좀 볼게요. (모니터 쪽으로 가는)
혜 준	(따라가는)
도 하	왜 따라와?
혜 준	나두 봐야지.
도 하	거기 있어! 성질나니까!
혜 준	일 끝나면 니 성질 받아줄게. 지금은 일하자.
도 하	일 끝나면 너 볼 일 없어! (가는)

씬50. 태수 사무실 안

태수, 골프 동영상 보고 있다. 민재, 손에 케이크 들려있다.

민 재	대표님!!
태 수	(보는) 웬일이세요? 다신 안 볼 거 같이 구시더니. 친히 찾아오시구.
민 재	(케이크 주며) 애들 갖다주세요.
태 수	왜 그래요 진짜?
민 재	생각해 보니까 대표님두 따뜻한 면이 있었어요. 윤 감독님 만났어요. 혜준이 얘기 잘해줘서 고마워요.
태 수	(황당) 내가?.... 내가 그랬지!
민 재	박도하 씨랑 영화두 같이 하구 이제 드라마두 같이 하게 됐네요.
태 수	(어이없는 웃음. 같이 하게 되면 안 되지.) 그래.. 케익 잘 먹을게. 근데 이민재 씨 다시 봤어. 매니저 자질 있네!
민 재	칭찬 감사합니다. 앞으루 매니저 선배로서 많은 지도편달 바랍니다.
태 수	그래 많이 지도 편달 해줄게. 근데 지금까지 촬영 안 끝났다는데 왜 그런지는 알아?

민 재	(진지하게) 혜준이 열정이 촬영 팀을 감동시킨 거 같습니다.
태 수	하아 또라이네! 내가 왜 그땐 몰랐을까?
민 재	저두 몰랐어요. 제가 또라인지! 대표님 친하게 지내요!

씬51. 도로/ 해효 밴 안 (밤)

해효, 뒷좌석에 타고 있다. 인스타에 사진 올리는. 해효 대형 창고에서 혜준과 함께 찍은. 해효 사진. 혜준 촬영하는 거 보는. 기다리다 지친 사진. 팔로워 수 87.5만. 해시태그 #평범 #액션씬 #진성 #수영 #기다리다 지침 #미안 #선약 있어.

씬52. 대형 창고 안 (밤) (촬영 중)

혜준, 도하와 일대일로 싸우는. 혜준의 명령으로 깡패들은 둘이 싸우게 관전 중. 혜준, 도하를 넉다운 시키고 돌아선다. 의기양양하게 걸어간다... 도하, 다시 일어나 가는 혜준을 향해 돌격하고 넘겨버린다. 긴장 풀고 있던 깡패들 혜준을 보호하려고 달려오고. 혜준, 일어나려는데. 도하, 옆에 있던 소품용 각목을 들어 혜준을 내리친다. 빗맞았다. 혜준의 이마에서 피가 흘러내리고. 혜준, 연기에 몰입해 있어서 아픈 것도 잠시 잊었었다. 혜준, 이마를 닦는. 피다.

도 하	(놀라 큰 소리로) 야!! 피!!
감 독	(E) 컷!!
정 하	(촬영 지켜보고 있다가 놀라 달려가고)

씬53. 약국 안 (밤)

정하, 밴드를 혜준의 이마에 붙여준다. 혜준, 얌전히 있다. 보호받고 있는 느낌. 뭔가 뭉클한.

정 하   그래두 다행이다. 병원은 안 갈 정도라.
혜 준   운이 좋아 내가.
정 하   정신승리!

씬54. 약국 밖 보도

혜준, 정하와 나온다. 정하, 손엔 약봉지 들려있고.

정 하   (혜준 주며) 이거!
혜 준   이따 줘. 가방에 넣다가.
정 하   지금 집에 안 가?
혜 준   데려다줄게.
정 하   왜에? 됐거든요! 누가 누굴 데려다준대? 너 지금 환자야.
혜 준   나 죽니?
정 하   (약봉지 손에 쥐어주며) 말이 너무 극단적이야. 맘에 안 들어. (가는)
혜 준   .... (정하 가는 뒷모습 보는. 뭔가 아련한데 이유를 모르겠다.)
정 하   (가는)
혜 준   ......

씬55. 버스 정류장 앞

정하, 버스 기다리는. 서 있다. 혜준, 옆에 와서 선다. 정하, 혜준을 보는. 왜 왔지.

혜 준   (약봉지 내밀며) 너무 무거워.
정 하   (어이없는 미소)

씬56. 도로/ 버스 안

혜준, 정하와 앉아 있다. 혜준, 창 쪽에 앉아 있다. 혜준, 머리를 창
에 대다가 다친 부위를 갖다 댄다.

혜 준   (떼며. 신음)
정 하   괜찮아? (하면서 밴드가 잘 붙어있는지 손이 가는)
혜 준   (계속 이런 느낌 뭔지)
정 하   (붙인 부위 잘 부착되어 있다. 손 떼며) 괜찮아. 그러니까 집으루 바
        루 가지 왜 데려다준다구 우기니?
혜 준   내가 우겼어?
정 하   우겼어. 난 집에 가라 그랬다 분명히.
혜 준   책임 회피 하는 거야?
정 하   무슨 책임? 난 니가 다친 거에 하나두 책임 없어.
혜 준   왜 발끈해? 책임감 있는 사람 좋아해?
정 하   그래 좋아해.
혜 준   좋아하니까 책임감 있는 사람 되구 싶어?
정 하   너 좀 미친 거 같아.
혜 준   (웃는) 어떻게 알았어? 나 오늘 좀 미친 거 같아.

씬57. 정하 집 동네

혜준, 정하와 함께 걸어오고 있다. 혜준, 기분 좋다. 발걸음이 가볍

다. 정하 앞서 걷다 뒤돌아 정하 보며 뒤로 걸으며.

혜준	너 나 오늘 기다리느라 지쳤지?
정하	지치진 않구 어떤 일두 쉬운 건 없구나 깨달았어.
혜준	난 되게 신났었어. 너무 좋아서 아무 생각두 안 나더라.
정하	남이 보는 거랑 자신이 사는 거랑 다른 건가?
혜준	아마도... (또 비 오는. 한 방울 두 방울. 비 맞은) 어? 비 온다!
정하	아이씨 진짜 이상해! 너랑 만날 때마다 비 와!
혜준	그러네! (빗줄기 좀 쎄지는)
정하	(뛰는) ....
혜준	(가만히 있는. 비 맞고)
정하	(뒤돌아) 너 뭐해? 안 뛰구?
혜준	비 맞구 싶어.
정하	비 맞으면 추워요. 끝까지 이성적이라면서요!
혜준	터져버릴 거 같아!
정하	일단 비 피하구!
혜준	혼란스러워.
정하	......
혜준	하구 싶은 말이 있는데 해야 할지 말아야 될지 모르겠어.
정하	말할까 말까 할 땐 하지 말아야 돼.
혜준	할래.
정하	나한테?
혜준	좋아하나봐!
정하	뭘?
혜준	너 좋아하나봐!
정하	....

(끝)

6부

씬1. 정하 집 동네/ 정하 집 앞

5부 엔딩에 이어
비 오는 중. 혜준과 정하 서 있다.

혜 준	터져버릴 거 같아.
정 하	…….
혜 준	혼란스러워.
정 하	……
혜 준	하구 싶은 말이 있는데 해야 할지 말아야 될지 모르겠어.
정 하	말할까 말까 할 땐 하지 말아야 돼.
혜 준	할래.
정 하	나한테?
혜 준	좋아하나봐!
정 하	뭘?
혜 준	너 좋아하나봐!
정 하	………….
혜 준	(이마에 밴드에 물이 들어갔다. 아픈) 아..
정 하	그럴 줄 알았다! (혜준의 팔을 잡고 뛰려는데)
혜 준	잠깐! (재킷 벗어 정하와 자신의 머리에 쓰고)

정하, 혜준과 뛴다. 혜준, 정하가 가는 방향대로 뛰고. 혜준과 정하,

정하의 집 입구로 들어선다.

씬2. 정하 집 입구

정하, 혜준 서 있다. 정하, 비 오는 거 보고. 혜준, 상처 때문에 약간 미간 찡그리고.

정 하   우리 집에 우산 있어.
혜 준   (보는)

씬3. 정하 집 앞 (밤)

정하, 현관문 비밀번호 누른다. 혜준, 서 있다. 정하, 들어가고 혜준 들어가고 문 닫힌다.

타이틀 오른다.

씬4. 혜준 집 주방 (밤)

창밖엔 비 오고 있고. 영남, 싱크대 하부장 경첩을 다시 달고 있다. 거의 다 달았다. 애숙, 들어오는.

애 숙   다 됐어?
영 남   (다 달고 테스트) 어어!
애 숙   (칭찬) 자기는 이런 거 고쳐줄 때 왠지 믿음직하게 보여.
영 남   자기한테 잘해줄 때만
애 숙   (O.L) 나한테 잘해주는 건 아니지. 집안일이야. 아버님 이른 저녁

드시구 들어가서 꼼짝두 안 하시네.

영 남   나가신 거 아냐?

애 숙   이 시간에 어딜 나가시겠어?

씬5. 혜준 집 혜준 방

민기, 뒤척이다 잠이 깬다. 일어난다. 찌뿌드드한 몸.

민 기   아우 피곤해. 안 쓰던 근육을 써서 그러나 (불 켜려고 일어나는) 몇
        시나 됐나? (불 켜는)

영 남   (들어오는)

민 기   아 깜짝이야!

영 남   있었네.

민 기   있지 내가 어디가? (앉는. 신음소리)

영 남   콜라텍 갔었어?

민 기   아니.

영 남   뭘 아냐! 춤추구 왔구만. 신나게 놀다 들어와서 피곤해서 잤구만.

민 기   너는 나를 기본적으루 너무 몰라. (나가려는)

영 남   어디 가?

민 기   물 마시러. 따라 올래?

영 남   아부지 내가 분명히 말했다. 다시 한번 사고 치면 나 아부지 안 봐.

민 기   아부질 한번 믿어봐. 실망 안 시켜.

영 남   (미심쩍은) 뭔가 있네. 뭐 있지?

민 기   없어. (나가는)

영 남   있어 분명히!

씬6. 정하 집 화장실 (밤)

혜준, 드라이기로 머리 말리는. 셔츠 입은. 이마엔 새로운 밴드 붙어
있다. 노크 E

정 하   (E. 밖에서) 다 됐어?

혜 준   어어. (하면서 문 여는)

정 하   (문 밖에 서 있다 놀라는. 문 열릴 줄 몰랐다.)

혜 준   뭘 그렇게 놀래?

정 하   (그러게) 보보통 노크하구 노크한 사람이 문을 여는 거잖아. 근데
           니가 먼저 여니까 생각 못 하구 있다 놀란 거야.

혜 준   (분위기 풀어주려고) 성실하게 답변하시네요! 맘에 안 듭니다!

정 하   (O.L) 맘에 안 드심 우리 집에서 나가십시오!

혜 준   알겠습니다!

씬7. 정하 집 거실

탁자에 유자차 놓여 있다. 혜준, 차 마시는. 정하, 앞에 앉아 있고.
혜준 재킷은 주방 의자에 걸려 있다. 장식장 위엔 정하 아빠가 그려
준 정하의 인물 드로잉. 1살 엄마 품에 안겨서 보는 모습 (연필 드
로잉), 7살 환하게 웃는 정면 (색연필), 17살 어딘가를 응시하는 옆
모습 (볼펜), 21살 아빠와 자전거 데이트 하는 모습 (연필) 순차적
으로 놓여있다. 혜준, 어색해서 어떻게 해야 할 줄 모르고. 정하, 혜
준의 모습이 좀 의외.

혜 준   (둘러보다 인물 드로잉 본다.) 저거 다 너야?

정 하   어. 아빠가 그려줬어.

혜 준   화가셔?

정 하   아니. 일반인 상대루 그림 가르치셔. 대전에서. 백화점 문화센터에

	서 강의두 하시구.
혜 준	봐도 돼?
정 하	어어!
혜 준	(가서 보는. 1살 때 그림 보며) 이거 몇 살 때야?
정 하	(옆에서) 돌 지나서래.
혜 준	(17살 때 그림 보며) 이건 좀 분위기 있다.
정 하	우리 엄마 이때 재혼했어. 부모가 이혼하면 힘든 게 뭔지 알아?
혜 준	(보는)
정 하	안 가르쳐줘.
혜 준	(어이없는) 가르쳐줄 것두 아니면서 왜 물어봤어?
정 하	쉽게 가르쳐줄 수 없잖아. 아직 그 정도루 친한 것두 아니구.
혜 준	(장난) 알았어. 나 이제 가야겠다. (움직이며)
정 하	삐졌어?
혜 준	아니 그 정도루 친한 것두 아닌데 왜 삐지겠어?
정 하	삐졌네!
혜 준	아냐! (재킷 갖고)
정 하	(미소) 삐졌다!
혜 준	(어이없는 미소) 그래 삐졌다!
정 하	처음에 너무 정보량이 많으면 과부하 걸려. 조금씩 조금씩 알려줄게.
혜 준	내 고백에 대한 대답이라구 생각하면 돼?
정 하	(철렁) ......고백?
혜 준	고백했잖아 아까.
정 하	잠깐! (방으로 가는)
혜 준	(의아)

씬8. 정하 집 안방

정하, 들어온다. 뭔가 충격 받은 후에. 숨 내쉬는. 벽에 기대는.

| 정 하 | 고백이란 단어는 노래가사에서만 듣는 건 줄 알았어. (제스처) 위 위! 인생은 노래가 아냐. 지금 좋잖아. 새로운 관곌 만드는 건 아니라구 봐. 안정하 넘어가면 안 돼! |

씬9. 정하 집 거실/ 혜준 집 혜준 방

혜준, 창 밖 보고. 비 안 온다. 정하, 나온다.

| 혜 준 | 비 이제 안 와. |
| 정 하 | 그럼 우산 안 줘두 되겠다. |

핸드폰 E

혜 준	(재킷에서 핸드폰 꺼내는. 발신자 '할부지' 받는) 네 할아버지!
민 기	언제 들어와?
혜 준	이제 들어갈 거야. 왜?
민 기	할아부지 오늘 칭찬 받았어 선생님한테.
혜 준	잘했어.
민 기	근데 사진 내래. 광고 회사에 낸다 그러던데. 뭐래더라 프런지 프래 뭐래더라. 뭔 말인지 모르겠어 들었는데. 내가 적었거든 알려줄게. (메모 종이 찾으려고 일어나는)
혜 준	포트폴리오!
민 기	맞아!
혜 준	걱정 마. 내가 알아서 다 할게. 할아버진 내가 하라는 대루 하면 돼.
민 기	알았어! 그럼 보고 끝났으니까 할아버지 잔다!
혜 준	네 주무세요! (끊는) 이제 가야겠다.
정 하	(먼저 현관으로 가서 신발 신는)
혜 준	뭐하냐?
정 하	요 앞까지 같이 가줄게.

혜 준	왜?
정 하	니가 문 닫구 나가면 나 혼자 남잖아. 그거 이상해.
혜 준	혼자 들어오는 건 괜찮구?
정 하	그건 괜찮아. 익숙하니까.
혜 준	안 돼.
정 하	왜?
혜 준	내가 너 데려다준 보람이 없잖아.
정 하	어떤 보람이 있었는데?
혜 준	안전한 귀가!
정 하	(신발 벗고 들어온다.)
혜 준	(현관으로 가서 신발 신는)
정 하	(속소리 E) 마무리 지어야 돼. 안 된다구 확실하게 얘기해야 돼.
정 하	그럼 우린 어떻게 되는 거야?... 아니이.. 아까 얘기하다 말았잖아.
혜 준	(보는) 니가 천천히 알아가자구 했잖아. 돌려 말한 거절 아냐?
정 하	아냐.... 나두 좋아는 해.
혜 준	그럼 좋아해 다음에 뭐하는 거야?
정 하	모르겠어. 니가 가르쳐줘.
혜 준	연애!
정 하	(속소리 E) 졌다!

씬10. 정하 집 앞

정하, 좋아해 편의점 앞에서 혜준 배웅한다.

정 하	할아버지 포트폴리오 만들 때 내가 메이크업 해줄게.
혜 준	(아까 옆에서 들었구나. 보는)
정 하	오지랖인가?
혜 준	아냐 나야 해주면 고맙지.
정 하	그럼 할래. 너 탈덕하구 나서 새로운 덕질 상대가 필요해. 덕질에

최고는 키우는 맛이거든!

혜 준	(피식) 하구 싶음 해!
정 하	(활짝 미소) 고마워!
혜 준	(간다는 제스처하고)
정 하	(리액션 하고)
혜 준	(가는)
정 하	(보는)
혜 준	(가면서. N) 이날 정하는 내 뒷모습이 사라질 때까지 서 있었을까. 뒤돌아 보구 싶었지만 돌아보지 않았다. 뒤돌아 눈 맞춰야 했었다.

씬11. 버스 안

혜준, 혼자 앉아 있다. 문자음 E. 혜준, 보고. '너 다쳤다며? 니네 동네 카페에 있다' 민재. 정류장에서 내릴 때가 돼서 문 앞으로 간다.

혜 준	(N) 우리의 시작을 좀 더 깊게 담아뒀어야 했다. 그땐 우리가 이렇게까지 될 줄 몰랐다.

씬12. 카페 밖/ 안

혜준, 안으로 들어간다. 민재, 음료수 마시고 있다가. 혜준을 맞이한다.

민 재	(혜준의 이마에. 제스처) 야아 넌 그게 뭐냐? 다쳤단 얘기 듣구 얼마나 놀랐는 줄 알아? 왜 나한테 얘기 안했어? 병원은 갔다 온 거야?
혜 준	질문이 너무 많다! 대답은 상황 종료! 왜 왔어? 전화하지.
민 재	니 몸 상태두 확인하구. 좋은 소식 같이 나눌려구.
혜 준	캐스팅됐어?
민 재	됐어! 대박 아니니? 우리 뭐가 될 건가봐. 너무 일이 술술 풀리니까

겁난다 야!

혜 준   누나가 잘해서 그래.

민 재   잊지 마. 내가 잘한 거.

혜 준   알았어.

민 재   근데 너 어디서 오는 거야?

혜 준   할 말 있어. 아직 아무한테두 안 한 얘기야.

씬13. 정하 집 거실/ 해효 집 해효 방

정하, 샤워하고 나오고. 문자음 E. 정하, 보는. '너무 늦은 시간인가. 궁금해서. 아직 촬영장은 아니지?' 해효. 샤워하고 나와서 문자 보냈다. 문자음 E. 해효, 보는. '집이야. 잘 자' 성하.

해 효   (왠지 섭섭한) 말 시키지 말라 이거지! (문자 보낸다. '그래 너두 잘 자') (F.O)

씬14. 양재 꽃시장 (이른 아침) (F.I)

해효, 가벼운 옷차림과 발걸음으로 단골 꽃가게로 들어간다.

사 장   아우! 더 잘생겨졌어요! 요즘 어디 출연해요?

해 효   이제 나올 거예요. 노란 튤립 있어요?

사 장   누구 줄 거예요? 여자친구?

씬15. 해효 집 주방

식탁엔 노란 튤립 화병에 꽂혀 있다. 샐러드, 3개의 접시와 포크, 나

이프 세팅되어 있다. 해효, 플레이팅된 오믈렛과 팬케이크 갖고 와 식탁에 놓는다.

이 영	(들어오는) 우와! 퍼펙트! (튤립 보며) 예쁘다! 오믈렛 좀 다르게 했다.
해 효	특별히 두부랑 참치 넣었어.
이 영	아빠 출장 가구 없음 이렇게 해주는 거 좋아. 든든해. 이게 바루 아들 키우는 맛!
해 나	(들어오며 O.L) 엄마 그래 봐야 결국 오빠랑 결혼하는 여자 좋은 일 시키는 거야.
이 영	서루 좋은 일이야. 느이 오빠 여자친구 있을 때두 엄마한테 잘했어.
해 나	그 언닌 엄마두 좋아했잖아. 엄마가 싫어하는 상대 만날 수두 있잖아.
이 영	그럴 일 없어. 니가 걱정이야. 취향이 일관적이질 않아.
해 나	(말 돌리며) 오빠! (하면서 앉는) 시럽은?
해 효	니가 갖다 먹어.
해 나	이왕 해주는 거 완벽하게 해줬단 말 듣구 싶지 않아?
해 효	아니!
해 나	안 넘어오네! (이번엔 애교) 오빠아아!!!
해 효	야 하지 마! (하곤 시럽 가지러 가고)
이 영	(해나에게) 너 좀 전에 이상했어. 왜 말 돌려?
해 효	(시럽 갖다 놓는) 앨 어떤 애가 만나겠어? 만나는 애가 불쌍하지. 완전 지 위주잖아.
이 영	예쁘잖아. 예쁜 데다 집안두 좋구 어느 하나 빠지질 않잖아.
해 나	어우 닭살!!
이 영	(해효에게 샐러드 보며) 샐러드에 리코타 치즈 넣어먹어. 단백질이 없잖아.
해 효	알겠습니다. (일어나는)
이 영	샵 갔다가 광고 촬영장으루 바루 가?
해 효	암튼 엄마는

이 영	(O.L) 성실하구 충실한 너의 조력자야.
해 나	조력자가 아니라 컨트롤타워잖아.
이 영	(웃는) 인정! (해효에게) 샵 가서 처신 잘해! 넌 지금 한 단계 업그 레이드될 시기야. 괜한 구설수 흘리지 마.
해 효	구설수 말구 진짜 사귀는 건 어때?
이 영	그게 구설수야. 아들! 좋은 아침이다! 엄말 기쁘게 해주기 위해 준 비한 이벤트 맘에 들어. 이걸루 내 아침 기분은 계속됐음 좋겠어!
해 나	아멘!
이 영	(어이없는 미소)

씬16. 도로/ 해효 밴 안

양군(해효 매니저), 운전하고 있고. 해효, 조수석에 앉아 있다. 뒷좌 석엔 노란 튤립. 해효, 음악에 리듬타고 있다.

양 군	너 요즘 들떠 있는 거 아냐?
해 효	내가?
양 군	저 꽃 누구 줄지 알지만 주지 마.
해 효	왜?
양 군	저거 주면 시작하는 거야.
해 효	너무 앞서간다! 시작을 혼자 하나?
양 군	누가 널 거절하겠냐! 괜히 상처 주지 마!

씬17. 청담동 헤어샵 메이크업 VIP실

정하, 메이크업 데스크 위 화장품들을 체크하고 있다. 도구도. 브러 시 정리하고.

원 장	안 쌤! 오늘부터 수빈 씨가 어시스트 할 거야. (수빈 뒤에서 V자 그리고) 축하해! 디자이너루 승진한 거야.
정 하	감사합니다 원장님!
원 장	고객들 좀 많이 유치해 줘. 기대한다!
정 하	노력할게요.
원 장	진주 쌤하구두 잘 지내. 그것두 일이야.
정 하	알겠습니다.
원 장	(가는)
수 빈	(브러시 가리키며) 내가 정리한 브러시 봤어?
정 하	보기만 했어! 잘했겠지 물론!
수 빈	(미소) 원장님은 격식 되게 좋아하셔. 아침부터 어시스트 했는데. 정식으루 인사시키잖아.
정 하	근데 격식 좋은 거 같아.
수 빈	나두! (웃는)
진 주	(와서) 화기애애하네! 수빈 씨 우리 팀 어시스트 된 거 내가 허락해서야. (메이크업 데스크 위 화장품 체크한다.)
수 빈	잘하겠습니다. 두 분 다 열심히 모시겠습니다!
진 주	두 분? (두 분에서 걸린. 브러시 들며) 이게 세척한 거야?
수 빈	살균까지 끝냈어요.
진 주	(파운데이션용 브러시를 하나 집어 들고 모 부분을 손가락으로 쓱 쓸어내린다. 전문가는 촉감으로 부드러움을 구별해 낸다. 린스 유무를 알 수 있다. 이건 린스 안 했다. 표정 안 좋아지고)
정 하	(무슨 일인지 짐작하고)
수 빈	(무슨 일인지 모르고)
진 주	(수빈에게) 린스 했어?
정 하	죄송합니다. 제가 잘 가르치지 못했어요.
수 빈	(그제서야) 아아 린스!! 언니가 하라 그랬는데.. 제가 깜빡했어요. 죄송합니다.
진 주	(성질내는) 뭐야아! 서로 양보하는 아름다운 세상 보여주기야? 가지가지들한다! 다시 빨아!

수 빈	넵!
진 주	넵? 넵! 장난해? 여기 직장이에요!
수 빈	....
진 주	(둘 사이 갈라놓으려고. 이번엔 부드럽게) 수빈 씨! 며칠 전에 얘기 했었잖아. 누구보다두 날 좋아하구 따르겠다구! 근데 바루 배신 때리기야?
수 빈	(이게 다 무슨 말인지) 네? 아니에요 실장님!
진 주	그래 아니지! 앞으루두 자기 한 말은 지켜야 돼. 계속 지켜볼게. (정하 노려보고 나가는)
수 빈	언니 그런 말 안 했어.
정 하	(진주 수작에 넘어가지 않는. 수빈에게) 알아. 브러시 갖구 올게. 빨아놓은 거 있어.

씬18. 청담동 헤어샵 휴게실

정하, 빨아놓은 브러시 꺼내고. 해효, 튤립 들고 서 있다. 정하, 나가려다 해효 보고.

정 하	언제부터 와 있었어?
해 효	(꽃 준다.)
정 하	(받는) 왜?
해 효	엄마 꽃 사면서 샀어. 남아돌아서 갖구 왔다!
정 하	향 좋다!
해 효	꽃 좋아해?
정 하	아니! (웃으며) 좋아해!
해 효	금방 시무룩했다 금방 웃는다! 너 또 혼났냐?
정 하	또라니? 난 뭐 맨날 혼만 나나! 정식 디자이너 됐거든요.
해 효	오오! 잘됐다! 역시 난 타이밍 굿이야! 꽃 너 축하해 주려구 사왔잖아.

정 하	(O.L) 버스 지나갔다!
해 효	같이 저녁 먹을래? 축하 의미루 살게.
정 하	(곤란한) ..약속 있어... (좀 쑥스러운 듯) 혜준이하구.
해 효	(의아) 뭐야 니네? (설마) 데이트 해?
정 하	오늘은 데이트까진 아니구. 할아버지 포트폴리오 만드는 거 도와주기루 했어.
해 효	(농담으로) 오늘은 데이트가 아니면 내일은 데이트냐?
정 하	그럴 지두 모르지.
해 효	(철렁) ...둘이 진짜?
정 하	진짜 안 사귈려구 결심했는데 안 되더라. 나 잘하구 있는 거니? 원해효?
해 효	(마음 숨기려 가볍게) 벌써 재밌다 너! 니가 전에 그랬잖아. 환상과 현실이 만나면 엉망진창 된다구!
정 하	(어이없는) 그걸 기억해?
해 효	기억해!
정 하	좋겠다 백만 년 놀릴 거리 생겨서! 나두 어쩔 수 없었다구!
해 효	(어쩔 수 없이 좋아하게 됐단 말이 왜 이리 가슴을 찌르는지) 백만 년이나 만날 거야?
정 하	그만 놀려! (나가는)
해 효	...놀린 거 아닌데!

씬19. 한남동 공터/ 진우 스튜디오 사무실

혜준, 운동기구로 운동하고 있다. 이마엔 밴드. 귀엔 이어폰. 음악 들으면서. 자신감 만땅. 다 끝내고 내려오는. 숨고르기 하고. 스트레칭하면서 걷는다. 전화 왔다. 발신자 '진우' 이어폰 전화 통화로 바꾸고. 진우, 컴퓨터 앞에 앉아서 영상 편집하고 있다.

| 혜 준 | (받는) 어! |

진 우	이따 할아버지 모시구 스튜디오루 와.
혜 준	카메라 빌려달라니깐! 니 맘대루 스튜디오 빌려주면 안 되잖아.
진 우	작가님한테 허락 받았어. 아 진짜! 너처럼 도움 주겠다는 데두 까탈스럽게 구는 애는 진짜! 도와줘야 돼! (미소)
혜 준	(미소) 고맙다!
진 우	너 때메 스튜디오 차리는 걸 앞당겨야겠어.
혜 준	돈은 다 모았냐?
진 우	스튜디온 돈 모아서 차리는 게 아니라 아빠 찬스 은행 찬스 쓰는 거다!

씬20. 혜준 집 주방

영남, 장만, 경미, 해물 부침개 앞에 놓고 먹고 있다. 음료수도. 애숙, 경미가 가져온 코다리찜을 본인 반찬통에 덜어 담고 있다. 경미, 새로 산 팔찌 자랑하고 싶어 얘기하면서 팔찌를 어필한다.

영 남	아침 먹었는데두 또 먹히네. 음식 솜씨 진짜 좋아.
경 미	리액션 좋아 오빠! 또 해다 드릴게. 부침개엔 막걸린데.. 언니 없지? (하면서 애숙에게 팔찌 보이게)
애 숙	(못 보는) 있어두 없어. 아침부터 무슨? (담은 거 냉장고에 넣고)
장 만	형님이랑 나랑은 일 나가야 돼. 자긴 왜 자기만 생각해?
경 미	누가 코 삐뚤어지게 마시재? 그냥 기분 내자는 거지! 아우 안 맞아 진짜! 오빠 봐 말을 얼마나 이쁘게 하니?
애 숙	(경미에게) 나한텐 안 그래!
영 남	그치 내 칭찬하는데 당신이 가만있음 안 되지!
애 숙	(앉는) 팩트잖아.
영 남	당신이야말루 맨날 나 혼내잖아.
장 만	(경미에게) 자긴 왜 쓸데없는 말을 해갖구 형님 형수님 쌈을 붙이냐?
애 숙	싸움까진 아니에요!

경 미	자긴 왜 쓸데없이 부부 사이에 끼어들어 구박을 받니?
영 남	구박까진 아니에요!
경 미	언니 오빠 둘이 죽이 척척 맞네!
영남애숙	(동시에) 아니야!
일 동	(웃는)
애 숙	(경미 팔찌 봤다.) 예쁘다!
경 미	아 이거 새루 샀어! 명품 카피한 건데두 비싸!
애 숙	명품 사두 되잖아. 돈두 많으면서!
경 미	언니네두 아버님만 안 들어먹었어두 집은 깔구 있는 건데.
영 남	(애숙 눈치 보이고)
애 숙	처음부터 우리께 아니라구 생각함 속 편해.
혜 준	(들어와서) 안녕하세요?
경 미	(반색) 어어 혜준아! 오랜만이다!
장 만	(얼굴 보고) 너 얼굴이 왜 그래?
혜 준	촬영하다 다쳤어요.
경 미	넌 어떻게 밴들 붙여두 간지가 나니! 너랑 결혼하는 여잔 좋겠다! 얼굴만 뜯어먹구 살아두 행복하겠어! (장만 보는)
장 만	왜 날 봐? 자긴 뭐 그렇게 (하다가 눈치) 그렇게 뭐 나두 할 말 많지만 참는다!
경 미	(O.L) 참지 말구 해!
혜 준	아빠 저녁에 차 좀 쓸게요.
애 숙	저녁에 어디 가는데?
경 미	언닌 뭘 그런 걸 물어? 갈 만한 데가 있으니까 가겠지! 혜준아! 박도하 실물두 잘생겼니?
혜 준	네!
경 미	싸인 좀 받아다주면 안 돼?
혜 준	안 친해서 부탁 못 하겠어요.
경 미	스타라구 거만하구만!
혜 준	그런 거 아니에요. 놀다 가세요. (하곤 목례하고 빠지고)
경 미	(애숙에게) 아냐 걔 싸가지 없다구 소문났어. 이문정하구두 바람펴

서 헤어진 거래. 것두 양다리두 아니구 문어 다리래!

장 만 맨날 연예인 얘기야. 할 일 없어 갖구.

경 미 재밌잖아. 이쁘구 잘생긴 애들 보는 것두 재밌는데 말하면 얼마나
더 재밌겠어! 연예인들두 무관심보단 욕먹는 걸 더 좋아한대.

애 숙 (O.L) 말두 안 돼! 변태두 아니구 누가 욕먹는 걸 더 좋아해?

영 남 그냥 욕할라면 찔리니까 사람들이 욕하구 싶어 지어낸 얘기야.

경 미 이 언니 오빠들이 진짜! 빈정 상한다! (장만에게) 자긴 뭐해? 왜 내
편 안 들어?

장 만 내가 젤 만만하지!

경 미 아까부터 왜 그래! 언니랑 오빠 한편 먹구 계속 우릴 공격하잖아.
자긴 날 공격하니?

장 만 (웃으며) 형님! 일어날 때가 된 거 같아요.

씬21. 혜준 집 혜준 방

혜준, 옷 갈아입고 있다. 외출 준비. 영남, 들어온다.

영 남 (차 키를 책상에 놓는다.) 또 어디 가?

혜 준 알바!

영 남 (알바에 성질나는) 아직두 알바 해? 촬영한다며? 돈두 못 받구 일
하냐?

혜 준 일 끝나야 받지. 아빤 일하러 나가는 사람한테 그런 식으루 말해야
돼?

영 남 니 이마 보니까 열 뻗쳐서 그래! 할아버진 어디 가셨냐? 낌새 이상
한 거 있음 아빠한테 바루 얘기해. 사고 치기 전에 잡아야 돼.

혜 준 언제까지 옛날 일 갖구 그럴래?

영 남 사람 안 변해.

씬22. 시니어 모델 학원 워킹 연습실

민기, 강당의 벽면에 머리끝부터 발뒤꿈치까지 바싹 붙인 채 고통스런 얼굴로 서 있다. 강사, 들어온다. 민기, 강사 보고 자세 푸는.

강 사   어? 오늘 강의 없는 날이잖아요.

민 기   (숨 가쁜) 연습할라구 왔어요. 학생이 학교 와야 내가 학생이구나 공부해야 되는구나 하잖아요.

강 사   첨에 너무 연습 많이 하시면 근육이 놀래요.

민 기   몸 쓰는 거 첨 아니에요 선생님! 제가 춤을 좀 췄어요.

강 사   어쩐지 유연하세요 근육두 보이구.

민 기   우리 손자가 학비 내줬어요. 할아버지가 손잘 가르쳐야 되는데 손자가 할아버질 가르치네요!

강 사   그 틈에 손자 자랑하시네! 제가 특별히 일상생활에서 연습할 수 있는 방법 알려드릴게요.

민 기   감사합니다! 오늘 사진두 찍어준대요!

씬23. 샌드위치 가게 안

혜준, 주문 받은 샌드위치 만들고 있다. 진우, 들어온다.

진 우   안녕 친구! 고객으루 왔다!

혜 준   화보 찍어?

진 우   찍기 전 컨셉 회의 있어.

혜 준   뭘루 몇 개 줘?

진 우   10개! 메뉴는 니 맘대루.

혜 준   내가 고기 좋아하니까 고기 위주루 추천해 주겠어.

진 우   클럽 샌드위치 하나! 그건 내 꺼!

혜 준   (다 싼 샌드위치 주문대에 넘긴다.)

다른 알바, 혜준이 싼 샌드위치 손님에게 주고.

혜 준   (진우 주문한 거 계산대에서 찍고 있다.)

진 우   너 괜찮냐? 지금 박도하 실검 찍는데?

혜 준   (의아) 걔 실검 한두 번 찍냐? 뮤직비디오 나왔어?

진 우   (기사 보여준다. 톱스타 박도하, 팬 과잉대응에 "폭행 논란까지". 팩트체크 윤혜리 기자[1]) 박도하 아메리카노 박도하 폭행 실검 난리두 아니다! 지금 찍구 있는 영화에 지장 있는 건 아니겠지!

혜 준   글쎄!

진 우   알아봐 민재 누나한테. 지금 애한테 안 좋은 일 생기면 니네 영화에 두 안 좋잖아.

        문자음 E. 민재, 운전석에서 찍은 사진과 함께. '오늘도 달린다. 너무 잘되니까 무섭다! 파이팅!'

혜 준   (문자 보는) 자기 얘기하니까 어김없이 등장하는 이민재 씨다! (하면서 핸드폰 문자 보여준다.)

진 우   매니저 진짜 잘 구했어!

혜 준   미니시리즈두 캐스팅됐어!

진 우   혜준아!! 니가 드디어!

혜 준   오늘 샌드위치 내가 쏜다! 작가님한테 니 얼굴 세워줄게!

진 우   (엄지 척 한다.)

씬24. 도로/ 민재 차 안

        민재, 운전하고 있다. 기분 좋은. 핸드폰엔 전화 거는 중이다. '윤 감

---

1   박도하 논란 기사, 참조 기사 1 참고.

독님' 스피커폰.

민 재   (기분 좋은) 왜 안 받으시나?

윤감독   네 민재 씨!

민 재   네 감독님! 안부 전화 드렸습니다! 혹시 필요하신 거 있음 저 불러 주세요!

윤감독   민재 씨! 그때 왜 얘기 안 했어요? 사혜준! 태수 배신하구 민재 씨 한테 간 거라면서?

민 재   (펄쩍) 아니에요 감독님! 지금 어디세요? 만나서 말씀드릴게요.

윤감독   됐어요. 나만 꼴 우습게 됐잖아요.

민 재   누가 그래요?

윤감독   태수가요! (하곤 끊는)

민 재   (당했다.) 이 인간이 진짜! (태수에게 전화한다. 신호는 가지만 받지 않는다는 안내음. 화났다는 것을 표현하는 자신의 제스처나 소리.)

씬25. 태수 사무실 안

태수, 태블릿 PC 보고 있다. 이걸 어떻게 하지. 도하 기사다. '톱스타 박도하, 팬 과잉대응에 "폭행 논란까지". 팩트체크 윤혜리 기자'. 다른 기사 '"나 잡지 말란 말이야" 박도하 팬 밀어 넘어뜨려 논란. 아웃뉴스 김수만 기자'.[2] 실검 1위 박도하 폭행 3위 박도하 8위 박도하 신발. 손으론 볼펜(소형녹음기. 아직은 아무도 모름) 돌리고 있다.

태 수   아이 암튼 애새끼 진짜!

---

2   박도하 논란 기사, 참조 기사 2 참고.

문 확 열리고. 도하, 들어온다. 태수, 갑자기 들이닥쳐 좀 놀란. 도하,
성질나 있다.

도 하	대체 뭐하는 사람이에요? (앉으며)
태 수	(오는) 걱정 말아요.
도 하	기사 하나 못 막아요?
태 수	미리 말해줬음 막았겠죠! 이미 터진 거니까 봉합 잘하면 돼요.
도 하	뭘 어떻게 봉합해요?
태 수	메시질 공격할 수 없음 메신절 공격하라.
도 하	메시지두 진짜 아니야. 내가 걔가 팬인 줄 어떻게 알았겠어? 갑자기 잡는데.
태 수	알아서 할 테니까 기분 풀어요.
도 하	알아서 어떻게 한다는 거예요? 이사님하구 안 지 얼마 안됐잖아요. 내가 이사님을 어떻게 믿어요?
태 수	박 배우님 나랑 같은 과네! 날 왜 믿어? 안 믿는 게 당연해. 근데 내가 어떻게 처리할지 모르는 게 낫지 않겠어요? 잘못되면 내 선에서 안 끝나구 박 배우님까지 올라가잖아.
도 하	..정말 잘 처리할 수 있는 거죠?
태 수	나랑 좋은 데 갑시다! 기분 전환 해줄게요.
도 하	지금?
태 수	아니 지금은 집에 가서 얌전히 있어요. 괜히 나돌아 다니다 사진 찍히지 말구. 이따 차 보낼게요.

씬26. 해효 집 테라스

이영, 밖을 보며 전화 통화하고 있다. 테이블엔 태블릿 PC 놓여있
다. 기사 있다. '제 2의 박도하' 원해효, 영화계 블루칩 각광. 모델 겸
배우 원해효가 '제 2의 박도하'로 불리며 충무로 기대주로 급부상

하고 있다.[3]

이 영   (전화 통화하고 있다.) 제 2의 박도하! 헤드라인 좀 바꿔. 오늘 박도
하 실검 뜬 거 봤어? 걔가 워낙 팬덤두 쎄구 한류두 있어서 쉽게 망
하진 않겠지만. 걔한테 우리 해효 얹혀가구 싶지 않아. (지금 같이
엮을 스타가 없다. 이런 일은 소속사에서 금방 해결한다. 걱정마
라.) 알았어. 그럼 이번까진 박도하랑 같이 가자. 해효 지금 광고 촬
영 갔어?

씬27. 청담동 헤어샵 메이크업실 (낮)

해효, 거울 앞에 서 있다. 스포츠웨어 차림이다. 완벽한 메이크업까
지 최종점검이다. 정하, 해효의 모습 꼼꼼히 살펴준다. 정하, 출장
나갈 채비 다 됐다. 옷 갈아입은.

해 효   됐냐?
정 하   됐어!
해 효   가자!
정 하   어어! (하는데 문자음 E. 핸드폰 본다. '일 잘하고 있나!' 혜준. 화색
        도는)
해 효   표정 좀 감춰라!
정 하   티났어? 나 잠깐 전화 통화하구 가도 돼?
해 효   야 문자 왔음 문자루 답하는 거야. 전화하면 당황해.
정 하   당황하라구!
해 효   (철렁)

---

3   해효 보도자료 기사, 참조 기사 3 참고.

정하, 나가서 통화하려다 맘이 바뀌었는지 선다. 문자 답한다. 해효, 한편에서 본다.

해 효	왜 전화 안 하냐?
정 하	(문자 치면서. '잘하고 있어. 8시까지 갈게' 사랑을 시작할 때 설렘을 숨기지 못하는) 근데 일 잘하고 있냐구 물어보면서 느낌표 붙였어. 보통 물어볼 때 물음표 붙이지 않니? 이게 무슨 뜻이겠니? 일 잘하구 있을 거란 믿음을 갖구 있단 거지!
해 효	니가 물어보구 니가 대답할 거면 왜 물어보냐?
정 하	미안!
해 효	(보면서. 근데 왜 나는 쓸쓸할까.) 그렇게 좋으냐?
정 하	(웃으며) 좋아!

씬28. 혜준 집 마당/ 미니 봉고차 안 (저녁)

혜준, 옷가방 들고 나오고, 그 뒤에 민기, 내려오고 있다. 혜준, 미니 봉고차 문을 열고 가방을 놓고 운전석에 앉는다. 민기, 조수석에 앉는다.

혜 준	(시동을 건다.) 안전벨트 매시구!
민 기	(안전벨트 매는. 따라하는) 매시구!
혜 준	출발! (차 움직이며)
민 기	출바알!!!

씬29. 스퀴시장 도넛 광고 촬영 세트 (밤)

현장엔 광고 그림 콘티. 수상한 도넛! 패러다임의 전환! 운동 후에 먹는 도넛은 지상 최고의 맛! 아직도 운동 후에 이온음료 드시나요! 도넛이 있어요. 탄수화물은 뇌를 움직인다! 촬영장 안엔 감독과 촬영 스탭들. 정하와 양군. 해효, 스쿼시 복장으로 감독의 큐사인 기다리고 있다. 감독의 큐와 함께 해효, 스쿼시 시작한다. 파워풀하게 라켓으로 공을 벽에 치고 있다. 스트레스를 날리려는 듯. (점프) 몇 번 촬영한. 해효, 에너지를 다 쓰고 바닥에 드러눕는다. 숨 고르면서 천장을 보고. 무슨 생각이 난 듯.

해 효   아 당 떨어진다!

해효, 뻗쳐있는 팔을 더 위로 위로 올리면 도넛 상자 있다. 음료수도. 도넛 상자를 가져온다. 한 개를 먹는다. 눈이 확 뜨인다.

해 효   맛있다! (다시 먹는. 반 먹는데)
감 독   (E) 컷! (카메라 뒤로 빠지면)

감독과 촬영 스탭들. 정하, 양군 있다. 해효, 긴장 풀어지고. 정하, 시계를 본다. 7시 20분이다. 8시까지 가야 되는데.

감 독   좀 더 입술에 묻히구 먹었으면 좋겠어요.
해 효   네!
감 독   너무 많이 먹어서 힘들어요?
해 효   아뇨! 맛있어서 좋아요.
감 독   좋아요 자세! (메이크업 얘기하는) 잠깐 다듬구 하죠!
정 하   (가서 해효의 메이크업 수정해 준다.)
해 효   (가슴이 떨린다. 왜 그런지. 전엔 아무렇지도 않았는데)

정하, 분첩으로 다 눌러주고 입술 수정해 주려고 립브러시로 바꾸려다가 분첩을 떨어트리려고 해서 잡는데 해효가 분첩을 잡는다. 약간의 스킨십. 정하, 아무렇지도 않고. 해효, 잡은 분첩을 주는.

정 하	고마워! (하곤 립브러시로 해효 입술 칠해 주려는)
해 효	.....
정 하	(입술 칠해준다.)

씬30. 진우 스튜디오 대기실/ 광고 촬영장 밖

민기, 멋있게 빼입었다. 혜준, 옆에 있다. 혜준, 시계 보면 7시 55분
이다.

민 기	니 친구 안 오나부다!
혜 준	약속 꼭 지키는 애야.

핸드폰 E 발신자 '안정하'

혜 준	(받는) 어 정하야!
정 하	(빠른 걸음으로 나오면서) 어떡해? 할아버지께 죄송해서! 죄송하다구 전해줘.
혜 준	괜찮아. 바쁘면 그냥 있어. 오느라 애쓰지 말구.
정 하	아냐! 다 끝났어. 20분이면 도착해.

씬31. 도넛 광고 촬영장 밖

정하, 뛰어서 건물 밖으로 나가려는데. 해효, 정하의 어깨를 잡는.

해 효	데려다줄게.
정 하	어딜 가는 줄 알구?

씬32. 도로 해효 밴 안/ 진우 스튜디오 앞

정하, 오직 빨리 도착했음 좋겠단 생각에 몰두해 있고. 시계 보고 있다. 옆에 해효, 정하한테 말도 못 붙이겠다. 양군, 차 세운다.

양 군   다 왔습니다!
정 하   감사합니다! (해효에게 손짓하고 내리는. 진우 스튜디오를 향해 뛰는)
해 효   (보는. N) 그때 난 사랑과 우정 둘 중에 당연히 우정을 선택했다. 지금은 다른 선택을 하고 싶다. 아직 기회는 있다. (씬33까지)

씬33. 진우 스튜디오 안/ 대기실 안 (밤)

정하, 뛰어 들어온다. 대기실 찾아 뛴다. 대기실 안으로 들어간다. 혜준, 민기와 진우 함께 있다.

정 하   (헉헉대며) 늦어서 죄송합니다! 할아버지! (환하게)
혜 준   (환한 미소)

씬34. 진우 스튜디오

민기, 완벽한 메이크업 상태로 사진 찍히고 있다. 재킷 입은 모습. 점잖은 신사 같은. 점퍼 입은 모습. 티셔츠에 모자 쓴 악동 같은 모습. 진우, 민기 사진 찍는다. 혜준, 조명 들고 있다. 정하, 혜준과 다른 방향에서 조명 들고 있다.

민기, 혜준, 정하, 진우 있고. 직원, 생맥주 두 잔과 콜라 두 잔. 안주들을 테이블에 놓고 있다. 민기, 티셔츠에 모자 쓴. 혜준, 생맥주는 민기와 정하에게. 진우, 콜라는 혜준과 자신에게 놓는다. 정하, 안주를 앞에 잘 배치하고.

민 기	(생맥주 받고) 다 같이 한잔 하면 좋은데 니들은 운전해야 돼서 아쉽네.
진 우	담에 같이 마심 돼요. 오늘만 날 아니에요 할아버지!
민 기	난 오늘이 끝이어두 하나두 안 이상한 나이야.
일·동	(갑분싸)
혜 준	할아버지! 이 분위기 어떡할 거야?
정 하	노래하세요!
진 우	(정하에게) 너 할아버지한테 그럼 되니? 되지! 노래하세요!
혜 준	그만해! 여기서 무슨 노래야?
진 우	애 또 농담했더니 죽자구 달려드네! 다큐 아냐 예능이야!
혜 준	나두 예능했어!
일 동	(웃고 각자 알아서 리액션. 뭐만 해도 좋은지. 죽었던 분위기 띄웠다.)
민 기	(보면서 흐뭇한 미소) 니들은 어쩜 이렇게 아름답냐!
일 동	(어리둥절)
정 하	할아버지 우리 건배해요! 건배사 해주실 거죠?
민 기	건배하기 전에 감사 인사하구 싶습니다. (감정이 점점 오르는)
일 동	(보는)
민 기	오늘 여러분들한테 너무 많이 배웠습니다.. 내가 스무 살 땐 여러분만큼 똑똑하지 못했지만 자식은 낳았습니다. 그게 인생에서 젤 잘한 일입니다. 혜준일 만났으니까요.
혜 준	.... (뭉클)
민 기	혜준일 만나서 진우랑 정하두 만났습니다. 그래서 오늘 너무 행복

하구 여러분이 너무 부럽습니다. 할아버지 예뻐해 줘서 너무 고맙습니다! (감정 추스르고. 잔 들고) 이제 건배합시다!

진 우   건배할 일 하나 더 있어요. 혜준이 미니시리즈 캐스팅됐어요.

혜 준   아직 얘기할 건 아냐! 감독님두 안 만났어.

진 우   민재 누나가 됐다구 했음 된 거잖아.

민 기   우와 너무 좋다! 오늘 인생한테 말한다. (잔 들며) 고맙습니다!

일 동   고맙습니다! (잔 부딪치는)

씬36. 여의도 오피스텔 안 (밤)

원룸 형식의 가구까지 빌트인 된 내부. 경준, 구석구석 보고 있다. 싱크대 가서 물 틀어보고 냉장고랑 세탁기랑 열어본다. 중개업자, 경준을 따라 다니며 설명하고 있다. 의자도 있다.

중개업자   물 잘 나오쥬? 올해 운 트이신 거예요. 이거 내가 친한 후배 줄려구 감춰놨던 물건이에요.

경 준   칠백에 사십이면 (속소리 E) 싸긴 싸네! (마음 안 들키려) 괜찮네요.

중개업자   괜찮은 정도가 아니라 아주 좋은 거죠!

경 준   융자 진짜 없어요?

중개업자   의심은.. 어디 가서 사긴 안 당하겠네!

경 준   등기부등본이랑 임대인 위임장! 갖구 오셨어요?

중개업자   (식탁에 준비해 온 서류 꺼내놓는다.) 이게 임대인한테 받은 위임장! 인감증명! (앉는)

경 준   (앉는) (위임장과 인감증명 꼼꼼하게 보고) 임대인을 직접 보구 계약해야 하는데

중개업자   (O.L) 그렇게 미심쩍음 안 해두 돼요. (하면서 위임장과 인감증명 도로 가져오려고 하는) 하겠다는 사람 널렸어.

경 준   (도로 가져오며) 누가 안 하겠대요?

중개업자   내가 엘리를 좋아해. 은행 다닌다구 해서 집주인한테 주자구 해서

주는 거예요. 이건 등기부등본! (볼펜으로 자기가 말하는 부분을 짚으며) 오늘 날짜고 소유권 이전은 소유자 권남희 보이죠! 그리구 융자! ('을구'란을 짚으며) 근저당권 해지루 전액 상환! 융자 없는 거 맞쥬? 경준(눈으로 확인하고 마음이 놓이고. 미소) 맞네요.

중개업자   (계약서 내밀며) 그럼 계약해요?

경 준   합니다!

중개업자   돈은 지금 이체해 주시는 거 맞쥬!

경 준   (스마트 폰 흔들며) 맞습니다!

중개업자   얼마나 좋아유! 좋은 거래 같이 하게 돼서! 믿구 사는 아름다운 세상이에유.

경 준   집주인 계좌 맞는지 확인 좀 해야겠어요.

씬37. 태수 사무실 안 (밤)

태수, 소파에 앉아 있고. 6부 씬25 도하 기사. '톱스타 박도하, 팬 과잉대응에 "폭행 논란까지". 팩트체크 윤혜리 기자'. 다른 기사 '"나 잡지 말란 말이야" 아웃뉴스 김수만 기자'. 태블릿 PC에 그 기사 댓글들. 태수, 댓글들 확인한다.[4]

태 수   기사 진압은 다 됐구!

매니저   대단하세요 이사님!

태 수   오늘 기사 쓴 기자들한테 선물 보내.

매니저   왜요?

태 수   이솝우화 중에 나그네 옷 벗기기 알아? 옷은 더우면 벗지 말래두 벗어.

매니저   네?

---

4   영상으로 올라오던지 알기 쉽게 표현해 주세요. 댓글 내용은 댓글 1 참고.

태 수	못 알아들었지! 나한테 잘 배워. 그러면 나중에 독립시켜줄게.
매니저	열심히 하겠습니다.
태 수	도하 씨 데리러 가. 난 여기서 출발할게.

씬38. 태수 사무실 주차장 (밤)

태수, 자신의 차로 간다. 스마트키로 차 문 연다. 민재, 자신의 차에서 기다리고 있다가 나온다.

민 재	(성질 오르는 거 참는) 이 대표님!
태 수	(보는. 기다리고 있을 거라곤 생각 못했다.) 안녕!
민 재	(기막힌) 왜 전화 안 받아요?
태 수	하루 종일 바빴어! 박도하 기사 터져서 막느라!
민 재	변한 줄 알았어요. 이제 돈두 벌구 큰 회사 이사두 됐으니까 달라진 줄 알았어요. 내가 뭐 해달라구 부탁한 것두 아니잖아요.
태 수	윤 감독 만났구나! 그래서 알게 됐어 놀림 받은 거!
민 재	대체 왜 그랬어요?
태 수	매니저 선배로서 많은 지도편달 바란다며? 그래서 지도편달 해줬잖아.
민 재	여기서 내가 뭘 배워야 되는데요?
태 수	신인 키울려면 이런 일에 적응해야 돼. 줬다 뺏는 놈들이 한 트럭이야! 미리 맛보기 해줬어. 고맙지! (차 문 여는)
민 재	고마워서 아주 눈물 나겠네요!
태 수	(타는) 피눈물 나겠지! 앞으루 나랑 걸리는 거 있음 계속 방해할 거야.
민 재	왜요?
태 수	둘 다 나 버리구 갔잖아. (문 닫는다.)
민 재	(기막힌) 적반하장두 유분수지!
태 수	(창문 열며) 혜준이한테 말했지! 캐스팅됐다구? 이제 아니라구 말

해야 되네! 고걸 노렸어 내가! 둘 다 괴롭히는 거.

민 재   야 넌 인간두 아냐!

태 수   이제 학습 효과가 나네! 매니전 인간이 아냐. 종이 달라. 그러니까
          언어두 달라. (운전해서 떠난다.)

민 재   ....

씬39. 주차장/ 민재 차 안

민재, 멍하니 앉아 있다. 어떻게 해야 하나. 어떻게 되겠지. 출발해
야지. 시동 건다. 문자음 E. 민기, 혜준, 진우, 정하, 맥주집에서 찍은
사진. '혜준이 드라마 캐스팅된 거 축하했어요. 언니도 함께였음 더
즐거웠을 거예요' 정하.

민 재   (사진 본다. 그 위로 소리)

정 하   (E) 혜준이 드라마 캐스팅된 거 축하했어요. 언니도 함께였음 더 즐
          거웠을 거예요.

민 재   (어떡하나. 왈칵. 눈물이)

씬40. 룸살롱 복도/ 룸살롱 룸 밖

태수, 도하와 걸어오고 있다. 앞에 웨이터. 웨이터 문 열어주고. 태
수, 도하에게 먼저 들어가라는 제스처.

씬41. 룸살롱 룸 안

태수, 도하와 앉아 있다. 앞엔 기본 세트 차려져있고.

태 수	노는 거 좋은데... 요즘엔 같은 연예인두 위험해요! (하면서 술 따라 주는)
도 하	(받는) 이사님 실력 좋아요. 이제 얘기해 보세요. 어떻게 한 거예 요?
태 수	기살 막는 방법엔 두 가지가 있죠. 하난 댓글 조작 하난 기사는 기 사루 밀어버린다. 이제 날 좀 믿겠어요?
도 하	(태수에게 술 따라주고) 뭐... 괜찮네요.
태 수	우리처럼 사람 못 믿는 사람들이 결국 믿는 건 숫자예요. 공감과 비 공감 숫자! 내 편을 만들구 싶음 숫잘 만져주면 돼요.
도 하	생각보다 엄청 똑똑하네요.
태 수	나 77 뱀이야. 형이라구 불러두 되는데.
도 하	...알았어 형!
태 수	(웃으며) 세상이 너무 좋아졌어. 이 좋은 세상 천년만년 살자 도하 야!
도 하	(미소)

문 열리고, 여자들 들어온다. 8명. 여자, '오빠들 먼저 시작하면 어 떡해요? 섭섭하게!' 도하와 태수 자리로 가서 앉는다.

씬42. 혜준 집 앞

진우 차 들어온다. 영남, 집으로 들어가려는데. 진우 차 서고, 민기, 내린다. 고맙다. 영남, 민기 내리는 거 보고. 민기, 온다.

영 남	(의아) 쟤 진우 아냐? 왜 진우 차를 차 타구 와? 옷은 또 그게 뭐야? 아버지가 이팔청춘이야?
민 기	어울리면 되잖아. (하면서 집으로 들어가는)
영 남	(뭔가 이상하다.)

씬43. 혜준 집 거실

민기, 들어오고. 애숙, 주방에 있다가 기척에 나온다.

애 숙	늦으셨네요 아버님! 아버님 한잔 하셨어요?
민 기	(환한) 진짜 딱 한 잔 했는데 어떻게 알았냐?
영 남	(뒤따라 들어오는)
애 숙	(영남에게) 아버님하구 같이 있었어?
영 남	아냐! 여기서 만났어. 혜준인 어딨어? 같이 나갔잖아.
민 기	젊은 애가 바쁘지. 나랑 같나? 혜준이 드라마 한대. 뭐 미니시리즌 지 뭐.
애 숙	(기쁜) 너무 잘됐다!
영 남	(믿기지 않은) 진짜야?
민 기	(영남에게) 잘해 나중에 원망 듣지 말구.
영 남	내가 뭘 했다구 원망 들어? 다 지 잘되라구 얘기하는 거지!

씬44. 미니 봉고차 안/ 정하 집 근처

혜준이 운전하는 미니 봉고차 들어온다. 오래된 차라 안정감 없고.
조그만 자극에도 덜컹. 혜준, 운전하고 있고 조수석엔 정하. 정하,
운전하는 혜준 보는. 뭔가 생각하는. 차 선다. 안전벨트 푸는.

정 하	좀 비현실적인 거 같아. 니가 이 안에서 운전하고 있는 거!
혜 준	왜 그렇게 느끼지?
정 하	으음... 너 자체가 비현실적인 거 같아. 지금 우리가 함께 있는 것두 현실인지 디게 헷갈려. 사진 찍어두 돼? 지금을 기록하구 싶어.
정 하	(핸드폰으로 핸들에 손 올린 혜준 찍는)
혜 준	현실인 거 확실히 느끼게 해줄게. 우리 영화 볼래?
정 하	좋아. 아카데미 노미네이트 된 영화 찜해놨어.

혜 준	(안전벨트 푸는)
정 하	왜?
혜 준	문 앞까지 데려다주게!
정 하	됐거든요!
혜 준	(내린다.)
정 하	쟤는 진짜 말 안 들어.

씬45. 정하 집 앞

혜준, 정하와 걷고 있다. 두근두근. 좋아해 편의점 앞을 향해 간다. 혜준, 정하에게 손을 내민다. 정하, 손을 잡는다. 두근두근. 두 사람 손잡고 걸어가는.

혜 준	그거 알아?
정 하	(보는. 뭘?)
혜 준	비 안 왔다!
정 하	(그러네. 이제 알았다. 하늘 보곤) 비 오면 항상 생각날 거 같아.
혜 준	(알면서) 누가?
정 하	(대답 알면서) 대답할까 말까?
혜 준	대답할까 말까 할 땐 대답하는 거야.
정 하	안 할래.
혜 준	(웃는)

좋아해 편의점 앞에 선다.

혜 준	들어가!
정 하	먼저 가.
혜 준	아니 들어가는 거 볼래.
정 하	내가 널 어떻게 이기겠니! (들어간다.)

혜 준	(보는) (F.O)

씬46. 영화관 (이른 아침) (F.I)

혜준, 팝콘과 물, 영화표 들고 서 있다. 정하, 온다. 조조라 사람들 별로 없다. 정하, 시각장애인 시계 차고 있다.

씬47. 상영관

혜준, 정하와 자리 확인하고 앉는다. 영화표 정하가 들고, 혜준이 팝콘 들고. 조조라 사람들 거의 없다. 영화 광고 흐르고 있다. 어둡다.

혜 준	밥 먹었어?
정 하	난 밥은 꼭 세 끼 다 먹어. 넌?
혜 준	나두! 조금이라두 꼭 먹어. 너무 일찍이라 빈속엔 팝콘 안 좋을 거 같아 망설였어. (팝콘 가운데 놓으며)
정 하	잘 샀어. (하면서 팝콘 먹는) 카라멜 팝콘이네!
혜 준	내가 좋아해. 넌 안 좋아해? (먹는)
정 하	팝콘은 카라멜이지! (다시 카라멜 팝콘 먹으려고 통에 손 대는. 시계 보이는)
혜 준	아직 시작 안 하나? 몇 시지? (하면서 핸드폰 꺼내 몇 시인지 보려는)
정 하	내가 가르쳐줄게. (하면서 자신의 시계를 만진다. 분침과 시침을)
혜 준	(뭐하지? 시계 보지도 않고. 시계 보는)
정 하	6시 50분! (시계 보여주며) 시각장애인 시계야. 촉감을 사용해.
혜 준	처음 봐.
정 하	(프레임 안에 구슬은 만지며) 이건 분! (프레임 옆 구슬) 이건 시! 해볼래? (팔목 내어주는) 타인의 감정 공감하는 삶을 살구 싶어. 그

런 시도 중에 하나야 이 시겐.

혜 준   (본의 아니게 시간을 알려고 정하의 손목에 슬쩍슬쩍 닿는. 프레임
          을 만지고 그 안에 구슬을 어딜 향하는지. 프레임 밖 구슬은 어디에
          있는지 만지는. 앞에 보고)

정 하   (뭔지 모르게 긴장되는)

단순히 몇 시인지 알려는 건데.. 뭔가 남녀의 에로틱한 분위기.

혜 준   (미소 띠며) 일곱 시!

정 하   (미소)

영화 시작하고 있다. 〈그린북〉

씬48. 짬뽕 엔터 사무실 (낮)

민재, 누워있다. 잠은 깼고. 일어나질 않고. 밍기적.

민 재   혜준이한테 말해야 돼. 길어질수록 더 안 좋아. (일어나 앉으며) 그
          래 결심했어! 다시 자야겠어. (하곤 눕는다.)

씬49. 카페 (낮)

진우, 자궁경부암 백신 접종카드 스탬프 3개 찍힌 거 사진 찍고 있
다. 테이블 위엔 민기 포토폴리오 2개 놓여 있다.

진 우   드디어 디데이다! (하면서 사진 첨부해서 해나에게 문자 보낸다.
          '증거 완료')

혜 준   (들어와서 진우에게 온다.)

진 우	(혜준 보는)
혜 준	(앉는)
진 우	아주 빤지르르 하시네!
혜 준	푸석하지 않아? 새벽에 일어났어. 7시에 정하랑 조조 영화 봤거든. 걔가 아침에 출근해야 돼서.
진 우	이걸 때릴까! 그게 푸석하면 일 년 365일 푸석했음 좋겠다! 정하랑 언제 그렇게 됐냐?
혜 준	너두 만나는 여자 있잖아. 왜 까질 못하냐?
진 우	까구 싶어 죽겠다! 말하구 싶어 죽겠는데.. 답답해 죽을 거 같아!
혜 준	나한테 말하지 마.
진 우	왜에?
혜 준	니 고통에 참여하구 싶지 않아.
진 우	이런 씨이! 너 정하하구 나하구 누가 더 좋아?
혜 준	정하!
진 우	남자 새끼들하구 의리를 찾는 내가 등신이지!
혜 준	넌 누가 더 좋아?
진 우	(O.L) 당연히 해나지!
혜 준	(놀란) 야아!
진 우	(입을 막는)
혜 준	이거 미친놈 아냐? 동생하구!
진 우	말하지 마.
혜 준	너야 말루 들켜두 내가 알았단 얘기 하지 마. (포트폴리오 갖고 오며) 이거지! 두 개네?
진 우	하난 보관용으루 가지라구!
혜 준	고맙다! 곧 죽을 놈이 예의두 바르네!
진 우	나 죽어?
혜 준	죽겠지 해효한테!

씬50. 해효 집 앞 (저녁)/ 진우 차 안

해나, 서 있다. 진우 차 선다. 해나, 조수석에 탄다.

해 나   어디루 갈 거야? 호텔은 별론데.
진 우   그럼 어디루 가? 펜션?
해 나   펜션두 별론데.
진 우   해나야.. 가기 싫음 안 가두 돼.
해 나   가긴 가야지. 약속했잖아. 난 약속을 아주 잘 지키는 사람이야.
진 우   그 생각 변함 안 된다! (하면서 차를 움직인다.)

씬51. 호텔 복도/ 객실 앞

진우와 해나, 걸어오고 있다. 진우, 객실 앞에 선다. 해나와. 진우,
카드키로 문 열려는데 긴장되서 잘 못하고.

해 나   문두 못 열어?
진 우   많이 안 와봐서.
해 나   내가 할게! (카드 뺏으며) 난 많이 와봤어. (문 연다.) 가족끼리!

씬52. 호텔 객실 안

진우와 해나, 들어온다. 로맨틱한 분위기 들어와서 내내. 테이블 위
엔 꽃바구니 '해나야 사랑해' 얼음 담긴 샴페인과 잔 두 개.

해 나   (보고. 기분 좋지만) 유치해!
진 우   유치하잖아 오빠가! 너 나 유치해서 좋아하는 거 아냐?
해 나   맞아. 수준 안 맞아서 좋아해. (미소)

진 우	(보는) 샴페인부터 마실까?
해 나	(보는) 싫어.
진 우	그럼 뭐 먼저 하구 싶어?
해 나	난 목적지향적 인간이야. 우리가 여기 온 목적이 있잖아.

진우, 키스한다 해나에게. 해나도. 밖에서 볼 땐 계속 몰입하는 거 같은데.

진 우	(내면에서 여러 가지가 복잡하다. 떨어지며) 하아!!!
해 나	(왜 그러나)
진 우	안 되겠다. 내가 너 꼬꼬마 때부터 봤는데.. 이건 아닌 거 같아. 못할 짓 하는 거 같아.
해 나	뭐?
진 우	아직 애한테.. 조금 더 있다 하자.
해 나	(깨는)
진 우	(앉으며) 오빠랑 그냥 놀자. (샴페인 따려고) 이거 마시구 같이 드라마 보면서
해 나	(버럭 O.L) 야이 미친놈아!!!
진 우	(당황) 야 너 오빠한테?
해 나	오빠는 무슨 오빠! 우리가 피를 나눴니? 넌 그래서 안 돼.
진 우	(얘 왜 이래 진짜) 해나야?
해 나	내가 이날을 얼마나 기다렸는 줄 알아?
진 우	(몰랐다.) 알았어! 그럼 하자! 하면 되잖아! (하면서 달려는데)
해 나	(황당) 하면 되잖아? (확 밀친다.)
진 우	야아!
해 나	김샜어! (가방 챙겨서 나가는데)
진 우	(잡는) 해나야 잘못했어!
해 나	놔!
진 우	(놓는) 오빠가 잘못했다!
해 나	넌 오빠두 아니구 오는 기회두 못 잡는 루저야! (나가는)

진 우	(혼자 남는)

씬53. 혜준 집 혜준 방 (밤)

민기, 땀을 뻘뻘 흘리며 벽에 등을 바짝 대고 서 있다. 워킹 기본 연습하고 있다. 혜준, 들어온다. 포트폴리오 들고.

혜 준	할아버지 안 힘들어? 너무 무리하지 마.
민 기	(자세 푸는. 헉헉) 안 무리야! 힘들어두 좋아!
혜 준	포트폴리오 나왔어. (한 개는 주고) 이건 기념으루 갖구 있어. (한 개는 서랍에 넣는다.)
민 기	(땀 닦으며. 포트폴리오 펼쳐보는) 아유 잘 나왔네.
혜 준	멋있어.
경 준	(E. 밖에서) 할아버지 식사하세요! 아빠 식사하세요.

씬54. 혜준 집 거실/ 주방/거실

애숙, 상 차리고 있다. 접시에 담은 불고기를 식탁에 놓는다. 식탁 위엔 반찬들. 코다리찜, 김치, 멸치볶음. 계란찜, 나물. 경준, 앉아 있고.

경 준	(앉아 있는) 오늘 반찬이 좋다 엄마!
애 숙	혜준이 드라마 캐스팅됐다! 이제 슬슬 일이 풀리나봐. 너무 좋아.

민기, 들어와서 앉는. 그 뒤에 혜준도. 혜준은 애숙 도와주고. 서로 눈 맞추고. 애숙, 혜준이 너무 대견하고 서로 미소. 혜준, 애숙에게 앉으라는 제스처. 애숙, 앉고. 혜준, 쟁반에 담은 국을 나눠주는.

경 준	(혜준 뒤에 대고) 너 드라마 해? 어느 방송국에서 해?
혜 준	아직 못 들었어.
경 준	어느 방송국인지두 모르구 캐스팅됐단 거야?
민 기	매니저가 알아서 하는 거야. 배우는 나중에 알아두 돼. (혜준, 민기 앞에 국 놓고)
영 남	(들어와 앉으며, 경준에게) 너 이사 나간다는 집 너무 싸. 여의돈데. 엉성한 거 얻은 거 아냐? (혜준, 국 놓고)
경 준	내가 누구야 아빠! 나니까 좋은 물건 싸게 얻은 거야. 발품 엄청 팔았어.
영 남	니가 그렇다면 그런 거지! 너야 뭐! 말할 게 뭐있냐! 이산 다음 주말에 한다면서! 이삿짐센터 부를 거야? (혜준, 애숙에게 국 놓고)
애 숙	당신이 도와줘. 다 빌트인 돼 있다잖아. 갖구 나갈 짐두 몇 개 없잖아.
영 남	나 그날 안 되는데. 공사 있어.
혜 준	(국 가져와 경준 준다. 자신도 앞에 갖다 놓고)
애 숙	그럼 내가 같이 하지 뭐.
혜 준	엄마가 왜 해 힘들게! 내가 도와줄게.
애 숙	너 바쁘잖아. 촬영 안 해?
혜 준	아직 대본 리딩두 안 했어.
애 숙	집안에 남자들 많은데 엄마 도와주는 건 너 하나야.
경 준	엄마 그런 거 안 좋은 거야. 한 사람 칭찬하면서 여러 사람 까는 거!
애 숙	암튼 넌 말은 잘해! (불고기 혜준에서 덜어주며) 많이 먹어. 너 주려구 한 거야. 밥 먹구 엄마한테 드라마 얘기 자세하게 해줘. 감독은 누구구 작가는 누군지!
혜 준	(먹는)

씬55. 혜준 집 밖 계단 (밤)

혜준, 민재에게 전화 걸고 있다. 신호음 가지만 받지 않는다. 안내음, 받을 수 없다는. 왜 전화를 안 받지. (F.O)

씬56. 한남동 공터 (아침) (F.I)

민기, 운동기구에 올라가서 운동한다. 다하고 내려온다. 숨 고르기 하고. 도시에게 소리친다.

민 기　　　기다려라 영남아! 아빠가 간다! (기분 좋은)

씬57. 짬뽕 엔터 사무실 앞

혜준, 온다. 문 열려고 하는데 잠겨있다. 이상하다. 벨을 누른다. 대답이 없다. 다시 누른다. 기척이 없다. 핸드폰으로 민재에게 전화를 하려는데. 문 열린다. 민재, 머리 엉망이다.

혜 준　　　(본다.)
민 재　　　미안해.
혜 준　　　……
민 재　　　나 짤라! (들어간다.)
혜 준　　　(따라 들어간다.)

씬58. 짬뽕 엔터 사무실 안

혜준과 민재 앉아 있다. 앞에 차 놓고.

민 재　　　생각해 봤는데 난 매니저 자격이 없어. 촐랑대구 감정기복두 심하구 나대기두 잘해.
혜 준　　　(O.L) 자아비판두 잘하네.
민 재　　　과연 내가 너한테 도움이 될 수 있을까.
혜 준　　　(O.L) 전제가 틀렸어. 남을 위해 일한다는 거보다 자신을 위해 일하는 걸 더 믿어 난.

민 재   내가 너보다 나이 많아. 나두 다 알아.

혜 준   사람들이 말해. 다 안다구. 아는데 안 하는 건 모르는 거보다 더 나
         빠.

민 재   ....

혜 준   처음부터 이 일이 이 대표랑 연관 있는 거 알았음 말렸을 거야.

민 재   비지니슬 너무 낭만적으루 생각했어. 따지구 보면 영화두 내가 따
         온 일이 아니잖아. 내가 한 일 없어.

혜 준   이번 일루 누나가 배운 게 있음 됐어. 세상에 공짠 없으니까.

민 재   그렇게 말해줘서 고마워. 근데 너 대단하다. 왜케 차분해?

혜 준   이런 일 많이 당해봤으니까 어떻게 처리하는지두 알아. 내가 누나
         한테 화나는 건

민 재   (O.L) 이렇게 반성하는데두 화나?

혜 준   일은 실수하구 잘못할 수 있어. 하지만 문젤 회피하는 건 싫어. 연
         락불통인 매니전 최악이야.

민 재   너 지금 나 혼내는 거야?

혜 준   짜르란 말을 어떻게 해? 그건 마지막에 하는 말이잖아.

민 재   농담이야!

혜 준   누나가 이 일을 가볍게 생각하는 건 아니구?

민 재   ......

혜 준   누나 나한텐 시간이 별루 없어. 어떤 땐 웃어두 웃는 게 아냐.

민 재   미안하다. 니 매니절 할 수 있을지 다시 생각해 볼게.

혜 준   (이 누나 진짜) .....

씬59. 해효 집 거실 (낮)

이영, 양군하고 앉아 있다. 차 앞에 놓고. 이영, 안경 쓰고 시놉시스
읽고 있다. A4 용지에 작성된. 마지막 페이지 끝부분. 다 읽고 놓는
다. Ovn 미니 시리즈 제목 '잡아라' 작가 인경. 감독 윤지호.

이 영	아무리 읽어봐도 매력이 없어. 왜 우리 해효한테 이런 대본만 들어오는 거야?
양 군	윤지호 감독님 꺼예요. 다들 못 들어가서 난린데.
이 영	그 감독 벌써 두 번째 망했어. 작가두 신인이구. 뭘 믿구 들어가란 거야?
양 군	아직 해효 뭘 고를 급은 아니어서
이 영	(O.L) 그래서 세 번째두 아니구 네 번째 역할! 대체 회사는 뭘 하는 거니? 대형 기획사라 들어왔더니 해주는 게 없어. (해효 들을까 봐) 최세훈 감독 영화두 내가 잡아왔잖아. 뭘 하는 게 있다구 50%씩 가져가?
양 군	....
이 영	이번에 작품 제대루 들여보내 주지 않음 다음 계약은 없어.
해 효	(나갈 채비 다 하고 내려오는) 가자! 두 분 투샷 좋으시네! 형은 엄마 회사 직원 같아.

씬60. 해효 집 안방

애숙, 물걸레질 하고 있다. 이영, 들어온다. 시놉시스 들고. Ovn 미니 시리즈 제목 '잡아라' 작가 인경. 감독 윤지호.

이 영	(들어오며) 아우 피곤해! 이건 누가 매니전지 모르겠네! (시놉시스 테이블 위에 놓는다) 혜준인 이번 영화 끝나면 다른 거 들어가?
애 숙	(일어난다. 자랑하고 싶었다.) 미니 시리즈 들어간대요.
이 영	(의외) 어 잘됐다! 어떤 작품이야? 우리 해효두 지금 여러 가지 보구 있거든.
애 숙	제목이 '잡아라'래요.
이 영	엥! (시놉 들며) 이거?
애 숙	어? 해효두 이 드라마 들어가요?
이 영	생각 중이야. 근데 혜준이 얘긴 못 들었는데. 확실해?

애 숙	확실하죠.
이 영	주인공두 확실하게 안 정해졌다는데.. 혜준일 먼저 정했다구?
애 숙	(의심하냐. 기분 나쁘다.) 조연 먼저 정하구 주인공 정할 수두 있죠.
이 영	그런 경우 별루 없어. 대본 리딩하구 짤리는 경우두 있구.
애 숙	(속소리 E) 짤린단 얘기야 뭐야. (하곤 다른 걸레로 테이블 닦는)
이 영	(전화하는. 상대편 받았다.) 어.. 뭐 하나만 물어보자. 잡아라에 혜준이 캐스팅됐어? 어어. 어 알았어. (끊는)
애 숙	뭐래요?
이 영	금시초문이래.
애 숙	근데 왜 됐다구 했지?
이 영	됐다구 했으니까 그렇게 알구 있겠지! 혜준이 알면 상심이 크겠다. 애한테 아는 척하지 마. 개가 먼저 알구 얘기할 때까지.
애 숙	…….

씬61. 코엑스 별마당 도서관 (낮)

혜준, 걸어 다니면서 책보고 있다. 생각 정리하듯이.

씬62. 카페 (밤)

혜준, 이어폰 끼고 노트북에서 미국 시트콤 〈프렌즈〉 보면서 영어 공부하고 있다. 음료수와 빵 옆에 있고. 기지개 편다. 이어폰 빼고.

씬63. 혜준 집 혜준 방

민기, 워킹하고 있다. 재킷 걸치고.

| 민 기 | 이것두 일이라구 힘드네! 좁은데 나가서 해야겠다. |

씬64. 혜준 집 거실/ 현관

민기, 방에서 나온다.

| 민 기 | (자세 잡는다.) 어깨 내리구 가슴 펴구! 간다! (걷는) |

민기, 거실 끝까지 가는. 다시 턴해서 현관으로 걷는데.

애 숙	(급하게 들어온다.)
민 기	(움찔)
애 숙	(자신이 늦어서 민기 행동은 안 보이고) 늦었어요 아버님! 시장하시죠?
민 기	아니 괜찮아.
애 숙	쫌만 기다리세요. (하곤 안방으로 가고)
민 기	(희색. 다시 걸어도 되네. 한 번만 더 걸어야지. 걷는데)
경 준	(E) 할아버지 뭐하세요?
민 기	(움찔) 어? 아냐 아무것두. 일찍 들어왔다!
경 준	제 시간에 들어왔는데요.
민 기	그렇구나. (하면서 자신의 방으로 간다.)
경 준	(이상하다.)
민 기	(방 안으로 들어가는데 넘어진다. 소리) 아이구!
경 준	(자신의 방으로 들어가다가 소리 나는 쪽 보고 가면)
민 기	(쓰러져 있다.)
경 준	(놀라서) 할아버지! 할아버지!
민 기	(의식이 없다.)
경 준	엄마아! 엄마아! 119!

씬65. 응급실 침대

링거 맞고 있는 민기, 편안한 모습으로 잠이 들었다. 그 옆에 앉아 있는 애숙과 경준.

씬66. 혜준 집 혜준 방

영남, 들어온다. 민기의 옷가지를 가방에 담고 있다. 속옷도.

애 숙   (E) 아버님 입원하실 수두 있으니까 준비 좀 해와.
영 남   옷은 됐구 심박동기 카드 필요한가? (하면서 서랍 연다. 민기의 포트폴리오 니오고. 모델 학원 입시원서. 모델 학원 수강증 나온다. 보고 기가 막힌)

씬67. 응급실 침대

민기, 의식이 돌아왔다. 평온한. 눈 떴다가 애숙과 경준 보고 다시 감는다.

경 준   할아버지 눈뜬 거 봤어요.
민 기   (눈뜨며) 봤냐?
애 숙   괜찮으세요 아버님?
민 기   어어.
애 숙   쓰러졌는데 괜찮을 리가 없죠.
의 사   (오는) 이제 깨셨네요.
애 숙   방금 일어나셨어요.
의 사   이거 다 맞구 댁에 가셔두 됩니다.
애 숙   왜 그러신 거예요? 심장에 문제가 있는 건 아니죠?

의 사	심장에 문제 있음 이 정도루 안 끝나요. 과로나 스트레스 같아요.
애 숙	(의아) 과로요?
애숙경준	(민기 보는)
민 기	(아무 일도 없다는 듯) ......

씬68. 혜준 집 현관/ 거실

혜준, 들어온다.

| 혜 준 | 다녀왔습니다! (하고 자신의 방으로 들어가려는데) |

영남, 혜준의 방에서 나온다. 손엔 민기 포트폴리오. 모델 학원 입시 원서.

혜 준	아빠가 왜 거기서 나와?
영 남	(손에 든 거 흔들며) 이게 뭐냐?
혜 준	(알았구나) 할아버지 모델 학원 끊어드렸어.
영 남	(기막힌) 말려두 시원치 않은데 니가 해드렸어? 너 아빠 말 뭘루 들어? 뭘루 듣냐? (포트폴리오 던진다.)
혜 준	할아버지가 일거리 원하셨어. 아버지한테 도움되구 싶다구. 그래서 내가 일 찾아드린 거야.
영 남	일을 찾아두 꼭 지같이 현실성 없는 것만 찾아왔어. 니가 그러니까 아빠가 걱정을 안 할 수가 없는 거야.
혜 준	나 대학 형 때메 포기했어. 우리 둘 다 대학 등록금 내야 되니까 우리 둘 중 하나 그만둬야 된다구 생각했어. 엄마 아빠 힘드니까.
영 남	누가 너더러 그런 걱정하래?
혜 준	형은 공부 잘하니까. 그게 나라구 생각했어. 어차피 난 학력이 필요한 일이 아니니까. 이래두 현실성이 없어? 왜 내 희생은 아빠 눈에 안 보여?

영 남	지금 생색내는 거야? 학교 지가 관두구 싶어 관뒀으면서 누구 핑곌
	대? 니가 그런 소가지니까 안 되는 거야. 할아버지랑 똑닮아갖구.
혜 준	할아버지 닮음 어때서 그래? 아빠 닮는 거 보다 나아!
영 남	이 새끼가 진짜! (하더니 뺨을 때린다.)
혜 준	(감정 확 오르고) ...... 때렸어?
영 남	(때리고 미안한)

씬69. 혜준 집 밖/ 미니 봉고차 안

혜준, 울고 있다. 하루의 설움이 다 올라온다. 핸드폰 E 발신자 '안
정하'. 혜준, 발신자 보니까 더 왈칵. 눈물 닦고. 감정 추스른다.

혜 준	어 정하야!
정 하	(F) 감기 들었어?
혜 준	아니.
정 하	(F) 목소리가 감기든 거 같아. 아니라니까 다행이다.
혜 준	....
정 하	(F) 나 놀구 싶어. 같이 놀면 안 돼?
혜 준	돼!

씬70. 한울공원 (밤)

공원 전경. 청아한 밤하늘, 가로등 불빛, 나무와 꽃들. 시작하는 연
인을 축복해 주는 거 같다. 혜준, 걷고 있다. 그 옆에 정하. 전경을
만끽하면서.

정 하	여기 되게 좋다. 좋은 데 많이 아시네요!
혜 준	우울할 때 오는 곳 중 하나야.

정 하	우울했어?
혜 준	어. 근데 너 만나면 우울하지 않아.
정 하	그럼 내가 우울증 약이란 거네! (돈 달라는 제스처) 약값 주세요!
혜 준	(지갑 꺼내는)
정 하	진짜 줘?
혜 준	(만 원 준다.) 어.
정 하	(받고) 우와 신난다! 왜케 많이 줘?
혜 준	(돈 달라는 제스처) 거스름돈 줘!
정 하	떼먹을래! (하곤 갖고 도망가며) 공짜루 남자한테 돈 받았다!
혜 준	(웃고 잡으려고 따라 뛰는)

혜준, 정하 따라 잡고. 같이 웃고. 같이 또 걷는. 혜준, 해맑다.

씬71. 한울공원 피아노 앞

혜준, 정하와 피아노 있는 데까지 걸어왔다.

정 하	(피아노 보고) 피아노 있다! (하면서 가서 건반 두드리는) 우리 땐 엄마들 성화에 피아노 학원 필수코스 아니었니!
혜 준	아니! (그 옆에 가서 건반 두드리는)
정 하	너두 칠 줄 아네.
혜 준	(앉는) 난 혼자 배웠어. 뭐든 학원 안 다니구 혼자 파는 스타일이야.
정 하	(같이 옆에 앉는) 지금 천재라는 거야?
혜 준	가난하단 거야. (하면서 젓가락 행진곡 반주한다.) 이거 할 줄 알아?
정 하	(반주에 맞춰 건반 누르는)

혜준과 정하, 젓가락 행진곡을 같이 치고. 즐거운.

| 혜 준 | (N) 여자를 사랑하면 마법이 일어난다. 여자에겐 이름이 있다. 안 |

정하.

현실 따윈 잊었다. 서로에게 집중하느라. 즐겁게 노는. 합주 끝나고.

정 하	멋있어!
혜 준	(삶의 위로가 된다. 미소. 다른 곡 연주한다.)
정 하	(보는)
혜 준	(노래하는. 정하 보는)
정 하	(눈빛 받고)
혜 준	(연주하고. 다시 정하 보고)
정 하	(그 눈빛 받고)

혜준 정하, 누가 민저랄 것도 할 거 없이 살짝 입맞춤. 떼고. 혜준,
주도적인 청순한 키스.

(끝)

톱스타 박도하, 팬 과잉대응에 "폭행 논란까지"

[펙트체크] 윤혜리 기자

톱스타 박도하가 다가오는 팬을 매정하게 밀쳐내는 모습이 포착돼 논란이 커지고 있다.

최근 온라인 커뮤니티와 SNS를 통해 박도하로 보이는 남성이 여성 팬을 밀쳐내는 영상과 사진이 공개됐다.

영상에는 박도하가 한 손에 커피를 든 채 이동하던 중 다가와 아는 척하는 팬을 한 차례 외면하고 지나친다. 그럼에도 팬이 준비한 선물을 건네주기 위해 박도하를 붙잡자 박도하가 해당 팬을 신경질적으로 밀치는 모습이 담겨있다.

관련 영상과 사진이 빠르게 퍼지면서 '폭행 논란'까지 불거졌다.

이에 소속사는 한 매체와의 통화에서 "사실 확인 중에 있다"는 말만을 남겼다.

박도하 팬 과잉대응 논란을 접한 네티즌들은 "박도하 스타병에 걸렸다", "그래도 밀치는 것까지는 너무한 듯", "내가 팬이라면 당장 탈덕이다", "저건 팬을 떠나 엄청 무례한 것 아닌가. 연예인이 벼슬도 아니고", "박도하도 팬들이 얼마나 쫓아다니면 저랬을까" 등의 반응을 보이고 있다.

"나 잡지 말란 말이야" 박도하 팬 밀어 넘어뜨려 논란, "이건 너무해" 박도하 팬들 뿔났다.

[아웃뉴스] 김수만 기자

어제 30일 배우 박도하가 한 여성 팬을 밀쳐 넘어뜨리는 사진이 사회관계망서비스(SNS)에서 게시되면서 실검에 오르는 등 논란이 계속되고 있다.

당시 매니저 없이 개인시간을 보내던 박도하는 청담동 커피숍에서 커피를 사 매장에서 나오던 중 한 여성 팬이 반갑다며 팔을 잡자 밀어버렸던 것. 그 바람에 여성 팬은 넘어지고 누군가 그 모습을 찍어 '아무리 탑스타라지만 팬을 밀어버리는 박도하 인성 무엇?'이라는 해시태그와 함께 인스타그램에 게시했다.

총 3장의 사진 속 박도하는 넘어진 팬에게 미안하다는 말은커녕 매우 험악한 표정으로 팬을 노려보고 가버리는 모습이어서 대중들은 물론 팬들까지 그의 행동에 문제를 삼고 있다. 일부 팬들은 "팬한테 무례하다", "사과하지 않으면 탈덕이다", "반가워서 잡은 건데 벌레 떼어내듯 밀어버리는 건 팬을 가질 자격이 없다", "인성 드런 오빠 필요 없다" 등 싸늘한 반응이다.

박도하나 그의 소속사 에이준 측에서 현재까지 상황 파악 중이라는 입장만 내놓을 뿐 사과나 다른 행보를 보이지 않는 상태이다.

'제 2의 박도하' 원해효, 영화계 블루칩 각광

모델 겸 배우 원해효가 '제 2의 박도하'로 불리며 충무로 기대주로 급부상하고 있다. 187cm의 훤칠한 키와 작은 얼굴로 환상적인 비율을 자랑하며 여심을 녹일 듯한 매력적인 눈빛을 가진 원해효는 2013년 '2014 S/S 송지우 컬렉션'으로 데뷔해 이듬해 박승헌, 김성룡, 스티브K&요니Q 등 굵직굵직한 무대에 오르며 단숨에 라이징 모델로 거듭났다.

2015년 '제 6회 디자이너패션 어워드 올해의 패션모델상'을 수상하며 모델로서 승승장구하던 그는 이듬해 tvC 단막극에서 종민 역을 맡아 배우로서 첫발을 내딛었고 그 후 조·단역을 마다않고 드라마에 출연하면서 모델에서 배우로 자리매김했다.

브라운 속 원해효는 최근 최세훈 감독의 〈평범〉에 탑스타 박도하와 함께 주인공으로 캐스팅되면서 스크린 진출에 성공, 또 한 명의 충무로 스타 탄생을 예고한 바 있다.

개성 있는 매력과 안정된 연기력까지 더해져 '제 2의 박도하'라 불리며 뜨거운 사랑을 받고 있는 원해효는 광고계에서도 러브콜이 끊이지 않는다는 관계자의 전언이다. 원해효 소속사 관계자는 "하루에도 수차례 광고 문의가 들어오고 있는 상태"라며 "얼마 전엔 유명 도넛 TV 광고 촬영도 마친 상태로 다양한 브랜드의 광고 문의가 쇄도하는 등 원해효에 대한 관심이 높아졌음을 실감하고 있다"고 밝혔다.

이처럼 스타성을 인정받은 원해효는 충무로의 블루칩으로 떠오르면서 제 2의 박도하가 탄생할 것을 기대하게 한다.

| | 댓글 입력 |

피해자 코스프레 하지 마라 사생팬인 거 다 안다.

👍 3948 👎 66

박도하 인성 쓰레기로 만들지 마라! 작년 **필드 팬사인회 때 인파에 넘어진 날 구한 영웅이다!

👍 2098 👎 45

저 여자 소문난 미친 x임. 얼마 전까지는 김ㅇ현 쫓아다니더니 이번엔 박도하로 갈아탔네. 김ㅇ현도 쟤라면 아주 치를 떨었음. 이 바닥에서 알아주는 미친 x임.

👍 2690 👎 185

사생팬한테 이입 오졌다 갑툭튀 한 사람이 나 잡으면 난 귀싸대기 날릴 것임.

👍 509 👎 13

오빠가 젤 싫어하는 게 잡아끄는 건데 넌 팬할 자격도 없다.

👍 398 👎 66

왜 그 팬이라는 사람 입장만 생각하지? 그동안 정신적 학대를 받아온 박도하 입장은 생각 안 해주나? 사람이 얼마나 괴로우면 저렇게 피하겠어. 딱 봐도 저 사생팬 박도하 관심 받으려고 일부러 앞에서 자빠지는 거 다 티남.

👍 265 👎 78

연예인도 아무나 하는 거 아니다.. 혼자 커피 마시러 나온 것도 귀신같이 알아서 쫓아다니니.. 나는 하래도 못함... 우리나라도 인식 바뀌어야 한다. 연예인들은 돈 많이 버니까 무조건 가만히 당하고만 있어야 한다는 인식.. 어떤 상황에도 그놈의 팬서비스 해야 한다는 인식.. 연예인은 사람 아니냐?

👍 387 👎 99

7부

씬1. 청담동 헤어샵 메이크업실 (낮)

정하, 핀셋으로 마지막 인조 속눈썹 끝을 잡고 글루를 묻혀 입으로 호호 불어 수빈의 속눈썹에 붙인다. 수빈 인조 속눈썹 다 붙이고 마지막 조각만 남았다. 수빈, 정하가 인조 속눈썹 자신에게 붙이는 거 유심히 본다.

정 하   (인조 속눈썹에 글루를 묻히며) 양을 잘 맞춰야 돼. 적지두 않구 많지두 않게! (글루가 마르게 호호 불고는 수빈의 속눈썹에 붙인다. 핀셋으로 고정되게 눌러준다.)

수 빈   적지두 많이두 않은 게 뭐야! 어려워!

정 하   연습 많이 하면 알게 돼. (자신의 눈을 깜빡이며) 이제 눈 움직여봐!

수 빈   (눈 깜빡인다.) 편해. 점막 안쪽까지 안 붙여서 눈두 안 시려.

정 하   너두 그렇게 하란 말야.

수 빈   알았단 말야! (웃는)

진 주   아주 깨가 쏟아지네! (수빈에게) 계속 그래라! 이 팀에 온 게 누구 덕이야? 자꾸 시시덕거리는 거 눈에 띄면 수빈 씨두 제 2의 안정하루 낙인 찍힐 거야. 우리 샵에서 안정하 씨 이미지 어떤지 알지?

수 빈   (안다. 딴청)

정 하   (뭐지 이건) 제 이미지가 어떤데요?

진 주   눈치 진짜 없다. 자기 자신밖에 관심 없나 봐. 남의 고객 뺏을 땐 이미지 개판 나는 것두 각오했어야지.

정 하	(어이없다.)
진 주	원장님이 부르셔.

씬2. 청담동 헤어샵 VIP룸

원장, 있고. 정하. 있다. 원장, 페이퍼 들고 있다. 안정하 디자이너 지난 일주일 예약자 명단. 몇 명 안 된다. 드문드문 원해효 있고.

원 장	생각보다 예약 고객이 많이 없네. 얼마 안 됐으니까.
정 하	열심히 하구 있어요.
원 장	열심하면 안정하지! 근데 스탭은 샵의 유지와 번창을 위한 책임감이 필요해. 책임감은 실적으루 연결되구.
정 하	....
원 장	디자이너 달기엔 형평성에 어긋나지만 그에 따른 반발은 충분히 감수할 가치가 있다구 판단했어.
정 하	.....
원 장	좀 더 분발해주세요.
정 하	네!
원 장	김이영 교수님은 VVIP이야. 특별히 더 신경 써줘.
정 하	(난처) 김이영 교수님은 제 고객이 아
진 주	(들어오며) 원장님! 김 교수님 오셨어요.
원장정하	(일어나는. 원장 이영 왔단 말에 정하 소리 제대로 못 듣고)

이영, 들어오는 뒤에 진주 따라 들어오는.

이 영	물 달라니까 왜 원장님까지 찾아!
원 장	오셨는데 저 안 보구 가심 제가 섭섭하죠! 물 말구 차 드릴까요?
이 영	아니 물! 찬물 말구!
정 하	(목례하고)

원 장	(진주에게) 진주 쌤 가서 물 갖다 드려. 정하 씬 김 교수님 담당이니까 같이 담소 좀 나누게.
이 영	(정하 일별하고. 원장에게) 직원들하구 소통이 잘 안 되나 봐요! 나 다시 진주 쌤한테 갔어요.
원 장	(임기응변 능한) 소통 잘하는데 이번엔 버퍼링이 생겼네요!
이 영	(앉는) 구관이 명관이란 말 있잖아. 그렇다구 정하 씨가 못한단 얘긴 아니구 진주 쌤이 편하단 얘기야.
원 장	(미소) 편하다는 건 엄청 큰 장점이죠!
진 주	감사합니다!
정 하	물 가져다 드릴게요. (나가는)

씬3. 청담동 헤어샵 헤어존 (낮)

정하, 메이크업실에서 나와서 오는데. 민재, 파마 후 샴푸하고 나오다 정하와 마주친다.

민 재	(반갑게) 정하!
정 하	머리하러 오셨어요?
민 재	아니 기분전환 하러 왔어. 너 아티스트 속 썩이는 매니저 봤니?

씬4. 샌드위치 가게 (낮)

정하, 민재(헤어스타일이 웨이브가 더 많아진) 샌드위치와 음료수 먹고 있다. 민재, 잘 먹는.

민 재	(먹다가. 갑자기 멈추며) 어떻게 기분은 그지 같은데 왜 식욕은 부자니!
정 하	(샌드위치 먹는)

민 재	머리루 쌩난릴 쳐두 기분은 그지 같은데 왜 식욕은 부자니!
정 하	스트레스 쌓이면 그럴 수 있어요.
민 재	아버지 돌아가시구 나 자신을 위해 살아본 적이 없어. 엄마 동생들 위해 살다가 이제 풀려났는데.... 자율 누려본 적이 없어서 하루에두 수천 번씩 겁나. 겁난 거 안 들킬려구 나대.
정 하	언니 봤을 때 특별하다구 생각했어요.
민 재	(O.L) 특별히 못났다구?
정 하	생동감이 되게 좋았어요. 길들여지지 않은 야생미! 다른 사람들두 그렇게 느낄 거예요. 특별한 사람이구나. 친해지구 싶다.
민 재	(좋아서) 너 말 예쁘게 한다. 그래서 혜준이가 좋아하나부다.
정 하	(어떻게 알았지.) 아니에요!
민 재	니네 둘이 사귀잖아. 혜준이가 말했어. 걔가 사랑하잖아 그럼 우주 끝까지 사랑한다!
정 하	(괜히) 언니 그거 별루 기분 좋은 말 아니에요.
민 재	왜?
정 하	딴 여자두 그렇게 사랑했단 거잖아요.
민 재	너두 되게 좋아하는구나. 질투하는 거 보니까!
정 하	질투 아니구 팩트예요.
민 재	우주 끝까지 사랑했는데 헤어졌어. 0.01그램의 미련 없는 완전 끝! 완전 끝난 남자 매력적이지 않아?
정 하	(수줍어하며) 매력적이에요.
민 재	뭐는 안 매력적이겠니!
정 하	(미소)
민 재	혜준이 위로 좀 해줘. 미안해. 사곤 내가 쳤지만 마무린 니가 좀 해 주면 안 되겠니!
정 하	안 돼요. 제가 위로한다구 위로가 되겠어요?

씬5. 정하 집 거실 (밤)

정하, 식탁에 앉아 책갈피에 쓰고 있다. 옆엔 새 책이 있다. 〈선물〉

정 하   (뭘 쓸까 고심하고 쓴다.) 제목이 맘에 들어 샀어. (혼잣말로) 나도 너한테 선물이 되구 싶다! 으으! 느끼해! (쓰지 않고. 이름 적는 '정하' 캐릭터 그림도 그려주고. 책에 꽂는다. 핸드폰 연락처에서 혜준을 찾아 전화 건다. 신호음 가고 혜준 받는다.)

혜 준   (F) 어 정하야!
정 하   (속소리 E) 운다! (아무렇지도 않게) 감기 들었어?
혜 준   (F) 아니.
정 하   (마음이 아프다. 밝게) 목소리가 감기든 거 같아. 아니라니까 다행이다.

혜 준   ....
정 하   (속소리 E) 대답이 없다. 계속 우는 건가? (기분전환 해주고 싶다) 나 놀구 싶어. 같이 놀면 안 돼?

혜 준   (F) 돼!
정 하   (N) 마음으루 우는 눈물을 나두 안다.

씬6. 화실 (회상) (낮)

정하(9세), 이젤 앞에 앉아 있다. 4B 연필 엄지와 검지로 쥐고. 검지가 위로 올라오게. 그 옆엔 승조(33살), 이젤 앞에서 4B 연필을 엄지와 검지로 쥐고. 엄지가 위로 올라오게.

승 조   잘했어. 근데 아빠처럼 엄지가 위루 올라와야 돼.
정 하   (다시 잡으며. 엄지 위로) 이렇게?
승 조   그렇다구 너무 힘주지 말구. 나머지 (남은 손가락 움직이며) 손가

	락은 (세 개의 손가락으로 연필을 살짝 쥐어준다.) 요렇게 살짝! 잡아줘.
정 하	(승조 따라하고) 이렇게?
승 조	어어! (스케치북 위에 선을 긋는다.) 너두 해봐.
정 하	(스케치북에 선을 긋는다.)
승 조	우와! 진짜 잘한다.
정 하	(어이없는) 이게 뭐가 잘한 거야?
승 조	기본이 젤 어려운 거야. 넌 그걸 한 번에 하잖아. 역시 안정하!
정 하	(칭찬에 힘입어. 다시 긋는)
승 조	이거 봐 이거 봐! 진짜 잘한다니까!
정 하	(활짝 웃는)
승 조	넌 재능 있어. 아빠 닮았잖아.

문 열리는. 성란(33세), 들어온다. 화나 있는. 추레하게 입은. 정하,
승조와 보는.

성 란	아빠 닮았잖아? 꼴값이야! (격앙되는) 아빠 닮아 뭐하게!
승 조	애 앞이야. 말조심하자! (정하에게) 정하야! 나가있어. 아빠 엄마랑 얘기하게.
정 하	(나가려는데)
성 란	(잡으며) 나가지 마! (승조에게) 얘두 알아야지 현실이 뭔지. 혼자 고상한 척 좀 하지 마! 애하구 놀아주면 아빠 노릇 다한 거야? 생활비두 못 벌어오면서!
승 조	미안해.
성 란	미안하다구 할 시간에 나가서 돈 벌어. 왜 막노동 안 해? 뭐라두 해야 되잖아. 내가 왜 허드렛일 하면서 무시당해야 돼?
승 조	인력시장 나가두 난 잘 안 뽑아줘.
성 란	(한심) 사람들이 아는 거지. 니가 얼마나 무책임하구 나약한 인간인지. (정하에게) 가자! (손잡고 가려는데)
정 하	(어떻게 해야 될지 모르겠다. 남고 싶은데 따라는 가야겠고)

승 조	(보는) 엄마 따라 가. 아빠 괜찮아.
정 하	(눈물이 그렁)
성 란	(재촉하며) 가자니까! 너두 아빠처럼 엄마 속 썩일 거야? 엄마 죽는 꼴 볼래?
승 조	야아! 너무 하잖아. 애한테 그런 소릴 하면 어떡해?
성 란	이게 우리 정하가 직면한 현실이야. 아빠란 사람이 무능력해서 엄마가 미쳐가는 거! 세상은 혼자 똑바루 서지 않음 안 된다구! 예방주사 맞히는 거야. 우리처럼 살면 안 되잖아. (정하 끌어당기는)
승 조	....

씬7. 화실 밖 보도

정하, 성란의 손을 잡고 걸어가는데. 승조, 밖에 나와서 정하와 성란이 가는 거 지켜보고 있다. 정하, 혹시 아빠가 나와있지 않을까 뒤돌아보려고 하는데.

성 란	아빠 없어. 뒤돌아보지 마! 우릴 지켜줄 사람은 우리밖에 없어.
정 하	(뒤돌아보고 싶지만, 성란 따라가는)
정 하	(N) 아홉 살짜리한테 현실을 가르치는 엄마! 스케치할 때 연필 잡는 법을 가르쳐주는 아빠! 두 사람 모두 사랑했다. 사랑은 처음부터 나한텐 슬픔이었다.

씬8. 정하 집 근처 (현실) (밤)

정하, 서 있다. 혜준, 미니 봉고차 운전하고 정하가 서 있는 곳에 선다. 정하, 차에 탄다.

혜준, 운전하고 있고. 정하, 조수석에 있다. 정하, 가방에서 초콜릿을 꺼내 포장지 벗겨 혜준에게 준다. 혜준, 받아서 먹는. 정하, 가방에서 보온병 꺼내 뚜껑에 차를 따른다. 혜준에게 준다. 혜준, 마시는. 뚜껑 주는.

혜 준	왜케 잘해줘?
정 하	내 남자친구니까!
혜 준	(좋은. 피식) 더 잘해라!
정 하	그래서 준비했어! (하면서 가방에서 책을 꺼낸다. 〈선물〉)
혜 준	(보는)
정 하	나중에 읽어봐! (글로브박스 열고 책을 넣고 닫는다.)
혜 준	넌 읽었어?
정 하	(책 구절) 지금 하는 일에 완전히 몰두할 때 넌 산만하지 않고 행복하다! 지금 하는 일 잘하구 있어?
혜 준	운전 잘하구 있잖아!
정 하	그럼 행복해야 돼. 행복해?
혜 준	아직.. 넌 지금 하는 일 잘하구 있어?
정 하	말 잘하구 있잖아!
혜 준	(어이없는) 그래서 행복해?
정 하	행복해!
혜 준	(미소) 나두!
정 하	(N) 남자를 사랑하면 좀 더 나은 인간이 되고 싶어진다. 남자에겐 이름이 있다. 사혜준.

씬10. 한울공원 피아노 앞 (밤)

6부에 이어. 혜준과 정하, 젓가락 행진곡을 같이 치고. 즐거운. 현실

따윈 잊었다. 서로에게 집중하느라. 즐겁게 노는. 합주 끝나고. 혜준, 다른 곡 연주한다. 정하, 보는. 혜준, 노래하는. 정하 보는. 정하, 눈빛 받고. 혜준, 연주하고. 다시 정하 보고. 정하, 그 눈빛 받고. 혜준 정하, 누가 먼저랄 것도 할 거 없이 살짝 입맞춤. 떼고. 혜준, 주도적인 청순한 키스.

타이틀 오른다.

씬11. 혜준 집 앞 (밤)

택시 와서 서고. 택시 앞좌석에 앉아 있던 경준 먼저 내려 뒷좌석 문 열고 민기 내리는네 경준 부축해 주고 애숙 내린다. 경준, 민기 계속 부축하려 하면.

민 기   (집에 들어가서 영남 볼 일이 걱정이다.) 괜찮아 혼자 걸을 수 있어.
경 준   (그래도 부축하면서) 할아버지 요즘 뭐하구 다니세요?
민 기   ....
경 준   할아버지 도와드릴려는 거예요. 아빠가 황당해했어요. 과로루 쓰러졌다니까.

씬12. 혜준 집 주방/ 거실

영남, 소주 마시고 있다. 안주는 없고. 거실 바닥엔 포트폴리오 펼쳐져 있고. 모델 학원 입시원서 놓여있다. 애숙, 민기, 경준 들어온다.

애 숙   (바닥보고) 이게 다 뭐야? 치우지 좀! (하면서 포트폴리오 보면) 아버님이잖아! (하면서 민기 보면)
민 기   (그게 왜)

경 준	(같이 와서 보며) 그러게 할아버지네! (옆에 입시원서도 본다. 모든 게 풀렸다.) 이거네!
애 숙	뭐가?
경 준	할아버지 모델 학원 다니시네! (포트폴리오 사진 보며) 우와 이렇게 찍으니까 할아버지 진짜 모델 같네!
민 기	(그새 좋아서) 그러냐!
영 남	(주방에서 나온다.) 좋아?
애 숙	아 술 냄새!
민 기	(눈치 보고 들어가는)
영 남	(따라 들어가는)

씬13. 혜준 집 혜준 방

민기, 들어와 재빨리 이불 펴고 누우려는. 현실도피. 영남, 들어오는.

영 남	(따지듯 말고. 이러고저러고 해도 기댈 땐 부모. 화풀이 대상도 부모.) 아버지 아버진 나 골탕 먹일려구 태어났어?
민 기	(그 말에 무너지는) 자식 골탕 멕일려구 태어나는 부모가 어딨냐?
영 남	내가 말했지! 사고 한번 더 치면 안 본다구!
민 기	너한테 당당한 아빠 노릇
영 남	(O.L) 무슨 아빠야? 아버지지!
민 기	애들두 너한테 아빠라구 하잖아. 나두 너처럼 아빠 소리 듣구 싶어. 아버지보다 더 친해 보이잖아.
영 남	우리가 어떻게 친해져?
민 기	하루에두 골백번 후회해. 내가 옛날에 잘했음 우리 식구가 지금보단 잘살았을 텐데.. 옛날루 돌아가서 다르게 살구 싶은데 안 되잖아. 인생은 그냥 첨부터 잘살아야 되는 건데. 그걸 아빠가 몰라갖구
영 남	(O.L) 아빠 하지 말라구!
민 기	영남아! 아버지 마지막엔 너한테 좋은 아버진 아니더라두 좋은 아

버지 되려구 노력했단 건 인정받구 싶어.

영 남   내 인정이 왜 필요한데? 평생 아버지 마음대루 살았으면서.

민 기   마음대루 사는 인생이 어딨냐! 건 좀 억울하다!

영 남   (미워하는 것도 맘대로 안 되고) 으이유 진짜! (일어난다.)

씬14. 혜준 집 안방

애숙, 민기의 포트폴리오 보고 있다. 영남, 들어온다.

애 숙   아버님 진짜 모델 학원 다니시는 거야?

영 남   (침대에 앉는) 혜준이 연락 좀 해봐.

애 숙   혜준이 안 들어왔어?

영 남   성질나서 한 대 쳤더니

애 숙   (성질나는 O.L) 한 대 쳐? 앨 때렸어?

영 남   그게 끝까지 잘했다잖아. 아버지 모델 학원 개가 보내줬더라구!

애 숙   (영남의 등짝을 때린다.)

영 남   아 아퍼!

애 숙   애한테 왜 손을 대?

영 남   난 때리구 기분 좋았겠냐?

애 숙   (감정 슬슬 오르고) 그래서 술 마신 거야? 자기 힘든 거 덜어보려구? (눈물) 애가 어디서 떠돌구 있는지 궁금은 해?

영 남   다 큰 자식이 뭘 떠돌아?

애 숙   드라마 캐스팅 결국 안 됐대.

영 남   무슨 놈의 캐스팅이 되면 된 거지 됐다 그랬다 안 되구 으유.. 그런 일을 왜 해?

애 숙   진짜 비교 안 할래두 비교 안 할 수가 없어. 우리 혜준이가 해효네 집에서 태어났음 벌써 스타 됐을 거야. 부모 잘못 만나갖구

영 남   (O.L) 쓸데없는 소리하구 있네.

애 숙   나가! 가서 혜준이 찾아 와!

씬15. 혜준 집 밖 현관 앞

영남, 베란다에 서 있는. 외롭다. 경준, 나온다.

영 남   (보곤 다시 전에 하던 행동)

경 준   (옆에 와서 서며) 아빠!.. 내가 있잖아.

영 남   (마음이 확 풀어지는) ......

경 준   혜준이 걔가 순둥순둥해 다 넘어가는 거 같아두 어떤 건 디게 까탈
         스럽게 굴어.

영 남   지깟 놈이 까탈스러봤자야!

경 준   내가 중학교 때 개한테 손 한번 댔다가 지금 깨갱하잖아. 아주 지랄
         발광이야. 잊지두 않아.

영 남   (미안해서) ...나두 못 잊을 거 같아.

경 준   우리 아빠 이렇게 맘 약해서 어쩌냐! 나 나감 어떻게 살래?

영 남   너 나감 보구 싶어 어떻게 사냐?

경 준   놀러오면 되잖아. 아 근데 이 새끼 왜 안 들어와? 닐 이삿짐 날라야
         되는데.

씬16. 한울공원 (밤)

혜준과 정하, 건반 만들어 놓은 구조물 위에서 계이름 따라 발로 음
을 누르고 있다. 동요 '나비야' 계이름 부르며.

혜 준   (계이름 부르며, 발은 그 음에 맞는 곳을 누르고. 가사는 노랑나비)
         솔미미미 (정하 보고)

정 하   (다른 쪽 건반에서. 흰나비) 파레레

혜 준   (발로 음 누르려고 뛰며. 춤을 추며) 도 레 미 파

정 하   (발로 음 누르며. 폴짝폴짝 뛰며. 오너라.) 솔솔솔 (숨차며) 아 힘들
         어!

혜 준	다음 거 되게 쉬워! (봄바람에 꽃잎도 방긋방긋 웃으며) 레레레레 레미파 미미미미 미파솔
정 하	(가사로 노래 부르는. 혜준 계이름으로 누를 때마다) 봄바람에 꽃 잎도 방긋방긋 웃으며 (혜준에게로 오는. 화음 넣을 수 있음 넣고) 참새도 쨱쨱쨱 노래하며 춤춘다!
혜 준	(끝까지 발로 계이름 누르며. 정하도 보며) 솔미미 파레레 도미솔 솔 미미미! (제스처하며) 피니쉬!
정 하	(미소) 아주 끝을 본다! (이제 가려고 주차장 쪽으로 발을 옮기며)
혜 준	(그 옆에 가서 발맞추며) 시작을 했음 끝을 봐야죠!
정 하	칫! 잘난 척은!
혜 준	척이 아니라 잘난 거지!
정 하	인정! 넌 멋있어.
혜 준	(보는)
정 하	왜?
혜 준	위로가 된다!
정 하	(미소) (손잡는) 가자! 치타!
혜 준	(어이없는 미소)

씬17. 한울공원 주차장

혜준, 정하와 걸어오고 있다. 자신의 미니 봉고가 세워진 곳으로. 혜준, 차 조수석으로 가서 차 키로 문을 연다. 문을 열고 정하 타라는. 정하, 차에 타려다 삐끗하니까 혜준, 잡아준다.

정 하	(무안) 헤헤
혜 준	애기니!
정 하	(얼굴 혜준에게 훅 디미니까 혜준 뒤로 밀리고) 애기다!
혜준정하	(서로 놀라는)
정 하	(쑥스러운) 미안! (타는. 가방 끈이 문에 걸쳐지고, 정하 가방 온전

히 차 안으로 들어 올리는데)

혜 준	(가방끈을 정하에게 주는)
정 하	(받으며) 고마워.
정하혜준	(눈 마주치고. 느낌. 계속 보는)
혜 준	뭐?
정 하	뭘?
혜 준	나 지금 하구 싶은 거 있는데. 허락이 필요해.
정 하	허락할게.
혜 준	(정하에게 키스한다. 떼고)
정 하	생각해 봤는데... 언제든 해두 돼. 나두 그래두 돼?
혜 준	넌 뭐든 돼!
정 하	(미소. 자신이 주도적인 키스 한다.) (F.O)

씬18. ○○ 골프장 (이른 아침) (F.I)

시원한 풍광. 이영, 태경과 걷고 있다. 홀로 이동 중이다. 캐디, 뒤따라오고.

이 영	카트루 이동하자니까... 너무 많이 걷잖아.
태 경	라운드 나온 지 오래됐잖아. 걸으면서 당신 좋아하는 대화두 하구 좋잖아.
이 영	내가 하구 싶은 걸 해줘야지. 기분두 좋구 대화두 되지! 당신은 맨날 (저편에서 카트 타고 이동하는 태수와 도하. 말하면서 카트를 본다.) (아는 사람 같다.)

태수, 도하와 카트 타고 이동하고 있다. 도하, 핸드폰 보고 있고. 이영을 본다.

태 수	(캐디에게) 저쪽으루 대요! 아는 분들이라!

캐 디	(이영 쪽으로 카트를 대는)
태 경	(다가오는 카트를 보고) 아는 사람이야?
이 영	(E) 양아치구나!

씬19. 태수 사무실 (회상) (낮)

이영, 태수 마주 앉아 있다. 이영, 옆엔 변호사.

태 수	어머니 무슨 말씀을 그렇게 심하게 하세요?
이 영	순진한 애들 데려다 착취해 먹는 인간한테 적절한 단얼 선택했다구 보는데요.
태 수	저두 아직 돈 못 받아서 애들한테 입금을 못 하는 거지
이 영	(O.L. 니 말은 들을 가치가 없다.) 어머니가 뭐야? 호칭 하나 제대루 선택 못하는 사람이 무슨 매니지먼틀 한다 그래요? 들을 말두 없구 듣구 싶지도 않아요.
태 수	돈 몇 푼 갖구 사람 이렇게 인격 모독해두 되는 겁니까?
이 영	(너 웃긴다. 얘가 날 물로 보네.) 돈에 몇 푼은 없어요. 이렇게 돈에 대한 개념이 없으니까 계속 망하는 거예요! 우리 해효랑 계약서 정리하구 우리 다시 만나지 말아요. 그럼 불이익까진 안 줄게요. 변호 사님 진행하시죠!

씬20. 골프장 일각 (현실) (아침)

이영, 태경과 같이 있고. 태수, 의기양양하게 카트에서 내려서 이영 에게 왔다.

| 태 수 | 안녕하세요 어머니? 다시 못 뵐 줄 알았는데 여기서 뵙네요. 원더풀 데이에요! |

이 영	(속소리 E) 뭐야 얘! 해보겠단 거야!
이 영	안녕하세요?
태 수	(명함 꺼내며) 제가 마지막으루 어머니 뵐 때? 아아 어머니는 부적절한 호칭이죠! (하면서 꺼낸 명함을 태경과 이영에게 준다.)
태 수	(태경에게) 이사장님 잘 부탁드립니다.
이 영	(명함 받고 보지도 않는다.)
태 경	에이준 엔터테인먼트면 엔터 회사 중에 탑이죠?
태 수	탑은 아니구 탑 파이브 안엔 듭니다! 이사란 직함을 갖구 있긴 하지만 제가 거의 실무적인 일은 다 결정한다구 보심 됩니다!
이 영	(속소리 E) 에이준 이사? 양아치 밥 먹는 소리 하구 있네!
태 수	(과시하려고) 도하야! 이리와 인사 해! 형하구 예전에 알던 분이야.
도 하	(오는. 자신감 있는 발걸음)
이 영	(이게 뭐야. 진짜야? 형? 박도하?)
도 하	(두 사람에게) 안녕하세요?
태 경	제가 연예인들 잘 모르는데 박도하 씬 압니다!
도 하	감사합니다!
태 수	해효 알지! 해효 부모님이셔! (도하의 어깨에 손을 올리려는데. 키 작은 사람이 키 큰 사람에게 올리려니 좀 어색한데)
도 하	(이 형이 가오 잡고 싶구나. 자신이 태수의 어깨에 손을 올린다.) 아아! 얼마 전에 영화 촬영 같이 했어요.
태 수	(만족스런. 둘이 엄청 친해 보이는. 속소리 E) 이 새끼 센스 있네!
이 영	(속소리 E) 이건 웬 미친 조합이야!
이 영	만나서 반가웠어요. 우린 약속이 있어서!
태 수	네 그럼 즐골하세요! (인사하고 도하와 가는)
태 경	즐골이 뭐야?
이 영	아아 싼티나! 단어 선택하구는!
태 경	즐거운 골픈가? 즐거운 라운드 해야 되는 거 아냐? 즐라 아냐 그럼?
이 영	아우 당신은 이상한 데 꽂혀갖구! 먼저 가! 전화 좀 하구 갈게.

태수와 도하 태운 카트 서 있다. 도하만 있다. 도하, 내리지 않고 핸드폰 보고 있다.[1] 태수, 도하 내리지 않아 카트로 온다.

도 하 (보다가 빡친) 아이씨! (속으로 삭이며) 미친 새끼들 진짜! 맨날 자살하래.

태 수 (뭔지 알겠다.) 팬이 또 악플 모아 보냈어? 신경 쓰지 마.

도 하 (이 형이 진짜) 형 공감지수 엄청 낮네! (카트에서 내리는)

태 수 난 매니저잖아. 문젤 해결해 줘야지. 공감한다면서 질질 짜구 있으면 해결 누가 해?

도 하 (좀 잘해줬다고 기어오르네 이 형) ....

태 수 (친해졌다 생각해 마음 열었다.) 이게 다 니가 착한 척해서 그래. 악플럴 잡았음 끝까지 조져야지 왜 선철해 줘? 악플다는 새끼들 대표적 핑계 있지! 마음이 병들어서 환경이 불우해서 스트레스 때메 죄송합니다 이거 다 개소리야. 아픈 게 아냐 나쁜 거야. 나쁜 새끼들이야. 넌 형 말만 들으면 돼.

도 하 형은 있잖아. 어떤 땐 좋은 데 어떤 땐 디게 거슬려!... 말이 많아... 형! 형은 내 시다바리다! 선은 넘지 말자!

태 수 (속소리 E) 아 이 새끼 공감해 달래서 공감해 줬더니 지랄이야!

태 수 이번 주 공지 띄우구 고소할려구 했어. 다음 주엔 언론 쪽 쫙 돌구. (잔디 보며) 지금은 라운딩하시죠 박 배우님! (속소리 E) 이 싸가지 없는 새끼야!

---

1 도하 악플, 뒤의 악플 참고.

해효, 운전하고 있다. 음악 들으면서. 핸드폰 E 발신자 '김이영씨'

해 효	어 엄마!
이 영	너 이태수 대표 근황 알아?
해 효	에이준 이사 됐대! 그냥 이사 아니구 지분두 있대.
이 영	맞네! (기막힌) 세상에 인과응본 없다!
해 효	왜?
이 영	골프장에서 만났어. 윤지호 감독 미니 대본 읽었어?
해 효	어. 재미있던데.
이 영	그게 재미있어?
해 효	어 난 괜찮았어. 주연은 누구야?
이 영	아직 확정은 아닌데. 박도하 하구 제시카! 너 박도하랑 친해?
해 효	친하진 않은데 잘 지내. 걔가 좀 오바할 때가 있긴 한데 단순해서 좋아.
이 영	그 드라마 하구 싶어?
해 효	하면 좋지! 왜?
이 영	알았어. (끊는)
해 효	(끊고. 정하에게 전화한다.)
안내음	전화를 받을 수 없다. 메시지를 남겨주세요. (끊으면)

메시지 온다. '죄송합니다. 쫌 이따 전화 드릴게요.' 정하.

해 효	(메시지 보고) 쫌 이따? 안내메시지두 맞춤법이 틀리네! 맞춤법 틀리는 애들 싫어해 난! (싫지 않다 사실)

씬23. 짬뽕 엔터 사무실/ 혜준 집 앞

민재, 밥 먹고 있다. 일품요리다. 부대찌개에 밥. 맛있게. 핸드폰 E 발신자 '사스타'

민 재   (발신자 보고. 사레 걸리고. 물 마시고. 끊어질까 봐 받는 바짝 긴 장) 네! 사 스타 아니 사 배우님!
혜 준   (걸으며) 30분 내루 우리 동네 카페루 와.
민 재   지금 밥 먹는 중인데.
혜 준   그래서 안 돼?
민 재   아니 그럴 리가요! 됩니다 돼요!

씬24. 카페 (낮)

혜준, 민재와 허니몽 마시고 있다. 민재, 통과육 자몽을 포크로 먹고 있다. 먹는 것에 몰두. 혜준과 정면으로 마주하기에 미안한 마음 있 는.

혜 준   (통과육 찍어 먹으면서 맛에 만족한 미소와 함께 민재 보는) 아주 맛있게 드시네요!
민 재   맛있잖아요! (제스처까지) 생과육이 탱글탱글! 이 살아있는 식감! 비주얼 죽이지 않습니까!
혜 준   죽인다!
민 재   너 진짜 왜 그래? 너 이러는 거 아티스트 갑질이다!
혜 준   누나가 내 매니저긴 해? 생각해 본다며?
민 재   생각해 본다는 건 잡아달란 거였지! 너 박력 있다! 사람 맘을 확 휘 어잡네! 대스타가 되겠어!
혜 준   (어이없는)
민 재   내가 매니저가 처음이잖아. 넌 경험이 많지만 난 처음이야. 처음!

	처음에 대한 인센티블 줘야 되지 않니!
혜 준	(O.L) 인센티븐 잘하면 주는 거야.
민 재	지금 잘할 거야. 봐! 내가 얼마나 잘했나! 송재수 캐스팅디렉터 알 지?
혜 준	알아!
민 재	모델 출신 배울 찾는대. 연긴 안 보구 무조건 잘생! 비주얼 담당이 래! 내가 그동안 널 얼굴천잴 만들어놨잖아.
혜 준	(O.L) 얼굴천잰 우리 엄마 아빠가 만들었지!
민 재	이제 그만 넘어가자! 깐족깐족! 어떻게 그렇게 잘하니! 깐족깐족!
혜 준	오디션 봐야 돼?
민 재	인터뷰 해야지.
혜 준	날짜 잡아 그럼.
민 재	잡았어 낼 3시! 어제랑 엄청 달라 보인다! 마법이라두 걸렸나!
혜 준	(미소. 일어나는)
민 재	어디 가?
혜 준	형 이사 가는 거 도와줘야 돼.

씬25. 혜준 집 경준 방 (낮)

경준, 자신의 방 돌아본다. 가벼운 서류나 이런 건 가방. 트렁크 짐 두 개 있고.

| 경 준 | 잘 있어라! 그동안 그냥 그랬다. 다시 같이 살진 말자. |

영남, 들어온다.

영 남	짐이 이거야? 책상 안 갖구 나가두 돼?
경 준	식탁 있어. 빌트인이라니까!
영 남	그렇게 좋나?

애 숙	(들어오는) 혜준이 밖에서 기다려. 빨리 나가!
경 준	알았어. (하면서 트렁크 두 개 들고)
영 남	(트렁크 하나 뺏어서 자신이 들며) 아 자식 들어와서 트렁크 좀 같이 들어주지!
애 숙	당신이 잘 드네! 아직 기운두 펄펄하면서 왜 앨 시켜! (하더니 나간다.)
경 준	아 추워! 찬바람이 쌩쌩 나네!
영 남	너 없음 난 외톨이야!
경 준	(아빠고 뭐고 이사가 좋다. 노래 부르는) 외톨이야 외톨이야! (하면서 나가는)

씬26. 혜준 집 마당

혜준, 미니 봉고 운전석에 앉아 있고. 경준, 조수석. 뒤엔 트렁크 실려있고. 영남, 애숙, 민기 배웅하고 있다.

경 준	할아버지 엄마 아빠!
민 기	밥 잘 챙겨 먹어!
경 준	알았어요!
애 숙	신나서 지붕 뚫구 올라가겠다!
영 남	아니 애가 나가는데 왜 이렇게 분위기가 훈훈해?
애 숙	당신이 이상한 거야. 쟤 스물여덟 살이야. 성인이 독립하는데 기뻐해야지!
영 남	왜 자꾸 나한테 뭐라 그래?
민 기	내가 보기에 뭐라 그러는 건 아니구 상황을 얘기해 주는 거야. 에미가 원래부터 판단력이 뛰어나잖아!
영 남	(아이 씨.. 나한테만) 어련하시겠어요!
혜 준	다녀오겠습니다! (하곤 차를 움직인다.)

혜준이 운전하는 미니 봉고 떠나고. 세 사람 배웅한다.

씬27. 청담동 헤어샵 탕비실

정하, 다 마신 잔 들고 들어온다. 수빈, 컵을 닦고 있다.

정 하	오늘 컵이 많이 나온다. (하면서 빈잔 개수대에 놓는다.) 이거 내가 할게.
수 빈	내가 할게. 언니 출장 있잖아.
정 하	하구 나가두 돼.
수 빈	해효 오빠 촬영장 갔다가 집으루 바루 퇴근하면 되겠다!
정 하	(아까부터 계속 묻고 싶은 말 있었다.) 수빈아!
수 빈	어?
정 하	샵에서 내 평판이 어떤데? 솔직하게 말해줘. 나만 바보 되는 거 기분 별루야.
수 빈	알려구 하지 마. 언닐 좀 오해해. 암만 말해줘두 내 말은 안 들리나 봐.
정 하	정확한 워딩을 알구 싶어. 그래야 대책을 세우지.
수 빈	말 전달하는 사람 별루잖아.
정 하	(보는)
수 빈	진주 쌤 고객 중에 남자 손님만 뺏어가는 킬러래.
정 하	(기막힌. 그럴 줄 알았다.)
수 빈	기분 나쁘지?
정 하	어. 그래두 일은 해야지. 이건 니가 치워줘.
수 빈	알았어 언니. 화이팅!
정 하	화이팅!

씬28. 도로/ 해효 차 안

해효 운전하고 있고. 정하, 앉아 있다. 말 안 하고. 음악 나오고.

해 효   기분 나쁜 일 있었어?

정 하   아니. 일상적인 일이라구 여길래. 원래 인생은 꽃길 아니라 공사판
         이니까.

해 효   그러니까 니 말은 일상이 공사판이니까 결국 지금 힘들다 이거지?

정 하   (웃는) 왜 니가 직접 운전해서 촬영장 가?

해 효   (웃으니까 기분 좋은) 그냥.. 좀 조용히 가구 싶어서.

정 하   알았어 입 다물구 있을게.

해 효   혜준이 잘 지내냐? 내가 왜 혜준이 안불 너한테 묻냐?

정 하   내가 잘 알 거 같으니까!

해 효   공사판에서 웃게 하는 거 보니까 우리 혜준이 능력 있네!

정 하   능력 있지!

씬29. 여의도 오피스텔 주차장

혜준의 미니 봉고 들어온다. 차 선다. 혜준과 경준, 트렁크 나눠 들고.
엘리베이터를 향해 간다.

씬30. 여의도 오피스텔 복도 502호 앞

혜준, 경준과 502호를 향해 오고 있다.

경 준   새 건물이라 깨끗하구 좋지?

혜 준   어어!

경 준   놀러 와! 자주는 말구! (502호 앞에 선다.) 안은 더 좋아. (하면서

카드키 갖다 댄다. 안 된다. 왜 이러지? 비밀번호 누른다. 안 된다.)
왜 이러지? 잘못 알았나! (하면서 주머니에서 쪽지 꺼내보고. 중개
업자에게 받은 현관 비번. 다시 누르는데 또 삐삐 소리가 난다.)

혜 준   이 집 맞아?

경 준   내가 집 못 찾겠냐!

혜 준   왜 성질이야? 근데 왜 안 열려?

주 인   (안에서 문 확 열리는)

경준혜준   (놀라는)

주 인   (파자마 차림으로) 남의 집 문 앞에서 뭐하는 겁니까?

경 준   댁이야 말루 남의 집에서 뭐하는 겁니까? 옷은 이게 또 뭡니까? 완
전 자기 집이네!

주 인   자기 집이니까요! 오늘 다섯 번쨉니다. 자기집이라구 문 열려구 한
사람들이. 내가 짜증이 납니까 안 납니까?

혜 준   우리가 선생님이 이 집 주인이란 걸 어떻게 믿습니까?

경 준   너 말 잘했다!

주 인   사기 당하셨어요. 빨리 신고나 하세요. (문 닫고 들어가려고 하자)

혜 준   (문 잡는다.) 중개사랑 통화해 봐.

경 준   어! (하더니 중개사한테 전화한다. 없는 번호라는 안내음 나온다.)

혜 준   (통화 안 되는 거 보고. 안 좋은 일이 일어난 거 받아들이고 있다.)

경 준   왜 없는 번호지? (다시 전화하는)

주 인   (혜준 보고)

혜 준   (문에서 손 뗀다.) 죄송합니다. (폴더 인사한다.)

주 인   (문 닫고 들어간다.)

경 준   아냐! 아냐 이건!

주 인   (안에서 E) 시끄러!

혜 준   가자!

경 준   못 가! 사건의 전모가 밝혀질 때까지 절대루 이 자리 못 떠나!

혜 준   사건의 반모는 밝혀진 거 같아. 나머지 반모 밝히러 가자! (트렁크
들고 가는)

경준, 혜준과 형사 앞에 앉아 있다. 경준, 구비된 서류를 계속 보여준다. 혜준, 경준이 안쓰럽다.

경 준   위임장! 인감증명! 이건 등기부등본! 502호 계약서! 소유자 권남희! (스마트폰 이체 내역 보여주며. 은행 계좌 권남희. 소유주 권남희) 은행 계좌 권남희! 소유주 권남희! 완벽해요!

형 사   그니까 완벽하게 당하셨네! 502호로만 월세 계약자가 5명이에요. 몇 번을 말씀드립니까! 돈 보낸 권남희가 집주인하구 동명이인이라구!

혜 준   이중계약 했단 말씀이잖아. 전세 입주자가 있는 오피스텔에 월셀 줬다잖아.

경 준   나두 다 알아들었어! (형사에게) 집주인이 중개사랑 짜구 거짓말 하는 걸 수두 있잖아요.

형 사   집주인두 조사받을 예정이에요. 일단 댁에 가서서 기다리구 계시면 연락드릴게요.

혜 준   계약금은 하나두 못 건지나요?

형 사   희망을 줘요?

경 준   (건질 수 없구나.) ......

경준, 터덜터덜 나오는. 뒤에 따라 나오는 혜준. 경준, 모욕감과 자괴감 동생 앞에서 창피함. 복합적인 감정인. 혜준, 경준이 안쓰럽다. 자신도 이런 일 당해봤다. 어떤 심정인지 안다.

혜 준   형 배고파!

경 준   (보는)

혜 준	밥 사줄게!
경 준	내가 지금 밥 먹게 생겼냐?

씬33. 삼겹살집 (밤)

불판에 삼겹살 구워져 있다. 김치도 같이. 여러 가지 반찬. 계란찜 있고. 혜준, 밥 맛있게 먹고 있다. 고기하고 같이. 경준, 계란찜 푹 떠서 먹고. 고기도 먹고. 아무 말 없이 밥 먹는. 고기 한 점 남았다.

혜 준	(한 점 집어 경준에게 준다.)
경 준	.... (먹는)
혜 준	(종업원에게) 여기 삼겹살 2인분 더 주세요!
경 준	계란찜두 하나 주세요! (구운 김치와 계란찜 먹는다.)
혜 준	.....

씬34. ○○ 공원 (밤)

해효, 촬영하고 있다. 헤어지는 연인 씬. 해효 걸어가고 있다. 여배우, 반대 방향으로 걷다가 뒤돌아 해효 본다. 카메라 빠지면. 정하, 보고 있고, 양군, 있다. 스탭들 보고 있다. 정하, 핸드폰에 신호음이 왔다. 핸드폰 메일함 열어 본다. 메일엔 MCN(multi channel net-work. 다중채널네크워크)의 제안메일이 와있다. 메일 제목 'BCZTV 세계 1위 MCN(한국팀) 파트너십 제안 드립니다.' 정하, 이건 뭐지.

파트너피디	(E) BCZTV 한국팀 파트너 매니저 이영수입니다. 안정하님께 파트너십 제안 드립니다.

카메라 들어가면 여배우, 해효를 향해 달려간다. 빽허그한다. 오케

이 컷! 해효, 상대 여배우와 인사하고. 카메라 빠지면 감독과 촬영 스탭들 해효와 상대 여배우 서로 끝난 인사 주고받고.

정 하	(양군에게) 저 인제 갈게요.
양 군	해효가 데려다준다 그럴 텐데.
정 하	혼자 가구 싶어요. 인사 전해주세요. (하고 가는)
해 효	(오는. 정하 가는 뒷모습 보는) 쟤 어디 가?
양 군	혼자 간대.
해 효	.... (보는. 정하에게 뛰는)

해효, 달린다. 정하에게로. 정하, 그런 것도 모르고 빠른 걸음으로 공원을 빠져 나가는 중이다. 해효, 정하에게로 왔다.

해 효	야아! (하면서 어깨 치는)
정 하	(놀라는) 어?
해 효	(헉헉대며) 놀라지 말구!
정 하	왜?
해 효	잘 가라구! 엔딩은 쳐야지!
정 하	(엉뚱해서. 미소) 알았어! 엔딩 치자! 너두 잘 가! 오늘 수고했어!
해 효	....
정 하	간다! (하면서 가는)
해 효	(혼잣말) 가지 마!

씬35. 도로/ 미니 봉고차 안 (밤)

혜준, 운전하고 있고. 경준, 조수석에 있다. 둘 다 아무 말 없이.

씬36. 혜준 집 거실

민기, 벽에 등대고 서 있다. 땀 흘리는. 애숙, 옆에서 서 있는.

애 숙	별거 아니어 보이는데 힘든가 봐요.
민 기	(자세 푸는) 보이는 거랑 하는 거랑 달라.
애 숙	왜 말씀 안 하셨어요?
민 기	잘돼서 깜짝 놀라게 해줄라 그랬지! 애비 알면 좋은 소리 못 들을 거 뻔하잖아. 너두 걱정되구 어떻게 생각할지.
애 숙	잘하셨어요! 저두 해볼래요 아버님. 쉬운 거 같은데. (하면서 벽에 기대는)
민 기	숨 내쉬구! 배는 최대한 납작하게!
애 숙	(민기 말대로 해보려는) 이렇게요 아버님! (자세 풀며) 헤헤 잘 안 되네요!

영남, 안방에서 나오는.

영 남	(중얼거리며) 오밤중에 뭐하는 짓이야!
애 숙	남이야 오밤중에 뭘하든!
영 남	귀두 밝네! 경준이 이 자식은 이사 갔음 갔다구 연락 좀 하지!
민 기	니가 하면 되잖아.
영 남	할 때까지 안 할 거야. 집 나가는 걸 엄청 좋아하더라.
애 숙	좋지! 얼마나 좋겠어! 나두 경준이 부러워!

씬37. 혜준 집 앞/ 미니 봉고차 안/ 미니 봉고차 밖

혜준이 운전하는 미니 봉고 들어와서 주차한다. 조수석에 경준. 혜준, 시동 끈다.

혜 준	내려! (내리는)
경 준	(내리는)
혜 준	(내려서 트렁크 짐을 꺼낸다. 두 개)
경 준	(서 있다. 도저히 집에 들어갈 용기가 안 난다.)
혜 준	(트렁크 하나 준다.) 들어!
경 준	(트렁크 받는)
혜 준	(트렁크 끌고 가는데)
경 준	(움직이질 않는다.)
혜 준	(뒤돌아보고) 뭐해?
경 준	개새끼들!!!
혜 준	....
경 준	생각할수록 열 받네! 계속 열 받네! 아니 어떻게 당해두 그딴 새끼한테 당하냐구!
혜 준	받아들여! 빨리 받아들이는 게 정신건강에 좋아!
경 준	나 못 들어가! 식구들 얼굴을 어떻게 봐?
혜 준	어차피 봐야 되잖아.
경 준	남들 부러워하는 취직했어두 한 달 월급 부잣집 애들 명품 가방 하나 값이야. 이 돈 모아 서울에 집을 살 수가 있나 부자가 될 수 있겠냐! 그저 그렇게 살다가 죽겠지 삶의 무게 짓눌리면서! 홀가분하게 혼자 살구 싶었어. 가족 따윈 잊어버리구 장남 의무 같은 거 던져버리구! 근데 이렇게 빅 엿을 멕이냐? 내가 뭘 그렇게 잘못했어?
혜 준	형이 장남으루 집안에 한 게 뭐 있다구 의무야?
경 준	마음으루 하구 있었어 마음으루! 마음으루 하면 언젠가 행동으루 나온다구!
영 남	(안에서 나오며 E) 누가 이렇게 남의 집 앞에서 시끄럽게 떠드냐?
혜준경준	(현관 입구 올려다보면)
영 남	(나왔다. 혜준, 경준 보고 의아) 경준이 너 뭐냐?
혜 준	(트렁크 들고 집으로 들어가려고 현관으로 올라간다.)
영 남	어떻게 된 거야? 왜 짐은 도로 들고 왔어?
혜 준	(현관 입구까지 다 왔다.)

영 남	대체 뭔 일이냐구?
혜 준	형한테 들어!
경 준	나 이 트렁크 들기 싫어!

씬38. 혜준 집 거실/ 주방/ 거실

혜준, 트렁크 들고 들어온다. 민기, 애숙과 앉아서 과일 먹고 있다가
기척에 보면 혜준이다. 혜준, 경준 방에 트렁크를 갖다 놓으려고 간다.

애 숙	(나오며) 그거 왜 들구 들어와?
혜 준	(경준 방에 트렁크 넣고)
경 준	(트렁크 들고 들어온다.)
민 기	(나온다. 본다.)
애 숙	넌 또 뭐야?
영 남	(들어온다.)

경준, 트렁크 들고 자신의 방으로 들어간다. 혜준, 자신의 방으로 가
고. 경준, 문 닫는다.

애 숙	(영남에게) 이게 다 무슨 일이야?
영 남	몰라 말을 안 해.
애 숙	경준아! (하면서 경준 방으로 들어가려는데)
민 기	(막으며) 그쪽보단 저쪽한테 물어보는 게 낫겠다!

씬39. 혜준 집 혜준 방

혜준, 옷 갈아입고 씻으려고 나가려는데. 애숙, 민기, 영남 들어온다.

애 숙	혜준아 뭔지 말을 해야지! 니네가 이러니까 나쁜 일 당한 거 같잖아.
혜 준	나쁜 일 당했어.
민 기	사기 당했냐?
혜 준	오피스텔은 하난데 중개업자가 세입자들 여러 명한테 돈 받구 날랐어. 정확한 건 더 조사해 봐야 알 수 있대.
영 남	그걸 누가 얘기했어?
혜 준	경찰서 갔었어.
애 숙	어쩐지 집이 너무 싸더라.
영 남	말두 안 돼. 어떻게 경준이가 사길 당해? 계약서두 꼼꼼하게 안 보구 도장 찍구 돈을 넣었어?
혜 준	형 잘못 없어.
민 기	사기칠려구 덤벼들면 못 당해. 안 당해본 사람들이 사기 당하면 사기 당한 사람이 잘못해서 당했다구 생각한다니까! 그게 더 억울해 사기 당한 입장에선.
영 남	(속상한) 아부지 전공 분야 나와서 아주 신나셨네!
애 숙	그러게 무슨 독립이야! 돈 모아 번듯하게 나가라니까!
영 남	(O.L) 지금 그걸 따져서 뭐해? 쟤가 지금 제정신이겠어? 이런 일 첨 당하는데 얼마나 맘이 그렇겠어!
애 숙	(O.L) 이해심이 아주 넘치시네! 딴 사람한테두 그래봐.
혜 준	맞아. 난 아빠가 나한테 사과해야 된다구 봐.
영 남	(당황. 때린 거 아직 해결 못했다.) 야아 무무슨 사과?
혜 준	때렸잖아!
민 기	나두 사과해야 된다구 봐.
영 남	아부지?
민 기	암만 부모라두 잘못한 건 사과해야지. 난 너한테 맨날 사과한다. 자존심 세우는 건 아니라구 본다.
영 남	누구 때메 내가 애한테 손대게 됐는데?
애 숙	(O.L) 하나만 얘기해요. 경준이 사기 얘기하다가 혜준이 얘기하다가 아버님 얘기했다가 무한 반복이야. 오늘은 경준이 사기 당한 게 젤 크니까 거기서 얘기 끝내요.

민 기	(박수친다.)
영 남	(본다.)
민 기	(눈치 보며) 에미가 정릴 잘했잖아!

씬40. 혜준 집 주방

혜준, 다 씻은 상태로 냉장고 문을 연다. 물을 꺼낸다. 긴 하루였다.
핸드폰 E 메시지 정하다. 본다. '잘 자!' 정하.

정 하	(E) 잘 자!
혜 준	잘 자!

씬41. 정하 집 거실 (밤)

정하, 유튜브 녹화하고 있다. 옆에 〈선물〉 책 있다.

정 하	오늘 엠씨엔에서 파트너십 제의가 왔어요. 제가 이 공간을 계속 혼자 만들어갈지 다른 분들과 공동 작업을 할지 만나보구 말씀드릴게요. (책 보여주며) '지금 하는 일에 완전히 몰두할 때, 넌 산만하지 않고 행복하다.' 단순하지 않은 마음을 붙잡구 있어요. 벌써 3월이에요. 감기 조심하세요. 지금까지 정하 이야기였습니다. (조명 끈다.) (F.O)

씬42. 해효 집 주방/ 거실 (아침) (F.I)

이영, 샐러드 만들고 있다. 태경, 오믈렛 먹고 있다. 커피. 이영, 샐러드 식탁 가운데 놓고. 자신의 자리에 앉는다. 자리엔 오믈렛과 커피 세팅되어 있고.

이 영	식사할 땐 식사만 하자. 얼굴 보면서 대화라는 것두 좀 하구.
태 경	대화하잔 말은 잘하면서 막상 대화하면 별거 없잖아.
이 영	별거 없는 걸 말하면서 재미있는 게 대화야.
태 경	음식 잘하시는 도우미 알아 봐. 왜 사람을 안 써?
이 영	나이들수록 적게 먹는 게 건강에 좋아. 맨날 외식하잖아. 집에선 소식하자구.
태 경	요리 잘하잖아. 왜 안 해?
이 영	하기 싫어서.
태 경	이러면서 무슨 대활하재? (일어나는)
이 영	알았어 사람 알아볼게.
태 경	혜준이 어머니한테 부탁해 봐.
이 영	내가 알아서 할게.
태 경	(나가는)
해 나	(2층에서 내려오다가) 아빠!
태 경	일찍 일어났다! 수업 있어?
해 나	아니 공부하구 가려구! 오늘 민법 수업에서 실력 발휘할려구! 1학년 말이면 대형 로펌 스카웃 거의 끝난다잖아.
태 경	승부욕 좋아. 판사 할 생각은 없어?
해 나	없어.
태 경	선택이 분명한 건 좋은데 너무 단정적으루 막아놓진 마.
해 나	알겠습니다! 카드 한도 올려줘.
태 경	(가면서) 따라 와! 우선 아빠 카드 줄게.
해 나	(좋아서 따라가는)

씬43. 버스 안 (낮)

혜준, 정하가 선물한 책 읽고 있다. 〈선물〉. 귀엔 버즈 끼고. 음악 들으면서. 113페이지, 결론적으로 세상에서 가장 소중한 선물은 현재 속에 살며 과거에서 배우고 미래를 계획하는 것. 혜준, 상의가 지퍼나 단추로 된 옷을 입고 있다.

혜 준   (E) 세상에서 가장 소중한 선물은 현재 속에 살며 과거에서 배우고 미래를 계획하는 것!

씬44. 카페 밖

정하, 카페로 들어가고 있다. 핸드폰 E. 문자메시지 왔다. 혜준이다. '세상에서 가장 소중한 선물은 현재 속에 살며 과거에서 배우고 미래를 계획하는 것.' 〈선물〉 책 찍은 사진과 함께. 정하, 메시지 보고 미소. '감독님 만나러 방송국 왔다', '넌 뭐해?' 혜준.

씬45. 방송국 로비

혜준, 두리번대고 있다. 민재를 찾고 있다. 핸드폰 문자 E. 정하에게 온 문자메시지다. 'mcn 파트너 매니저 만나러 왔어', '보고 싶다' 정하. 혜준, 문자메시지 보고 미소. 답 문자한다. '나도'

혜 준   누나 어디 있지?

씬46. 방송국 제작 사무실 앞 복도

〈게이트웨이-랜센터(Gate way-Ren)〉[2] 의학 드라마. 문 앞에 붙어 있다. 좀 떨어진 복도 민재, 송재수 캐스팅 디렉터와 있다.

민 재	진짜 너무 하신 거 아니에요? 단순히 인터뷰라 그랬잖아요. 게이트웨이 레지던트 역이면 우리한텐 완전 좋은 기회잖아요.
재 수	너무 기대갖구 올까봐 그랬죠! 안 될 수두 있어요.
민 재	안 되건 되건... 오디션 볼 수 있다는 거 자체가 무조건 좋다구요!
혜 준	안녕하세요?
재 수	어 혜준아! 얼굴 좋다! 10분 후에 들어와. 감독님한테 얘기해 놨어. (하곤 안으로 들어간다.)
민 재	(열 받는) 아이 진짜! (하면서 혜준 데리고 복도 끝으로 간다.)
혜 준	(왜 그러지.)

씬47. 방송국 비상계단

민재, 들어오고. 혜준 뒤따라 들어오고.

민 재	(들어오면서) 아 진짜 맘에 안 들어. 송재수? 그러구 보니까 재수네! 이태수 송재수! 태수 재수! 아 수자 돌림 안 좋아. (하면서 벽에 머리 박는)
혜 준	무슨 일인데?
민 재	게이트웨이 들어봤지? (자세 풀고 혜준 보며) 탑스타 이현수 나오는 의학 드라마! 니가 제안 받은 역이 그 드라마 레지던트 1년차 역이야. 리딩도 끝났구 다음 주에 촬영 나간대. 되면 얼마나 좋으니?
혜 준	의학 드라마면 의학 용어두 외워야 되구 준비할 거 많잖아.
민 재	병원에서 연애하는 의학 드라마야! 거기다 니 역은 크게 의사로서 할 것두 없구 이현수 따라다니면서 누나 좋아해요 하면 돼. 얼마나 좋아! 이현수랑 투샷 잡히구. 인지도두 올리구! (결심한 듯) 안 되

---

2   게이트웨이-랜센터 뜻 & 의미: 게이트웨이(Gateway)는 관문이라는 뜻으로 응급실을 삶과 죽음을 통과하는 문으로 표현한 제목.

겠다! (하면서 혜준의 상의 지퍼를 내리거나 단추를 푸는)

혜 준   (황당. 떨어지며) 뭐하는 거야?

민 재   아이 좀 섹시하게 하자! (다시 덤비는) 이거루 밀어야지 뭐!

혜 준   (방어하며) 이 누나 진짜 안 되겠네!

민 재   혜준아 하자! 이번만 그렇게 하자!

씬48. 카페 (낮)

정하, 차 마시는. 앞엔 mcn 파트너 매니저 있다.

정 하   제안 주셔서 감사해요. 그리구 궁금해요. 파트너십 제안하는 유튜
           버 선발 기준이 있나요?

영 수   제 맘이죠! 전 아마추어적이구 진정성 있는 채널을 좋아해요. 노골
           적으루 돈 벌겠다 인지도 높이구 반드시 성공하겠다 이런 채널은
           별루에요.

정 하   그런 성취욕이 있어야 성공하잖아요.

영 수   좀 더 나은 컨텐츨 만들어 사람들에게 도움이 되구 싶다, 고전적이
           지만 이런 류의 성취 욕굴 더 좋아해요. 안정하 씨 채널은 제 취향
           이에요.

정 하   감사합니다!

영 수   계약 조건은 6대 4예요.

정 하   선발 기준에 잠깐 혹했어요. 전 돈 벌구 인지도 높여 유명한 유튜버
           가 되겠단 성취욕구 본능적이라 좋아요. 계약조건 보니까 매니저님
           두 본능에 충실하신 거 같은데 채널은 고전적인 걸 좋아하시네요.

영 수   (만만치 않구나 이 사람) 7대 3으루 조율해 볼 수 있어요.

정 하   (보는) ....

씬49. 방송국 제작 사무실 안

혜준, 단추를 풀거나 지퍼 올리지 않은 단정함으로 앉아 있다. 앞엔 감독과 여자 제작피디, 재수. 대본 있다. 〈게이트웨이-랜센터〉. 감독 김기영, 작가 윤주, 주연 이현수. 제작 피디, 혜준의 외모가 매우 마음에 든다.

혜 준	알바 많이 해봤어요.
제작피디	뭐뭐 해봤는데요?
혜 준	경호원 알바! 샌드위치 알바! 고깃집에서 고기두 굽구 서빙두 하구! 거긴 지금두 하구 있어요. 사장님하구 친분 때메.
제작피디	친해지면 의리 있는 편이에요?
혜 준	그건 저랑 친한 분들한테 여쭤봐야 되지 않을까요?

씬50. 방송국 제작 사무실 밖

민재, 기다리고 있다. 혜준, 나온다.

민 재	잘했어?
혜 준	(걸으며) 모르겠어. 질문에 대답은 했어.
민 재	(같이 걸으며) 연긴 잘한 거 같아?
혜 준	안 시키던데.
민 재	왜?
재 수	(나오는) 이민재 씨!
민 재	잠깐만! (재수에게 뛰어가고)
재 수	빠른 시일 내에 연락할게요.
민 재	빠른 시일이 언젠데요? 아깐 당황해서 우리 상황을 정확하게 말 못 했는데. 이거 말구두 들어오란 작품 많아요. 요즘 젊은 남자배우들 기근인 거 아시죠! 다 군대 가서! 캐릭터가 좋으니까 하겠단 거지

할 일 없어서 하겠단 건 아니에요!

재 수   내일까지 연락 줄게요.

혜 준   (복도 끝에 서 있고.)

씬51. 로스쿨/ 로스쿨 주차장/ 진우 차 안

진우의 차 들어온다. 진우, 운전하고 있다. 진우, 주차한다. 진우, 문
자메시지 작성한다.

진 우   (글자 쓰는. 해나야 오빠다.) 해나야 오빠다 아니지 아니지. 오빠 하
지 말라구 했지! 오빠 하면 화내!
(다 지우는) 해나 씨 진우 씨입니다.

씬52. 로스쿨 강의실

민법 강의 중이다. 해나, 앞자리에 앉아 있고. 지아, 중심에 앉아 있
다. 다들 노트북과 노트 번갈아가며 필기 중. 열띤 강의 중. 칠판엔
빔프로젝터로 쏜 사례 화면 띄워져 있다.
화면 내용
〈사실관계〉
甲은 2015. 2. 1. 乙으로부터 乙소유의 X토지를 3억 원에 매입하기
로 하고 계약금 3천만 원을 당일 오후 지급했다. 그리고 다시
2015. 5. 1. 중도금으로 1억 5천만 원을 지급했다. 그런데 2015. 7.
1. 잔금을 치르기에 앞서 자신의 소유가 될 X토지를 둘러보러 간
甲은 X토지 위에 2015. 6.경부터 丙이 X토지를 무단으로 점거한
채 가건물을 짓고 거주중이라는 사실을 알게 됐다.

교 수   갑이 X토지 소유권을 (화면 레이저로 포인트) 온전히 취득하고자

어떤 권리 행사할 수 있는지 얘기해 봅시다! 물론 토론 점수는 성
적에 반영됩니다!

해 나   (손들고) 갑이 을로부터 X토지 소유권을 온전히 취득하려면 병을
       퇴거시키고 가건물을 철거해야 합니다.

지 아   아직 토지 소유권이전등기를 경료받지 않은 갑이 병에게 방해배제
       청구권을 행사할 수 있나요?

해 나   ..... (맞다.) (정확한 맥락을 잡는 지아가 좋다.)

지 아   갑은 토지 소유권자가 아니기 때문에 물권적 청구권인 방해배제청
       구권을 행사할 수 없습니다. 여기서 쟁점은 갑이 을의 채권자로서 소
       유권자인 을의 방해배제청구권을 대위 행사할 수 있느냐는 겁니다.

해나일동 (찾아보고 보고 있다.)

교 수   정지아 씨!

지 아   (자신만만) 결론부터 말씀드리면 할 수 있단 겁니다.

씬53. 로스쿨 강의실 밖 복도

학생들 나오고. 지아, 나오고 있다. 뒤에 해나 친구들과 나오다가

해 나   (지아에게 뛰어간다) 언니!

지 아   (보는)

해 나   변시 준비하느라 바쁘죠?

지 아   그렇지 뭐.

해 나   당근 붙을 텐데 뭐. 우리 모의재판대회 나가는데 좀 봐주심 안 돼
       요? 리스펙 합니다.

지 아   (웃으며) 알았어! 시간 장소 정하구 주젤 뭘루 할 건지 보내주면 포
       인트 잡아줄게.

해 나   고마워요!

지 아   넌 낯설지가 않아. (하다가 진우를 본다.)

진우, 서 있다. 진우, 해나와 지아 본다.

해 나	(진우 본다. 흥!)
지 아	너 여기 웬일이니?
해 나	언니 저 사람 알아요?
진 우	저 사람? 해나 씨? 너무 하십니다! 오빠가 아니.. 오빠 하지 말랬는데 입에 붙어 갖구.. 암튼 김진우 씨가 섭섭합니다!
지 아	둘이 사겨?
해 나	아뇨! 우리 오빠 친구예요.
지 아	(어? 얘가 그럼) 너 해효 동생이니?
해 나	네! 언니 우리 오빠 알아요?
지 아	어. (진우에게) 너 헤어진 여친한테 연락두 없이 갑자기 찾아오는 거 좀 더 나가면 스토커야!
진 우	(억울한) 스토커? 야 너 날 모르냐? 내가 그런 사람이냐?
지 아	범죄자들두 잡히면 다 억울하다 그래.
해 나	언니!.. 연락두 없이 온 건 아니에요. 문자 받았어 여러 번.
지 아	여러 번 받구 씹었는데 왔단 거잖아. 그건 집착이야!
진 우	(O.L) 갈게!
지 아	(미소. 놀리는 게 먹혔다.) ….
진 우	(해나에게) 오빠랑 아니 나랑 나 김진우랑 얘기할 마음 생기면 연락해. (가는)
지 아	(뒤에 대고) 진우야! 반가웠어! 오랜만에 만나서!
진 우	(가는. 뒤돌아보지 않고 손만 흔들고 가는) 너 나빠!
해 나	(마음 안 좋은)

씬54. 작업할 아파트 현장 (낮)

사전에 미리 와본. 장만 돌아다니며 줄자로 사이즈 재는. 영남은 메모 중.

영 남	이쪽 벽면에 웨인스 코딩 작업 들어가고. 부엌에 따루 가벽 세워서 파티션 나눠줄 거고. 다루끼 얼마나 주문해야 돼?
장 만	(둘러보고) 한 2단이면 될 거 같은데!
여 자	(62세, 들어오는) 수고들 하시네요! (손엔 과자 들고)
장 만	(보고) 아 네에!
여 자	지나가다 와봤어요. (과자 봉지 장만에게 주며) 우리 아들 결혼해서 살 집인데 애들이 직장 다니느라 와볼 수가 없어서.
장 만	걱정하지 마세요. 잘 해드릴게요.
여 자	감사합니다. 수고하세요! (하고 나가는)
장 만	안녕히 가세요!
영 남	(부러운) 아들이 우리 경준이 또래 되나부다.
장 만	경준이만큼 똑똑하진 않을 거야. 난 진우 노후까지 내가 해봐야 될 거 같아.
영 남	장만아! 우리가 이렇게 같이 늙어간다. 우리 만나면 자식들 얘기밖에 안 해. 너 알았냐?
장 만	그러네!
영 남	내가 능력만 있었음 경준이 사기 안 당했을 텐데.. 인생 맘대루 되는 게 하나두 없다.
장 만	오늘 회식하자! 인생 맘대루 되는 건 없지만 회식은 할 수 있잖아. 형수님두 부르구.
영 남	나 있다 그럼 안 올걸!

씬55. 해효 집 세탁실 (낮)

애숙, 세탁기에서 다 된 빨래 꺼내고 있다. 이영, 오는.

이 영	혹시 주위에 요리 잘하는 사람 없어?
애 숙	요리 잘하는 사람? 있죠!
이 영	우리 집에 일주일에 두 번 정도 올 사람 없을까? 꼭 안 와두 반찬만

	해줘두 돼.
애 숙	글쎄요. 한번 물어는 볼게요.
이 영	고마워! (하고 가는)

핸드폰 카톡 E. 애숙, 보는.

경 미	(E) 언니 오늘 한 잔 어때요?

씬56. 맥주집 (저녁)

영남, 장만과 같이 얼음 맥주 마시고 있다. 경미도 있다. 안주는 오
징어입. 경미도 맥주 마시는.

경 미	(오징어입 깐 걸 땅콩과 함께 김에 싸서 놓는다. 몇 개 만들어놓는 두 사람 먹으라고. 자신은 찍어 먹으며. 영남에게) 이거 찍어 드세요. 싸 먹는 오징어입 맛있네! 어떻게 이런 조합을 생각했지! 마른 안주 삼합이네! (중간에 맥주 마시면서)
영 남	(먹고)
경 미	(장만에게) 당신두 안주 좀 먹어! 기껏 해놨더니.
영 남	내가 먼저 먹어서 미안하다.
경 미	아니야 오빠. 아침에 내가 뭐라 그랬거든. (장만에게) 그랬더니 시 위하는 거야?
장 만	아니야! (얼음 맥주) 시원하니까 계속 이것만 마시게 되네!
경 미	일이 고됐나부다! (고되다.)
영 남	니들은 잘 만났다. 투닥거리면서 화해두 잘해. 경준 엄만 한번 삐지 믄 잘 안 풀어져.
애 숙	(E) 당신이 나 없는 데서
경 미	(반갑게 자리 비켜주며) 언니이!
애 숙	(영남에게) 날 씹으니까 안 풀어지지!

종업원	(살얼음 파인애플 가져와서 놓는다.)
애 숙	(파인애플 안주 보고) 이거 뭐야?
경 미	(가는 종업원에게) 얼음 맥주 하나 더 주세요!
애 숙	(세팅되어 있는 포크로 파인애플 안주 먹는) 으음.. 사르르 녹는 얼음 파인애플이네! 시원하다!
경 미	언니 많이 드세요! 내가 쏘는 거야. 경준이 때메 속상하지?
애 숙	(입도 싸다. 벌써 말했네. 영남 보는)
영 남	(시선 피하며)
장 만	자기는 그게 뭐 좋은 얘기라구 해?
애 숙	아니에요. 어차피 다 알게 될 얘긴데요 뭐. (종업원 맥주 갖다 놓는다.) 오랜만에 기분 좀 내요 우리! (하면서 잔을 든다.)
장 만	역시 형수님 최곱니다!
경 미	언니 이러니저러니 해두 자식들 떠나면 부부만 남는 거야! 오빠한테 잘해줘라!
영 남	잘하긴 항상 잘하지. 내가 많이 모자라서 미안해.
애 숙	(뭉클)
경 미	이 오빠가 판 깔아췄더니 점수 잘 따네!
장 만	무거워요 형!
영 남	알았어! 함께 갑시다!

네 사람 잔 부딪치는.

씬57. 한남동 혜준 동네 골목 (밤)

애숙, 경미와 같이 오고. 그 뒤에 영남, 장만.

경 미	언니네랑 노는 게 젤 재밌어. 언닌 일해서 그런지 항상 생기가 넘쳐!
애 숙	그런 건 좀 있지!

경 미	나두 언니 일 좀 해볼까?
애 숙	자기가 어떻게 하니?
경 미	내가 왜 못해? 음식두 잘하잖아.
애 숙	자기주장이 강하잖아. 이 일은 상대방한테 날 맞춰야 편해.
경 미	나두 잘 맞춰 언니! 언니 날 너무 띄엄띄엄 봤다!
애 숙	해효네 집에서 사람을 구하긴 하더라.
경 미	그럼 그거 나 할래.
애 숙	즉흥적으루 결정하지 말구. 생각해 보구 얘기해.
영 남	낼 아침에 내가 니네 집으루 갈게.
장 만	그래 형!

각자 부부. 자기 짝 찾아 서고. 헤어진다. 인사하고.

씬58. 한남동 공터

해효, 운동기구 하고 있고. 그 앞에 진우, 의욕 없이 앉아 있다.

해 효	너 무슨 일인지 말 안 할 거야?
진 우	....
해 효	대체 왜 그러냐? (하면서 운동기구에서 내려서 진우 옆에 앉는다.)
진 우	(내외하듯 등 돌리는)
해 효	나한테 유감 있나?
진 우	아냐! 너 왜 나왔어? 혜준인 왜 아직 안 와? 이 자식은 여자에 눈이 멀어 친구는 안중에두 없어.
해 효	내가 보기에두 좀 그런 거 같아.
혜 준	니네 뭐하냐?
해 효	앗! 쏘리!
진 우	(혜준 보고. 달려가 안기는) 혜준아!!
혜 준	(떼며) 왜 이래?

진 우	(다시 안기려 하니까)
혜 준	(밀치며) 아 저리 가!
해 효	얘 차였어!
혜 준	(뜨끔) 진짜?
진 우	(헐... 의욕 없이 제자리로 가서 앉는다.)
해 효	대체 어떤 애냐? 내가 만나서 혼내줄게. 너무 하잖아.
진 우	(화제 바꾸려) 지아 만났어!
혜 준	....
해 효	어떻게?
진 우	(아차 싶다.) 아 내가 헛걸 봤어.
해 효	걔 로스쿨 다니지? 해나랑 같은 학굘걸?
진 우	그 얘기 하지 마. (혜준에게) 너 오늘 오디션 잘했어? 게이트웨이!
해 효	(O.L) 게이트웨이 오디션 봤어? 그거 이현수 선배 나오는 거잖아. 나 그 선배 너무 좋아. 그 선배랑 같이 연기하구 싶어.
진 우	너만 하구 싶겠냐?
혜 준	그래 너만 하구 싶겠냐? 나두 하구 싶다! 그치만 그게 맘대루 되냐?
진 우	(일어나는)
해 효	뭐냐?
진 우	집에 갈래. 재미없어. (가는)
해 효	쟤 왜 저러나?
혜 준	(해나랑 안 좋은 일이 생겼구나.) .....

씬59. 짬뽕 엔터 사무실/ 방송국

민재, 컵라면 먹고 있다. 핸드폰 E 발신자 '송재수 캐디'

민 재	(받는) 네 캐디님!
재 수	혜준이 널 다시 방송국으루 데리구 오세요.
민 재	가능성두 없는데 자꾸 부르는 거면 안 갈래요. 애 괜히 고생시키구

싶지 않아요.

| 재 수 | 목소리에 기름이 끼셨네! 그럼 합격 취소합니다. (끊으려는) |
| 민 재 | (이게 무슨 말이야. 됐단 거야. 됐네. 태도 바꿔) 캐디님 캐디님! 죄송해요! 좀 전엔 컵라면을 잘못 먹어서. 감사합니다! (끊는. 신나서) 야호호호! 심봤다!! |

씬60. 한남동 유엔빌리지 골목/ 혜준 집 골목 (밤)
(1부 씬37과 같은 장소)

혜준과 해효, 걸어오는. 문자음 E. 누구 핸드폰인지.

해 효	너야! (이 밤에 메시지 오는 건 연인) 정한가 부다!
혜 준	(메시지 본다. 보고 미소)
해 효	(보고) 좋아죽네 그냥!
혜 준	나 됐대!
해 효	뭐가?
혜 준	게이트웨이! 민재 누나야! (좋아서 제스처)
해 효	(같이 좋아해 주는) 야 잘됐다!! 축하해!

혜준 해효, 동네 갈림길에 섰다.

혜 준	고맙다! 들어가라!
해 효	너두! (하면서 자신의 동네로 간다.)
혜 준	(자신의 동네로 가고)

카메라 빠지면서 혜준과 해효, 같은 동네 다른 환경이 두 사람의 관계가 뭔가 달라지고 있는 전조가 느껴진다.
혜준, 걷다가. 방향을 튼다. 버스 정류장이 있는 곳으로. 뛰는. 달려가고 있다. 누군가에게.

씬61. 정하 집 앞 좋아해 편의점 앞

정하, 서 있다. 누군가를 기다리고 있다. 왔나 한 방향을 본다. 그 시선으로 혜준 오고 있다. 정하, 본다. 이 밤중에 왜 만나러 온다 그런거지.

정 하	(혜준 쪽으로 가려는데)
혜 준	움직이지 마! 내가 갈게!
정 하	(가만있는)
혜 준	(와서) 너한테 말하구 싶었어 오늘 넘기지 않구.
정 하	.....
혜 준	나 캐스팅 됐어! 얼굴이 먹혔던 거 같애! 연기를 보여주진 않았거든.
정 하	(좋아서) 연기까지 보여줬음 다 죽었어!
혜 준	지금 이 순간 니가 있어서 감사해!
정 하	(혜준 손을 잡는) 가자! 치타! (하면서 걷는)
혜 준	어딜?
정 하	동네 한 바퀴!

혜준, 정하와 걷는. 이 날의 기쁨을 서로 공유하며. (F.O)

씬62. 응급실 안/ 처치실 앞 (낮) (F.I) (촬영 중)

혜준(김지훈 역, 레지던트 1년차), 이동침대 끌고 CT실로 들어간다. 이동침대에 의식 잃은 환자 민호(13세)가 누워 있고. 멘탈, 바이탈 체크 끝낸.

현수(이해진 역, 레지던트 4년차. 치프.), 다급히 걸어가고 있다. 혜준, 반갑게 합류하면서.

혜 준   누나!
현 수   (걸어가면서) 지금 누나 할 때야? 노티 안 해?
혜 준   (따라가면서) 합니다! 13세 남자. 멘탈(Mental) 스투퍼(Stupor, 혼수). 양측 퓨필(Pupil, 동공) 5, 3. RT(right, 오른쪽) 리플렉스 (reflex, 반사작용) 없습니다.
현 수   추정 진단은?
혜 준   ICH(Intracranial hemorrhage, 두개내출혈) 의심되구 스테이투스 에피에필렙(status epilepticus)..[3] (NG다. 몸 둘 바를 몰라 모두에게) 죄송합니다 죄송합니다 죄송합니다.
현 수   (너무 미안해하는 게 느껴지니까) 괜찮아. 의학 용어 진짜 어려워. 외우는 데 머리 터지겠어!
혜 준   선배님은 완벽하시잖아요!
현 수   후배들하구 붙는 씬은 진짜 잘할려구 하거든! 창피하잖아! 너두 그러면서 크는 거야!
감 독   자 갑시다!
현 수   첨부터 다시 할게요 감독님!

씬64. 병원 일각 (밤) (현실)

혜준, 바닥에 앉아서 대본 보고 있다. 대본 안에 의학 용어 정리한 거[4] 끼워놓고 다시 외우고 있다. 중얼중얼. 현수, 촬영 끝나고 사복

---

3   status epilepticus 간질중첩증.

이다. 메이크업 스탭들이 옷 들고 오고 있고.

현 수	(혜준 보고. 가다가 다시 오는) 왜 안 가?
혜 준	(일어나는) 선배님!
현 수	촬영 끝났잖아.
혜 준	너무 못해서. 여길 떠날 수가 없어요.
현 수	(웃는) 그래서 언제까지 있을려구?
혜 준	다음 주 촬영까지요!
현 수	(어이없는. 웃음) 혜준아!
혜 준	네!
현 수	집에 가서 씻구 쉬면서 머리 속으루 시뮬레이션 해봐. 다음 찍을 씬! 자신을 괴롭히는 노력은 후져. 우리 후지지 말자!
혜 준	..... 감사합니다 선배님!
현 수	(가는. 뒤돌며) 담에 만날 땐 누나라구 불러!
혜 준	(미소)

씬65. 수술실 밖 복도 (낮) (촬영 중)

현수, 수술복 차림이다. 수술실에서 나와 걷고 있다. 혜준, 수술실에서 나왔다. 그 시선으로. 현수를 본다.

혜 준	누나!
현 수	(보는) 뒷정리 다 했어?
혜 준	(오는. 멜로눈깔 하고)
현 수	(고백하려고 하는구나. 받아주는 거 같은) 너 왜 그래 무섭게?
혜 준	....사귈래요?

---

4   뒤의 의학 용어 참고.

현 수	(보는.. 받아줄까 모두 궁금하다.) 맞을래요?

멜로적 긴장감…. 둘이 서로 보면서. 엔딩 같은 여운 주고. 드라마 내용은 아직 안 끝났고. 현실에선 그 화면에서 엔딩. 박수치는 소리. 카메라 빠지면. 엔딩 화면을 밀고 들어오는 혜준 집 거실에서 혜준 드라마를 보고 있었던 민기와 애숙. 그 화면에 또 한 화면이 밀고 들어온다. 이영, 드라마를 보고 있었다. 이 화면에 태수가 드라마가 보고 있던 모습이 밀고 들어온다.

(끝)

씬65. 수술실 밖 복도 (낮) (완전한 씬)

현수, 수술복 차림이다. 수술실에서 나와 걷고 있다. 혜준, 수술실에서 나왔다. 그 시선으로. 현수를 본다.

혜 준	누나!
현 수	(보는) 뒷정리 다 했어?
혜 준	(오는. 멜로눈깔 하고)
현 수	(애 뭔가 이상한데. 멜로 받아주는 거 같은) 너 왜 그래 무섭게?
혜 준	…. 사귈래요?
현 수	(보는.. 받아줄까 모두 궁금하다) 맞을래요?
혜 준	거절입니까?
현 수	거절입니다! (수술실로 가며) 뒷정린 제대루 한 거야? 시간상 좀 빠른데! 니가 이렇게 잘할 리 없잖아.
혜 준	나두 잘한다구! 누나만큼은 못하지만 곧 잘할 거라구! (수술실로 다시 뛰어가는)
현 수	(보는) 넘어지지나 마!

	댓글 입력

형이 강력히 추천한다. 자살해.

👍 👎

박도하 이 새끼도 이제 약발 다 떨어졌지 뭐. 더 잘나가는 애들 사이에서 묻힐 거 같으니까 언플하고 발악하는 거. 스폰빨도 떨어졌나 봄.

👍 👎

얘 뭐보고 빨아주는지 모르겠음. 그닥 잘생기지도 않고 가만 보면 눈깔이 흐리멍텅한 게 약하는 거 같음. 이 새끼도 언젠간 사고 한번 크게 칠 듯.

👍 👎

남자 연예인 스폰이 더하면 더하다던데. 이 자식도 그런 거 같음. 딱 보여 얼굴 보면 흘리게 생겼잖아. 그렇게 뜨고 싶었냐? 드러운 놈.

👍 👎

이래서 근본 없는 흙수저 새끼들이 성공하면 저렇게 되는 거야. 니 애미애비가 그리 가르치든? 아 맞다. 엄마가 누군지는 아냐?

👍 👎

저 새끼 쥐뿔도 없는 놈이라던데? 니 애미애비가 그리 가르치든? 사람 패라고? 아 맞다 엄마가 여러 명이라 그런가? 니 인생도 참 ㅉㅉ.

👍 👎

박도하 이 새끼 어디서 듣기론 홀엄마 손에 자랐다던데. 니 애미가 그렇게 가르쳤냐?

👍 👎

헐 어쩐지. 하긴 애비 없이 자란 새끼가 가정교육 제대로 받았겠나. 아들은 아버지 영향이 큰데.

👍 👎

쥐뿔도 없는 흙수저 새끼가 성공하더니 눈에 뵈는 게 없나보네. 어떻게 성공했냐. 너도 여기저기 니 치토스 장사하고 다녔냐? 소문이 맞나보네 지 애비처럼 굴리고 다녔나보다. 그 피가 어디 가겠냐.

👍 👎

이 새끼 농부라는 썰 있던데. 씨 뿌리고 다닌다고? 지 애비 닮아서 여기저기 안 뿌리고 다니면 다행이지. 아 이미 뿌리고 다 거뒀나? ㅋㅋ

👍 👎

이래서 근본없는 흙수저 새끼는 띄워주면 안됨. 기고만장해서 사람 개무시하고. 때리고 하는 거임. 지 가족들이 그렇게 당해봐야 정신차리지.

👍 👎

수술실 의학 용어 및 약어

[약어]

1.	O.R(operating room)	수술실, 오퍼레이팅 룸
2.	TAH(total abdominal hysterectomy)	복부를 통한 자궁적출술
3.	C/S(cesarean section)	제왕절개
4.	K-T(kidney transplantation)	신장이식술, 키드니 트랜스플렌테이션
5.	I & D(incision & drainage)	절개와 배농
6.	R, S, G(radical subtotal gastrectomy)	근위 절제술, 래디컬 서브토탈 개스트렉토미
7.	RND(radical neck dissection)	근치적 경부박리, 래디컬 넥 디스섹션
8.	T-R(tubal reversal)	난관 복원술, 튜벌 리버설
9.	Explo(explolaparotomy)	시험적 개복술, 익스플로레퍼로토미
10.	ORIF(open reduction internal fixation)	개방적 내고정술, 오픈 리덕션 인터널 픽세이션
11.	V-P Shunt(ventriculoperitoneal shunt)	뇌실복막 문합, 벤트리큘로퍼리토닐 션트
12.	V S D(ventricular septal defect)	심실중격결손, 벤트리큘러 셉탈 디펙트
13.	P D A(patent of ductus arterious)	동맥관 개존증
14.	D & S(debridment & suture)	박리와 봉합술, 디브리드먼트 & 서철

[의학용어]

15.	Drapping	방포, 드래핑
16.	Surgical scrub	외과적 손닦기, 설지컬 스크럽
17.	Anesthesia	마취
18.	Sterile area	소독영역
19.	Cross Infection	교차감염, 크로스 인펙션
20.	Specimen	피검물, 스피시먼
21.	Hemostasis	지혈, 헤모스태시스
22.	Postoperative Recovery room	수술후 회복실, 포스트오퍼레이티브 리코버리 룸
23.	Suction	흡인, 석션
24.	Biopsy	생검
25.	Peritoneal Irrigation	복막세척, 퍼리토닐 이리게이션

8부

씬1. 정하 집 앞 좋아해 편의점 앞 (밤)

7부 61씬에 이어
정하, 혜준과 서 있다.

혜 준   나 캐스팅 됐어! 얼굴이 먹혔던 거 같아! 연기를 보여주진 않았거
         든.
정 하   (좋아서) 연기까지 보여줬음 다 죽었어!
혜 준   지금 이 순간 니가 있어서 감사해!
정 하   (혜준 손을 잡는) 가자! 치타! (하면서 걷는)
혜 준   어딜?
정 하   동네 한 바퀴!

혜준, 정하와 걷는. 이 날의 기쁨을 서로 공유하며.

혜 준   음악 들을까?
정 하   콜!

혜준, 가방에서 핸드폰 꺼내고 버즈 케이스 열고 정하, 버즈를 하나
꺼내 자신의 귀에 꽂고. 혜준도 꽂고. 음악 틀고. 걷는.

해효, 샤워 끝내고 나오는데. 해나, 들어온다. 해효, 얼굴에 스킨, 로션 아이크림, 크림까지 바른다.

해 나	(소파로 가서 앉으며) 오빠! 정지아 알아? 혹시 사겼어?
해 효	혜준이랑 사겼어. 근데 진우두 지아 얘기하던데
해 나	(O.L 모른 척) 오우 혜준 오빠 눈 높다! (노크 E)
해 효	지아가 눈이 높은 거지. 지금 만나는 여친은 서루 잘 만난 거 같아.

문 열리고 이영 들어온다. 손엔 대본과 시놉시스 5개 정도.

이 영	누가 서루 잘 만나?
해 나	혜준 오빠 여자친구!
이 영	혜준이 여자친구 있어? 누군데? (테이블에 대본과 시놉시스 놓는. 젤 위엔 Ovn 〈잡아라〉 작가는 인경, 감독은 윤지호)
해 효	신경 끄세요 어머니!
이 영	갠 일두 안 되면서 지금 여자친구까지 있음 어떡하니?
해 효	캐스팅 됐어 게이트웨이.
해 나	오우 혜준 오빠 잘나가네! 오빠 어떡하니! 여자친구두 없구 드라마 출연두 없구
이 영	(O.L) 느이 오빠 지금 엄마가 다 계획 세우구 있어. (〈잡아라〉 만지며) 이건 읽었으니까 이 밑에 것들 다 읽어봐.
해 나	많네!
이 영	그럼 없는 줄 알았어? 영화 출연하구 웹드라마 주인공하구 꾸준히 일하구 있어. 한 방이 없어서 그렇지. 그 한 방을 찾아야 돼.
해 효	요즘 내가 너무 풀어줬어 엄말! 이젠 대놓구 하시네! 내가 알아서 한다니까!
이 영	우리 싸우지 말자! 엄만 니 편이야. 엄말 잘 써먹을 생각을 해. 자꾸 밀어내지 말구. 밀어내두 엄마 안 떨어지잖아. 그니까 니가 포기해.

해 효	지금 화내면 어떻게 되지?
해 나	전쟁!
이영해효	(보는)
이 영	(해효에게) 할 거야?
해 효	(자꾸 부딪치긴 싫다) 아니!

씬3. 정하 동네 일각 (밤)

정하, 혜준, 귀에 버즈 하나씩 나눠 끼고 음악 듣고 있다. 기대든지 편한 자세로. 앉든지. 아님 걷든지. 벽에 기대든지. 상황 따라.

정 하	이거 말고 다른 거!
혜 준	(버즈 두 번 터치해서 다른 곡 재생시키고)
정 하	(듣는)
혜 준	(듣는)
정 하	배고파!
혜 준	나두! 뭐 먹을래?
정 하	안 돼. 밤에 먹음 살쪄. 너두 안 돼. 이제 관리해야지.
혜 준	관린 항상 하구 있거든. 먹어도 괜찮아.
정 하	안 된다니까.
혜 준	내가 된다는데 니가 왜 안 된대? 너무 강압적인 거 아냐?
정 하	(O.L) 그래서 싫어?
혜 준	...좋아!
정 하	(웃는)

씬4. 도넛 가게 안 (밤)

주문 받는 곳 앞에서. 혜준과 정하, 메뉴 보며 서 있다.

혜 준	해효가 광고하는데 팔아줘야지!
정 하	당 떨어지는 덴 도넛이 최고지!
혜 준	살찐다구 안 먹는다며?
정 하	옛날 일루 공격하기 없기!
혜 준	콜! 뭐 마실래?
정 하	커피! 지금 마시면 잠 못 자겠지만 커피!
혜 준	안 돼!
정 하	마실 거야.

점프 시간 경과

혜준, 쟁반에 도넛, 멜론 스무디, 스팀우유, 들고 와서 테이블에 내려놓는다. 정하, 앉아 있다. 혜준, 정하 옆에 앉는다. 혜준과 정하, 나란히 앉아 있을 수 있는 테이블.

혜 준	(스팀 우유를 정하에게 놓고, 자신은 멜론 스무디)
정 하	불공평해! (도넛 놓고) 왜 난 우유구 넌 니가 마시구 싶은 거 마셔? 너무 강압적인 거 아냐?
혜 준	그래서 싫어?
정 하	..좋아! (웃는) 도넛에 스무디면 둘 다 달잖아! 커피가 더 어울려!
혜 준	커피 무슨 맛인지 모르겠어. 써. (하면서 멜론 스무디 먹고)
정 하	(도넛 먹으며) 초딩 입맛이군! (입가에 다 묻히면서)
혜 준	(손으로 자신의 입가 닦는 시늉하며) 묻었어! (하곤 냅킨 주고)
정 하	(닦으며) 너 손 엄청 크다 얼굴에 반은 되겠어!
혜 준	(자신의 손 펼쳐서 올려보며) 큰가! (하더니 정하 얼굴에 대더니) 크네! (얼굴 다 가리는)
정 하	안 보여!
혜 준	(치우며. 정하 보고) 내가 그렇게 보구 싶었어? (자기가 하고 오글거려. 제스처) 느끼해!
정 하	(보는) 난 좋은데!

혜 준	(의외) 좋았어?
정 하	어!
혜 준	유치하지 않아?
정 하	유치해서 좋아. 유치한 연애 하구 싶어. 연앤 현실적이지 않았음 좋겠어. 어릴 때부터 현실에 치여 살아서.
혜 준	니가 원한다면 그렇게 하자!
정 하	넌 싫은데?
혜 준	싫은 게 아니라 아마 안 될 거야. 사랑하면 할수록 책임감이 더 생기잖아.
정 하	좋은 사람이랑 사귀게 돼서 너무 기뻐!
혜 준	날 그런 식으루 조련하지! 더 잘하라구?
정 하	알아챘어?
혜 준	(웃는) 나 염색할 거야. 검정색으루.
정 하	왜?
혜 준	의사역이잖아.
정 하	대본 아직 안 받았다며?
혜 준	캐릭터 얘긴 들었어.
정 하	내가 염색 해줄게.
혜 준	안 귀찮아? 니 일두 바쁘잖아.
정 하	여친이 메이크업 아티스튼데 그 정돈 해줘야지. 정식 디자이너루 승진두 했습니다. 아주 빠른 승급이라구 하더라구요!
혜 준	너하구 있음 편안해져. 안정감이 생겨.
정 하	이름값을 한다 내가! 안정하라구 안정하니까!
혜 준	그럼 난 사해준다에 사혜준이니까! 이름값 할려면 뭐든 용서해줘야 되는 건가!
정 하	완전 개이득! 잊지 마! 내가 뭘 해두 넌 용서해 주는 거다!
혜 준	..콜!

타이틀 오른다.

씬5. 해효 집 거실 (아침) (F.I)

애숙, 미술품에 먼지를 부드러운 오소리털로 살살 털고 있다. 기분
상쾌해 보이는. 거실 탁자 위엔 태블릿 PC 있다. 이영, 커피를 들고
나온다. 테라스로 간다.

씬6. 해효 집 테라스

이영, 커피 테이블에 놓고. 그 시선으로.

이 영   (애숙에게. 안에서) 미안한데 태블릿 PC 좀 갖다 줄래?

애 숙   미안하긴요! (하면서 테이블에 있는 태블릿 PC 들고 테라스로 들
어온다.)

이 영   (스트레칭하고 있고)

애 숙   (태블릿 PC 놓는)

이 영   (계속 동작하면서) 혜준이 게이트웨이 캐스팅 됐다며? 무슨 역이
야?

애 숙   네?

이 영   몰라? 이제 곧 방송될 텐데! 말 안 한 거 보니까 대사 몇 마디 없구
지나가는 역일 거야.

애 숙   아아...

이 영   여자친구 있다던데! 것두 몰라?

애 숙   (그것도 몰랐다.)

이 영   자긴 좋겠다! 내버려두면 애들이 알아서 살잖아. 얼마나 편해! 난
할 게 너무 많아. 우리 해효 배우 스타 군대 결혼 양육 해나 로스쿨
로펌 결혼 출산 양육 언제 끝나? 칠십까지 케어하구 있을 거 같아.

애 숙   (애들한테 괜히 미안해지는)

이 영   왜 말이 없어? 애들 얘기 나옴 똑똑해지는 사람이?

애 숙   할 말이 없네요 오늘은!

이 영	표정을 보니까 할 말이 없는 게 아니라 기분이 상한 거 같은데.
애 숙	(놀란) 제 표정이 그래요?
이 영	어!
애 숙	어어. 표정에 나타나는구나 내가! (하면서 가는)
이 영	뭐야아! 저러구 가면 내가 뭐가 돼!

씬7. 해효 집 세탁실

애숙, 빨래거리 갖고 들어온다.

애 숙	내가 해효 엄마 앞에서두 감정이 다 드러났었구나! (빨래거리 세탁기에 넣는) 근데 얘는 진짜 지 혼자 모든 건 하네! (핸드폰 꺼내 카톡한다. 가족 채팅방이다. '혜준아 축하해. 드라마 출연한다며' 애숙.)

씬8. 아파트 공사 현장

영남, 장만의 보조하고 있다. 장만 다루끼 들어 가벽 전 틀 만드는. 바닥엔 웨인스코팅 재료들, 도배지, 다루끼, 가벽. 카톡 E 카톡 E.

장 만	그 집 식구들 오늘 뭔 일 있나?
영 남	겁난다 야! (하면서 카톡 본다. '혜준아 축하해. 드라마 출연한다며' 애숙, '진짜?' 경준.) 진짜긴 뭐가 진짜겠어? (카톡한다. '이번엔 확실한 거야?' 영남.)
장 만	뭐가?
영 남	혜준이 캐스팅 됐대 드라마! (카톡 E 카톡 E)
장 만	오유 잘됐다!
영 남	(카톡 본다. '방송 되면 되나부다 해요 뭘 물어봐?' 경준. '좋은 일에 말 좀 예쁘게 해' 애숙.) 전번에두 이러다 엎어졌어. 돼야 되는 거야.

이것두 확 엎어져서 정신 좀 차렸음 좋겠어. (카톡 E. '이따 회사 앞
으루 오는 거 잊지 마' 경준.)

혜준, 걸어오면서 카톡 본다. '혜준아 축하해. 드라마 출연한다며'
애숙. '진짜?' 경준. '이번엔 확실한 거야?' 영남. '방송 되면 되나부
다 해요 뭘 물어봐?' 경준. '좋은 일에 말 좀 예쁘게 해' 애숙. 카톡
E. '이따 회사 앞으루 오는 거 잊지 마' 경준.

경 준   (E) 이따 회사 앞으루 오는 거 잊지 마.
혜 준   (경준 꺼 보고) 이제 기가 살았네!

'좋은 형 됐다. 경준이는 역시..' 영남. '왜 혜준인 읽고 말을 안 하니'
애숙. 혜준, 오피스텔 앞에 다 왔는데. 문이 열린다. 민재다.

민 재   들어와! 너 오는 타이밍 맞춰서 준비하구 있었다! 잘했지?
혜 준   딴 걸 잘해라!
민 재   기죽일 거야?
혜 준   기가 죽긴 하냐?
민 재   죽긴 해!
혜 준   (멜로눈깔로) 죽지 마! 잘하구 있어! (들어가는)
민 재   아 저 한 방! 야 나 지금 설렜어! (하면서 들어가며) 이런 게 터져야
         돼! (문 닫는)

애숙, 청소기를 돌리고 있다. 카톡 E. 혜준인가 해서 카톡 보는.

'……' 혜준.

애 숙	말 안 한다구 했더니 쩜쩜쩜쩜이네! (해효 사진 본다.) 잘 생겼네 해효! 우리 혜준이만은 못하지만!
이 영	(들어오며) 전에 말한 사람 좀 알아봤어? 반찬 잘하는!
애 숙	아 네! 할 수 있대요.
이 영	자기가 믿는 사람이지!
애 숙	진우 아시죠? 진우 엄마예요.
이 영	어어! (속소리 E) 아들 초등학교 학부형 모임이야 뭐야?
이 영	언제 올 수 있대?
애 숙	연락처 드릴 테니까 연락하세요. 근데 혜준이 여자친구 있다구 해효가 말한 거죠? 언제부터 만났대요? 전에 만났던 여자친구랑 헤어지구 여잔 안 사귈 거 같았는데.
이 영	그것까진 모르는데.. 근데 혜준이가 지금 여자친구 사귈 때야?
애 숙	(속소리 E) 좀 풀어지니까 깜빡이두 안 키구 훅 들어오네!
애 숙	요즘은 애들이 알아서 연애해 주는 것두 고맙다 그러더라구요!
이 영	(속소리 E) 요즘 왜 이래! 한 마디두 안 져!
이 영	자기 아는 거 참 많다!
애 숙	고마워요! (청소기 다시 돌리는)
이 영	(속소리 E) 이걸 왜 칭찬으루 받아?
애 숙	계속 계실 거예요? 시끄럽지 않아요?

씬11. 버스 안/ 도로/ 승조 차 안

정하, 이어폰 끼고 음악 들으면서 출근하고 있다. 핸드폰 E 발신자 '아빠'. 승조, 운전하고 있다. 밝고 온화하게 보이는. 경제적인 여유 가 느껴지면서 중년의 품위가 있다.

| 정 하 | (받는) 어 아빠! |

승 조	어디야?
정 하	버스 안! 샵 가는 길이야.
승 조	일찍 간다 샵! 아빠 병원 가는 길이야. 놀라지 마.
정 하	(철렁) 놀랄 뻔 했어. 아줌마한테 무슨 일 있어?
승 조	안면거상했어 어제. 예쁜데 젊을 때 미모랑 자꾸 비교해. 지금 모시러 가는 길이야.
정 하	아줌만 좋겠다! 아빠 같은 남편이 있어서.
승 조	넌 더 좋겠다 아빠 딸이라! 난 언제 니가 먼저 하는 연락 받아보냐? 버티다 버티다 결국 내가 먼저 한다. 나두 사랑받구 싶다구!
정 하	버티지 마. 아빤 나한테 항상 지면서 왜 버텨!
승 조	그러게! 보구 싶다 정하야!
정 하	나두! 근데 나 지금 버스 안이라 길게 통화 못 해.
승 조	알았어! 조만간 올라갈게. 이제부턴 버티지 말구 그냥 질게!
정 하	좋은 생각! (상대편 전화 끊었다. 나도 끊는. 내리려고 누른다.)

씬12. 청담동 헤어샵 헤어준

오픈 전. 정하, 인사하면서 들어오는 '좋은 아침입니다' 정하의 인사에 건성으로 받고 냉담한. 자기 일들하고. 진주, 다른 디자이너에게 머리 드라이 받고 있다. 삼삼오오 디자이너들 있고.

진 주	(정하 들으라는 듯) 낼 소개팅 나갈 때 메이크업 내가 해줄게. 아주 러블리하게.
디자이너1	(정하 흘낏 보고 진주에게) 점심 샐러드 먹을래? 요 앞에 맛있는 데 생겼던데.
디자이너2	나두 샐러드 먹을래.
진 주	샐러드 드실 분 저한테 말씀해 주시면. 같이 주문할게요. (다른 스탭에게) 수빈 씨한테두 물어봐 줘.

정하, 쎄한 분위기 지나 메이크업존으로 들어가는데.

디자이너1   (정하 들어가니까) 멘탈 완전 강하네!
진 주   그러니 내가 쟬 어떻게 이기겠니!

씬13. 청담동 헤어샵 메이크업 VIP룸

정하, 예약 손님 명단 보고 있다. 7명. 거의 꽉 찬. 미소 짓는.

정 하   (거울 보며) 니 기분을 망치는 자! 널 망하게 하려는 자!

진주, 들어오는.

진 주   예약 손님 거의 꽉 찼더라.
정 하   저한테 관심 많으신가 봐요.
진 주   언제 관둘 거야?
정 하   제가 뭘 해두 한번 짜진 프레임 벗기 어렵다는 거 알아요.
진 주   머린 좋아. 항상 상황 파악은 잘해.
정 하   대체 이렇게까지 하시는 이유가 뭐에요? 자기 자신한테 부끄럽지
             않아요?
진 주   싫은 것 중에 최고 레벨이 뭔지 알아?
정 하   ......
진 주   그냥 싫은 거! 이 와중에 좋은 게 뭔지 알아? 화이팅이 넘쳐! 내쫓
             을 수 있는 방법 찾느라 머리두 팩팩 돌아가!
정 하   (보는) 불쌍한 사람이네요 이제 보니까!
진 주   이게 진짜! (따귀를 갈기려는데)
정 하   (잡는) 어떤 사람인지 알았으니까 나두 이제 봐주지 않아.

카메라 빠지면 시술 장갑 낀 손이 핸드폰으로 두 사람 찍고 있는.

혜준, 민재에게 〈게이트웨이〉 대본을 받는다. 4권이다. 시놉시스도 주는.

민 재   (주며) 아주 따끈따끈합니다.

혜 준   (가방에 대본 넣는)

민 재   안 읽어봐?

혜 준   도서관 가려구! 자료두 찾아보구! 무슨 과야?

민 재   응급의학과래!

혜 준   레퍼런스 뭐 있어?

민 재   ER 있었잖아 옛날 드라마지만. 근데 그게 중요한 게 아니라 멜로눈 깔을

혜 준   (O.L) 누나 자꾸 그래라! 그렇게 얄팍하게 굴래?

민 재   얄팍한 건 나쁜 게 아니야 취향이지.

혜 준   알았어 취향 존중할게! (일어나는)

민 재   좀 있다 나랑 같이 나가! 점심 먹구.

혜 준   아냐 빨리 가서 공부할래. 저녁 땐 형 만나야 돼서. 누나 어디 가는데?

민 재   너 드라마 시작하잖아. 기자들 한번 돌아야 돼. 인사두 하구 스킨십 좀 가져줘야 돼.

씬15. 신문사 라운지

태수, 들어온다. 만날 사람 어디 있는지 본다. 찾았다. 간다. 아웃뉴스 윤 기자(윤호태 팀장급), 김수만(여자. 2, 3년차 기자) 차 마시고 있다가 윤 기자, 태수 본다.

태 수   (앉으며) 제가 진작 찾아뵀어야 됐는데 늦었습니다! (명함 주는)

윤기자	(자신도 명함 주는) 에이준 다른 이사님하곤 제가 잘 아는데. 반갑습니다. 여긴 후배!
수 만	안녕하세요?
태 수	기사 잘 봤습니다! 도하 때문에 힘드셨죠?
수 만	그 기사 쓰구 악플 엄청 받았어요. 전 팩트만 썼는데.
태 수	도하 팬들이 코어층이 있어요. 저희두 욕먹어요. 회사가 관리 안 해준다구!
윤기자	내가 기자한 지 10년 넘었는데 점점 힘들어!
태 수	어려운 거 있음 말씀해 주세요. 제가 할 수 있는 건 다 해드릴게요.
수 만	이번 미니 잡아라 도하 씨랑 제시카 같이 출연하시는 거예요?
태 수	제시칸 확정으루 알구 있어요. 도한 아직인데 결정되면 기자님께 젤 먼저 알려드릴게요!
윤기자	(수만에게) 좋겠다 단독 달구!

핸드폰 E 발신자 '짬뽕 이민재'

윤기자	(발신자 보고) 아아! 대표님! 네네. 지금 약속 중이라 좀 이따 연락 드릴게요.
태 수	(수만에게 윤 기자 전화 통화하는 동안에) 탑작가 붙었어요 크리에 이터루! 것두 알려드릴게요.
수 만	(감사 목례)
윤기자	(끊고 태수에게) 짬뽕 엔터 아세요?
태 수	(속소리 E) 또 짬뽕이야?
태 수	그런 엔터두 있어요? 이름이 무슨 짬뽕이야? 애들 장난두 아니구!
윤기자	그래두 사람은 좋아요.
태 수	제가 오늘 간단하게 차 한잔 하구 인사만 드리려구 했거든요. 근데 뵈니까 제 맘에 쏙 들어오네요. 술 좋아하세요? 우리 낮부터 한번 달려볼까요?

씬16. 경준 은행 창구 (낮)

점심시간. 경준, 자신의 자리가 아닌 수신창구에서 고객 응대하고 있다. 수신창구 쪽 응대 직원들이 점심 먹으러 가서. 도와주고 있다. 수신창구 직원 1명과 함께.

경 준　체크카드 재발급 하실려면 신분증 주세요.

고 객　(가방에서 신분증 찾는. 막 뒤지며.) 어딨어? 급해 죽겠는데! (하더니 찾았다. 신분증 주고) 빨리 해주세요! (하곤 테이블을 정서불안처럼 손으로 계속 두드리고 있다.)

경 준　(매뉴얼부터 주섬주섬 꺼내서 보는데 오랜만에 하니 잘 모르겠고) (옆 직원에게) 저... 카드 재발급 메뉴 어디 봐야 되죠?

고 객　(뭐야 그걸 왜 옆에다 물어봐.) ......

직 원　(그걸 왜 모르냐는 퉁명스럽게) 카드 재발급 할 줄 모르세요?

경 준　제 일 아니니까 잘 모르죠! 도와달라구 부탁해서 하구 있잖아요.

고 객　자기 일두 아닌데 하는 거예요 지금? 아 빨리 해주세요!

직 원　메인메뉴 맨 왼쪽 상단 보세요!

차장, 점심 먹으러 나가다가 경준의 모습 본다. 마땅치 않다. 고객, 계속 손으로 테이블 두드리고 있고.

경 준　(화면엔 은행 시스템. 찬찬히 클릭클릭 해본다.)

고 객　못하면 옆으루 넘기세요!

경 준　다 됐어요! (찾았다. 신분증 보고 주민번호 친다. 카드발급서류 꺼내고 서랍에서 카드 꺼낸다. 서류 찬찬히 보며 인적사항, 사인기재란에 형광펜 동그라미 쳐서 고객에게 건넨다.)

고 객　(시간 줄이려고 휙 잡아챈다. 작성하며) 아 재수 없어! 하필이믄 일 못하는 사람한테 걸려갖구!

경 준　일을 못하는 게 아니라 제 담당이 아니라 옆 창구 도와주구 있는 겁니다. 조금 양해해 주세요.

420　청춘기록

직 원	(옆에서 경준의 얘기에 민망한)

씬17. 경준 은행 남자 화장실

직원, 손 씻으면서 다른 직원과 얘기하고 있다.

직 원	사 주임 아까 고객 앞에서 뭐랬는지 아냐? 자기가 무슨 팩트체크 감별사야? 말하는 거마다 팩트체크 하구 있어.
직 원1	서울대 나왔다구 티내는 거지 뭐! 그럼 뭐하나! 일머리 꽝인데!
직 원	전세 사기두 당했대!

물 내리는 소리 들리고.

직 원1	가지가지한다! 똑똑한 척은.

문 열리고 경준 나온다. 직원, 직원1, 경준 보고 겸연쩍은.

경 준	왜 뒷담화는 꼭 화장실에서 할까요? 그리구 왜 당사자가 들을까요?
직 원	미안해요! 이따 술 한잔 합시다!
경 준	안 되겠네요 선약이 있어서.
직 원	(나도 마시고 싶진 않았어.) 그럼 나중에 해요!
직 원1	미안해요.

직원 둘 다 나간다. 경준, 거울 보는

경 준	미안하단 말 쉽게 하네! 때리구 싶지만 때릴 순 없잖아! 직장은 있어야지! (손 씻는) 나한테 사기친 놈! 3대가 망해라!

씬18. 경준 은행 안 차장 자리

경준, 들어오는. 차장, 자신의 자리에 앉아 있고. 차장, 손짓한다. 오라는. 경준, 가는.

차 장   사 주임! 수신창구두 사 주임 일이야 바쁘면. 왜 그렇게 딱딱 나누길 좋아해? 은행 업무가 니 일 내 일 무 짜르듯 짤라지니?

경 준   니 일 내 일 딱딱 분류가 안 되면 책임 소재가 불분명하잖아요. 책임 소재가 불분명하면 애꿎은 사람이 패널티 받을 수 있잖아요.

차 장   (애 머리 아퍼. 이마 짚으며) 아아! 사 주임 92년생이라며? 나 깜짝 놀랐잖아. 노안이다!

경 준   중학교 때 얼굴 그대루예요.

차 장   사 주임 때메 책두 읽었어. 90년생이 온다. 이해할려구 노력하구 있어. 상사가 말을 하면 듣구 실행해라 쫌!

경 준   노력하겠습니다!

차 장   진짜 노력해야 돼! 사 주임은 남들보다 백배 노력해야 돼!

경 준   남들보다라면

차 장   (O.L) 됐어 깐돌이! 자리에 가! 오늘은 여기까지!

경 준   ....

씬19. 코엑스 별마당 도서 검색대/ 서적 진열대

혜준, 컴퓨터 앞에서 '응급의학과' 검색어 친다. 응급의학과 개요부터 클릭해 본다. 의학 서적 있는 곳에 가서 책 본다. 어떤 책들이 있나 책들 꺼내 보기도 하고.

씬20. 프렌치 레스토랑 프라이빗 룸 복도/ 앞

태수, 걸어오고. 그 옆에 도하.

도 하   그 놈 뭐하는 놈이래? 자살 추천한단 놈!
태 수   놈 아니구 여자 회사원이란다. 선처해 달라는데 선천 없다구 딱 잘
         랐어.
도 하   잘했어.
태 수   만나구 싫음 안 해두 돼.
도 하   감독님 작가님 만나구 어떻게 안 해?
태 수   곤란한 건 내가 다 해준다니까! 넌 니가 하구 싶은 대루 하면 돼!

태수, 노크하고. 문 열고 태수, 도하 들어간다.

씬21. 프렌치 레스토랑 프라이빗룸 안

태수, 도하, 있고 윤 감독, 이 작가 있다. 테이블 위엔 각자 취향에
맞는 차. 마시는 중.

윤감독   (도하에게) 말이 별루 없네요 도하 씨.
도 하   처음에 낯을 좀 가려요. 감독님 연출하신 작품 좋아해요.
이작가   감독님 연출이 섬세하면서두 힘이 있죠! 이제 본론을 얘기하죠! 작
         품 같이 하는 거죠?
태 수   작가님 훅 들어오시네!
도 하   작가님 감독님이 하신다구 하니까 해야죠!
이작가   감사합니다. 우리 잘해 봐요!
도 하   제시카 말구 다른 역은 정해졌어요? 영민 역은 누구에요? 제시카
         빼구 저랑 젤 많이 붙더라구요.
윤감독   (작가랑 얘기된 듯) 두어 명 물망에 있는데.. 뭐.. 이용주.. 태영진.

도 하	(심드렁) 으음..
윤감독	(안할까 봐 긴장) 다른 역엔 원해효.. 이지섭
도 하	해효 좋은데!
태 수	(이건 또 뭐야)
윤감독	원해효! 친해요?
도 하	이번에 영화 같이 했거든요. 편해요.
이작가	(윤 감독한테) 모델 출신이라 기럭지 장난 아니죠? 얼굴두 훈남형이에요!
윤감독	나 아직 못 봤는데.. 한번 불러서 봐야겠네!

씬22. 은행 건물 로비 (저녁)

혜준, 경준을 기다리고 서 있다. 퇴근하는 직원들. 차장, 직원, 직원1, 그 뒤에 경준 나오고. 차장, 잘생긴 혜준에게 눈길이 가고.

혜 준	(경준 보고. 손든다.)
경 준	(보고, 빠른 걸음으로 가는)
차 장	(경준이 혜준에게 가는 거보고 왜?)
직원들	(경준이 혜준에게 가는 거 보고 왜?)
경 준	뭐 먹을래?
혜 준	이 동넨 뭐가 맛있어?
차 장	(부드럽게 끼어들며) 사 주임!
경 준	네!
차 장	누구셔?
경 준	인사드려! 우리 차장님!
혜 준	안녕하세요? 사혜준입니다.
경 준	제 동생이에요!
차 장	(놀라는) 어머 진짜 동생이야? (혜준과 경준 번갈아보고)
경 준	(또 시작이군. 학교 때부터 맨날 이래. 속소리 E) 드런 놈의 세상!

	돈으루 순위 매기구! 얼굴루 순위 매기구!
직 원	(혜준에게) 혹시 모델 아니에요? 본 거 같은데.
혜 준	했었어요. 지금은 배우루 전업 중입니다!
차 장	너무 잘생기셨다! 오늘 왜 왔어요?
혜 준	저녁 같이 먹자구 해서요.
차 장	(경준에게) 나두 저녁 안 먹었는데.
경 준	(어쩌라고) 드세요 그럼! 저 먼저 가겠습니다. 가자!
혜 준	(인사하고. 경준과 가는)
차 장	(가는 뒷모습 보며) 매정한 자식! 정을 붙일래야 붙일 수가 없지만 붙여봐야겠네!

씬23. 식당 (밤)

혜준, 경준과 식사 중이다. 메뉴는 낙곱전골. 혜준은 전골 맛있게 먹고 있고, 경준, 전골 안주 삼아 소주를 마시고 있다. 빈 술병 한 병 있고. 두 병째다. 혜준 앞에도 술잔은 있지만 마시지 않고. 경준, 취기 오른.

경 준	(한잔 따라 주려고 하며) 너두 한잔해.
혜 준	당분간 저녁에 술 안 마신다니까!
경 준	참 빡빡하게 군다! 그런다구 잘될 거 같아? 드라마 촬영하려면 일주일이나 남았다며!
혜 준	(왜 이래 O.L) 일주일밖에 안 남았어!
경 준	넌 좋겠다! 사람들이 너만 보면 다 좋아해 주구!
혜 준	뭔 소리야? 우리 집 브레인이라구 아빠가 형이라믄 벌벌 떠는 거 몰라?
경 준	공부 잘한다구 성적표 얼굴에 붙이구 다니냐? 회사 좋은 데 다닌다구 명함 얼굴에 붙이구 다니냐! 잘생긴 게 갑이야!
혜 준	주사 있냐?

경 준	얼굴 좀 반반하다구 사람들한테 받는 친절 그거 돈으루 환산해 봐. 넌 그걸 갖구 태어나서 그렇게 밖에 못 사는 거 진짜 문제야!
혜 준	안 되겠다! 가자! (일어나려는데)
경 준	나 사기 당했을 때.. 암말두 안 하구.. 밥 사준 니가 너무 고마워서.. 내 동생 혜준이가 다 컸구나 어른이 됐구나 위로할 줄 아는구나! 멋있는 놈이구나!
혜 준	닥쳐! (일어나는)
경 준	야 닥치면 술을 어떻게 마셔!! (하곤 또 마시는)
혜 준	안 일어나?
경 준	일어나! (하면서 일어나는데 스텝 꼬인 비틀대다가 안 넘어질려고 혜준을 필사적으로 붙잡고 늘어진다.)
혜 준	아이 개 진상!
경 준	(눈 똑바로 뜨고) 진상은 임금님 수라상에 올리는 거야!
혜 준	(어이없는)

씬24. 혜준 집 주방/ 현관

애숙, 반찬 만들고 있다. 견과류 멸치볶음. 식탁엔 만들어서 담아놓은 어묵볶음. 식히고 있다. 영남, 들어와서 하나 집어먹는.

애 숙	그렇게 먹음 어떻게!
영 남	알았어! (젓가락 집어들고) 경준인 장남이라 확실히 달라. 혜준이 밥 사준다는 거 봐! 지두 힘들 텐데! (현관에서 기척 들리고. 보면. 그 시선으로. 혜준, 경준을 부축해서 들어오고 있다.)
영 남	(나가는) 뭐야?
경 준	(영남 보고) 아빠! (하면서 주저앉는)
영 남	(혜준에게) 왜 얘만 이래? 술을 이 지경까지 마시게 두면 어떡해?
혜 준	(또 나한테만. 말하기도 싫다.) 아빠 형 취한 것만 보이구 내가 형 데리구 오느라 애쓴 건 안 보여?

경 준	(O.L) 아빠!! 아빠!!! 아빠아아!!!
영 남	경준아 왜 그래? 누가 그랬어?
경 준	힘들어! 개새끼! 나한테 사기친 놈! 3대가 망해라!
애 숙	(나와서 보고) 이제 그만해!
경 준	(O.L) 어떻게 그만해! 눈 감으면 그 놈 얼굴이 왔다 갔다 하는데!
애 숙	(영남에게) 경준이 데리구 들어가!
경 준	엄마아!
애 숙	시끄러!
경 준	(뚝) ......

씬25. 혜준 집 주방

혜준, 냉장고에서 물 꺼내는. 애숙, 컵 주는. 혜준, 컵에 물 따르는.
애숙, 물통 받아 냉장고에 넣고. 혜준, 물 마시는.

애 숙	오늘 고생했어. 형 데리구 오느라.
혜 준	엄마가 알아주니까 맘이 좀 풀어진다.
애 숙	난 너한테 좀 섭섭했는데. 왜 엄마한테 말 안했어? 드라마 캐스팅 된 거?
혜 준	저번에두 됐다 그러구 안 됐잖아. 방송 나오믄 말하려구 했어.
애 숙	됐다 그러구 안 되면 너 힘들잖아. 그럴 때 있으라구 만든 게 엄마 야.
혜 준	......
애 숙	아빠가 널 섭섭하게 하는 거 알아. 널 사랑하지 않아서 그런 거 아 냐. 제대로 된 사랑 못 받구 자라서 서툴러. 니가 이해 좀 해줘.
혜 준	나한테만 이해하라구 하면 안 되지! 아빠가 형한테 하는 거 보면 자식 사랑하는 방법을 모르는 사람이 아니야.
애 숙	(얘가 많이 상처받았구나.) 그치! 니 아빠 잘못 맞아. 내리사랑인데 부모가 돼갖구 그게 뭐니! 짜치게!

혜 준	(금세 풀어지는) 그렇게 내 편을 들어주면 맘이 다 풀어지잖아! 엄마 머리 디게 좋다!
애 숙	(여친 얘기 묻고 싶다.) 너 또 나한테 할 말 없어? 할 말 있을 텐데. 다른 사람한테 니 얘기 듣는 거 진짜 기분 나빠.
혜 준	(무슨 말인지 모르겠다. 보는) ……
애 숙	(입 모양으로 가르쳐주는. 여자친구)
혜 준	아아! 정하!
애 숙	이름이 정하니?
혜 준	어 정하야. 안정하! 착해.
애 숙	착해? 착하면 됐어. 착한 게 얼마나 중요한데! 엄만 무조건 좋아.
혜 준	만나게 해줄까?
애 숙	좋지! 니가 그 얘기 먼저 해줘서 엄마두 섭섭한 거 다 풀어졌어!
혜 준	(미소) (F.O)

씬26. 정하 집 주방/ 거실 (낮) (F.I)

정하, 염색할 준비하고 있다. 염색약. 빗. 플라스틱 보울. 트리트먼트 오일. 장갑. 커트보. 식탁에 놓는다. 정하, 빠진 거 없나 재료 하나 하나 체크한다. 거실 테이블 티포트엔 허브티 담겨져 있고. 현관 벨 E. 정하, 기다리던 사람이 왔다. 현관으로 달려가는. 문 연다. 그 시선으로 혜준 서 있다.

정 하	환영합니다!
혜 준	(들어온다.) 난 샵에서 해준다는 줄 알았어.
정 하	샵을 개인적인 일루 쓸 순 없지!
혜 준	(소파에 앉는) 나두 그런 거 싫어하는데.
정 하	우리 비슷한 거 많아.
혜 준	줄 거 있어. (가방에서 책 꺼낸다. 〈Rain 비 내리는 날의 기적〉) 니 선물에 대한 답례.

정 하	(받는) 그림 예쁘다! (책 표지 넘기며. 글씨 있는데) 뭐라구 썼어?
혜 준	(덮으며) 나중에 봐!

점프 시간 경과

혜준, 식탁에 커트보 걸치고 앉아 있고. 정하, 에이프런하고 시술 장갑 끼고, 염색약 다 섞어놓고.

정 하	(트리트먼트 오일 손에 발라서, 혜준의 머리에 발라준다.) 염색하기 전에 오일 바르면 염색두 잘 되구 머리카락두 덜 상해!
혜 준	(편하게 머리 맡기고) 아 시원하다!
정 하	고객님! 이제 시작합니다. (플라스틱 보울에 담긴 염색제를 빗에 묻힌다.)

씬27. 정하 집 욕실

혜준, 거울로 염색된 머리 보고 있다. 타올 드라이는 마친 젖은 머리. 전하고 분위기가 달라졌다. 또렷하고 준수한 느낌이 더 나는.

정 하	(밖에서 E) 문 연다! (하곤 문 여는)
혜 준	(보는)
정 하	(튜브형 핸드크림 들고 들어온다. 보고 맘에 드는 리액션)
혜 준	어때?
정 하	잘 됐다 염색! (하면서 혜준의 머리를 흐트러트린다.)
혜 준	(잡으며) 하지 마!
정 하	(두 사람 눈 마주치는)
혜 준	(멋쩍은)
정 하	(분위기 탈피하려. 핸드크림 뚜껑을 연다.) 자! 시작했음 끝을 봐야지! 핸드크림까지! 피니쉬!

혜 준	(손등을 댄다.)
정 하	(손등 보고) 핸드크림 여기다 먼저 발라?
혜 준	어! (하면서 자신이 핸드크림 가져와 자신의 손등에 짜고. 정하에게) 넌?
정 하	(손바닥 대는) 어떻게 손등부터 발라?
혜 준	(손바닥에 핸드크림 짜준다.) 어떻게 손바닥부터 발라?

혜준, 손등을 비벼 핸드크림 바르고. 정하, 손바닥을 비벼 핸드크림 바른다.

정 하	너 참 확실하다!
혜 준	손등부터 바르는 사람 많아.
정 하	자기주장이 강한 손등이야! 보통 생각 없이 바른다구.
혜 준	손등부터 바르면 손바닥에 유분기가 덜 해서 산뜻해.
정 하	손바닥부터 바르면 좋은 점을 생각해 본 적이 없어. 그냥 남들이 바르니까 발랐어. 남들이 다 이렇게 바른다는 건 이게 젤 좋단 거야.
혜 준	그 대답은 안정을 추구하는 안정하답다!
정 하	확실히 취향은 다수보다 소수가 더 고급스러 보여. 난 그래두 다수가 좋아.
혜 준	울지 말구 말해!
정 하	(웃는) 졌다!
혜 준	지구 말구가 어딨니 취존에! (하면서 머리 흐트러트리는)
정 하	(흐트러진 머리로. 나만 당할 순 없다. 혜준의 머리를 흐트러트린다.)

정하 혜준, 웃는. 서로 마주치는 눈빛. 사진 찍히는 소리 E.

인서트 혜준 인스타. 게시물 187 팔로워 4.7만 팔로잉 2
정하 식탁에 있던 염색도구 사진. 해시태그 #Themoment #핸드크림 #취존 #우리가사랑했던그순간 #기록 #스물일곱 (F.O)

씬28. 수술실 밖 복도 (낮) (F.I)

7부 65씬에 이어

혜준, 수술실에서 나왔다. 앞에 걸어가고 있는 현수를 본다.

혜 준	누나!
현 수	(보는) 뒷정리 다 했어?
혜 준	(오는. 멜로눈깔 하고)
현 수	(애 뭔가 이상한데. 멜로 받아주는 거 같은) 너 왜 그래 무섭게?
혜 준	....사귈래요?
현 수	(보는.. 받아줄까 모두 궁금하다.) 맞을래요?
혜 준	거절입니까?
현 수	거절입니다! (수술실로 가며) 뒷정린 제대루 한 거야? 시간상 좀 빠른데! 니가 이렇게 잘할 리 없잖아.
혜 준	나두 잘한다구! 누나만큼은 못하지만 곧 잘할 거라구! (수술실로 다시 뛰어가는)
현 수	(보는) 넘어지지나 마!

두 사람에서 끝. 엔딩 크레딧 올라가고 있다. 카메라 빠지면.

씬29. 혜준 집 거실/ 진우 집 거실 (밤)

민기, 애숙과 TV 보고 있다. 〈게이트웨이〉 끝났다.

민 기	(얼굴에 미소가 활짝. 눈물)
애 숙	(보고) 아버님?
민 기	됐다 쟤 됐다 이젠!
애 숙	뭐가 돼요? 아버님 왜 우세요?

현관 인기척 들리며 영남과 경준, 들어온다. 경준, '다녀왔습니다'

민 기   몰라 그냥 눈물이 나오네. 언제 들어오나 연락 좀 해봐! (영남과 경 준 들어오는 거 보고)

영 남   (민기 보고) 아부진 왜 그래?

민 기   좋아서!

애 숙   여보! 혜준이 드라마 지금 끝났는데. 너무 이상해!

영 남   이상하겠지! 그걸 왜 봐 속상하게!

애 숙   너무 근사해서 이상하다구! 우리 집에 사는 사람 같지가 않아. 근데 둘이 만나서 온 거야?

경 준   아빠하구 술 한잔했어.

애 숙   그럼 일찍 들어와서 같이 좀 봐주지 혜준이 드라마!

경 준   드라마 안 좋아하잖아. 혜준이 짤만 찾아볼게! (하고 방으로 들어간 다.)

영 남   아부지 정신 차려요! 괜히 뭐 된 거처럼 감상에 젖어서 울구 그러 지 마! (들어가는)

민 기   아주 그냥 찬물을 확 끼얹구 들어가네!

핸드폰 E 발신자 '진우 엄마'

애 숙   어 진우 엄마!

경 미   언니이!!! 대박이야! 너무 설레에!!! 내가 알던 혜준이 맞아?

씬30. 해효 집 거실

이영, TV 보고 있다. 〈게이트웨이〉. 소리만 들리는. '사귈래요 맞을 래요 거절입니까 거절입니다 뒷정린 제대루 한 거야? 시간상 좀 빠른데'. 보고 있는 이영의 표정이 성공을 예감한 듯하다. TV 끈다.

| 이 영 | (2층 보며) 해효!! 해효야!! |

씬31. 해효 집 해효 방/ 병원 복도

해효, 전화 통화 중이다. 혜준, 촬영 대기 중이다.

| 해 효 | 오늘 재밌더라. 현수 선배하구 합이 딱딱 맞더라. (전화 들어온다. 발신자 '김이영씨'. 보고 무시하고 통화) |
| 혜 준 | 누나가 워낙 연길 잘하니까 옆에 있음 나두 잘하는 거 같아. |

이영, 들어오는.

해 효	오우 누나! 언제부터? (보고 계속 통화) 오늘두 늦게까지 촬영이야?
혜 준	아냐. 한 씬만 찍으면 돼. 난 오늘 방송두 못 봤어.
해 효	내가 봤잖아. 잘 나왔어!

FD, 혜준에게 '곧 들어가요' 하곤 간다.

혜 준	나 가야 돼!
해 효	그래 가라! (끊는)
이 영	누구야?
해 효	혜준이! 지금 방송 보구 전화해 줬어. 오늘 되게 귀엽게 나왔어 혜준이. 엄마 봤어?
이 영	봤어두 안 봤어. 니께 더 잘 될 거야. 걱정하지 마.
해 효	걱정 안 하는데!
이 영	그래 넌 하지 마 내가 할게. 그래두 박도하잖아! 걔가 있는데 대박 못 내면 것두 문제야!

씬32. 룸살롱 안 (밤)

태수, 도하와 함께 춤추고 있다. 음악에 맞춰. '하바나 카밀라 카베요' 류의 노래. 신났다 둘이. 여자 3명 테이블에 앉아 있다. 춤 다 췄다. 두 사람 들어오는.

여자1	오빠 오빠 드라마 언제 나와요?
도 하	다음 달 초에! 니네 요즘 드라마 뭐 보냐?
여자1	게이트웨이! 지금 틀어두 돼요? (하곤 TV 튼다.)
태 수	그게 요즘 그렇게 핫하다며? 시청률은 별루 안 높던데!
여자2	사혜준이라구 걔가 핫해요! (8부 씬28 나온다.)
여자3	나온다!
태수도하	(보는)
여자1	오우 사귈래요래? (몸서리치는)
여자2	나 오늘 입덕한다!
태 수	(어? 뭐지?)
도 하	(이것들이 진짜.. 너무 하네. TV 끄는)
여자2	오빠아!
도 하	야 니네 나가! 이것들이 진짜! 상도덕이 없네! 니네가 누구 덕에 밥 먹냐?
여자1	(여자2에게) 우리가 누구 덕에 밥 먹어?
여자2	밥은 돈 주구 사 먹으면 되는데 덕 안 보는데.
도 하	아 무식해!
태 수	안 나가냐 니들!
여자1	나가요!

여자 1, 2, 3 나간다.

태 수	신경 쓰이냐?
도 하	아니 웃기잖아. 나랑 놀면서 어떻게 딴 놈이 눈에 들어와?

태 수	넌 탑이야! 드라마 곧 방송되면 모든 건 다 너한테 집중될 거야!
도 하	그걸 누가 모르냐! (씩 웃는)

씬33. 도로/ 태수 자동차 안 (밤)

태수, 뒷자리에서 동영상 보고 있다. 혜준이 나온 방송 짤이다. 대리 기사 운전하고 있다.

태 수	(왠지 예감이 안 좋은. 일부러 자신의 기분 띄우는) 사귈래요? 이걸 설레라구 쓴 거야! 요즘 이딴 게 먹히냐 작가야! 방구석에 틀어박혀 이딴 대사나 쓰구 있어 정신 못 차리구! (밝게) 아저씨 음악 볼륨 좀 올립시다! (몸을 리듬에 맡기는)

씬34. 찜질방

민재, 식혜 먹으면서 방송 보고 있다. TV에선 〈게이트웨이〉 방송 중이다. 8부 씬28. 혜준, 나두 잘한다구! 누나만큼은 못하지만 곧 잘할 거라구! 현수, 넘어지지나 마! 아줌마들 몇 명이 텔레비전 넋 놓고 보고 있다가. 탄성... 아우 쟤 누구야? 누구야? 이름 뭐야 이름? 찾아봐 찾아봐 좀!

민 재	사혜준이에요!
아줌마들	(집중되는) 알아요?
민 재	제가 옛날에 회사 다닐 때 알던 동생인데.. 그땐 모델 하구
아줌마들	(O.L) 모델이었어? 어쩐지 벌써 테가 다르더라!
민 재	주위 사람들이 다 좋아했어요. 착하구 예의두 바르구.
아줌마들	(더 얘기해 달라. 목마르다.)
민 재	그렇게 보시면 제가 너무 부담스럽네요. 갈게요! (일어나는)

아줌마들	아는 거 있음 더 풀구 가!
민 재	(이미 뛰고 있다.)

씬35. 응급실 복도 (밤) (촬영 중)

혜준, 콜 받고 뛰어오고 있다. 그 뒤엔 다른 단역 배우 치영(20대 초반) 의사 역할(황태민 역, 레지던트 1년차) 있다.

감 독	(E) 오케이 컷!

카메라 뒤로 빠지면. 감독, 스탭들 있고. 민재 있다. 촬영 끝이다.

민 재	(혜준에게 달려가서 기쁨의 제스처) 혜준아!!
혜 준	(시크하게) 왜 이래?
민 재	너 오늘 방송 못 봤지! 심쿵했어!
혜 준	설레발 좀 치지 마.
치 영	(옆에서) 우리 엄마가 형 잘생겼대요. 형이 나보다 많이 나오니까 더 좋대요. 엄마 맞아요?
혜 준	감사하다구 전해드려!
민 재	어머니가 안목이 좋으시다! 잘해줄게 치영아!
치 영	대표님이 왜 잘해줘요?
민 재	넌 소속사 없니? 왜 맨날 우리 혜준이 옆에 붙어있어?
혜 준	같이 붙는 씬이 많으니까 붙어있지!
치 영	형! (엄지 척 한다.)
민 재	암튼 가서 밥 먹자! 밥 먹으면서 앞으루 어떻게 할 건지 얘기해 보자!
혜준민재	(가는)
치 영	(뒤따라가는)
민 재	너 왜 따라와?

치 영	내 갈 길 가는 거예요. (앞서 가는)
혜 준	자식 귀엽네!

씬36. 병원 안 로비 (밤)

혜준, 민재와 걸어가고 있다. 뒤에서 따라 오는 의사(레지던트 2년 차 여자), 망설이는 그러다 용기 얻었는지 빠른 걸음으로 오는.

의 사	저어!
혜준민재	(보는) 네!
의 사	싸인 좀 해주시면 안돼요?
혜 준	주세요!
의 사	오늘 너무 재밌었어요. (수첩 주고 펜 주는) 지훈이 해진 누나랑 어떻게 돼요?
혜 준	짝사랑이겠죠!
의 사	(아쉬운) 히힝... 이뤄졌음 좋겠어요!
혜 준	(싸인 하는)
민 재	(흐뭇하게 보는)

점프 긴 시간 경과 (낮)

혜준, 의사 가운 입고 싸인하고 있다. 촬영하러 왔다. 주위에 병원 사람들 싸인 받으려고 둘러싸여 있다. 인기가 실감되는. (화이트 아웃)

씬37. 정하 집 앞 일각/ 혜준 미니 봉고차/ 미니 봉고차 안/ 도로 미니 봉고차 안 (아침) (화이트 인)

정하, 빠른 걸음으로 걸어오고 있다. 출근하려고. 혜준의 미니 봉고

서 있다. 정하, 봉고차 앞좌석에 가서 안을 보면. 혜준, 운전석에서
눈 붙이고 있다. 정하, 창문 똑똑 두드린다. 혜준, 안에서 정하 보고
잠금장치 푼다. 정하, 들어온다.

정 하	(안전벨트 매며) 밤 샜어? 드라마 촬영 다 끝났다며?
혜 준	광고 촬영!
정 하	오우 돈 많이 버셨겠네요!
혜 준	아직 모릅니다! (하곤 시동 켜고 차를 출발시킨다.)
정 하	이제 쫌 떴는데! 언니가 운전해서 샵까지 모셔야 되는 거 아냐 아 티스트를?
혜 준	아직 우리 회사가 영세해! 아티스트가 차가 없어! 차는 곧 생길 거 야. 바다 건너 오구 있어. 오면 젤 먼저 시승시켜줄게. 누난 중요한 계약 때메 미팅 갔어. 다 대답이 됐나? (웃는)
정 하	(웃는)

씬38. 광고 회사 미팅룸

태수, 광고 본부장과 얘기하고 있다. 차 앞에 놓고. 마시면서.

태 수	제가 도하랑 일하게 된 지 얼마 안 돼서 본부장님한테 인사 한번 드 리려구 했었는데 오늘에야 뵙습니다.
본부장	도하 씨가 우리 광고하구 매출두 많이 올랐구 화제두 돼서 제가 회 사에서 칭찬 많이 받았었어요. 이번이 계약 끝이라 아쉽습니다.
태 수	(철렁) 계약이 끝이라뇨? 인사드리러 왔다가 아주 귀중한 정보를 듣네요!
본부장	우리 말구두 박도하 씬 콜 하는 데 많잖아요!
태 수	업계 최곤데 돈이 없어 못 쓰지 쓰구 싶어 하는 덴 엄청 많죠.

태수, 나오고. 본부장 같이 나오고. 서로 인사하고 악수하는.

태 수 모델 자꾸 바꾸는 기업은 이미지가 좀 가벼워 보여요.

본부장 그런 면두 있죠! 그럼! (목례하고) 전 선약이 있어서 다시 들어가야 돼요.

태 수 (목례) 네!

본부장 (들어가는)

태 수 기분 좋게 왔다가 기분 잡쳐 가네! (가는)

태수, 가는데. 앞에 걸어오고 있는 민재 보인다. 민재, 앞에 태수 보고 당당하게 맞선다는 심정으로 걷는. 태수, 민재가 여길 왜 왔지 본부장이 선약이 있다고 했는데. 혹시 민재야? 여러 가지 생각하면서 걸어가고 둘이 딱 만난다. 민재, 보고 인사도 하지 않고 가려고 하면.

태 수 안녕하세요? 인사는 하자! 어떤 상황에서두 인사는 해야지! 그게 매니저 기본이야.

민 재 (O.L) 기본은 인사가 아니라 뒤통수 안 치는 거예요. 아니 어떻게 나한테 그렇게 하구 아무렇지두 않은 듯이 인살 할 수가 있어요?

태 수 내가 뭘 어떻게 했는데? 이민재 씨가 먼저 날 선배루 모실 테니까 지도편달 바란다구 해서. 인간관계의 기본인 뒤통술 가르쳐줬잖아. 민재 씨 잘되라구 예방주사 맞춰줬잖아. 이제 사람들 믿어 안 믿어?

민 재 믿어요! 이태수 씨만 빼구!

태 수 내가 잘 가르쳤네! 하나라두 안 믿게 됐잖아! 발전했다! (진짜 본론이다.) 오늘 여기 왜 왔어?

민 재 (기분 째지는) 왜 왔겠어요? 혜준이 광고 계약 때매 왔죠! 박도하보다 십 원이라두 더 달라구 했어요! 더 주지 않으면 계약 안 한다구 했어요. 우리 혜준이가 우리 아티스트가 빵 뜬 거 같아요!

태 수	(성질나는) 그 계약이 되겠어?
민 재	(가면서 O.L) 되는지 안 되는지 신경 끄세요!
민 재	(회의실 앞에서 노크하고 태수에게 보란 듯이 미스코리아 손짓하고 들어간다.)
태 수	(혼자 남는) ....

씬40. 청담동 헤어샵 주차장/ 미니 봉고차 안/ 성란 집 안

혜준의 미니 봉고 들어온다. 혜준, 운전하고 있고. 정하, 조수석. 핸드폰 E 발신자 '엄마'

정 하	(받으며) 어 엄마!
성 란	이따 저녁 때 회사 앞으루 갈게. 다온이 할머니 집에 가서 주말까지 안 와.
정 하	(안전벨트 풀며) 안 돼 약속 있어.
성 란	취소해! 엄마가 가잖아. 대체 얼마 만이니?
정 하	미리 정한 걸 어떻게 취소해! 나중에 와!
성 란	남들은 딸 있어서 친구 같아 좋겠다는데 이게 뭐니 난!
정 하	엄마 나 샵 (아니) 회사 앞이야. (끊는) 아직 엄만 몰라. 나 회사 관둔지.
혜 준	이따 애들하구 아지트에서 만나기루 한 거 취소할까?
정 하	아니! 나 먼저 들어갈게. 넌 10분 후에 들어와.
혜 준	같이 들어가!
정 하	아니! 고객님하구 같이 출근하는 건 아닙니다.
혜 준	해효랑은 같이 다니잖아.
정 하	우린 그거랑 다르잖아.
혜 준	달라두 난 상관없는데.
정 하	난 상관있어. 달라두 상관없는 니 맘은 맘에 들어. (하곤 내린다.)

씬41. 청담동 헤어샵 안내데스크

안내데스크에 원장 있고. 직원 있고. 혜준, 들어온다.

원 장	(환하게) 안녕하세요? 예약자 명단 보구 기다리구 있었어요.
직 원	사귈래요?
직 원1	맞을래요?
혜 준	(미소)
원 장	우리 다 사혜준 씨 팬 됐어!
혜 준	감사합니다!

씬42. 청담동 헤어샵 메이크업실

정하, 예약 고객 맞을 준비하고 있다. 여자 고객(30대 초반. 무쌍이다.) 머리 베이스 하고 들어온다. 수빈, 여자 고객을 안내해서 온다. 옆엔 진주, 고객 메이크업 해주고 있다. 수빈, 여자 고객에게 '이쪽에 앉으세요.'

진 주	수빈 씨! (스킨 가리키며) 이거 다 떨어져 가! (수빈, '네' 하고 가지러 가고)
여자고객	(앉고) 스모키 화장 해주세요. 눈만 동동 뜨게! 무쌍이라 눈이 흐릿해 보여갖구! 여름휴가 때 수술할 거예요.
정 하	저두 무쌍이라 쌍꺼풀 수술하란 말 많이 들었거든요. 안 하거든요. 앞으루 할 생각두 없구.
여자고객	(관심 있게)
정 하	작은 눈이 가진 고유의 매력이 있어요. 쌍꺼풀이 있으면 인상이 환해 보이긴 하지만 무쌍의 매력은 가질 수 없잖아요.
진 주	(옆에서 큰 눈을 껌뻑. 자신의 트레이드마크. 안 들은 척 일하면서)
정 하	아이메이크업으루 쌍꺼풀 만들어드릴까요? 보시구 쌍꺼풀이 땡기

는 날은 쌍꺼풀 하시구 아닌 날은 무쌍 하시구. 선택이 넓잖아요.

여자고객 (정하를 보면서 논리에 넘어갔다. 가면 안 되는데.. 또 진주를 의식하는. 진주도 정하 쪽에 촉각을 세우는) 어디 한번 해봐요!

정 하 러블리한 분위기루 해드릴께요. (쌍꺼풀 메이크업 시작하는)

씬43. 청담동 헤어샵 헤어존

혜준, 디자이너가 헤어 마무리해 주고 있다. 메이크업까지 마친 상태. 다 됐다.

디자이너 어때요?

혜 준 (보며) 좋아요!

씬44. 청담동 헤어샵 메이크업실

정하, 메이크업을 다 끝냈다. 고객, 완성된 얼굴 본다. 김연아 눈처럼 얇은 선이 그어진 눈. 고객, 보고. 오묘한 표정이다. 마음에 드는데 마음에 들면 안 되는.

정 하 맘에 드세요?

여자고객 (영혼 없는) 안 들어요!

정 하 죄송합니다. 스모키루 다시 해드릴까요?

고 객 (에라 모르겠다.) 다시 하면 내 시간은 누가 보상해? 아 증말 오지랖두 넓어! (앙칼지게) 해달라믄 해달라는 대루 해주면 되지 선택이니 뭐니 해가면서 사람 혼을 쏙 빼놓더니만 이게 뭐야?

사람들 모여 들면서 구경하고, 원장, 오고 있는.

정 하	(너무 황당한) 죄송합니다. 원하시는 걸 말씀하시면 다 해드릴게요.
여자고객	집 사줘!
정 하	네?
고 객	원하는 거 다 해준다며! 뭘 다 해줄 수 있어? 왜 그렇게 지키지두 못할 말을 함부루 해? 원장 어딨어? 원장 오라 그래!
원 장	(오는) 저 왔습니다! 우선 이쪽으루 오세요! (하면서 VIP룸으로 간다.)
여자고객	(정하에게) 똑바루 살아!!!!!!
정 하	(기가 막혀 말이 안 나온다.)

씬45. 청담동 헤어샵 탕비실 안/ 밖

정하, 커피를 타는. 그저 젓기만 하고 있다. 멍이 나간 듯. 눈물이 또르르.

혜준, 들어갈까 말까 망설인다. 들어가야겠다. 수빈, 잡는다. 수빈, 들어가지 말라는 제스처. 두 사람 한편으로 가는.

수 빈	남자친구가 봤다구 생각하면 맘이 더 상할 거 같아요.
혜 준	(공감) ....

씬46. 로스쿨 일각 (낮)/ 해효 집 해효 방

해나, 지아와 차 마시면서 얘기하고 있다. 해효, 외출하려고 마지막 점검 중.

지 아	모의재판 주제 뭘 할지 정했어?
해 나	아직! 몇 개 찾긴 했는데. 애들하구 의논 중이에요. 2개루 압축되면

언니한테 멜 보낼게요.

핸드폰 E 발신자 '오빠'

해 나	(받는) 왜?
해 효	너 이따 시간되면 우리 아지트루 와. 혜준이 축하해 주는 의미루 한 잔 하기루 했어.
해 나	오빠가 웬일루 자발적으루 날 껴줘?
해 효	혜준이 여자친구두 오는데 심심할까 봐. 우리 얘기만 하면 걔가 심심할지두 모르잖아. 나 나가야 돼. (하곤 끊는다.)
해 나	디게 위하시네!
지 아	해효야?
해 나	네! 우리 오빠두 잘 알아요?
지 아	잘 알지! 우리 넷이 잘 뭉쳐서 놀았었어. 근데 혜준이랑 헤어지니까 진우랑 해효하구두 멀어지게 되더라. 걔들은 요즘두 잘 뭉치나부다.
해 나	각자 바빠서 잘 못 뭉쳐요. 혜준 오빠가 젤 바빠요. 여친두 있구 게이트웨이루 터져서 전화 통화만 하나 봐요.
지 아	혜준이 여친 뭐하는 사람이야?

씬47. 청담동 헤어샵 VIP룸

정하, 있고. 원장, 앞에 있다.

정 하	죄송합니다.
원 장	괜찮아. 블랙리스트에 올려야겠어 그 손님.
정 하	....
원 장	바람 좀 쐴 겸 크림 잔뜩 올린 커피 한 잔 마시구 와.
정 하	감사합니다.
원 장	사혜준 씨 놓치지 마. 이렇게만 가주면 최고의 고객이 될 거 같아.

씬48. 카페 밖

정하, 카페를 향해 가고 있다. 창가에 앉아 있는 진주와 여자 고객 보인다. 정하, 아직 보지 못했다. 정하, 카페로 들어간다.

씬49. 카페 안

정하, 주문대로 간다. 진주와 여자 손님 음료 마시면서 즐겁게 얘기하고 있다. 정하, 눈에 그 사람들이 들어온다. 의아하다.

여자고객	나두 나한테 놀랐어. 지금이라두 다시 연기 도전해 볼까 봐.
진 주	짠 대루 안하구 쌍꺼풀 메이크업 한다 그럴 때 식겁했어.
여자고객	혹하게 말 잘 하더라 남자 손님들이 왜 걔한테 가는지 알겠어. (하다가 자신을 향해 오고 있는 정하 보고)
진 주	그럼 뭐해! 인성이 개 같은데. (이 언니가 뭘 보는 거야 나 얘기하는데) 언니가 오늘 참교육 시켜줬으니까 (하면서 옆을 보면 정하 서 있다. 놀라는)
정 하	(보는)
진 주	언제부터
정 하	(테이블에 있는 컵을 들어 진주에게 끼얹는다.)
진 주	(반응) 야아!!
정 하	사람 싫어하는 데 이유가 있겠지. 내가 어느 정도 빌밀 쳤으니까 그러겠지 내가 좀 더 노력하면 되겠지 고민하구 또 고민했어. 그냥 싫다 그래두 나한테 폭력 쓰려구 했어두 너란 인간에 대해 희망 같은 게 있었어.
진 주	무슨 말이 하구 싶은
정 하	(테이블에 있는 물컵을 또 들어 끼얹는다.)
진 주	(반응)
정 하	듣기만 해. 다시 나 내보려구 머리 쓰지 마. 나두 이젠 너 같은 인간

하구 한 공간에서 일 못해. 내가 나갈 거야. 근데 나가더라두 나한 테 씌운 프레임은 벗구 나갈 거야. (여자 고객 보면)

여자고객 (음료수 뿌릴까 봐 자기 앞으로) 맘에 들긴 했었어요. 오늘 메이크 업!

정 하 인생 부화뇌동하면서 살지 마세요! (가는)

여자고객 부화뇌동이 뭐니?

진 주 (냅킨으로 얼굴 닦고 있다.)

씬50. 시니어 모델 학원 워킹 연습실 (낮)

시니어 모델 지망생들 워킹하고 있다. 민기의 차례가 오고. 민기, 자 신감 있는 워킹. 프로 같다. 턴하다가 중심을 놓쳐 씰룩댄다. 다른 사람들 보다 웃고. 김 할배. 웃고.

강 사 다치지 않으셨어요?

민 기 창피해서 그렇지! 다친 건 없어요.

강 사 요즘 손주분이 잘 되셔서 기분이 좋으신지 집중력이 떨어지시는 거 같아요.

민 기 기분은 엄청 좋습니다.

강 사 그럴수록 더 집중하셔서 잘하셔야죠! 여기서 좀 더 잘하시면 프로 모델루 활동하실 수 있어요.

민 기 잘하겠습니다!

강 사 다음 시간엔 소품을 이용한 워킹 연습 할 겁니다. 오늘은 여기까지!

씬51. 시니어 모델 학원 워킹 연습실 밖

연습 끝낸 사람들 나오고. 민기, 나오고. 그 뒤에 김 할배 민기에게 붙으며.

김할배	형님! 손자 싸인 좀 받아다 주면 안 돼요?
민 기	싸인은 왜?
김할배	우리 손녀딸이 진짜면 받아오라구. 내가 형님하구 내가 같은 학원 다닌다구 자랑했거든요.
민 기	아까 많이 웃더라 나 삐끗했을 때.
김할배	(웃으며) 원래 웃음이 많아요!
민 기	싸인 받아달라면서 종인 안 주냐? (가는)

씬52. 태수 사무실 안

도하, 소파에 앉아 스마트폰으로 게임하고 있다. 태수, 들어오는.

태 수	왔냐?
도 하	(보는) 나 촬영하는데 왜 안 와봐?
태 수	상군이 있잖아.
도 하	장군은 장군이구 형은 형이지! 화장품 광고 재계약할 때 안 됐어?
태 수	(속소리 E) 그런 건 잊어먹지두 않네.
도 하	3년 했으니까 이번엔 쫌 더 올려주겠지!
태 수	(속소리 E) 짤렸어!
도 하	그 표정 뭐야? 안 된단 거야?
태 수	뭐어...
도 하	그런 게 다 형 능력인 거 알지!
태 수	(속소리 E) 니가 상품가치가 떨어졌대 이 자식아!
도 하	(일어나며) 우리 아버지한테 연락해서 엄마한테 연락하지 말라 그래. 지금 사는 여자분하구 잘 살구. 돈은 이번이 마지막이구.
태 수	알았어.
도 하	집에 가서 좀 씻구 자야 돼. 밤새 촬영하구 형 보려구 잠깐 온 거야. (나간다.)
태 수	안물안궁이다! 아 어떡하지? 설마 혜준이가 따진 않겠지 그 광고!

뭐 그게 대단했다구 여자애들한테 반응 쫌 온 거 갖구. 그래두 뭐든 싹부터 밟아놔야 못 올라오지. (핸드폰 꺼내 연락처에서 아웃뉴스 김수만 기자 통화버튼 누른다.)

씬53. 짬뽕 엔터 사무실 안

민재, 허브티 만든 거 들고 온다. 촬영 끝내고 온 혜준 소파에 편하게 누워있다. 테이블엔 대본과 시놉이 쌓여있다. 10개 정도.

민　재　　(누운 거 보고. 테이블에 놓고) 기럭지두 길다. 끝이 없네.

혜　준　　(일어난다.)

민　재　　오늘 우리 아티스트께서 친히 운전하시구 촬영까지 무사히 마치시구. 성은이 망극하옵니다.

혜　준　　(차 마시는) 왜케 또 신이 나셨나?

민　재　　그 화장품 광고 니가 하게 될 거 같아. 난 쎄게 불러서 안 될 줄 알았거든. 박도하가 하던 거라. 근데 광고주가 엄청 널 원하나봐. 작품은 다 읽어봤어?

혜　준　　어. 맘에 드는 것두 있어.

민　재　　(자신 있는) 나랑 같은 거 같은데. 우리 둘이 동시에 말해보자. 하나 둘 셋!

혜준민재　　(동시에) 왕의 귀환! 사랑해 미안해!

민　재　　(황당) 왜에? 너 담 작품이 얼마나 중요한 지 알아? 이번 작품으루 눈도장 확실히 찍었구 담엔 확장성이야. 드라만 작가야. 사랑해 미안핸 스타작가에 감독두 스타야. 그런 조합 어렵다! 너한테 온 일생일대 기회야. 탑스타들이 스케줄 때문에 못하게 돼서 너한테 온 거야.

혜　준　　누나! 우리 이름에 넘어가지 말자. 나 이름 없을 때두 나였어.

민　재　　멜롤 해야지 씨에프두 들어 오구 스타가 되지. 한류두 타구. 사극은 한계가 있어.

혜 준	제목두 맘에 안 들어. 사랑해 미안해? 사랑하는데 왜 미안해야 돼?
민 재	그건 니가 아직 사랑을 몰라서 그래.
혜 준	누나보다 내가 잘 알 거 같은데.
민 재	너 원래 멜론 사랑 안 해본 사람들 보라구 만드는 거야.
혜 준	권력의 비정함.. 잔인함이 잘 드러나 있어서 좋아. 자식을 사랑 아닌 필요루 선택하는 왕 설정두 좋아. 가족 간에도 권력이 존재하구 이해 관계로 인해 서로한테 칼을 겨누는 게 좋아.
민 재	(O.L) 난 그거 다 싫어. 난 니가 말랑말랑하구 너의 자랑이자 특기인 멜로눈깔루 종지부를 찍어야 된다니까!
혜 준	종지불 왜 찍어? 계속 연기할 건데. (일어나는)
민 재	(같이 일어나는) 아직 얘기 안 끝났어. 사극 하면 광고두 안 들어와.
혜 준	내 필모엔 내가 원하는 걸루 채우구 싶어. 망하더라두.
민 재	아우 진짜 넌 어떡하믄 좋니!!!

씬54. 신문사 라운지 (낮)

태수, 아웃뉴스 김수만 기자와 있다. 태수, 김 기자에게 봉투를 내민다.

태 수	딴 건 아니구 마사지 티켓이에요. 앉아서 일하시는 분들이 보통 어깨가 많이 뭉치더라구요.
수 만	이사님 진짜 센스 있으시다! 마사지 좋아해요.
태 수	도하 드라마 이제 다음 주 방송이에요.
수 만	너무 기대돼요. 잘 볼게요. 전 요즘 사혜준이라구 게이트웨이 나왔던 배운데... 입덕했어요. 모델루 탑 찍구 배우 경력두 꽤 되더라구요.
태 수	(할 말 많지만. 차마 난 좋은 사람이라 할 수 없다는) 혜준이?... 혜준이...
수 만	뭐 아세요?
태 수	아녜요. 사람이 다 그런 거죠 뭐!

수 만	(눈 반짝) 뭐가 그런데요? 이사님 저한테 뭐든 먼저 말씀해 주신다구 했잖아요. 안 써요.
태 수	(속소리 E) 안 쓴단 말은 꼭 쓴단 말이네!
태 수	사실 혜준인 제가 데리구 있었어요. 모델일 때. 거의 저랑 5, 6년 있었어요.
수 만	너무 잘 알겠다 그럼! 지금 소속사는 여자 대표님이던데.
태 수	제가 뺏겼어요. 이 바닥이 그래요. 어쩌겠어요!
수 만	대표님 너무 좋으시다!
태 수	(겸양의 리액션) 혜준이 생각함 안타까워요. 하긴 개가 그런 길루 (하다가 말 안할 것처럼. 진짜 듣고 싶겠지!)
수 만	뭔지 말해 주세요. 진짜 안 쓸께요.
태 수	(혜준을 아껴 말하고 싶지 않지만) 찰리정이라구 들어봤어요?

씬55. 한남동 혜준 동네 (저녁)

영남, 장만과 함께 걸어오고 있다. 일 끝내고.

장 만	형 술 한잔 하잔 말을 왜 안 해? 혜준이 잘 돼서 기분 날라다닐 텐데. 내가 먼저 해야 되냐?
영 남	더 걱정이다. 맨 첨에 모델 할 때! 그때두 뭐 될 줄 알았거든. 이번에 바람 들었다 빠지면 답두 없을 거 같아.
장 만	이번엔 그때랑 다른 거 같아. 우리 진리두 학교 가니까 애들이 혜준이 얘기한대. 진우 엄만 난리두 아니구.
영 남	나두 봤어 그래서 사귈래요 이러는 거! 그게 뭐야? 맞을래요? 아유 말장난! 얼굴은 잘 나왔더라. 원래 생긴 걸론 깔 게 없어. 암튼 술은 한잔 하자!

씬56. 대기업 로비 (저녁)

성란, 들어온다. 안내데스크 앞으로 간다.

성 란   경영지원팀에 안정하 씨 뵈러 왔는데. 연락 좀 해주실래요?

씬57. 맥주집 (밤)

혜준, 정하, 진우, 해나, 해효 있다. 해효 옆에 해나 앉아 있고. 진우, 해나 애써 서로 외면하려 하고. 맥주와 안주. 치즈돈까스. 건배한다. '미사일 (미래를 위해, 사랑을 위해, 일을 위해) 발사' 하고 잔 부딪 친다. 마시는.

혜 준   맘껏 마셔라!

진 우   오늘 집에 가기 없기! 끝까지 혜준이가 쏜다!

혜 준   콜! (하곤 안주로 포크 가고 동시에 정하 포크도 부딪치고. 서로 자기 돈까스 집어 먹고. 안주 맛있다는 리액션 엄지 척)

정 하   (눈빛 받고 미소)

해 효   (그런 두 사람 보고)

진 우   니넨 너무 한 거 아니냐! 무슨 돈까슬 먹으면서 멜롤 찍어? (하면서 돈까스 안주로 포크를 찍는데. 해나도 찍는. 둘이 포크 부딪치는)

해 나   (보는)

진 우   (양보. 얌전히 먹는)

해 효   (해나 진우 보고) 니네 오랜만에 봐서 그러냐? 왜 내외 하냐?

진 우   내원 무슨 내외? 재하구 나하구 하루이틀 봤냐?

핸드폰 E. 누구 건가 보면 해나. 해나, 발신자 보면 '지아 언니' 해효, 해나 옆에서 앉아 있다가 발신자 본다. 안색 어두워진다. 해 나, 전화 받으러 나간다.

진 우	(술 다 마셨다. 정하에게) 너 일은 재밌냐?
정 하	너무 뜬금없는 질문 아니니?
진 우	내가 지금 생각이 없다. 입에서 나오는 대루 지껄이는 거야.
혜 준	(진우에게) 술 좀 천천히 마셔!

씬58. 도로 지아 차 안/ 맥주집 일각

지아, 운전하고 있다.

지 아	너 지금 어디니?
해 나	오빠들하구 있죠. 언니한테 말했잖아요.
지 아	나두 갈게. 지금까지 도서관에 있다가 집에 가는 길인데.. 너무 배고파.
해 나	(곤란) 혜준 오빠 여친두 있어요.
지 아	있음 어때? 해효랑 진우 보러 가는 건데.
해 나	안 돼요 언니.

씬59. 맥주집 일각

해나, 전화 끊는. 해효, 와 있다.

해 효	뭐야?
해 나	지아 언닌데 온대.
해 효	그래서?
해 나	당연히 오지 말라구 했지. 근데 내가 이 언닐 끝까지 거절할 수가 없어.
해 효	원해나!!

씬60. 맥주집 주차장

지아, 주차하고. 내린다. 맥주집을 향해 가는데.

해 효   (E) 지아야!!
지 아   (소리 나는 쪽 본다, 해효다.)

씬61. 이자카야

지아, 해물 모듬꼬치 먹고 있고. 해효, 연어샐러드 먹고 있다. 둘 다
사케 곁들여서. 탕 있다.

지 아   (먹으면서) 이제 말 좀 하지!
해 효   (먹는) 이거 다 먹구!
지 아   지금 내 머린 먹으면서 풀가동 중이야. 니가 이러는 이유가 뭘까?
해 효   (보는)
지 아   내가 그 자리에 가면 젤 감정 다칠 사람이 누굴까?
해 효   감정 다칠 누군가가 있다는 걸 알면서두 온 거야?
지 아   니가 내가 거길 가는 걸 방해했기 때문에 유추해 보는 거야. 난 가
         볍게 생각했어.
해 효   그런 식으루 혜준이한테 상처 줬었어.
지 아   아는 척하지 마. 남녀 관곈 당사자밖에 몰라. 혜준이하구 아주 좋았
         어. 그러니까 헤어지길 반복했지.
해 효   알았으니까 오늘은 그냥 가. 니가 있을 자리 아냐.
지 아   (O.L) 혜준이 여자친구 좋아해?
해 효   (철렁) .....
지 아   그거밖에 설명이 안 돼. 내가 와서 젤 곤란할 사람! 혜준이 여자친
         구!
해 효   ....

지 아	아니라구 말 못하네!
해 효	....그만하자.
지 아	뭘 그만해? 이제 시작인데.
해 효	지아야?
지 아	기분 나쁘구 자존심 상해. 너 날 뭘루 보구? 내가 그 자리에 가서 해라두 끼칠 거 같아서 미리 차단한 거잖아.
해 효	와 있단 자체가 불편하게 만들 거란 생각은 안 들어?
지 아	너야 말루 친구 여친이나 탐내는 주제에 어디서 충고질이야? 같잖게! (일어나는)
해 효	(보는)
지 아	가자! 나란 존재가 그 자리에 있어두 불편하지 않다는 걸 증명해 보일께.

씬62. 맥주집

혜준, 진우, 해나 있다. 진우, 술 계속 마시고 있다. 해나, 아무렇지도 않은 듯 술 마시고. 혜준, 피곤하다. 스트레칭 같은 거.

해 나	(취한) 오빠 피곤해요?
혜 준	쫌! 해효 어디 갔냐?
진 우	(취한) 그러게 말야 말두 없이.
해 나	갑자기 약속이 생겼나봐요.
혜 준	(해나에게) 오늘 그만 접자!
진 우	그래 접자!
혜 준	(일어나는) 내가 계산할게. 천천히 나와. (나가려는데)

지아, 오고 있다. 그 뒤에 해효. 혜준, 지아 보는.

지 아	(혜준에게) 오랜만이다! 너 요즘 잘 나가더라. 축하해 잘돼서!

혜 준	고맙다.
해 나	(혜준에게) 언니 온다구 해서 오라구 했어요. 축하 자린 사람이 많음 좋잖아요.
혜 준	잘했어.
지 아	해나 착하구나! 언니 쉴드쳐주네! 해나가 오라 그런 거 아니구 내가 오구 싶다구 했어.
혜 준	중요하지 않아. 그럼 놀다 가라. (가는)
지 아	(정말 감정이 하나도 남아있지 않은 건가.)
해 효	(해나에게) 정한 어디 갔어?
해 나	엄마 오셨다구 급하게 갔어.

씬63. 도로/ 버스 안 (밤)

정하, 타고 있다.

성 란	(E) 너 회사 관뒀어?

인서트 정하 회사 로비

성 란	(정하에게 전화) 니가 어떻게 나한테 이럴 수 있어? 니네 집 비밀번호 뭐야? 들어가 있을게.

씬64. 정하 집 앞

성란, 정하 기다리고 있다. 정하, 온다. 성란, 뭐라고 말하려고 하는데. 정하, 차갑게 보고 안으로 들어간다. 성란, 따라 들어간다.

씬65. 정하 집 현관/ 거실

정하, 들어오고. 그 뒤에 성란. 성란, 봇물 터트리듯 화내고 있다.

성 란　　뭘 잘했다구 사람을 꼬나보구 들어와? 뭐하구 다니는 거야? 회산 왜 그만뒀어? 더 좋은 직장 얻었어? 더 좋은 직장 얻었으면 말 안 했을 리가 없잖아. 너 이 집 살 때 대출 만땅 받았다구 안 했어? 빚 어떻게 갚을래? 왜 이렇게 대책이 없어?

정 하　　..... (가슴이 탁탁 막힌다. 그 놈의 현실) 숨 좀 쉬자.

성 란　　결국 이렇게 될 줄 알았어. 아무리 공들여 키움 뭐해? 씨도둑은 못 하는 거라더니 결국 지 아빠 따라가네!

정 하　　(우는)

성 란　　왜 울어? 니가 엄마보다 더 힘들어? 니가 내 맘을 알아?

정 하　　엄마!

성 란　　(보는)

정 하　　엄만 그렇게 악착같이 사는데 왜 가난해?

성 란　　뭐?

정 하　　공들여 날 키웠어? 왜 내 기억엔 없지! 어릴 때부터 어른을 강요당 한 기억은 선명한데.

성 란　　(감정 오르는) ....

정 하　　인생은 참 아이러니한 거 같아. 현실적이지 못하구 무능하다구 엄 마가 틈만 나면 욕하지 못해 안달인 아빤 지금 부자야.

성 란　　.......

정 하　　엄마랑 사는 아저씨가 우리 아빠보다 더 낫단 생각 한 번두 안 해 봤어.

성 란　　나쁜 년! 아저씨가 뭐야? 결혼한 지 10년이 넘었구 니 동생두 있어.

정 하　　..........

성 란　　엄마 가난하다구 무시하는 나쁜 년! 엄만 사라져줄 테니까! 부자 아빠랑 잘 살아! (나가는)

정 하　　(쌓여온 힘듦에 맘껏 우는)

씬66. 혜준 집 혜준 방 (밤)

혜준, 자고 있다. 피곤이 쌓여 푹 자고 있다. 옆에 민기, 코골고 잔다. 그래도 깨지 않고 단잠 자는 두 사람. 책상 위엔 혜준 핸드폰 있다. 문자음 E. 메시지 '자?' 정하. 혜준, 잔다. (F.O)

씬67. 영종도 외제차 매장 (낮) (F.I)

혜준, 차들을 둘러보고 있다. 매장 직원 안내하고 있다. 민재도 있다. 혜준, 스포츠카에 멈추고. 다시 본다.

민 재   이게 맘에 들어? 니 차 지금 올 텐데. 이럼 곤란해.
혜 준   호기심! 내가 워낙 찰 좋아하잖아.
직 원   한번 타 보실래요? (하면서 차 문 열어주는)
혜 준   제 차 저기 오는데요. (그 시선으로 보면 딜러, 혜준의 차 키 갖고 온다.)
딜 러   (차 키 주는) 여깄습니다.
혜 준   감사합니다. (받는. 민재에게) 시승 시켜줄까?

씬68. 영종도 드라이빙센터 트랙/ 혜준 차 안

혜준, BMW THE 2 운전하고 있다. 조수석에 민재 있다. 트랙을 돌고 있다. 환한 민재. 시원하게 달리는 차.

씬69. 정하 집 앞 (낮)

혜준, 차 들어오고. 그 시선으로 보면. 정하, 혜준 차 보고 있다.

혜준, 정하 앞에 차 세운다. 혜준, 차에서 내려 조수석으로 간다.
조수석 문 연다.

혜 준	두 번째 시승자지만 제 마음 속엔 언제나 첫 번쨉니다.
정 하	아우 느끼해!
혜 준	언젠 이런 거 좋다며! 하라며!
정 하	말은 잘 들어 좋다! (타는)

씬70. 도로/ 혜준 차 안

혜준, 운전하고 있고. 정하, 조수석에 있다.

정 하	나두 이런 차 운전해 보구 싶다.
혜 준	면헌 있냐?
정 하	대학 다닐 때 땄거든요. 베스트 드라이버예요.
혜 준	해봐 그럼! (차를 도로변에 대려는)
정 하	안 돼. 보험 안 되잖아.
혜 준	보험 다 되는 걸루 했어.

씬71. 남양성모성지 (낮)

정하, 운전하고. 조수석에 혜준. 혜준의 차 들어온다. 정하, 만족스
런. 혜준도.

씬72. 남양성모성지

혜준, 정하와 걷고 있다. 산책 중.

씬73. 남양성모성지 기도실

정하, 제단에 촛불을 올리고. 기도한다. 혜준도 제단에 촛불 올리고 기도한다.

씬74. 남양성모성지 성당 정원

정하, 혜준과 걷고 있다.

혜 준   아까 뭐 빌었어?
정 하   아무것두 빌지 않았어. 넌?
혜 준   난... 너에 관해 빌었어.
정 하   나에 관해? 뭔데?
혜 준   이제야 관심을 보이는군!
정 하   계속 관심 있었거든!
혜 준   계속 고민 있는 사람 같았어.
정 하   내가?
혜 준   어! 모르는 줄 알았어?
정 하   어! 바쁘잖아. 나한테 신경 쓸 시간 없잖아.
혜 준   미안해. 문자 답두 제때 못해서.

비 내리기 시작한다.

혜 준   (비 맞는. 기분 좋은) 비 온다!
정 하   그러네!

비가 내리고 있다. 혜준, 운전석에 있고. 정하, 조수석에 있고. 둘이
음악 들으면서 비 오는 거 보고 있다.

정 하   우린 비를 몰구 다니나 봐!

혜 준   첫 만남부터 그랬지!

정 하   비 오는 거 되게 싫어했었는데

혜 준   지금두 싫어?

정 하   아니! 싫었던 이유두 까먹었어.

혜 준   (미소) .....

정 하   ......

혜 준   예측 불가능한 사람 싫어하지?

정 하   내가 예측 불가능한 사람이 되어가구 있는 거 같아.

혜 준   안정된 삶을 추구하지?

정 하   안정된 삶이란 게 존재하는지조차 모르겠어. 존재하지두 않는 걸
         내가 필요해서 규정해서 만들어놓은 게 아닐까.

혜 준   우린 어떻게 될까?

정 하   어떻게 됐음 좋겠어?

혜 준   (보는)

정 하   (보는)

혜 준   ......

정 하   ....

혜 준   사랑해.

정 하   사랑해.

혜 준   (가까이 와서 입맞춤하는)

정 하   (서로 깊은 입맞춤하고)

씬76. 정하 집 안방 (밤)

혜준, 정하 서로 바라보고 있다. 서로에 대한 애정을 담아. 침대에 앉아. 옷은 비에 젖어 다른 옷으로 갈아입은 상황이다. 8부 씬75와 다르다.

혜 준   (N) 할아버진 아이들에게 말했어. 비가 그칠 때까지 밖에 나가지 말라고.

씬77. 남양성모성지 성당 정원 (해 질 녘)

비 내리고 있다. 비 내리는데 정하와 혜준, 비 맞으며 장난치고 있다. 〈RAIN, 비 내리는 날의 기적〉 책에 있는 그림들. 〈비 내리는 날의 기적〉 책 표지를 넘기면 혜준이 정하에게 쓴 글 있다. '할아버진 아이들에게 말했어. 비가 그칠 때까지 밖에 나가지 말라고. 우리가 만난 처음 기억나니? 우린 처음부터 빗속에 있었어. 어른은 비가 내려도 밖에 나가야 되잖아. 너와 함께 있으면 빗속이라도 즐거워.' 혜준. 혜준, 정하 즐겁게 춤추면서.

혜 준   (N) 우리가 만난 처음 기억나니? 우린 처음부터 빗속에 있었어. 어른은 비가 내려도 밖에 나가야 되잖아. 너와 함께 있으면 빗속이라도 즐거워.

(끝)

하명희 대본집 1

청춘기록

1판 1쇄 **인쇄** 2020년 11월 20일
1판 1쇄 **발행** 2020년 11월 25일

지은이 하명희

발행인 양원석 **편집장** 최두은
디자인 이은혜, 김미선 **영업마케팅** 양정길, 강효경

펴낸 곳 ㈜알에이치코리아
주소 서울시 금천구 가산디지털2로 53, 20층(가산동, 한라시그마밸리)
편집문의 02-6443-8844 **도서문의** 02-6443-8800
홈페이지 http://rhk.co.kr
등록 2004년 1월 15일 제2-3726호

ISBN 978-89-255-8959-6 (04810)
      978-89-255-8960-2 (세트)